陕西出版资金资助项目

诗心 诗体与汉语诗性

沈奇 著

陕西师范大学出版总社

图书代号：WX16N0632

图书在版编目（CIP）数据

诗心　诗体与汉语诗性 / 沈奇著 . — 西安：陕西师范大学出版总社有限公司，2016.8
ISBN 978-7-5613-8556-2

Ⅰ. ①诗… Ⅱ. ①沈… Ⅲ. ①诗歌研究—中国—当代　Ⅳ. ① I207.22

中国版本图书馆 CIP 数据核字 (2016) 第 152502 号

诗心　诗体与汉语诗性
SHIXIN SHITI YU HANYU SHIXING

沈　奇 / 著

选题策划	郭永新
责任编辑	高　歌
责任校对	彭　燕
图书制作	西安五星印刷有限公司
装帧设计	李　瑾
出版发行	陕西师范大学出版总社
	（西安市长安南路 199 号　邮政编码 710062）
网　　址	www.snupg.com
印　　刷	西安五星印刷有限公司
开　　本	889mm×1194mm　1/32
印　　张	13.5
插　　页	4
字　　数	337 千
版　　次	2016 年 8 月第 1 版
印　　次	2016 年 8 月第 1 次印刷
书　　号	ISBN 978-7-5613-8556-2
定　　价	45.00 元

读者购书、书店添货或发现印刷装订问题，请与本公司营销部联系、调换。
电话：(028) 85303879　(传真) 85307864　85303629

沈奇，1951年生，陕西勉县人
诗人，诗评家
西安财经学院文学院教授
出版《沈奇诗选》
《沈奇诗学论集》（三卷），诗话《无核之云》
评论集《文本与肉身》《秋日之书》等十七种
编选《西方诗论精华》
《现代小诗300首》《当代新诗话》等九种
发表诗歌评论及文艺评论一百余篇
本书系作者新世纪十五年来
有关当代中国新诗之
"论诗""评诗""谈诗"的选粹结集

前言

收入这部论集中的文字,系新世纪十五年来,个人从事当代汉语新诗理论与批评的主要篇什。全书概分三辑结集:辑一"论诗",为就诗论诗的十七篇文章;辑二"评诗",为诗人诗作的十七篇散论;辑三"谈诗",为感时忆旧的四篇访谈。皆以写作时间先后作目录排序。如此大体呈现与当代中国汉语新诗一路走过来的这十五年间,我之所感所思所言。

这十五年,适逢由五十而"知天命",到六十初度"随心所欲不逾矩"之际,遂将一切有关思、言、道之个在,渐次融入看开放松的心境,无论被动而为,还是主动而就,总是少了点躁气,多了点静气。唯文章学讲究,却是添了紧要,尽量达至我所心仪并提倡的"汉语之批评"与"批评之文章"的理想境地。

我虽长期在大学教书治学,却因人微言轻,边缘孤立,加之天性使然,故一直没入当代"学术产业"的道。同时,打一开始,便将所谓学术研究之文本化呈现,统统纳入传统为文写作之乐事,不计什么"投入"与"产出"的。后来读到当代西哲"批评是另一种写作"(大意如此)的说法,越发暗自"得意"了。便在不失学养、学理、问题意识、艺术直觉之外,将"立场"换了"情怀","真理在握"转而为"商量培养",情感语感,心境语境,皆水流花开,自在有致,而在在以求脱势就道。

一时便想到新就《"后消费时代"汉语新诗问题谈片》文章中的几段话,或可更能代表当下"情怀"——

在一个"介质本质化"的时代,所有的"话语"系统,从文本到人本,都难免有一个"他者"的深层次存在,左右甚至主宰着我们的意识乃至潜意识,所谓语境改变心境(人本心境),心境复改变语境(文本语境)。故,当此关口,"自若"之在,尤为关键。

总之,"要懂得自己脱身"(木心语),"在自己身上克服这个时代"(尼采语)。

或许,在结构性语境的拘押之下,我们唯一能做的,是自我心境的适时"清空",而后保留纯粹的思与诗,以及……必要的冷漠。

——当心灵选择停止追逐的脚步,一座山脉便自然地耸立在那里了。

其实上面这些说头,此前,曾于多种场合多种文章中多有提及,此处再做重复,只在强调而已。

作为"前言",真正要给读者打招呼的,是这部书中不少篇什,与2013年由中国社会科学出版社出版发行的第三版《沈奇诗学论集》(三卷)有所重复,需请老读者原谅的!好在不是热剩饭,而是另开一席——一者所有重复文字,都依从老来"手眼",逐一认真校勘修润,尽量不留遗憾;二者近年新就篇目,皆系老来持重所得,自认分量不轻,或值得添些珍重。至于有缘结识之新读者,则两厢欣然得了。

当然,更得感谢陕西师范大学出版总社,在去年再版了我最重要的一部诗选后,又再次慷慨接纳出版这部新就理论书稿,并予以精心编辑,精致印制,实在幸莫大焉,自当心存感念为是!

现代文明的一个大问题是"文本过剩",我却还在这凑热闹,实在有违良知。不过这里出示的"文本",自认还有点价值,至少还有点异质的力量和可读性,不至于成为一次性消费的物事。

时间迅速否弃了许多,唯有月光依然清亮如初。种月为玉,再将玉种回月光里去——初心未失的人,浮华之外,虚构的荣誉之外,尚有净空生辉的境界,令人神往!

沈奇　2016年4月12日于西安终南印若居

目录

辑一·论诗

现代汉诗语言的"常"与"变"
　　——兼谈小诗创作的当下意义 ············· 003
九十年代先锋诗歌的语言问题 ················· 016
关于"字思维"与现代汉诗的几点断想 ········· 022
"体制外写作"与写作的有效性 ················· 033
我们需要怎样的新诗史
　　——关于中国新诗史写作的几点思考 ······· 037
重涉：典律的生成
　　——当前新诗问题的几点思考 ············· 045
从"先锋"到"常态"
　　——先锋诗歌二十年之反思与前瞻 ········· 050
"创世纪"诗歌精神散论 ······················· 060
怎样的"口语"，以及"叙事"
　　——当下"口语诗"问题之我见 ············· 071
"动态诗学"与"现代汉诗"
　　——再谈"新诗标准问题" ················· 080

谁永远居住在诗歌的体内
　　——试论：作为生命与生活方式的女性诗歌写作…… 096
"自由之轻"与"角色之祟"
　　——有关"新世纪诗歌"十年的几点思考………… 112
不可或缺的浪漫与梦想
　　——也谈新诗与浪漫主义……………………………… 120
我写《天生丽质》
　　——兼谈新诗语言问题………………………………… 127
诗心、诗体与汉语诗性
　　——对新诗及当代诗歌的几点反思………………… 141
"后消费时代"汉语新诗问题谈片
　　——从几个关键词说开去……………………………… 150
"味其道"与"理其道"
　　——中西诗与思比较谈片……………………………… 162

辑二·评诗

我为名诗人写评语………………………………………… 179
隆起的南高原
　　——于坚论……………………………………………… 188
"诗魔"之"禅"
　　——读《洛夫禅诗》集………………………………… 195
"水，一定在水流的上游活着"
　　——论麦城兼评其长诗《形而上学的上游》………… 201

两个"莽汉"与一个"撒娇"
　　——读李亚伟、默默诗合集《莽汉·撒娇》……… 215
执意的找回
　　——古马诗集《西风古马》散论 ……………… 226
秋水静石一溪远
　　——论赵野兼评其诗集《逝者如斯》…………… 235
"太阳拎着一袋自己的阳光"
　　——严力诗歌艺术散论 …………………………… 246
"意象的姿容"与"现实的身影"
　　——简政珍现代诗散论 …………………………… 259
在游历中超越
　　——再论张默兼评其旅行诗集《独钓空濛》…… 268
真实与自由
　　——侯马《他手记》散论 ………………………… 280
"这里的风不是那里的风"
　　——娜夜诗歌艺术散论 …………………………… 290
在"秋云"与"春水"之间
　　——李森诗歌艺术散论 …………………………… 298
天籁之外
　　——一首好诗的原型与变体 ……………………… 308
"在自己身上克服这个时代"
　　——读陈陟云诗集《月光下海浪的火焰》……… 316
"天籁没有所指"
　　——之道长诗《咖啡园》简论 …………………… 324
小于"一",或大于"十二"
　　——有关北岛评价的个案分析 …………………… 331

辑三·谈诗

新世纪大陆诗歌面面观
　　——答诗友二十问 ················ 353
语言、心境、价值坐标及其他
　　——新世纪诗歌现状散议 ············ 367
个人、时代与历史反思
　　——答诗友胡亮问 ················ 375
诗性生命历程的"初稿"与"原粹"
　　——1980年代大学生诗歌运动访谈录 ······ 395

辑一·论诗

现代汉诗语言的"常"与"变"

——兼谈小诗创作的当下意义

一

现代汉诗语言变数太多，居无定所，只见探索，不见守护，以致完全失去了其本质特性的参照，正成为一个越来越绕不开去的大问题。

讨论这个问题是颇令人尴尬的。就作品生成而言，短短八十余年的新诗发展，其实各方面仍只是刚刚起步，生长发育阶段，自由放任惯了，不宜过早规整，以免伤筋动骨，或有妨根性元气。但就诗歌理论与批评而言，却不能因此也自由放任，该有自我完善之所在，尤其是要有问题意识。这些年，理论与创作脱节的现象日趋严重，很难于实际的诗歌发展生发作用，大多是各行其是。有影响力和号召力的，常常是来自诗人们自己的一些说法，从而导致一些显而易见的问题也一再搁置无解，其中最突出的，便是语言的混乱。

诗是语言的艺术，诗的实现首先是生命意识的内在驱动，是自由呼吸中的生命体验与语言经验的诗性邂逅，但其落实于文本则最终是语言的实现。这种实现在中国古典诗歌中，是有一套基本的诗学理论做参照的，并逐渐形成了中国诗歌的语言传统和精神传统，正是这传统滋养了古典诗歌的辉煌，且至今仍滋养着某些传统艺术（如中国书法、水墨画等）的生存与发展。然而到了今天的现代汉诗创作中，语言的实现则完全无"常性"可言了，一味

"移步换形"，既失去了老传统，也疏于对新传统的发扬，只讲差异，讲个人化，结果反而面目不清，空前的散文化、非诗化，同时也导致当代诗歌在整个文学及文化格局中的自我迷失与边缘化。

诗歌创作一时唯求新求变是问是无可厚非的，而理论与批评应从"变"中求"常"，从激进的"拓进"中求稳重的"守护"——基于上述指认，本文试图寻找现代汉诗的语言演进中，是否仍有可确立的一些不变元素，进而追索中国诗歌的语言特质，并试图以对小诗创作的考量为参考，寻求发扬中国诗歌语言传统的新的切入点，以稍稍改变现实的困境。

二

按照陈仲义《扇形的展开——中国现代诗学谫论》（浙江文艺出版社 2000 年 2 月版）一书的总结，现代汉诗至今已呈现十六种分支形态，包括"偏重于西洋移植嫁接的意象征诗学、超现实诗学、智性诗学"，"完全本土化的新古典诗学、禅思诗学、意味诗学"，"九十年代兴起的语感诗学、摇滚诗学、日常主义诗学"，以及"势不两立的解构诗学和神性诗学"等等，真可谓移步换形，日新月异，其变数之大，前所未有。尽管这里是作为诗学的分类，其实语言的变数也已包含在内。如今尘埃落定，就要在新的一个世纪里"变"了。回首来处，不免想起一句西方的谚语——"滚动的石头不生苔"。

现代诗本质上是"自由诗"。自由则生变，不变何来自由？但这种自由也许在某种有限度的约束下才会生发更有价值的成就，亦即只有具有一定约束能力的诗人，才有权并更有效地行使这种自由。这里的关键是，"变"并非只在创新、只在拓展，它同时还附带有修正、填补、完善那个可能存在的"常"的属性。因变而"增华加富"，生发新的生长点，这是"变"的正面效应，但同时变得太多，伤及常性，也就难免生出"因变而益衰"（朱自清《诗言志辨》）的负面效应。是以"变"与"常"的关系，应是既冲突又互补的关系，"变"为"常"生，"常"久则生"变"，再"变"更新"常"，"常"在"变"中，"变"才有意义的归宿。有如"移步换形"，"移步"是必须的，今人不能做古人，必须接纳新的人生经验，进入新的文化语境，表现新的精神世界，不移步不行。但"移步"的同时，是否一定要亦步亦趋地去"换形"呢？古典汉诗从诗经"移"至唐诗，千年之移，其间精神变故应该不算小，但其语言形态也只是由四言"换"到七言。再往后"移"至宋词，也只"换"到"百字令"，基本上是一种守护中的演进，至少，那点简约、精微的语言根性，是从不换的。现代诗的问题是，深受百年来进化论、不断革命论的影响，创新求变的欲望压倒一切，把"新"和"变"摆在一切价值的前面，始终难以形成一个基本稳定的诗美元素体系做根本，以便得以在守护中拓进的常态发展。

古语讲：常人求至，至人近常。诗其实也是这样：常诗求至而至诗近常。这里的"常"含有两层意思：一是寻常，本色、本真、不着迂怪、同中求异、从心所欲不逾矩，是一种风度与境界；二是常规，本质、本根、本源在性及共认共守的艺术特质，所谓由限制中争得自由，由规范中见出生气，是一种专业风度，一种化境。

读诗读久了，自会发现，真正优秀耐读的作品，反而是那些在形式上看去并不怎么特别而近于平常的作品。也就是说，真正优秀的诗人，总是能持一种守常求变的立场来深入语言的经营，在某种有限度的约束下寻求创新的自由。这种约束看似消极，实则带有创造性和解放性。一味求新求变不求常，看是积极、是自由，实际上隐藏了另一种不自由——心性的不自由，将革新弄成了目的，驱动转化为迫抑，为新而新，为变而变，"因变而益衰"，也就谈不上有"常"可守了。古典诗歌在那样逼仄的形式框架中，反而显得心性自由，游刃有余，容纳了那样漫长、广阔而又丰富的精神历程。而今日的自由诗却以其"类"的丰化导致"度"的递衰，只能表明，我们的诗歌语言机制出了问题。

正如T.S.艾略特曾经指出的那样："文体极端个性化的时期将是一个不成熟或者一个衰老的时期。"而"任何民族维护其文学创造力的关键，就在于能否在广义的传统——所谓在过去文学中实现了的集体个性——和目前这一代人的创新性之间保持一种无意识的平衡"[①]。

其实，这种"平衡"，这种在变中守常的创新机制，在现代汉诗的进程中一直不乏存在，只是总易于被唯新唯变为上的时代潮流所冲淡，疏于认领而已。譬如，被马悦然称誉为"中华文化的一座里程碑"的台湾现代诗[②]，到位的研究者都知道，其总体艺术成就，至今还应该说，还是其前行代诗人们的创作最具实力和经典性，高标独树，领一代风骚。而若稍作考察便可发现，这一代诗人们，无论其属于哪一流派、何种路向，无论是《创世纪》《现代诗》，还是《蓝星》，是超现实主义、新古典还是现代派，诸种面貌，各种体式，极尽探求，其作品背后的语言基质，都带有明显的一致性，很少变化。正是这种一致性，形成了台湾诗歌语言守常求变的良性机制，有一个评判诗歌品性的基本标准，并使大家都在这一基本标准下用心用力，常态发展，而

---

① T.S.艾略特：《什么是经典作品》，见王恩衷编译：《艾略特诗学文集》，国际文化出版公司1989年版，第192、193页。

② 马悦然、奚密、向阳主编：《二十世纪台湾诗选》，台湾麦田出版社2001年版，中文版序第2页。

不致"各领风骚三两年"。除了其他各种因素之外,这一点,恐怕是前期台湾新诗取得辉煌成就的主要原因之一。而后来的中生代、新生代诗歌,之所以未能取得超越性的成就,除文化形态变故、工商社会迫抑及前辈影响之焦虑诸原因外,语言机制的变数逐渐增大,花样翻新,失去常性,恐怕更是关键所在。

在大陆诗坛,近年也有不少实例。如非非诗派创始人周伦佑,在二十世纪八十年代的诗歌创作中,语言变革创新可谓最激烈也最极端,有《自由方块》《头像》等实验作品令诗界瞠目结舌,乃至遭遇"只有理论没有作品"的非议。但到了二十世纪九十年代的写作中,经由"在刀锋上完成的句法转换"(周伦佑诗集名,台湾唐山出版社1999年版),换回到常态语势,杂糅叙事、口语、意象、抽象、解构、结构、象征等修辞策略,整合融会,颇有控制感地创作了《刀锋二十首》精品力作,令人刮目相看。这些作品不但成为诗人自身创作的精华,也是大陆现代汉诗创作中十分难得的经典之作。更有意味的是,诗人用并不怎么"先锋"的常态语言,却能直抵为一个非常时代之重大创伤作诗性命名的深境,其意义更值得我们深思。

再如于坚,一贯被称为大陆先锋诗歌的重要代表,于坚自己却不买这个账,甚至经常宣称自己是"向后退的诗人"——不是退向保守,而是退向常态,退向整合。为此,于坚在完成了他极端性实验文本之长诗《0档案》后,潜心创作了另一部长诗《飞行》。仅就语言而言,这部长诗最大的特点是其复合性的品质,一种"软着陆"式的整合与创化,几乎运用了现代汉诗写作的各种修辞手法,中正平和,一点也不"前卫"。诗人甚至重新引入被先锋诗人们放逐已久的抒情之维和意象思维,与其擅长写实、精于叙事的看家语感一起,融会为集原创与整合于一体的复合语境,让我们不仅切实地领略到现代中国人自己的现代意识,也真正领略到熔铸了东西方诗质的现代汉诗特有的语言魅力和审美感受。可以看出,对于坚而言,实验从来就不是目的,先锋也只是一时的姿态,正如他自己所言:"反传统的诗人,负有双重的使命,他既要在传统的反叛中创造历史,又要让这历史成为一种新的传统得以延续。"[①]从不断革命的角度看,正如一些同路人所说的,《飞行》相对于《0档案》是一种"别有野心"的大倒退;而从守护中拓进的立场去评价,《飞行》则是一次划时代的整合,一次由"变"而"常"的飞跃。实则于坚的"野心"一直并不在什么先锋的位置或时代的前列,而是要经由自己的创造,来建立现代汉诗写作新的传统、新的语言典范,"成为经典作品封面上的名字"(于坚语)。同样有意味的是,多年来,于坚的创作,于坚的语感风范,很少见大量的仿写者,总是"高处不胜寒",独来独往。这其中,既有难度的存在,更因为于坚在本质上是一位综合性的诗人,"坚持那些在革命中被意识到的真正有价值的东西"[②]的诗人——在这样的诗人这里,"变"是手段,是过程;"常"是根本,是目的。

三

那么,到底什么是汉语诗歌语言形式的"常"之所在呢?也就是说,经历近百年历程后,现代汉语诗歌的基本属性有哪些是不能再"变"而须加以悉心守护的呢?可以说,这不仅是个难题,而且是多年来诗学界一直回避的问题,即或有涉及者,也总是拽着古诗来谈,一触及现代,就少言寡语或言不尽意。

---

① 于坚:《棕皮手记·1994—1995》,东方出版中心1997年版,第280、281页。
② 同上。

现代汉诗是用现代汉语写作的，其西化的成分很重，但它毕竟是汉语，用的是汉字，并没有完全同古典诗歌的语言基质"恩断义绝"，还是有不少一脉相承的"基因"可言的。这些"基因"，按海内外论家一概而言之（不分古典与现代）的诸多说法概括之，至少有这么几点：

1. 简约性：言简意赅，辞约意丰，少铺陈，不烦冗，以少总多，不以多为多；

2. 喻示性：意象思维，轻逻辑，重意会，非关理，不落言诠；

3. 含蓄性：非演绎，非直陈，讲妙悟，讲兴味，语近意邈；

4. 空灵性：简括，冲淡，空疏，忘言，重神轻形；

5. 音乐性：节奏，韵律，抑扬，缓急，气韵生动。

上述"基因"，尽管已是最基本的几个"元素"，其实也已大多在当代诗歌写作中丧失殆尽，无"常"可守的了。现代汉语诗歌语言的过分西化，使我们在一个日益变得无根无基的世界中，更加难以听到我们自己的声音，辨认自己的精神家园，而说到底，诗本应是辨认民族精神和语言气质的指纹啊！当然，必须承认，上述"基因"中，确实已有不少成分与现代诗的本质要求相去甚远，乃至十分隔膜，已无必要"守护"，但作为诗之所以为诗这一门艺术的语言品质，总还得有一点与其他文体相区别开来，最终唯诗所凭恃的成分，同时又不失为汉诗语言的指纹之所在吧？我想，至少"简约"这一点，是应该作为"底线"来加以守护的。

简约是中国诗歌最根本的语言传统，也是中国文化及一切艺术的精义。闻一多曾指出："中国的文字，尤其中国诗的文字，是一种紧凑非常——紧凑到了最高限度的文字。"① 即或如提出"作

---

① 闻一多：《英译李太白诗》，见孔党伯、袁謇正主编：《闻一多全集》第6卷，湖北人民出版社1994年版，第67页。

诗如作文"的胡适,在谈及自己的诗歌追求时也特别提到:"要抓住最扼要最精彩的材料,用最简练的字句表现出来。"①卞之琳则说得更明确:"诗的语言必须极其精炼,少用连接词,意象丰富而紧密,色泽层叠而浓淡入微,重暗示,忌说明,言有尽而意无穷。"②尽管三位新诗先贤在做这样的指认时,大体依然是以古典诗语做参照,但这一简约之根性,并未在他们以及整个早期新诗创作中有多少减弱,卞之琳更是以四句《断章》独步百年。

当代大陆汉语新诗,尤其是二十世纪九十年代以来的大陆先锋诗歌,许多创作路向则几乎是背道而驰,由约而博,由简而繁,由涵纳而铺陈,由精微而粗糙,由跨跳而爬行,由灵动而黏滞,松散冗长,臃肿不堪,可以说,已无最基本的"底线"可守,只剩分行而已。台湾诗人余光中曾说"许多新诗人昧于简洁之道",不幸言中,且现今已发展成普遍现象。因此郑敏先生在特别强调"汉诗的一个较西诗更重视的诗歌艺术特点就是简洁凝练"的同时,更特别指出"在近百年的新诗创作实践中始终面对一个语言精练与诗语表达强度的问题"③。

看来简约确实是汉诗语言的"底线",是第一义的诗美元素。当然西诗也讲简练,庞德在谈到诗的语言要求时,就一再提到简练和硬朗,反对"把文章拆成一行一行"的"诗"法,并

---

① 胡适:《谈谈"胡适之体"的诗》,见陈金淦编:《胡适研究资料》,北京十月文艺出版社1989年版,第421页。
② 卞之琳:《今日新诗面临的艺术问题》,见杨匡汉、刘福春编选:《中国现代诗论选》(下编),花城出版社1986年版,第292页。
③ 郑敏:《试论汉诗的某些传统艺术特征——新诗能向古典诗歌学些什么?》,见郑敏:《诗歌与哲学是近邻——结构-解构诗论》,北京大学出版社1999年版,第347页。

且还借用一点"中国功夫",写出两行《地铁站上》的名诗,恐怕是西诗最短小精简的了。但从语言根性上来说,西诗的简约与汉诗的简约还是有本质区别的,不然,为何这多年西学为尚,却反而越学越松散,越学越丢了简约的根本了呢?

总之,再怎么折腾怎么变,"简约"这个底线不能丢。诗的简约之起码要求,不仅是对语言的高度浓缩形式的要求,以合乎文体要义,也是对生命体验的高度浓缩形式的要求,以免于成为公共话语或体制话语的平均数。在这里,简约已不只是语言品相,更是一种精神气质。在当代文化语境中,简约本身也是一种特别的力量,既是直击人心的力量,又是亲和的力量。

进一步需要说明的是,强调简约,当然不是强调诗行诗篇的长短繁简,而是说要讲究语言的质地和表现的强度,别太水,太绕弯子,以致散漫无羁而致乏味,尽量以最少的字来聚敛并表现最多的含义与韵味,以有限浓缩无限。只是这种讲究,对于"昧于简洁之道"甚久的当代汉语诗歌来说,恐怕不借助于某种外在形式的约束,是很难有所改观的——由此自然便想到了小诗。

四

有如简约是汉语诗歌的正根,小诗其实也是汉语诗歌的正根,只不过一种新文学似乎总是要先放任而后才收摄,依然在过渡途中的汉语新诗,很难一时归宗于哪种体式。小诗的兴盛,也只是在冰心、宗白华几位前贤中,于二十世纪二十年代小试牛刀而倡扬一时,此后便未再举盛事,更乏善讨论。

到了二十世纪八十年代,先行遭遇大众文化"洗劫"和工商社会挤迫的台湾新诗界,面对现代诗空前的"消费"空缺,才转而直面现实,探讨为诗"消肿",回归简约以求亲近读众,从而开始持续不断地关注和倡扬小诗的创作。

1979年由罗青编选的《小诗三百首》(上、下册)尔雅版隆重登场，反响不错。作为小诗运动的一直积极推动者张默，二十世纪八十年代初，便在《创世纪》诗刊专辟"小诗选专栏"，编发小诗作品，随后又编著《小诗选读》，1987年仍由尔雅出版社出版，一年内三印，颇受欢迎。1997年，由向明、白灵编选的《可爱小诗选》，再度由尔雅出版社推出，并以"像闪电短而有力，像萤火虫小而晶莹"的标举，引起广泛阅读兴趣。白灵在该书序文中指出："诗之所以为诗，应是深深挖掘，轻轻吐出，所谓'深入浅出'是也，但诗人甚多不明'浅出'不仅是词语之浅近，还应包括字数之节省。雷霆万钧之力常只宜将能量发挥于一瞬，拖沓太久，则早涣散殆尽。不论闪电也罢、萤火也好，其能引人注目，即在于一瞬，因一瞬乃不易把持、易具变化和新鲜之感，因闪烁不定故可引世人之好奇、注目。此即小诗有机会成为新诗大宗之利基。"

有"诗魔"之称的洛夫，可谓当代两岸诗界最能于限制中创造语言奇迹的诗人，在多年多方位的创作中，一直醉心小诗，不单将其视为"意象体操"，更作为诗质饱满的"小宇宙"去精心打造，并于1998年出版了《洛夫小诗选》(台湾小报出版馆)，成为"现代绝句"的经典展示，也是自有新诗以来，小诗创作的集大成者。洛夫在其题为《小诗之辩》的代序文章中说："中国古典诗从诗经发展到近体诗的五七言绝律，都是小诗的规格……所以，如说中国诗的传统乃是小诗传统也未尝不可。"进而直言："我认为小诗才是第一义的诗，有其本质上的透明度，但又绝非日常说话的明朗。散文啰啰唆唆一大篇，犹不能把事理说得透彻，不如把它交给诗，哪怕只有三五行，便可构造一个晶莹纯净的小宇宙。"

基于上述共识和实际性的推动，小诗创作在台湾已逐渐形成传统，也确实有效地改善了现代汉诗的"生存危机"，且大有成为"新诗大宗"的趋势。为此诗人们还就现代小诗的规格提出各种议案：罗青主张以古典律诗行数的双倍即十六行为最大极限；张默主张以十行为限；洛夫认为十二行较妥；白灵则认为小诗规格与行数无关而与字数有关，提议以百字为限。尽管如此细究，稍嫌牵强，但这种不可为而为之的精神和态度，确实令人感佩。

反观大陆诗界，对这方面则很少关注，或偶有涉及，也一直未形成热点、拓开局面。这其中，一是长期疏于对现代汉诗的诗体研究，任其"自由"发展；二是一贯漠视阅读境况，尤其是非专业性、非研究性阅读境况的反应，自管自地"高视阔步"，或以"生存危机"为"宿命"，不图改善；再就是从文化心理上就瞧不上小诗创作，认为不是正宗，成不了大气候，同时也怕因诗体所限，伤及诗思的展开与诗艺的发挥。

确实，小诗看似好写，其实最难，既难工，又难有分量，弄不好就将简约弄成寡淡，将精微弄成轻浅，成为小摆设、小饰物，难以涵纳更深刻、更复杂的现代意识和现代审美情趣。但问题是，一方面我们必须看到，在商业文化的挤迫下，诗已不再能充当现代人精神之号角或灯塔的角色，而很可能只是物化世界之暗夜中的几粒萤火，以微弱而素朴的光亮引发人们对她的重新认知和热爱。另一方面也应该看到，真正优秀的小诗也并非就挑不起"大梁"。

这方面的例证很多，如前文所举卞之琳的《断章》，还有艾青的《我爱这土地》就很典型。当代作品中，昌耀的《斯人》，周梦蝶的《刹那》，痖弦的《上校》，洛夫的《金龙禅寺》，罗门的《窗》，郑愁予的《错误》，余光中的《乡愁》，北岛的《迷途》，多多的《从死亡的方向看》，严力的《还给我》，于坚的《避雨的鸟》，等等，都在百字左右，而尽能于刹那间见终古，于微尘显大千，象清意沉，骨重神盈，闪电般的照耀后，更有无尽的悬揣意趣令人神往，如女诗人夏宇的《甜蜜的复仇》："把你的影子加点盐／腌起来／风干／老的时候／下酒。"只短短五行十九字，却已写尽爱之沧桑，可谓现代情诗之绝唱！

当然，一般而言，小诗多以轻灵取胜，但若轻的是一只飞鸟而非一片羽毛，也不失为一种可贵的价值。洛夫的小诗就大多能表现这种妙趣，看似信手拈来，不着经营，实则用心良苦，深得汉诗语言之精义，于方寸之间，熔铸生命观照，时见禅意，或带反讽，妙姿神韵，融古通今，极具形式美感，又充满现代意识，让人对小诗不敢轻视。

五

就诗学研究而言，试图提出一个新问题，是个诱惑，而试图解决这个新问题，则不免是个陷阱。因而必须指出的是，上述对小诗的强调，绝非要设计一条什么新的出路，而只在提示，经由对小诗创作的重视，或可改善某些困境，弥补某些缺失。

至少，其一，可以增强我们的诗体意识，不致过于散漫无羁，变得没了根本；其二，为越写越长越松散的现代汉诗"消肿"，重新找回并确立汉诗诗语简约、精微的本质特性；其三，拿小诗来"练功"，提高语言的控制能力和表现强度，补充一点"基本功"，以求心里有底，笔下有数（小诗很难"掺水"作假，得见真功夫，而当代诗人比起许多前辈诗人而言，语言功底和艺术修养确实逊色太多）；其四，以小诗"闪电"与"萤火"的艺术魅力，或可在非专业性、纯欣赏性阅读层面，亲近读者，"收复失地"，进而增进与扩展现代读众对诗的关注与热爱。

当然，对于多年为"移步换形"、变动不居所困扰的现代汉诗来说，仅借小诗做收摄，以简约为旨归，难免有些褊狭或将问题简单化。或许，以变动不居、混乱杂交的语言和体式，来表现变动不居、混乱杂交的现代精神，正是这时代的必然选择，亦即无法脱身他去的创作机制。而寻求"变"中之"常"，又是否会伤及刚刚获得的多样性与差异性，使其还包含着更多没有开发而需要更长时间来实现其可能的潜在资源，受到不必要的限制？

但我依然想说的是：越是变化剧烈的时代，越是要保持住自我的存在——我们已迷失太久，是该找回我们借以安身立命的现代汉诗之精神指纹和语言归所的时候了。而上述的思考，也只在提示：这可能不是一个必要的"出路"，却不妨是一个"出口"。

2001 年 11 月

九十年代先锋诗歌的语言问题

作为文学史意义上的二十世纪九十年代,是现代汉诗进程中,一个繁荣与混乱并盛的时代。九十年代没有八十年代那样具有显赫的历史影响,却由诗歌内部发生了极大的变化。返回写作自身和对技艺的重视,成为这一时期先锋诗歌的显著特征,并由此全面激活与丰富了汉诗写作的内部机制,在一个非诗的时代里,反而有效地拓展了诗的疆域,光大了诗的荣耀。

成就凸显的时代,或许也正是问题凸显的时代。仅就语言层面而言,"叙事"的倡扬与"口语"的泛滥,已由当初的正面驱动效应,逆转为当下的负面影响。实际的情况是:随着"叙事"与"口语"很快上升到九十年代现代汉诗写作的显要地位,并由此造就了一批有影响的代表诗人,从而发为显学,形成很大的号召力,一时趋之若鹜,任运不拘,但随后的局面便不容乐观了。

先说"口语"。

"口语"在九十年代现代汉诗语言中的彰显,似乎又一次在验证着艾略特的那些论断:"诗界的每一场革命都趋向于回到——有时是它自己宣称——普通语言上去。"而"不论诗在音乐上雕琢到什么程度,我们必须相信,有一天它会被唤回到口语上来"。[①] 尽管我们知道,在新诗的发展过程中,对"口语"的

---

① T.S.艾略特:《诗的音乐性》,见王恩衷编译:《艾略特诗学文集》,国际文化出版公司1989年版,第180、187页。

"唤回"不仅是这一次,但确实只有这一次是革命性的,产生了巨大影响而形成潮流的,尤其在七〇后等更为年轻的诗人群落中,"口语"几乎已成为写作的"图腾",蜂拥而上,以致泛滥成灾。

口语入诗,确然有它的许多优势:轻快、有力、鲜活,包孕着生活化语言以及身体化语言的丰富性、生动性与复杂性,处理得当,更能产生普适性的审美效应,增加阅读的亲和力,不隔膜,人气足。口语诗另一个特别的品质是易生谐趣。按照朱光潜先生的说法:"谐趣的定义可以说是:以游戏态度,把人事和物态的丑拙鄙陋和乖讹当作一种有趣的意象去欣赏。"[①]而这样一种审美趣味,恰好应和了这个时代的审美心理,是以无论于写作还是阅读,都成为积极的响应。

但实际上,口语入诗是诗歌写作中最难干的活,按我惯常的说法,这是在可诗性域度最狭小的地带作业,很难成气候。即或在九十年代一路风光且影响至今,也只造就了屈指可数的几位诗人,经得起苛刻审度的好作品更是不多。有意味的是,口语热一旦热起来就高烧不退,让人想到是否刚好契合了这个时代之浮躁、粗浅、游戏化的心态,而发展成为一种"时尚"。最难干的活现在成了最好干的活,轻快流于轻薄,生动变成生猛,唯宣泄为快,或拿粗糙当锐气吓人,以致于成了心气与姿态的拼比,结果是量的堆积和质的贫乏,大多成了一次性"消费"(甚至谈不上"阅读")的物事。

本来,口语是有其历史功绩的。在第三代先锋诗人和九十年代真正到位的口语诗人那里,对口语的有机运用和创造性发挥,极为有效地阻止了现代汉诗写作中,重蹈语言贵族化的倾向,洗刷矫情、装饰、伪抒情的酸腐调调,使之及物言体,多点人气,说

[①] 朱光潜:《诗论》,安徽教育出版社1997年版,第20页。

点人话，使现代汉诗不再是一本难念且不易消化的"圣经"，而是可以抚摸、可以亲近、可以消受的东西，进而开创诗体坚实、诗句简约、诗心自由的一路新诗风。遗憾的是，这一初见成效的开创，已被后来大面积覆盖的"口沫诗"之复制品所掩埋，令人难识庐山真面目。时至今日，口语诗正演化成为一种技术难度最小的汉语写作，或偶有一点冲击力，但基本上无品位可言，其诗质稀薄的负面因素，还大有愈演愈烈之势，让不少首倡者深感担忧。

再说"叙事"。

现代汉诗对叙事策略的引进，在八十年代的第三代诗歌运动中即已显端倪。我当时曾有这样的表述：以真实世界的客观陈述，来弥补传统新诗想象世界的主观抒情之风尚的不足与缺陷[1]。之后，我在另一篇文章中做了更进一步的指认："叙述性语言在现代汉诗中的复活与重铸，主要源自叙事诗体的消亡，同时也来自对传统抒情诗语言中的矫情与虚假所致的委顿之不满。"并将这路诗风概括为："主题取向的寓言性，主体意识的客观性，语言表现的叙述性"，进而细分表为："之一，语言大体是叙述性的；之二，有一定的情节和叙事成分；之三，这种情节和叙事成分是其他文体不易处理或未经处理的；之四，这种情节和叙事成分的深层是带有寓言性性质的；之五，这种叙述整体效应是诗性化的。"[2]

上述理论表述，现在看来不尽科学和完善，但其所指认的基本语言特质，在第三代诗人（甚至可以上溯至朦胧诗人，譬如江河的名作《客人》之类的诗）尤其以"他们"诗派为主的一些

---

[1] 沈奇：《过渡的诗坛》，见沈奇：《拒绝与再造》，西北大学出版社1999年版，第86页。

[2] 同上，第52、53页。

诗人的创作中,得到了很好的发挥。同时,此时的叙述尚比较单纯、本色,且保留了诸如戏剧性、寓言性和象征性的诗性元素做配伍,产生了一批有影响的作品,可谓开风气之先。

到了九十年代,"叙事"成了一面旗帜,奉为"显学",推为时潮,一直影响至今。后来这一"叙事"策略的引进,基于九十年代后青春型写作和激情型写作之结束,中年写作和智慧性或智性写作之开启的理论认知,意欲借此摆脱绝对情感和箴言式的写作,维系住生存情景中固有的含混和多重可能,并及时消解神话写作、意识形态写作的负面作用,使叙事主体具有强盛的叙述他者的能力和高度的灵魂自觉性。[1]确实,借由这一修辞策略的驱动,不但有效地开掘出了新的写作资源,同时也深刻地改变了现代汉诗的写作风貌,扩展了现代汉诗的表现域度,使之在一个更为开阔的地带作业,从而造就了一大批风格迥然的优秀诗人,从根本上改善且丰富了现代汉诗的语言品性,其正面作用,是具有历史意义的。

然而同样遗憾的是,同"口语"一样,一种修辞策略一旦被推为风潮而致泛滥,其负面的影响便接踵而来。"叙事"到后来,已由早期的简洁、单纯,逐渐变得复杂、含混起来,许多叙事变质为絮叨、啰唆、黏滞、拖泥带水,以拆成分行排列的平庸文章,复述在散文中讲过的东西,文体的界线几已荡然无存,从而加深了诗的散文化的危机。

总之,无论是"口语"还是"叙事",都已在九十年代行将结束时,暴露出高度透支后的衰败相。究其因,主要由于九十年代诗歌的领衔人物大都出自这两路诗风,诱发后来者将其"神话化"

---

[1] 此处参照欧阳江河《1989年后国内诗歌写作:本土气质、中年特征与知识分子身份》、陈超《可能的诗歌写作》、程光炜《不知所终的旅行》等文。

或叫作"时尚化",引发大面积的仿生,形成了两条诗歌"生产线",大量复制堆积(包括成名诗人的自我复制),将"高难动作"变成了"庸常游戏",造成名诗人多多而名作寥寥的困窘局面。一句话,是心理机制的病变导致了语言机制的病变。

同时,从学理上讲,有一个误区多年来一直被疏忽:当诗人们由抒情退回到叙事、由感性转而为智性、由主观换位于客观后,大都止步于由虚妄回到真实、由矫情回到自然、由想象回到日常的初级阶段,只求所谓"求真"而忘了诗的本质在于"命名"。换句话说,我们曾用各种虚浮造作的比、兴掩盖存在之真相,现在,又只停留于还原真相,指出"月亮就是月亮"而不再深一步说什么。这种还原,相对于"月亮代表我的心"之类比喻而言,是一种进步,但进步仅止于此,似乎又成为另一种退步——我们由此回到了某种"真实",却又远离了真正意义上的诗歌。

事实是,从八十年代到九十年代,从"口语"到"叙事",一大批诗人真的就停在了这里,以为发现了一个天大的诗歌新世界,实际上只是由虚妄跳脱回真实,而真实既非诗的起始,也非诗的结束,它可能是一个新的支点,但那找到这新的支点的杠杆,却再也没有发生更大的作用。于是这个支点便转化为一个陷阱:口语者,将诗写成了顺口溜,写成日常生活的简单提货单;叙事者,将诗写成了分行散文、分行杂文,乃至分行论文,写成现象学的诗型报告。到了,"这不是什么新鲜事／也不存在令人费解的东西"(借用吕德安《日出时回家》诗句),而只是"口语",只是"叙事"而已。

说到底,九十年代的"叙事"与"口语"热,只是为现代汉诗提供了新的语言经验和新的表现可能,而非包打天下的"全能冠军",甚至还需要与其他修辞策略相结合,才能发挥更有效的作用。至少,若缺乏戏剧性因素的支持及寓言性、象征性的缩束,或转化为隐喻性叙事与意象化口语(这样的实例,就整体现代汉诗而言,其实并不乏见),就很难避免诗质稀薄、空泛乏味的结果,乃至伤及汉诗语言的本质特性。

其实,著名诗人、诗学家郑敏先生,早在1998年的一篇文章中就指出过:"当代汉语诗语几乎完全舍弃了古典与世纪上半的新诗诗语,而转向彻底吸收移植西方语言的翻译体,又由于在半叶自觉中模拟西方叙事体,及七十年代美国诗歌的垮派诗体,以致使今天的诗语大量的散文化,远离汉诗诗语的凝练、内聚和表达强度。诗愈写愈长,愈写愈散,愈写愈忘记汉语诗语对诗人的约束要求。"[1]这样的指认,到今天看来,依然是十分中肯的,并启发我们对现代汉诗语言的"变"与"常",予以新的审视与认知——以"变"求"常",守"常"求"变",在有限的约束中,逐渐收摄并确立现代汉诗的语言特质和审美体系,以求得在守护中拓进的良性发展。

2001年12月

---

[1] 郑敏:《试论汉诗的某些传统艺术特点》,见郑敏:《诗歌与哲学是近邻——结构·解构诗论》,北京大学出版社1999年版,第347页。

关于"字思维"与现代汉诗的几点断想

一、沉着与优雅

"字思维与中国现代诗学"的讨论,已在《诗探索》持续了六七年之久,显示了一种别具沉着而优雅的学术风格,令人心仪!

长期以来,我们一方面过多纠缠于诸如"时代""社会""思潮""主义""运动"以及"现代化"等等一类的空壳大词,难得于具体的诗学问题上深入思考,做点细活;另一方面,又很快陷入急剧膨胀而高速运转的学术产业之困扰中,计较投入产出,流于量化规模,以致于学术话语泛滥而学术思想空泛,更难说对诗歌创作的现实有何影响。而汉语新诗至今未能摆脱的尴尬处境是:若抽去由新诗这种轻便载体所传递和高扬的现代人寻求真理、追求光明、针砭现实、呼唤未来和慰藉人生的所谓新启蒙与新思想之光芒后,仅就其艺术特质和文体意识而言,确实难以说出多少辉煌之处,乃至至今仍在讨论关于诗歌标准这样的基本问题。时代语境和历史条件是造成这种结果的部分原因,诗歌自身的创作和理论与批评,一直忙于赶路而疏于收摄与整合"有益于属于诗这种共同文体"(艾略特语)的要素与特质,任其移步换形、变动不居,则是更主要的原因。

反观其他文学艺术门类:小说不管怎么变着"说",其基本的美学元素和文体风范,都一直持有一些大体可通约的说法,是以小说理论与批评长期活跃繁荣,且时有理论与创作共谋的佳绩,不像诗歌评论总是跟在创作后面跑;中国画几度被新潮批评判为死刑,实际上却越活越自在,风头越健,究其因,在其于求新求变的同时,对其本质要素"笔、墨、意、韵"的有机挽留与不断开掘,根系本味,枝发当代,而生生不息;尤其是书法,按说是最难存活于现代化语境中的旧物事,今日却成了传统艺术中最为昌盛发达的一脉。这其中,除了书法艺术比其他传统艺术拥有更广泛深厚的民间基础,不易为主流文化或时尚风潮所左右外,中国书法与汉字的血缘关系一直亲密无间,也决定了书法与大众文化心理与审美情趣的天然亲和性,成为中国人最悠久也最牢固的一个传统,实在是个奇迹。

因此,当画家石虎先生走进当代诗歌界时对我们说:"诗是在缔造语言中超越语言的。一首诗写出了一个新思想、一种新观点,可是在语言文字的运用上却毫无特色,索然寡味,那么它所表达的思想、观点再'新',也很难说与诗有多大关系。很遗憾这恰恰是我读许多'现代诗'的感觉。"[①]这番话,以及整个"字思维"诗学观念的提出,确实是对诗歌界的一个特别的开启,促使我们回返到汉诗语言的根性上去找问题、谈问题,而不再是赶潮趋流式的空热闹,或学术产业式的话语空转。

二、移洋开新与汲古润今

新诗是移洋开新的产物,且一直张扬着不断革命的态势,至今没有一个基本稳定的诗美元素体系及竞写规则,变数太多而

---

① 石虎:《当此关口:并非仅仅关于诗的对话》,见谢冕、吴思敬主编:《字思维与中国现代诗学》,天津社会科学出版社2002年版,第8页。

任运不拘,"滚动的石头不生苔"。当然,我们始终没忘记强调"两源潜沉",但实际的情况却总是偏重于西方一源,自我异化和边缘化,所谓"资源共享",依然是西方主导的叙事。

由此形成了三度背离或转型(相对于汉诗语言的根性和古典诗质而言):

其一,对字、词之汉诗诗性思维基点的背离。即由汉诗传统中以字构(炼字)、句构(炼句)为重,转为以篇构为重,忽略"字斟句酌"之功,缺乏"诗眼"的朗照,以致脸大眼小,面目模糊,难得眉清目秀之美;

其二,对汉诗语言造型性审美风范的背离。即由"诗赋欲丽"(曹丕《典论·论文》)转为指事究理,视语言为工具、为载体,唯言志载道是问,重意义价值而轻审美价值,导致普遍的粗鄙化和愈演愈烈的散文化;

其三,对自然的背离。这里的"自然",包括"天人合一"的自然观和神性生命意识,即由寄情山水、师法自然之古典情怀,转为忘情都市、追慕现代之时代精神,由诗美之审转为诗智之审,继而放逐抒情,引进戏剧性、小说企图等叙事策略,虽极大地拓展了现代诗的表现域度,也难免淡远了汉诗语言的某些审美特性和精神质素,重于时代/社会之维而轻于时间/自然之维,变"家园"的追寻为"漂泊"的认领,虽影响于当下,却难潜沉于未来,大多则变成了即时消费的物事。

以上三点,其一、其二属于新诗急剧变革与拓展中难以求全而致忽略的问题,本可避免。其三则是整个社会形态和文化生态的巨大变故所必然产生的结果,无可厚非。同时应该看到,正是有了这三度背离与转型,新诗尤其是晚近的现代汉诗,也为我们创造了不少有别于古典传统的新的"财富",如抗争的意绪,激越的精神,人文批判的立场,与世界文学和人类意识接轨的趋向,以及诸如此类的现代意识和现代审美情趣。这些财富,虽大多仍偏于意义价值,但一个无法回避的关键问题是:是现代汉语造就了现代中国人,且经由长期准西方式教育体式和文化模式的驯养与渗化,已彻底改变了现代中国人看世界和看自己的眼光,而作为这一现代化进程中的一部分,新诗有无可能脱逸于整体文化语境的拘束,或干脆转换承载现代意识和现代审美的功能,拓殖另一种出路?

这里显然存在着一个悖论:一方面,因了汉字的特殊指纹,汉语诗歌(或许可扩展为整个中国文化)应该是最有条件成为全球区别于西方文化的特殊一元而别开一界的,不应该沦为所谓全球一体化的附庸;另一方面,以移植为本,以启蒙、救亡、新民为发轫之根的中国新诗,百年奋进,与时代血肉相连,形成了无法抽身他去的语言处境和必须认同的历史境遇,又如何脱"现代之身"而还"母体之魂"?

由此可见,生于"移洋开新"的汉语新诗,要重新归宗认祖,强化其母语基因,也只能是"汲古润今",而不能做二度移植,连根移到老祖宗后院里去。该强调的是"两源潜沉",不能变成由一头沉再换为另一头沉。汲古是为了润今,特质之润,技艺之润,本体还是今而非古。因此我认为,有关"字思维与中国现代诗学"的讨论,还是要落在"汲古润今"这个点上。于此,我特别赞同唐晓渡的看法:"必须避免一个思维方式上的陷阱,就是长期以来一直困扰着思想文化界的现代/传统、东方/西方之间的二元对立。应从'之间'跳到'之上'。这意味着既重返创造的源头,又抓住新的创造契机。落实到诗上,就是汉语诗歌之成为汉语诗歌的所在,以及它如何存在这样一种双重的追问。在这个意义上,我高度评价石虎先生提出的'字思维'概念,同时希望它不至于被阐释为一个过于拘泥和狭隘的概念。"①

三、水晶与积木

汉诗语言的内在机制有如水晶的生成,而非积木式的配置。水晶自主、自明,靠自身发光;按图拼接的积木,一旦拆开后就什么也不是,它是靠逻辑结构而存活的语言组织形态。

用这一形象化比喻,区分汉诗与西诗在语言发生机制层面的不同,大体没错。古来汉诗之思,多以字、词为基点,遇字引象,由字构而词构、而句构、而篇构,如石虎先生所言:"胸中并无成竹",乃"无中生有,象来不期而至,象来不期而果"。②故古典汉诗多有警句亮眼、诗眼惊心;现代汉诗也有核心诗语的存在——它既是一首好诗中的高光点、核心和关节,自明自足而又照耀与支撑整体,而将其单独抽离出来看,依然如水晶般独成诗意,不依赖篇构之力。这样一种生成过程和语言机制,凡在汉诗创作中潜沉既久者,大概都有切身的体悟或意外的惊喜。

水晶是造型性的,积木是结构性的。水晶式的诗思,"小处敏感,大处茫然"(借用卞之琳句),"非逻辑之知构之物"③;积木式的诗思,则可谓大处清楚,小处茫然,缺乏语言肌理的妙趣,是以散文化。

现代汉诗由审美/载道之维向审智/问道之维转型后,着重力于指事、究理,强调知性与理趣,是以其语言组织形态多以

---

① 唐晓渡:《当此关口:关非仅仅关于诗的对话》,见谢冕、吴思敬主编:《字思维与中国现代诗学》,天津社会科学出版社2002年版,第5页。

② 石虎:《神觉篇》,见谢冕、吴思敬主编:《字思维与中国现代诗学》,天津社会科学出版社2002年版,第15页。

③ 同上,第16页。

篇构为重，忽视字构、词构及句构功能，造成有意义而无意味、有诗形而无诗性，且常常体态臃肿，眉目不清，缺少肌理感，确实是一个积之已久的弊端。

诗毕竟是诗，是有律动感与造型性审美趣味的语言艺术，汉诗尤其如此。试想，当所谓现代意识已逐渐经由大众传媒化为当代人共有的普及性意识，而所谓现代审美情趣已为其他艺术、亚艺术所能承载与传播时，我们的现代诗还有多少"诗味"能赖以立身和凭恃呢？今天的中国人，无论老少，仍不少喜爱古典诗词者，恐怕绝非仅仅是聊以舒解点怀旧思古之幽情，而或许打心底里就是喜爱那一种"诗味"，想感受一种特别的语言亲和性？

正是在这里，石虎先生破空提出"字思维"之说，并将其提升到有关汉诗本质的高度来认识，确有"一语惊醒梦中人"之功，提醒当代汉语诗界：我们有一坛窖藏已久的老酒，却一直沉溺于即时饮料的狂饮之中。对现代汉语的过于信赖，和对古典诗质的长久淡远，确实使我们在逐渐失去汉字与汉诗语言的某些根本的特性，且变得越来越陌生。如何在现代性诉求与汉诗诗语本质的发扬之间，寻找到一些可以连接的相切点，以拥有新的主动和自信，是"字思维与中国现代诗学"的讨论所开启的最关键的命题。

实则在当代汉诗创作界，并不乏这样探求的实例。十年前台湾诗人洛夫就"玩"过一次绝活，突发奇想，以一年多的工夫创作了一批"隐题诗"，并结集出版。[①]洛夫的这部隐题诗整体而言，虽不免有些牵强，未臻完善，属实验之作，但其出发点颇有同"字思维"相合之处，即意欲回到汉字的本质属性中去挖掘新的诗美质素。所谓"隐题诗"，即以诗题中的每个字，依序"隐身"作为诗

---

① 洛夫：《隐题诗》，台湾尔雅出版社1993年版。

篇中每行诗开头的一字,以此强行作为句构的触发点,展开诗思,还须自然浑成,不失篇构之统一与完整。而被用来拆解的诗题本身,也须大体是一首独立完整的小诗,即由一首诗的字符字象,引发、衍生、增殖、转换成为另一首诗,且二者之间没有意旨上的必然联系。这种实验的关键处,正与石虎先生"字思维"的某些想法不谋而合:不是先有构思而后按图搭积木,而是被动受字,以字动思,随缘就遇,无中生有。如此处处受制而处处生变,由解构而重构而变构,充满偶然性,从而有效遏止了语言的逻辑关系,不致写得太顺溜,而得奇遇,生张力,且极具造型意味。这种唯有汉字汉诗才可能生发的文本实验,以及通过其成功之作所证明并不失现代意识和现代审美的艺术价值,无疑说明汉字与汉诗诗语的潜质,确实还有许多可挖掘可再造之处,并非就不能融于现代性的诉求。

遗憾的是,因为各种原因,洛夫创生的这一新诗型及其潜藏的诗学价值,未能得以更深广的研究,今天以石虎先生"字思维"做参照再去看,实在不失为一次超越性的文本实验,值得再做参照。

四、材质与品质

有如建筑的材料决定建筑的品质,诗的品质取决于诗语的基质。

一般人都知道,用石头、木头、竹子和布一类材料做的东西,和用水泥、塑料、钢铁和玻璃、马赛克一类材料做的东西,味道总是不一样。前一类材料即所谓传统材料,即使不进入建筑结构,我们也可单独欣赏它,它天生本然的肌理、纹路、质感和韵味,使我们忍不住想去亲近它、抚摸它。后一类材料即所谓现代材料,则只能在整体的建筑结构中得以展示它的风采,否则只能是一堆"死"的东西,我们不可能去欣赏一袋水泥或抚摸一块马赛克,因为在这样的接触中,我们得不到任何东西。显然,前者是活的语言,后者是死的符号——尽管,在现代社会中,我们已离前者越来越疏远,而越来越倚重于后者的存在。

正是在这里,我理解到石虎先生提出"字思维"的出发点。

"汉字有道",法自然,存诗意,涵美感,发神思,是如同石头、木头、竹子和布一样的"活语言",一种在急剧现代化过程中,没有完全"死去"并期待重新认领的"传统材料"。这种"认领"在中国书法、中国水墨等艺术领域中,一直得以高度重视与呵护,是以一再"死里逃生",并不断拓展其领地和影响。但在新诗这里,却一直是个问题:完全认同于"现代材料"的拿来就用,忽视或干脆放弃对"传统材料"的有机合成,且按照别人的图纸造了我们自己的房子,虽早已住惯了,但总脱不了或词不达意、或言不由衷的困惑,常有"生活在别处"的困惑。

当然,必须指出的是,说"材料"的"现代"或"传统",绝不是说孰对孰错以及由此判别品质的高低,而只是强调"味道"的不同。材料变了,味道也就变了,而"味道"看似小事,实则是关乎"心性"的大问题。无论就研究性、专业性阅读而言,还是就欣赏性、非专业性阅读而言,新诗八十余载,虽有创世之功、造山之业,但具体到阅读,总有诗多好的少的遗憾,读来有意思(意义、思想之意思)没味道,或者说是没了汉语诗质的味道,难以与民族心性相通合,这大概是大家公认的一个问题。

然而,要解决这个问题又谈何容易?如前所言,现代汉语已造就了现代中国人,至少在年轻一代中国人那里,其实连心性也早已大变了,只认"在路上"的爽快和"酷",不再做"回家"的打算,他们要的就是这一种没味道(传统味道)的"味道"。因此,

"字思维"的提出,只是从语言基质的角度,指出了新诗问题的所在,让我们相信"汉语诗歌内部同样存在着巨大的变革空间"。①而如何将这种"变革"的可能性付诸现实,则仍将是一个极为漫长而艰难的过程。

五、可能与局限

在经由百年来覆盖式的现代化"注塑"之后,我们陷入了双重的现代性焦虑:既怕失去世界,又怕失去自己——失去世界的自己是孤弱的,失去自己的世界是迷惘的。

当此关口,我们必须重新认识世界,我们必须重新找回自己。

而诗的本质是对世界的改写——经由语言的改写,逃离普遍化词语的追赶,跳脱体制化语境的拘押,在时尚的背面,在公共的缝隙,写一行黑头发的中国诗,索回向来的灵魂、本来的自我!

使一切发生混乱的根本原因在于语言。于是我们回到汉字来重新思考世界,思考诗。以此来改变我们的处境——不是改回去,也不是改到别处、他者那里去,而是改归汉字的、汉语的,超越了传统、现代以及未来而将其整合为一的。

由此,从现象的梳理到命题的创立,"字思维"开启了一个具有普遍意义并涉及多种学科的新视角。这一视角虽很难聚焦,且有很大的分延性和歧义性,但也因此而充满诱惑,提供各种可能的出口。

---

① 石虎:《当此关口:并非仅仅关于诗的对话》,见谢冕、吴思敬主编:《字思维与中国现代诗学》,天津社会科学出版社2002年版,第10页。

具体到现代汉诗,应该说,石虎先生的"字思维"说,至少对诸如新古典一路诗风,是具有现实性启示意义的。这路诗风所凭恃的隐喻系统、想象世界和抒情维度,仍与汉语文学传统本质保持着血缘亲情,故可以以"字思维"为新的参照,更加深入地探究作为汉语诗性与诗意的源泉之汉字根性,在现代语境中的再造与变构。但就作为现代汉诗之主流路向即现代主义一路诗风而言,"字思维"之说,恐怕就真的如石虎先生所自认的"完全可能是一个浪漫的'语言乌托邦'"[1],很难发生实际的作用。这路诗风大体已由口语替代了书面语,或由叙事性语式替换了抒情性语式,且注重于指事、究理的审智功能,疏离乃至放逐取象立意的审美维度,讲究谋篇,不求字、词之功,"视语体的欧化为先锋的标记"(郑敏语),并已形成一套行之有效的语言机制,于此谈"字思维",无异缘木求鱼,隔膜得很,也只是提个醒而已。

实际上,冷静下来看,石虎先生的"字思维"说,包括其半文半白的那种说法,确实存在着"背离现代人的生存语境和现代诗的艰难探索"[2]的嫌疑,尤其初读时,颇有隔世之感。新诗毕竟还年少,该给它一个伸胳膊伸腿自由成长的时期,过早地局限或修正,难免会遏止其多样的可能性。不管其艺术形式上有多少缺陷,新诗还是负载了百年现代中国人,尤其是中国知识分子最真实的言说和最自由的呼吸,当然,也同时埋伏了背离汉语诗性本根和民族审美特性的危机。问题是,我们该在何种时空和语境下,来指认与解决这种危机?"回家"是必须的,我们已离家出

---

[1] 石虎:《当此关口:并非仅仅关于诗的对话》,见谢冕、吴思敬主编:《字思维与中国现代诗学》,天津社会科学出版社2002年版,第8页。

[2] 高秀芹:《"字思维"与现代诗歌语境》,见谢冕、吴思敬主编:《字思维与中国现代诗学》,天津社会科学出版社2002年版,第114页。

走得太久,以致已认这种"出走"为新的生存居所而不再有乡愁的烦恼,以致让我们感到所谓"回家"竟有点"出家"的味道——而对大多数中国人而言,或就整个当代中国文化境遇而言,与现代化以及全球一体化的"热恋",似乎才刚刚"入境",又何谈"出家"呢?

显然,"字思维"在当下的提出,颇有点"不合时宜"的困窘:它是前瞻的,又是后退的;它是传统的,又是先锋的——个充满悖论的命题,从局限中触发可能——而这,不正是现代诗的内在机枢之所在吗?

或许,正是这种"不合时宜",让我们提前触及被这时代遮埋已久的一些命题,而每个世纪总要带来一些不同的东西,需要保持的只是:沉着而优雅的姿态,以及本质地行走。

2002 年 8 月

"体制外写作"与写作的有效性

自古文学写作,本就是个人之事,只是到了二十世纪下半叶,国人非得将这种个体劳作和国家体制挂起钩来,方有了后来所谓"中国特色"的文学尴尬,即体制内与体制外两种不同的写作机制和文学道路。几十年来,许多有关文学艺术的所谓论争,无不与此有关。如今,将"体制外写作"作为一个严肃话题公开提出并予以讨论,颇具历史意义。既有思想史的意义,又有文学史的意义。

其实大家都明白,这个"结"早就该解了。

记得两年前,我在一则日记中写下这样一句话:"在体制或时尚的网络上,诗,永远是一只失效的鼠标。"当时也只是顺手划过,现在翻出来与"体制外写作"挂钩再细琢磨,觉得颇有意思。首先,我发现我无意间把"时尚"与"体制"挂靠在一起,将其并轨为同一"网络",是无意中触及到了有关"体制"的外延问题。体制不单是意识形态化的,体制无所不在,时潮、风尚、市场经济等等,都可能转化为一种体制。尤其是当下,唯时尚是问的时代,看似个性张扬,实是无性仿生。而诗是最忌时尚的——诗的本质在于跳脱公共话语的驯化,重返生命本真,而时尚正是商业时代公共话语的最大制造者,成为当下诗歌写作为害最烈的东西。这种对个性的抹杀,对本真言说的驯化,本质上就是体制性的:话语体制或叫作体制性话语。当然,比起政治体制、经济体制,它显得比较隐蔽一些,不那么明目张胆、咄咄逼人,但也因此更危险。

由此可否认为,体制有显性体制与隐性体制之分?就前者而言,所谓"体制内写作"及"体制文学",可能只是一些个别现象,尤其是在二十世纪的中国,表现得特别突出。就后者而言,恐怕就是一种普遍的人类现象了,更值得警惕。从这一思考出发,我赞同"广义的体制"的说法,即"体制外写作"必须是从所有的体制化角色中撤出,只以本真自我为基点的,甚至要警惕连"体制外写作"也可能演化为一种姿态、一种时尚,进而成为一种新的"体制"。由体制(不论何种体制)去定义个人,而不是由个人去定义体制,一直是我们的老传统,是我们难以排拒的文化基因。这种可称之为"体制合作主义"的东西,已成为中国知识分子的一个文化潜意识,是以时时刻刻总想往体制上靠,既安全,又保证了功名,很难一下子消除。市场经济的推行,局部消解了一些旧有的人生依附关系,但对于依附成习惯的中国文化人,是否又会自觉地去依附别的什么"庞然大物",譬如变体制人格为时尚人格,以及其他等等,恐怕一时难以完全排除。

因此,对"体制内写作"或"体制文学"的反省,必须是全面的反省,不能仅局限于某一范畴。否则,当寄植于其中的某一范畴之体制转型之后,是否就不存在"体制外写作"的逻辑对应关系了呢?再者,个人的自由思想与艺术追求,是个不断展开的过程,特别是诗人、作家与艺术家,他们是永远的"游牧民族",因而,"体制外写作"的提出,就应基于对所有体制化人格的退出,而不是仅针对某种体制而言。"君子不器"(孔子《论语·为政》),"不"得是所有的"器",而非一时一地之"器",由此才能进入一种自觉的"体制外写作",避免其仅成为一种姿态,或转化成别的什么。

这就要说到写作的有效性问题。

文学写作与艺术创造，本质上是个人性的，非"独立之精神，自由之思想"（陈寅恪语），难以达到真正意义上的"登堂入室"。这个"堂"是艺术殿堂，这个"室"是思想密室。也就是说，真正的文学艺术，是个人担当精神和超越气质的结晶，是其生命激情与艺术灵感的个人性产物。尽管这种个人性不免要受到世道人心、时代风尚等文化语境的影响，但具体到运思及落于文本的过程，应是完全独立的，自由自在的，以个人的真情实感为基点的。由此生成的文学艺术，也才谈得上是现代人之独立人格、自由精神的获救之舌。

从这一点来看，所谓"体制内写作"或"体制文学"，实际上是一种失效的写作或失效的文学，因为它背离文学艺术的本质属性，成为体制化人格的工具，与体制性话语共谋，来化掉本应重新找回和确立的个人之精神独立与思想自由。百年中国新文学、新文艺，回头审视，自会发现：凡是"体制内写作"占主导的时代，必然是艺术匮乏、文学失效的时代。而一旦"体制外写作"得以恢复、得以崛起，文学艺术也必得以复兴，且得以回返本质在性，成为有效的写作。

对此，我曾在一篇诗论中，将中国新诗最有效写作部分划分为三大板块，即：二十世纪二三十年代新诗拓荒期为第一板块；五十年代至七十年代台湾现代诗勃兴为第二板块；七十年代末崛起，横贯八九十年代的大陆现代主义诗潮为第三板块。并由此指出，追索这三大板块形成的根本原因，无非是"自由创作，同仁刊物"这八个字。事实是，即或还有陈旧的语文教材仍在那儿坚持着陈旧的诗歌教育，但在真正的诗歌阅读（包括大众与小众、欣赏性阅读与研究性阅读）那里，几乎所有"体制内写作"的诗歌，那些徒有诗型而无诗性的应景之作，都早已烟消云散，不复为人们记取，是谓"无效的写作"。这种写作的根本问题，在于它从一开始，就是失却主体人格支撑的一种寄生性写作。寄生必然依附，或有别的依附可替代，便转投他图，而一旦所依附的寄主不复存在，寄生者也自然不复存在而随之失效。

同理可知，所谓"体制外写作"，最终也还是要归结为"有效的写作"这一点上来。"体制外写作"由于其发生学上的合理性，为写作的有效性提供了可能，但绝不是保证。它有"有效"的属性，但属性的实现又是另一回事。这样说的意思是想提醒："体制外写作"不是一种身份，甚至不是一种写作立场，不是好像立场和身份转换了，写作就有效了。而且，落于身份与立场的认知，也容易落入二元张力的陷阱，或可一时发奋，终难持久发展。如前所言，"体制人格"已成为中国知识分子的一种文化潜意识，不是换一个身份与立场就可以解决的。"体制外写作"更多应强调的，是一种孤绝的精神气质，方能保证写者对艺术的真诚和对思想的虔敬，进而保证写作的起码的品质，即其有效性。

当然，真正的有效，思想和艺术的双重有效，精神和气质之外，还有赖写者的才具。"诗有别才"，道成肉身，真实的言说与言说的真实（艺术的真实）之间，还有一段过程。不过，那又是另一个话题了。

2003年4月

我们需要怎样的新诗史

——关于中国新诗史写作的几点思考

我们需要怎样的新诗史?

提出这样的命题,显然有悖常理。历史不能需要,历史是先于需要之前的一种客观存在,不可能应需要而发生或改变。但人们也知道,历史的存在是一回事,对历史的书写又是一回事。作为文本形式存在的历史,必然是经由文本书写者无可避免的误读而生成的另一种意义上的写作。写作不是记录,写作更多地指向当下,或许还指向未来。就当下而言,它必然要体现写者的立场、观点、方法,以及其精神底背和文化语境的影响;就未来而言,它还需提供可能的开启、导引与理想。因此也可以说,书写的历史总是应某种需要而书写的,所谓客观,所谓权威,还有所谓公正,可能终归只会是一个逻辑神话。

重写文学史已成当前学界,尤其是现当代文学界的热门话题,有的则已率先付之具体的文本呈现。一个世纪的结束,又一个世纪的到来,特殊时间节点的提示,引发某种回应的需要,有如历史总会在某些特别仪式中被特别地记取。不过,这种需要很可能只是一种借用。对现行各种文学史之陈旧与缺憾的不满而求修正,才是本质意义上的需要。这需要由潜在而凸显,由学术探讨而付诸现实,不能不说是一大历史的进步,当然更是一种挑战。

看来"需要"已成共识。接下来的问题是:谁的需要?

有写者就有读者。有对历史的书写就有此书写的受众。历史的书写者不可能依从受众的需要而书写历史(怎样的受众?怎样的需要？肯定是无法先行解决的问题），但也不能由此忽略受众对历史书写之合乎历史的吁求。历史书写常常是由书写者个人来完成的（小的集体写作也属于个体的范畴），这种完成所形成的文本，却须经由读者的接受，才得以最终地或者说有效地完成。过去的各种历史书写，尤其是文学史，之所以问题成堆，其关键之一，就是完全不考虑受众的存在，唯上是问，唯主流意识形态是问，强行给予，被动接受，难得亲和而被真正认同。

由此想说的是，重写文学史，既是学者或写者的需要——出于对历史的负责，也是读者或受众的需要——出于对现实的感受。本文命题中的"我们"，正是站在新诗史之受众一面，代表普泛的诗人、诗歌研究者与爱好者，对中国新诗史的写作，提供一点专业外的思考。当然，这种"代表"是否具有代表性，也很难去自我认定，只能是自命的真实。

说思考，实际也未及做学理的深究，只是一些由体验而生发的建议，概括而言，可归总为六个修复，即：对历史真实的修复，对艺术真实的修复，对知识分子立场的修复，对民间立场的修复，对独立、个在的写者立场的修复，对新诗之典律的修复。

一、对历史真实的修复

这是首要的修复，所谓"重写"的前提。这种修复，从技术层面来看，或许也是一个逻辑神话（怎样的"真实"？是史实的真实还是意义的真实？是再现与还原的真实还是书写的真实？）。大概真正能落实的，首先是对历史负责的态度与立场。至少要剥离意识形态的纠缠，减少政治框架的制约，把诗歌史的写作还给诗歌本身，还给诗学本身。

比如，是否可以先行找回在此前被体制性话语所遮埋或扭曲的部分，以此为基点，校正偏颇，弥补缺失，尽可能地恢复新诗发展的本来样态，尤其是其内在理路，并运用新的观念来予以整合？特别是在当代诗歌史部分，如何看待和处理官方诗歌与民间诗歌的矛盾，社会政治及多元文化语境与诗歌本体的矛盾，实验性诗歌写作与常态性诗歌写作的矛盾等等，就更需要超越性的目光和开放性的胸怀，以及富有创建的具体写作策略。在这一方面，陈思和先生在其主编的《中国当代文学史教程》（复旦大学出版社1999年版）中，表现出来的胆略与智慧，尤其是诸如"潜在写作""民间文化形态"及"共名与无名"等新的认知理念的提出，并由此形成新的文学史架构，以摆脱旧理路的困扰，不失为一种成功尝试，值得借鉴。

二、对艺术真实的修复

比起别的文学样式，中国新诗的发展，显得特别复杂和混乱。诗与非诗，纯诗与伪诗，泥沙俱下，鱼龙混杂，特别需要艺术层面的廓清。能否绕开所谓社会、思想、语言形式三大要素并举的老套路，着力于诗歌艺术发展的理路之梳理与开掘，来搭建新诗史写作的新平台，无疑是一个巨大的诱惑。我们甚至期待一部新诗语言艺术史的出现，乃至仅以经典文本细读为基本框架和叙述脉络来展开的新诗史写作。总之，那种多以现象的指认，史实的辨识为重，疏于审美意义与艺术考量的做法，实在是早已该从根本上予以改变的了。

而诗歌发展的现实，也早已为新的平台的建构提供了丰富的资源。至少，就诗的品位而言，可见出"纯正的诗"与"庸常的诗"的分野；就诗的品质而言，可见出"有原创意识的诗"与"派生／仿生的诗"的分野；就诗的创作立场而言，可见出"生命性写作"与"社会性写作"的分野;就诗的艺术造诣而言,可见出"专业性写作"与"非专业性写作"的分野,以及"重要的诗及诗人""优秀的诗及诗人""重要而不尽优秀的诗及诗人""优秀而并不重要的诗及诗人""既重要又优秀的诗及诗人"等等的区别。这样界定,并不是为了划分什么阵营,而在于力求廓清理论认知,以图不再将不同质的东西做同一的比较。从社会学的角度而言,那些徒具诗形的诗(如各类政治性、宣传性、工具化的诗歌)也有存在的价值,但从诗学的角度而言,必须指出它非诗性的属性,不能混为一谈。这样,不但可以增加新诗史写作的内在张力,提供更多的"可写性",也能有效地提升对新诗从诗体建设到诗学建设的认识。

三、对知识分子立场的修复

这里的"立场"有两个指向:一是新诗发展历程中,所凸显或隐含的知识分子立场;二是当下新诗史的写作中,所应持有的知识分子立场。

百年中国汉语新诗(尤其是二十世纪八十年代以降的大陆现代主义新诗潮),已成为百年中国文化最为真切的呼吸,成为百年中国人尤其是中国知识分子,精神生命与思想脉息最为真实的隐秘居所。彻底的批判精神,超越性的先锋意识,持续攀升的艺术探求,对东西方诗质的创世性熔铸,与世界文学的接轨和对人类意识的认同——这些由新诗成就所产生的历史意义,无不与一代又一代具有独立人格和艺术抱负的知识分子参与其中息息相关。不断消解狭隘的阶级利益与狭隘的民族利益的困扰,顽强对抗各种意识形态暴力的迫抑,在坚守艺术良知的前提下,不失对时代忧乐、世道人心、文化乡愁等诗歌精神的担当，已成为中国诗人某种深度承传的优良传统。这一传统，既是新诗史写作的重要对象，也是其重要动力或基本立场。没有这一基本立场的修复，上述历史真实的修复与艺术真实的修复，都可能付之空谈。

百年中国新诗史，既是现代中国新的诗歌形式的艺术探索史，又是现代中国知识分子的精神奋斗史，二者相辅相成，互为链接，成为推动新诗发展的深度链条。抓住这一链条，自会避免以往的偏失或肤浅。

四、对民间立场的修复

这里的"民间"，依然是两个指向：其一，特指二十世纪五十年代之后，大陆新诗发展中，一直存在的非官方、非主流以及非公开的，以民间或地下诗歌社团和报刊为运作方式的诗歌创作形态。正是这一形态，构成后来朦胧诗、第三代诗和九十年代诗歌的基础与中坚，成为百年中国汉语新诗又一创世般的造山运动，并由此彻底改写了二十世纪下半叶大陆新诗发展的格局，成为其真正的制高点和灵魂所在。这是一种极为特殊的诗歌现象：它以潜流的形态隐伏于民间，却又最终成为真正意义上的主潮，一直是当代诗歌的活力所在、方向所在、价值所在，具有不可忽视的影响力与号召力。即或当时代转型，民间诗歌已为官方诗坛所接纳或兼容，不再有生存的困难时，大量先锋诗人依然乐于选择这种独立自由的运作方式，以致成为一种传统，其隐含的心理机制和美学意味，深值得追究。可以说，对于当代中国新诗史而言，大陆民间诗歌的存在，具有根本的、决定性的意义。不可想象，如果没有对这一宏大而持久的民间诗歌的书写，没有对"今天""非非""他们"等民间诗派的深入研究，当代新诗的历史将是何等地困乏和苍白！

由此，必然要涉及新诗史写作者的立场转移的问题，亦即"民间"指向的第二重意义。一方面，若依旧抱着"庙堂意识"和体制性话语的老套路来看待民间诗歌，难免会导致歪曲或改写。另一方面，面对民间诗歌写作方式之个人化和隐蔽状态所造成的历史书写之技术层面的极大困难，若不转换立场，引入民间视角，以保持一种写作的在场性，包括必要的"田野调查"，而一味在二手资料中打转转，也难免不生隔膜，乃至造成失语的尴尬。

同时还需要指出的是，民间立场的修复，不仅是诗歌现实对历史书写的吁求，更是历史书写本就该具有的一种精神品质。中国新诗史的写作，是否也可以像当代民间诗歌写作那样，坚持独立精神和自由创造的品质，时至今日，大概已是不言自明的认知了。

五、对独立、个在的写者立场的修复

无论是知识分子立场还是民间立场，其共有的灵魂都是个人性与独立性。

长期以来，由于教育的国家化所导致的教科书的国家化，使文学史的书写一直难以改变其刻板、教条、僵化的面孔，所谓"严谨"，所谓"科学"，也便常常成了缺乏独立思考与个人担当的托词。教科书式的历史书写，不但剔除了历史进程原本的鲜活肌理，也使书写本身变得毫无生趣，对这种书写的阅读自然也成了乏味之事。走出教科书的阴影，回到独立、个在的自由天地，在尊重历史、坚持学术性的前提下，不失写作者个人的思想、情怀以致学养和文采的寄寓，以改变此前的困境，看来已成重写文学史的必然选择。

正如洪子诚先生在其《中国当代文学史》(北京大学出版社1999年版)后记中所言:"当代文学史的个人化编写,有可能使某种观点、某种处理方式得到彰显。"尤其是"处理方式"的个人化,更有可能从根本上解决学术性与阅读性的矛盾,甚至不再排斥写作者个人书写风格的因素,使之不再那么生硬,在史实的脉络与学理的骨架之外,尚有肌理感的存活,以及叙述风格的可欣赏性。对于诗歌史写作来说,这一点更为重要,失却个在的感性体验与言说方式,仅凭观念、学理和资料来书写,总难免会差之毫厘而失之千里,更难说有多少创造性的建树。

六、对新诗之典律的修复

新文学以诗为旗,新诗几乎在百年中国文学发展的每一转折处,都扮演着开路先锋的角色。一切有关美学、哲学、文化思潮的先锋性命题,无不率先以诗为载体而折射、而实验、而导引。或许正是这种不堪重负的角色促迫,加之唯新是问的运动情结,使得新诗一直难以回返自身艺术本质与特性的确立,长期处于失范的、变动不居的状态,越来越成了一种随遇而变的写作,不但远离了古典诗质的源头,甚至连自身发展中所积累的一些传统,也随生随弃,便总是只剩下当下手边的一点"新",因而有关新诗危机的提醒和追问,一直未曾中断过。究其因,最根本之处在于形式的失范与典律的涣散。

由此,多年来,在整个文学研究领域中,新诗理论与批评虽不乏活跃,且常有得风气之先的佳绩,但每每遇到有关诗体建设等基本问题时,总难免有说不起话的尴尬:既缺乏可通约的艺术标准,也给不出基本的诗美元素,只能多以诗潮来说话,与时而变,因时而异,且总是各说各的,难以在一个共同的谱系中展开对话。

对这一问题的勘测与省视,能否通过新诗史的写作,予以有效的探求,看来已成为一个颇为诱人的新课题。至少,可通过宏观的梳理,在多变中找出不变的因子,重新认领新诗自身构成的一些基本元素,来做正面导引的参照,以求强化典律的意识。或者,从对非诗因子的清理入手,包括对那些在新诗发展中起过重大影响的创作路向之负面作用的清理,以证伪的方式来剥离出潜在的典律之可能。特别是在与新诗史配套的作品编选中,更应将典律的生成作为首要的编选理念来实行,尽量避免"流变史"式的习惯路数,强行"引入意义",建构谱系。

应该还有其他的一些修复。如对新诗历史版图的修复:不再将台湾新诗"打入另册",整合进统一的框架,"进行整体的观照和同步的论述"[1]。再如对不同发展阶段之新诗命名的科学性的修复,对那些以政治概念命名所带来的后遗症予以必要的清理等等。对此,本文尚未有成熟的思考,这里只做建议提出。

而所有的建议,都是说来容易做来难,尤其是新诗史的写作,更是难中之难。在当代一切有关文学的话语中,对诗的言说不但早已成寂寞之说,更日益变为艰难之说,何况要为诗治史!然而越是难说之处,也越是能产生有创造性之说,真正有志现代诗学的人们,自会守寂寞以沉潜,历艰难而超拔,给时代的吁求一份出色而坚实的答卷。

2003 年 4 月

---

[1] 洪子诚、刘登翰:《中国当代新诗史》,人民文学出版社 1993 年版,引言第 5 页。

重涉：典律的生成
——当前新诗问题的几点思考

新诗新了快一百年，是否还可以像现在这样新下去，确实是一个该想一想的问题。

新诗是革新的产物，且革新不断，当年作为形容词的"新"（以区别于旧体诗），今天已成为动词的"新"，且唯此为大，新个没完。是以有关新诗的命名，也不断翻新：白话诗、新诗、自由诗、现代诗、现代汉诗，以及朦胧诗、口语诗、实验诗、先锋诗等等，变来变去，虽常生"增华加富"之功效，也难免"因变而益衰"（朱自清语）之负面。边界迷失，中心空茫，先锋变味成"冲锋"，前卫转换为"捍卫"，以随意性去不断打破应有的局限，走到极限，便是标准的丧失与本质的匮乏，以及观念欲望上的标新立异和挥之不去的浮躁与焦虑。

由清明的新，到混乱的新，由新之开启到新之阻滞，迫使我们百年回首，对"新"重新发问。

一种艺术的存在，在于与另一种艺术的区别，亦即形式的界限，包括材质、语感等基本元素的不同，及由此生成的脉络、肌理、味道等审美特性的差异。新诗不同于旧诗，首先在于道之不同。文以载道，所载之道变了，载法自该是要变。但怎么变，作为诗这种文体的本质特性不能变，或者说，怎么变，也须是有界限的变。

形式非本体，但系本体之要素。形式翻转为内容，成为审美本体的有机组成部分，是现代艺术的一大进步。所以有不在于说什么而在于怎样说的普遍认同。中国有句老话叫"安身立命"，身即形，无定形则无以立命。新诗百年，至今看去，仍像个游魂似的，没个定准，关键是没有"安身"；只见探索，不见守护，只求变革，不求整合，任运不拘，居无定所，只有幽灵般地"自由"着。

如此"自由"的结果，一方面，造成天才与混子同台演出的混乱局面，一方面，是量的堆积而致品质的"稀释"。从表面看去，新诗在今天是空前地普及空前地繁荣，实则内里是早已被淘空了。只见诗人不见诗，到处是诗没好诗，已成一个时代的困窘。有如我们身处的文化背景，看似时空扩展而丰富了，实际是虚拟的所在，真正导致的却是时间的平面化、空间的狭小化，以及由此而生的想象力的弱化、历史感的淡化、生命体验的碎片化、艺术感受的时尚化……风潮所致，诗也难免"在劫难逃"，何况本来就"身"无定所而"道"无以沉着。

当代新诗的混乱，不仅因为缺乏必要的形式标准，更因为失去了语言的典律，这是最根本的缺失。

格律淡出后，随即是韵律的放逐；抒情淡出后，随即是意象的放逐；散文化的负面尚未及清理，铺天盖地的叙事又主导了新的潮流；口语化刚化出一点鲜活爽利的气息，又被一大堆口沫的倾泻所淹没——由二十世纪九十年代兴起继而迅速被推为时尚的叙事性与口语化诗歌写作，可以说是自新诗以降，对诗歌艺术本质最大化的一次偏离，至此再无边界可守、规律可言，影响之大，前所未有。

这就向我们提出了一个迫切的思考问题：新诗的变革空间，是否永无边界可言？在意欲穷尽一切可能的背后，是否从一开始起，就潜藏着一种"江山代有才人出"，不变不新不足以立身入史的心理机制的病变在作怪，以致猴子掰玉米似的，总是只剩下当下手边的一点"新",而完全失去了对典律之形成的培养与守护?

可能,就眼下而言,回答这样的问题是十分艰难的,但至少我们应该直面现实的真切感受——当下流行的许多诗歌写作,已经变成失去源头的即兴演出。不但失去古典诗质的源头,甚至失去新诗自身发展过程中所积累的典律,一味皮毛抓来,互文仿生,玩前人他人早已玩过的"花活",还以为是自家的创新,实则只是开了些文化虚根上的"谎花"。

诗,向来是年轻生命的自然分泌物,但分泌不是创造。时尚的鼓促,网络的便宜,使曾经虔敬投入的创造性青春写作,蜕变为或心气拼比、或力比多宣泄式的消费性青春写作,亦即由诗歌的心理学／抒情时代转向诗歌的生理学／叙事时代,或也不乏"勇于创新"的姿态,但大多则沦为"即时消费"的游戏。在另一些诗人那里,又将汉语的性灵挥洒转化为一种机械智能的操作,看似注重技艺,实则看重的只是策略的效应,而非本体的建设。以此形成的过分欧化与叙事性的语感,极大地触扰了汉诗语言本源性的感受,造成严重的异化与隔膜。

而凡此种种,皆以"先锋"和"现代"而名之,盛名之下,让人难识庐山真面目,其实已成积弊。

汉字、汉语、汉诗,是现代还是古典,总有其作为一门特殊的语言艺术之基本的品性所在。"汉语的灵魂要寻找恰当的载体。"(黄灿然《杜甫》)既然大家都认同诗不在于说了些什么,而在于它不同于其他艺术门类的特别的说法,就得研究这说法经由汉语的说,又该有怎样的特别之处。有如饮食,无论中西男女,都求的是得营养以养身,但在实际的吃喝中,又都求的是得味道以饱口福。百年新诗,轰轰烈烈,但到今日,读旧体诗写旧体诗的仍大有人在,甚至不少于新诗人众,不是人家老旧腐朽,是留恋那一种与民族心性通合的味道。新诗没少求真理、启蒙昧、发理想、抒豪情、掘人性、展生命以及今日将诗拿来见什么说什么,但说到底,比之古典汉诗,总是少了一点什么味道,以致只有自己做的饭自己吃,难以做盛宴去招待人。

从表面看,今日新诗依然热闹非凡,局面盛大。但支撑这局面的几根柱子,恐怕迟早是靠不住的。一是长期靠中小学教科书和官方诗坛所共谋的所谓新诗教育所形成的诗歌传统,维持着一个相当大的谱系,但因其先天不足的审美取向,早已是沙滩上的堡垒,仅存其形而已。再就是大量诗歌青年的前仆后继,簇拥造势,成为创作与阅读最基本的支持。但我们知道,这种支持最终大多只是支持了支持者自身,是一种量的重复,自产自消费,归属于时代而难归属于时间。真正有意义的支持,来自于那些成熟心智的认领,那些具有历史感和苛刻眼光的专业性阅读,那些艺术殿堂的"美食家",爱挑剔的追随者。就此而言,新诗很难说有多少自信。

至此不尴不尬之际,近年又平生了网络的热闹,新诗一下又活色生香起来。但明眼人心里清楚,那更是靠不住的"探照灯",它照亮的是诗的消费(包括将写作也转化为一种消费),而非诗的创造;它可能引发一场最为诱人的诗歌普及运动,但也必然同时导致一场诗歌艺术品质与创造力的空前耗散。诗是一种慢、一种简、一种沉着中的优雅,若转而为快捷的游戏,怕就是另外什么味道的东西了。

因此,支撑新诗做长久而深入发展的,只能是诗本身——它的本质,它的品位,它的不可替代的语言特性。新诗的危机是存在的,不可夸大,更不可忽视。新诗的危机不在外部际遇,诸如市场、时尚、商业化、物质化或者什么多媒体的冲击等。新诗的危机一直存在于它自身内部——根性的缺失与典律的涣散,以及心理机制的各种病变。

百年匆促,新诗这条路,我们走得太急,也太功利,时常拿诗派了别的什么用场,较少关心新诗自身到底该怎样。当此极言现代而复生"文化乡愁"的新世纪,我们该稍稍放慢一下步程,在冷静的梳理与反思中,重新认领传统,再造典律,构筑坚实的历史平台,以求新的飞跃。

2003 年 4 月

从"先锋"到"常态"

——先锋诗歌二十年之反思与前瞻

一

2006年,是以"1986·中国诗坛现代诗群体大展"为标志的先锋诗歌运动二十年,也是以"今天派"为开启的大陆现代主义新诗潮运动三十年,在这样的时节点上来反思过去二三十年的现代汉诗发展历程,便有了特别的意义。从二十世纪七十年代中期新诗潮的"突围",到伟大的八十年代先锋诗歌的滥觞,以及九十年代纯正诗歌阵营的诗学纷争所启动的跨世纪先锋诗歌的全面突进,时至今日,可以说,大陆现代汉诗的历史性崛起,已彻底改变了百年新诗史的书写理路,其大体脉络节点,可归纳如下:

1. 体制外写作。

将原本就属于个人性的诗歌写作,硬性纳入由国家意志掌控和意识形态主导的体制化创作轨道,迫使秉承"独立之精神,自由之思想"的本源性诗歌精神,异化为狭隘的时代精神之传声筒,和徒有诗形而无诗性的模式化复制,是中国大陆绵延近半个世纪官方诗坛的基本机制。这一机制凭借与之相应的官方诗歌教育的支持,至今虽然还发生着不小的影响,但已基本丧失了它的权威地位和宰制作用而日趋衰微。

从二十世纪九十年代以来,当代中国诗歌的创造机制,在先锋诗人们义无反顾的决绝进逼下,已逐步非体制化。包括一些体制内诗人在内的所有具有纯正诗歌精神的诗人们,无不以脱离体制化写作的禁锢而重返独立自由的个人化写作为归所,并经由经得起时间汰选的创作实绩,证明真正有效的诗歌写作,是非体制性的亦即体制外的写作。这一历史性的转化,是"新诗潮"和"后新诗潮"一脉相传的先锋诗歌运动所产生的最为重要的历史功用,并经由以周伦佑为代表的后期"非非"诗派的学理性讨论与确立,[1]为纯正诗歌阵营所共识,且已渐渐内化为一种基本的诗歌创作立场,从根本上保证了现代汉诗的良性发展,在发生学和心理机制上的合理支撑。

2.民间立场。

让诗歌回到民间,与当代中国人真实的生存体验、生命体验和审美体验同呼吸共命运,以重建现代诗歌精神,并彻底告别官方诗坛的辖制,以自由、自在、自我驱动与自我完善的民间化机制,开辟现代汉诗的新天地,是二十世纪先锋诗歌运动为我们留下的另一笔至为重要的精神遗产。

实际上,在由杨克主编,于1999年2月出版的《1998·中国新诗年鉴》封面上所特意标示出的那句口号,"艺术上我们秉承:真正的永恒的民间立场",已提前为先锋诗歌的这一精神遗产做了确切而虔敬的认领,并予以方向性的倡导(这一"口号"式的用语,在持续编选与出版的《中国新诗年鉴》中,一直沿用至今)。同时必须指出,这一"遗产"是由包括被划分为"知识分子写作"和"民间写作"在内的、所有参与先锋诗歌进程的诗人与诗评家们所共同创造的财富,而非哪一诗派哪一诗歌阵营的"独家经营",其间所经历的艰难"突围"与艰卓奋争,以及各种挫折、磨

---

[1] 详见《非非》诗刊2003至2004年卷"体制外写作讨论专号",新时代出版社2004年版。

难与考验，更是共同承受的历史担当。

如今，这一遗产已转化为纯正诗歌阵营的一个优良传统。我们可以看到，即或在官方诗坛迫于当代诗歌发展的现实挑战下，开始越来越多地主动接纳先锋诗人和他们的作品，将其划归主流诗歌版图，显得空前宽容与开放时，大量的先锋诗人们（无论是"老先锋"还是"新先锋"），依然坚持以民间立场写作、在民间诗歌团体活动、在民办诗报诗刊及诗歌网站发表作品为荣，俨然已成为另一种"主流"，并大有取"天下"而代之的趋势。因主流意识形态的困扰而长期被单一化的诗歌生存状态，终于为多元共生的合理生态所替代，从而使当代诗歌呈现出前所未有的活力与生机，不能不说是一个历史性的转换。

3.对存在的全面开放。

由"第三代诗歌"所开启的真正意义上的先锋诗歌运动，以及随后展开的第三代后民间诗歌浪潮，除延续朦胧诗对官方主流诗歌意识的反叛外，更进一步地消解了潜意识形态化的早期先锋诗歌立场，将"写什么"的问题导引至对存在的全面开放——从学院化、知识化的生存体验，到民间性、草根性的生存认知，从人性、诗性生命意识的复归，到对日常生活经验的接纳——百年中国新诗，从来没有像今天这样，对现代中国人的生存与生命现实，有着如此真实、如此真切和如此广泛深刻的表现。

这其中，对一再被制度与潮流所遮蔽的存在之"真实"的探求，成为其最核心的着力点。

从题材和内容上看，掩藏在主流话语背后的当代中国诸般生存真相、生活样态、生命轨迹，以及反映在物质、精神、肉体、思想、心理、语言等各个层面的世态百相，无不有所涉及。包括新世纪以降，在急剧推进的市场经济和商业文化主导下，当代人陷入被时尚所设计、被消费所宰制而生的迷惘、郁闷和新的彷徨,也得到多层面的反映。从主体精神上看,为鲁迅所指斥的那种"瞒"与"骗"及虚假的文化形态之遗脉,在先锋诗人这里,遭遇到全面的质疑与彻底的反抗,并经由诗的通道,找回了生命的真实与言说的真实。尤其在年轻诗人那里,毫无顾忌地袒露自己的心声,事无巨细地追索存在的真相,直言取道,尽弃矫饰,宁可裸呈,也不造作,视虚假、伪伪、虚张声势等为诗性生命之大敌,一扫伪理想主义、伪现实主义及精神乌托邦在诗歌中的遗风。

尽管,在这种对"真实"的急于认领中,当代汉语诗歌暂时付出了诸如精致、典雅、静穆、高远等传统诗美品质欠缺的代价,但就诗最终是为了护理人的生命真实,以免于成为文化动物、政治动物和经济动物这一本质属性来说,我们宁可少一点所谓的"诗意",也不能再失去真实。何况,或许只有在这片复归真实的新生地上,我们才有可能复生真正可信任可依赖的诗歌家园。就此而言,这样的追求与进步,已不仅仅是诗的、文学的进步,更是文化学、社会学意义上的进步。

4.语言意识的空前活跃。

人是语言的存在物。改写语言,便是改写我们同世界旧有的关系。因此,诗是经由对语言的改写而完成的对世界的改写——在这种改写中,我们重新找回为"成熟"所丢失的本真自我,以清理生命的郁积,调适灵魂的方向。

自"第三代诗歌"开始,绵延至今的先锋诗歌浪潮,在继承朦胧诗的精神传统,对存在全面开放的同时,更将语言问题提升到本质性的高度,予以持久的关注和多向度的探求,从而极为有效地扩展了现代汉诗的表现域度,也极为深刻地改变了现代汉诗的表现方式和语言形态,其繁复、驳杂、多变及空前活跃,都是其他时代所不及的。

考察先锋诗歌的语言演变历程，大致可以归纳为四个向度：（1）"抒情性诗思"向度；（2）"意象性诗思"向度；（3）"叙事性诗思"向度；（4）"口语性诗思"向度。四个向度各有短长，也不乏交叉互动，造就了不少风格独具、傲视百年的优秀诗人和经典作品。这其中，尤其是"叙事"与"口语"两个向度的引进，极大地改变了旧有的语言格局，并发展为自二十世纪九十年代至今先锋诗歌进程的主要方向，影响极为广泛。以于坚为代表的一些重量级的诗人，更超前一步将四个向度有机地杂糅并举，创造出具有整合性的新的语言形态和诗歌样式，展现出前所未有的诗美品质和诗想深度，为现代汉诗的发展奠定了一个更为坚实广阔的基础。虽然，这一方兴未艾的"叙事"与"口语"浪潮，已开始暴露出一些负面的问题，但何以能在今天造成如此盛大的局面，并生成为新的传统，无疑为现代汉诗诗学提供了一个新的课题，也推动了现代汉诗诗学的深入发展。

二

当代中国大陆二十年之先锋诗歌进程所创生的新的传统之逐步形成与确立，已作为当代中国诗歌历程的深度叙事而立身入史，并渐次由"运动"而"守常"，进入水深流静的常态发展阶段。"运动情结"的消解（失去明确的方向感），"先锋机制"的耗散（失去何以"先锋"的理由与对象），由"边缘"而"主流"，由"反方"而"正方"，由"孤军作战"而"众声喧哗"，以及由"走向世界""与西方接轨"而回归本土、自足自立，跨越世纪的当代中国先锋诗歌正在逐步丧失它的本源动力与意义，边界模糊，目标含混，只剩下一个趋于时尚化的外壳。尽管依然有新的、年轻的"生力军"出来以"先锋"为旗号,鼓促新的"先锋运动",但就其诗学理念和创作实际来看,与真正意义上的先锋诗歌相去甚远,大多只是因"先锋性焦虑"而生,仅持有一种姿态而已。

因此,在对二十年先锋诗歌所形成的上述传统之正面作用给以充分肯定之后,需要再度反思与清理其遗留下来的一些负面的影响。

以"今天派"为代表的早期先锋诗歌,以"地火的运行"和"造山运动"般的崛起态势,开辟了一个新的诗歌时代。其运行的内在机制,是一种以个人的独立人格、独特才华与独在的精神气质为前提,在特定时空下走到一起的松散的"联合体"。这样的联合体,除了诗歌理想的共同抱负和对政治风险的共同承担外,几乎再无其他什么可"共同"的了(包括共同的美学趣味和利益关联)。这样的运行机制,在今天看来,显得特别超前而又尤为可贵,是之后又"先锋"了二十余年而需要重新找回的理想境界。许多冷静的诗歌研究者,多年来一直遗憾,后来的先锋诗歌运动过于仓促地中断了对朦胧诗传统的有机继承与发扬,而急于另起锅灶,大概不无此意。

"第三代"及其后的先锋诗歌,则一直是以不断"运动"的方式和"波浪推进"的态势来展开的,其运行的内在机制,带有明显的"群体性格",或多或少地要受制于共同的美学趣味和利益关联的拘束,难免失于立场的偏狭与浅近功利的诱惑。从"pass北岛"到小山头林立,从诗派、诗代的急促划分,到小圈子意识的逐渐泛滥,"运动"成为一种"情结",后浪推前浪变为后浪埋前浪……作为具有"史的功利"的先锋诗歌运动,渐渐起了变化,派生出原本是先锋之本义要反对的一些东西。

这其中,有两点尤为突出:一是心理机制的病变,一是创作机制的病变。

心理机制的病变,造成先锋诗歌运动之历史合理性的偏离,并形成惯性驱动,致使独立、沉着、优雅的诗歌精神长期缺失,而这样的精神,才是使诗歌回到良性发展的根本保证。这种病变视诗坛为"角斗场",或虚设假想敌,鼓噪时势以借势生辉,或急于"扬名立万"、进入历史,遂陷入姿态与心气的比拼,鼓促浮躁气息的蔓延。久而久之,"先锋"成了一面徒有虚名的旗帜,缺乏实质性的内容和明确的方向,大家都在争,但争的只是那个"先锋"的角色和虚妄的名分,或者说只是在争那个以"先锋"为标志的话语权。这也是造成后来纯正诗歌阵营多种纷争的主要原因之一。

创作机制的病变,造成先锋诗歌品质的越来越泛化、矮化、平庸化。所谓谁都在先锋也就没了先锋,唯以量取名而已,致使经典长期缺失,以致于连已有的经典(从朦胧诗到"第三代诗歌"所产生的经典)也失去应有的作用。许多后来者视写诗为便利之事,只由当下入手,流上取一瓢,稍加"勾兑",得标新立异之利就是,看似个性,实是无性仿生,有去路,没来路,开了些炫耀一时而不结正果的"谎花",更谈不上"保质期"的长短了。究其因,无非经典意识的淡薄所致。这也是近年来大家趋于共识的"诗多好的少"的主要原因之一。

这里有必要补充讨论一下先锋性写作的发生机制所隐含的一些问题。

所谓"先锋"以及"前卫""探索""实验"等一类写作,从发生机制来看,必然是以打破已成范式的原有创作形式而求突破为出发点,即"变法"以"求新"。具体而言,假设一种文体(或艺术种类)已形成一些基本的、常规的审美要素和结构模式(如诗歌的分行、精练、意象思维、抒情调式等),那么要变法求新,无非两种取道:一是元素变构——取其文体要素之一二,放大变形,挖掘个体元素中新的审美潜质;二是结构变构——打破范式,重建关系,探索结构生成中新的审美品质。两种取道的结果,都重在"可能性",以获取新的生长点、开辟新的道路。这样一种机制,在文学与艺术发展的庸常期或停滞期,自是会生发摧枯拉朽而开风气之先以更新发展的强大作用,包括与其伴生的各种先锋运动,也自是不乏"史的功利"。然而,如果只是求新求变不求常,一味移步换形,居无定所,则必然导致典律的涣散与边界的模糊,使现代汉诗的诗性与诗质长期处于不确定状态,那又谈何经典与传统呢?

现实的状况是,正是这种不确定性,一方面加剧了当代诗歌语言空间的破碎、隔膜、各自为是,导致雅与俗、经典与平庸,成了两个互不相关的审美谱系而无从整合,一方面又造成个人话语的时尚化、体制化(时尚也是一种体制),沦为新的类型性话语的平均数。诗人们在无边无界无标准的境况下自以为是,野草疯长,大树寥寥,只见新,见重要,难得见优秀。

而经典毕竟是永远的诱惑,焦虑也随之产生。遗憾的是,大多数诗人都将新的焦虑习惯性地转向新的"先锋"而不是"保守",殊不知可能性并不保证就可能导向经典性,可能性常常造就的只是一些重要而不尽优秀的诗人与诗歌作品。而经典的生成,总是趋向于整合了先锋与传统的有价值的东西,而落于常态写作的创作机制。

这使我们想到于坚的一句警言:"在此崇尚变化、维新的时代,诗人就是那种敢于在时间中原在的人。"[①]

[①] 于坚:《于坚的诗》,人民文学出版社2000年版,后记第404页。

三

综上所述，可以看出，绵延二十多年的中国大陆先锋诗歌运动，已然到了一个临界点，必须重新找到一个正常的自我定位，而跨越世纪的现代汉诗，也由此历史性地进入了一个全新的发展阶段——这个阶段的开端，将由以先锋性写作为主导的运动态势，过渡到以常态性写作为主导的自在状态，并由此逼临一个以经典写作为风范的诗歌时代。

这里所谓诗歌的"常态写作"，参照以上思考，可简述为：

（1）是消解了"运动情结"和"群体性格"而真正回到个人的写作；

（2）是超越了狭隘的时代精神和摆脱了时尚话语的影响而深入时间的写作；

（3）是回归诗歌本体而仅由诗的角度出发的写作；

（4）是带有一定的经典意识和传统意识（渴望成为经典和传统的一部分）并自觉追求写作难度的写作；

（5）是葆有从容优雅的诗歌精神（指主体精神的优雅而非写优雅的诗）和自我约束风度而本质行走的写作。

实际上，上述指认及对常态写作的初步归纳，早在一些有远见卓识的优秀诗人那里就得以提前认领，并及时完成了"过渡"——正如于坚所言："我终于把'先锋'这顶欧洲礼帽从我头上甩掉了。我再次像三十年前那样，一个人，一意孤行。不同的是，那时候我是某个先锋派向日葵上的一粒瓜子。如今，我只是一个汉语诗人而已，汉语的一个叫于坚的容器。"[①]

我们知道，近二十年来，于坚一直是先锋诗歌的重要人物，

---

① 于坚：《长安行》，载《作家》2002年第10期。

产生巨大影响的重要代表,从"史的功利"来说,他也因此"获利匪浅",大可顺势"借道生辉"下去。但正是这样一位老牌先锋诗人,出于更大的"野心"即其"梦想"的召唤,以及由此而生的清醒或者说"狡黠",率先甩掉了"先锋"的"礼帽",认领常态写作与整合意识,开辟通向经典之路的新境地,并告诫同路人:"八十年代的前卫的诗歌革命者,今天应该成为写作活动中的保守派。保守并不是复古,而是坚持那些在革命中被意识到的真正有价值的东西。"①

有意味的是,虽然在长达二十年的先锋意识主导下及先锋浪潮的惯性驱使下,整个纯正诗歌阵营并未完全摆脱其余绪的困扰,年轻的新生代更以一尝"先锋"为乐事,难以理会"于坚式"的提醒与示范,但大部分有远见卓识的成名诗人,已开始尝到"静水流深"的甜头,并厌倦了"运动"的驱使。大量迹象表明,一个经由反思、修整而重新出发的"过渡形态"的诗歌进程,已在新世纪的步履中悄然形成,同时也遭遇到以物质狂欢、肉体狂欢和话语狂欢为标志的文化转型之挑战;一些新的问题在生成,许多旧的问题更有待清理,我们再次回到一个共同的起点,背负历史的总结与现实的担当。

2006 年 5 月

---

① 于坚:《棕皮手记·1994—1995》,见于坚:《棕皮手记》,东方出版中心 1997 年版,第 280、281 页。

"创世纪"诗歌精神散论

在现代汉语诗歌的大中华版图上,台湾"创世纪"诗社的诗歌历程,无疑已成为一个颇具影响性的重力场,成为现代汉语诗歌在新的世纪的进程中,可资借鉴的重要资源与传统。

一个民间诗社,在各种外部环境(诸如意识形态暴力、文化转型困扰、工商社会迫抑等等)重重挤压下,能苦苦支撑五十余年,并创造了如此丰富而凝重的成就,显然是有一种不同一般的精神品质存在于其中的。两年前,在《创世纪》创刊五十周年之际,我为之撰写了《"回家"或创造历史》的纪念性文章,[①]随后便一直在思考,能否从那种激情化的感想中,总结出一种可称之为"创世纪诗歌"精神的理论认知,以便更深入地理解和发掘这一重要资源与传统。

一种带有价值指认性的理论认知,必得先确定这一指认的参照坐标是什么,即对何者而言它是如此存在且有其独立性的。作为大陆诗歌评论者,探讨台湾"创世纪"诗歌精神,自然要以大陆同时期的诗歌历史来做比较,否则没有太大的现实意义。同时我也一直认为,这种基于同根同源而不同道路不同形态的比较(包括大陆与台湾、大陆与香港、大陆与海外等),或可称之为现代汉语诗歌内部格局之间的比较,是远比中西诗歌之间的比较和古典诗歌与现代诗歌之间的比较更为重要的比

---

① 原载《创世纪》2004年秋冬季号总140—141期合刊"创刊五十年纪念特大号"。

较，也是更为切实和有效的一种比较。经由这种比较，我将我所认定的"创世纪"诗歌精神，粗略归纳为以下三个层面，并做简要阐释。

一、"现代版"的传统文人精神

凡长期关注和研究台湾现代诗并与其诗人有过交往的大陆人士都会发现，彼岸诗人从文本到人本，其精神气息比之大陆诗人总是多少有所不同，其实说白了，就是多了一些中国传统文人和"五四"文学传统的遗风而令人心仪。这一点，在"创世纪"诗人，尤其是前行代诗人身上，有着特别突出的体现。

我们知道，奠定"创世纪"诗歌精神之基石的"创世纪"前行代诗人，大都有着军旅出身的背景，属于被痖弦称之为"饥馑边缘的战火孤雏、丧乱之年的流亡少年、当兵吃粮的小小军曹或低阶军官……把脚后跟磨破的一群"[①]，而后又通过各种方式，完成了现代文化人的身份转换，并在这种转换中，继承与发扬了中国传统文人的风骨，且注入新的血液，将其提升为一种现代诗人的现代诗歌人格。由"兵"而"秀才"，由"秀才"而不失"兵"的"草莽性格与狂飙作风"，[②]是"创世纪"诗人不同一般的诗性生命之特质所在。在文化／精神和家园／肉体的双重放逐中，在后来的台湾社会转型中的各种现实利益的诱惑与挑战下，能实现并执着于如此的转换，对于所有非此"族类"的人们来说，实在是难以想象的。我认为，正是这种转换中所形成的潜在心理机制——即俗话

[①] 痖弦：《创世纪的批评性格——〈创世纪四十年评论选〉代跋》，原载《创世纪》1994年9月号总100期"创刊四十周年专号"。

[②] 萧萧：《创世纪风格与理论之演变》，原载《创世纪》1994年9月号总100期"创刊四十周年专号"。

讲的"心气"、文言讲的"气格",决定了"创世纪"诗人诗歌精神谱系的基本点——以草莽求纯粹,以优雅化苦难,以文学艺术的创造性活动和天涯漂泊之独在的文化身份为终极归所,遗世而立,是一种无奈中的超拔。

正如洛夫早在三十年前于《我的诗观与诗法》一文中所告白的:"揽镜自照,我们所见到的不是现代人的影像,而是现代人残酷的命运,写诗即是对付这残酷命运的一种报复手段。"[1]对"创世纪"诗人而言,诗,以及一切与诗、与文学、与艺术、与文化相关的事物,最初都可看作是"家"的转喻,是"文化原乡"的转喻,写诗便是"回家",便是向"家人"和"故土"传递游子"归宗认祖"的心声和不甘沦落的志气。而当这种"传递"久久没有回应时,身处永远的"外省人"(对台湾而言)和永远的"老兵"(对大陆而言)之空前绝后的生存绝境中的他们,也就只有跳出"时局",安心"诗局",不再做"回归"或"还乡"的梦——从"伦理家园"到"文化家园",再过渡到"诗歌家园",唯以诗与艺术的创造安身立命,舍此再无其他。[2]

这种看似无奈的选择,却暗合了中国传统文人的宿命。在这里,诗与艺术的创造,既是一种承诺,更是一种拯救;既是自我的拯救,也是一个漂泊族群在失乡、失根、失去身份归属后,挑战残酷命运而重获人生价值和存在意义的拯救。在中国文化语境下,这种拯救所唯一可汲取可凭恃的,只能是千古文人

---

[1] 转引自沈奇编选:《台湾诗论精华》,陕西人民教育出版社1995年版,第101页。
[2] 《创世纪》诗人群体大都多才多艺,爱好广泛,既是诗人,又是其他艺术门类的专家或高级"票友"。如痖弦、管管的话剧、电影表演,洛夫的书法,张默、碧果的绘画,等等。这也从另一个侧面说明其传统文人风骨之所在。

所秉承的"独立之精神,自由之思想""飘飘何所是,天地一沙鸥"的精神传统——对于这样的传统他们并不陌生,那原本就是他们文化人格与精神生命的"基因"与"初乳",可谓顺理成章,并最终成为二十世纪下半叶的绝响!

由此我们可以看到,正是这种包括"五四"文学传统的承传在内的"现代版"的传统文人精神,使"创世纪"的诗人们得以将最初靠着彼此为诗的爱好而燃烧的体温取暖,转换为一个族群的精神殿堂,继而将荒寒无着的"回家"之路,转换为创造历史的辉煌业绩。同时,也正是有了这样的风骨,使他们在后来左冲右突漫长而曲折的诗路历程中,得以在异质文化的侵扰下,自觉地恢复传统文化记忆的功能,追索汉语诗性的本源感受,将文人气息、文人学养、文人品格和"草莽性格与狂飙作风",一起注入现代汉语诗歌的创造之中,"终而完成一个现代融合传统、中国接轨西方的全新的诗学建构"[①],从而成为百年中国新诗发展中,一脉新的传统。

这是"创世纪"诗歌精神的第一个层面,是他的内核、他的灵魂。

二、优雅自在的"纯诗"精神

"草莽出诗人,优雅化苦难。"这是多年前我与"创世纪"前行代诗人大荒先生,在一次题为"丈量萤火虫与火炬的距离"[②]的对话中,谈到"创世纪"前行代诗人之诗歌生命形态所共有的特征时,所得到的一点感受。在过去的一个世纪里,"中国人是苦

[①] 洛夫:《〈创世纪〉的传统》,原载《创世纪》2004年秋冬季号总140—141期合刊"创刊五十年纪念特大号"。

[②] 全文载《创世纪》1999年冬季号总121期。

难的,他们恒常在两种文化的夹缝里,在不同的错位空间、风景、梦的夹缝里伤失穿行,承受着身体的、精神的、语言的转位放逐之苦"。[①]这样的苦难,两岸诗人都经受过,但在"创世纪"这样更多了一重"外省人"和"老兵"的惨烈处境之磨难的漂泊族群这里,苦难的分量便更加沉重。然而,也正是他们,在苦难的承受与诗和诗歌美学的创造之间,找到了"优雅"的"化合剂",从而始终能以纯粹的诗歌精神(本节标题中的"纯诗"一词即为此意的另一措辞方式而非诗学意义上的"纯诗"概念)与独立的诗歌人格,拓展开属于他们自己的诗歌道路。

必须要赶紧说明的是,这里的"优雅",不是指诗的优雅或写优雅的诗,更不是指生活的优雅,而是指一种超越生存现实的迫抑、摆脱浅近功利诱惑、优游不迫的创造心态。窃以为,有无"优雅化苦难"的心态,是决定诗人及一切文学艺术家,能否长久保持其纯粹的诗歌精神与艺术精神和独立的诗歌人格与艺术人格的基本前提。

实际上,在最初思考"优雅化苦难"这一命题时,我也曾注意到一些不同于大陆的现实因素的影响。比如,包括"创世纪"在内的属于军人身份的台湾前行代诗人们,在退役之后(基本是在中年阶段),大都有较优厚的"终生俸禄"(相当于大陆的退休金)为经济保证,可以过衣食无忧的小康生活。若再有所兼职或别的收入,大概进入中产阶级的生活层面也不成问题。如此无忧的"经济人格",再加上解严之后"政治人格"的无虑,似乎理所当然可以被认定为是形成其纯粹优雅的"诗歌人格"的底背。其实不然。一方面,比较于大陆诗人而言,在当年大多

[①] 叶维廉:《被迫承受文化的错位——中国现代文化、文学、诗生变的思索》,原载《创世纪》1994年9月号总100期"创刊四十周年专号"。

数人根本不知"经济人格"与"政治人格"为何物的时候,我们的"诗歌人格"自是根本无从谈起。后来大家都多少恢复一点"经济人格"与"政治人格"了,却依然难以在"诗歌人格"上得以完善,总是避免不了意识形态化和社会化的困扰,总是携带生存、急近功利、充满欲望而心有旁骛,难得纯粹与优雅。一方面,仅就台湾前行代诗人而言,绝大多数在从事诗歌创作与诗学研究之后,便如香客般义无反顾地、一心一意潜心虔意地终生为诗"服役",过起了"诗歌居士"般的日子,即或有优化"经济人格"与"政治人格"的机遇,也从不动心,且很多诗人的现实生活,也只能用"安贫乐道"而言之。

对此,痖弦曾在同笔者的一次对话中谈道:"《创世纪》诗社和诗刊,一开始是哥们几个写诗的在一块玩一下,后来成了精神庙堂。没有发过一篇政治性的东西,非常纯粹而专注。在那样一个艰难污秽的世界里,这是我们最后的尊严,也是我们一生最有价值的贡献。那时大家写作态度非常纯粹,我认为你的诗没写好,你是我哥也不行。最有意思的是,在我们的理论意识尚不成熟完备的时候,就有强烈的纯诗意识,不受意识形态影响,现在看来,真是很难得。"他同时还颇为感慨地说:"既然做诗人,当然就该从容一些、雍容一些。美的耕耘本身就是一种快乐,要沉得住气才是,要带着一种理想的色彩才是。台湾的周梦蝶是这方面的代表,谁都没有他那样纯净和自足自在,从不想诗写作之外的事,多安稳,多富足,多幸福!如果这样的诗人多了,社会也才会投入更多尊敬的眼色,诗人和诗歌才会成为我们世界最美好的一道风景线。"[①]

[①] 引自笔者2004年6月在温哥华拜访痖弦先生时,于先生家中作《永远的红玉米——与痖弦对话录》之未刊稿。

这便是何以"优雅化苦难"的根本因素之所在了——在"创世纪"以及和他们有着同样命运与同样志向的台湾诗人那里，诗与艺术的存在，既不是宣泄苦难的简捷通道，更不是任何可借做他用的工具，而只是"安身立命"的一种"栖居"的方式——既是生命理想的仪式化存在方式，也是生存现实的日常化存在方式；我诗故我在，我在故我诗，我的创造诗意人生的行走就是我的家、我的历史。由此，人诗合一，气交冲漠，与神为徒，淡然自澈，而静水流深。人生变得如此单纯。从黑发的青春到白头的暮年，所有的爱恨愁苦皆为一个"诗"字所"收容"，把爱诗、写诗以及一切与诗的创造、文学艺术的创造有关的事，都有如"做功课""做家事"一样去看待去"服役"，遂有持之一生而乐此不疲的"愚诚痴傻"，而"不能不叫人打心底里感叹：他们是把诗当作生命的一群，不管在外人眼中卑微或尊荣。他们是真正的诗的风格！"[①]

需要补充说明的是，如此以"优雅"化"苦难"，并非如"鸵鸟方式"般地对待苦难，而是跳出时局深入时间于更深层面反抗命运的一种方式。正如痖弦在品评诗友丁文智作品时所指认的："他的诗不是向时间下战帖，而是向时间递交和解书。他深深了解，人与时间的缠斗将无止无休，屡战屡败；虽败犹起，固然可以显出人的一种尊严，一种悲壮，但最终还是会败北下来。与其如此，还不如把时间给予人的种种，折磨也好，养育也好，通通吟之于诗，借着文学形象，把站在岁月面前进退维谷

---

① 这是台湾中生代代表诗人陈义芝在为祝贺《创世纪》创刊四十周年撰写的纪念文章《在时间之流——〈创世纪〉印象》一文结尾处所发的感叹，亦可视为代表台湾中青年诗人对前行代诗人几为绝响的诗歌精神的感佩之声。全文见《创世纪》1994年9月号总100期"创刊四十周年专号"。

的自己解救出来。让时间时间他的吧,天地的仁与不仁,端看你如何去思考存在的意义,存在,又何尝不是一种温婉的抗议?以时间为师、为友、为敌的丁文智,乃是以诗的悲哀,征服时间的悲哀了!"[1]

这是"创世纪"诗歌精神的第二个层面,是他的气质、他的品格。

三、多元开放的探索精神

跳出线性的"历史时空",安心开放的"诗性时空",新诗与生俱来的多元开放的探索精神,在"创世纪"诗人群体这里,得到切实完整的实现。这样的群体,"当在孤灯荧荧之下面对稿纸时,他们是绝对孤立的,个性俨然,各有面貌。但他们饮酒、海聊或集会正式讨论诗歌问题时,他们的言说却有着惊人的一致性"[2]。这种"一致性",这种同质的诗歌立场,并非无门户之见或"小圈子"意识,而是以海纳百川的开放姿态和以世界性为视野的眼光,长久保持前驱姿态,不断发扬光大真正可称之为"多元开放"的探索精神,并取得历史性的卓越成就。

其实,作为新诗的传统,多元开放的探索精神,本是所有有志于新诗创造性追求的诗人们共同恪守的诗歌立场。只是相比较于二十世纪下半叶的大陆诗歌界,以及台湾其他诗歌群体而言,"创世纪"诗人群体的表现,显得更为宽展也更具有超越性一些。

---

[1] 痖弦:《一壶老酒,一小碟时间——读丁文智时间意识与诗友聚谈作品之联想》,原载《创世纪》2006年春季号总146期。
[2] 洛夫:《〈创世纪〉的传统》,原载《创世纪》2004年秋冬季号总140—141期合刊"创刊五十年纪念特大号"。

具体说来,其一,在诗歌运动方面,不是唯求新求变求先锋而不断革命、不断断裂的方式,而是以不断修正与承接的方式,化"先锋"为"常态",寻"典律"于"探索",有来路,有去路,逐步形成自己的风格、自己的传统。纵观当代世界华文诗坛的各种诗歌运动,过于新潮前卫的,总是有去路没来路,那去路也便不会长久,过于传统保守的,总是有来路没去路,那来路也便失去意义。在这一方面,"创世纪"融"草莽性格"与"学院气质"为一体的探索精神与运动风格,确实为我们提供了一个可资借鉴的范例。

其二,在诗歌生命形态方面,以开放的心态,将孤独个体的生命体验与一个特殊族群的漂泊意绪熔铸为一,并有机地将其提升为一个民族在被迫承受的文化错位中,于"放逐"与"回家"的彷徨境地,以诗艺的探求和诗性生命意识的塑造,作为回归精神原乡的表征的主体形象。尤其是,在身处异质的文化中国与异质的乡土台湾之两难困境中,在文化血缘与政治地缘的纠缠和冲突中,保持独立的族群意识和民间立场,于地缘中追寻血缘,在血缘中认识地缘,宁可自甘"二次放逐",也不妥协于时代的拘押。置于今日时代语境去反思,又何尝不是一个超级隐喻,代表了整个现代人类,在物质的暗夜,在科技理性的促迫中,走向精神漂泊之路后,如何找回自我和家园的一个预演?而这,正是"创世纪"诗人群体,为二十世纪中国诗歌之生命形态,所提供的最为震撼人心的典型个案,也是其历史价值中最为闪光的深度结晶。

其三,在诗歌语言形态方面,较早摆脱各种主流与时尚话语的宰制,以世界性的视野,多元潜沉,强化基质,汲古润今,化西为中,求"现代"之异,不离"传统"之法,在现代性的诉求与汉诗语言特质的发扬之间,不断寻求可以连接的相切点,以强化汉语文化本源性的诗美感受。特别是在现代诗的意象经营上，惯于将古典诗歌中一些可利用的元素予以再造和融通，以涵纳汉语文化和汉语诗歌精神的深度基因，进而成为新的传统因子。在这一点上，"创世纪"诗人群体的有效探索和不凡成就，放眼二十世纪下半叶的新诗进程，大概难有可与之比肩而立者。

其四，在建构中国现代诗学传统方面，"创世纪"更是以一个小小的民间同仁诗社的力量，创造了独具特色、独备一格、雄视台湾进而笑傲世界华文诗坛的业绩。这里不妨沿用洛夫的总结："我们在这五十年内，先从'民族路线'具体化为'新民族诗性'，再从掉臂而去反抱西方现代主义到'修正的超现实主义'（或称中国化的'超现实主义'），然后回眸传统，重塑古典，并探求以超现实手法来表现中国古典诗中'妙悟''无理而妙'的独特美学观念的实验，最终创设了一个诗的新纪元——中国现代诗。这不仅是《创世纪》在多元而开放的宏观设计中确立了一个现代汉语诗歌的大传统，而且也是整个台湾现代诗运动中一个不容置疑的轨迹。"[①] 如此业绩的获取，应该说，坚持多元开放的探索精神，在此起了关键性的作用。

这是"创世纪"诗歌精神的第三个层面，是他的状态、他的风度。

三个层面，一种精神——"失乡的人"不幸而有幸，从此再没有什么可失去的了，而漂泊中的精神世界总是任八面来风皆化为我有——这样的风度，这样的品格，这样的灵魂，不正是所有现代中国诗人们苦苦追求的最高境界吗？

---

① 洛夫：《〈创世纪〉的传统》，原载《创世纪》2004年秋冬季号总140—141期合刊"创刊五十年纪念特大号"。

四、结语

在半个多世纪坚卓而超拔的诗歌进程中,《创世纪》一直由他的三位创始人张默、洛夫、痖弦共同掌舵领航,史称"三驾马车"。当年台湾诗坛曾分别给三位带头诗人送了三个雅号,称张默为"诗痴",洛夫为"诗魔",痖弦为"诗儒"。若按"儒""痴""魔"的顺序重新排列,似乎恰好可以借用来形容上述"创世纪"诗歌精神之三个层面:"儒"的灵魂,"痴"的品格,"魔"的风度。

隔岸论诗,借镜鉴照,我们自可发现,大陆半个多世纪来的诗歌历程中所出现的种种缺憾,大概总与或多或少地缺乏这样的"灵魂"、这样的"品格"、这样的"风度"有关。诗贵有"心斋",方不为时风所动,亦不为功利所惑,终得大自在。从某种意义上来讲,真正的诗不是写出来的,更不是喊出来的,而是养出来的,靠诗人的"心斋"养出来的。有大自在之诗心,方得大自在之诗歌精神。有了这种诗歌精神,落实于诗的创作,方无论质量高低,终不会作伪诗、假诗、赶时髦的诗,更不会为诗之外的什么去出卖自己的诗歌人格。

近年,海外归来的著名画家陈丹青先生,曾调侃性地表示过一种看法,大意是说比起二十世纪二三十年代的那一代文化人,我们在"长相"上先就输了一筹。这里的"长相",无疑是指"精神气息"了。若拿此说法来看两岸诗人与诗歌品相,是否也有点意味深长的体悟呢?

2006年9月

怎样的"口语",以及"叙事"
——当下"口语诗"问题之我见

一

跨越世纪的中国当代汉语新诗,以"民间诗歌"立场的全面确立和"网络诗歌"的迅猛发展为标志,在获得更加多元、自由、活跃的良好"诗歌生态环境"的同时,也随之出现了游戏化、时尚化、平庸化的现象。爱诗、写诗的人更多了,好诗、名诗却不多见,二者之间没有必然的因果关系,只是共同构成了困顿的现实。新手蜂拥,名家落寞;语感趋同,个性趋类。浮躁、粗浅、游戏化的心理机制,无标准、无难度、只活在当下的创作状态,皆已成时弊。

这其中,尤以"口语诗"写作的问题最为突出。

早在二十世纪谢幕之际,我便在《九十年代先锋诗歌的语言问题》的文章中指出:"无论是'口语'还是'叙事',都已在九十年代行将结束时,暴露出高度透支后的衰败相。究其因,主要由于九十年代诗歌的领衔人物大都出自这两路诗风,诱发后来者将其'神话化'或叫作'时尚化',引发大面积的仿生,形成了两条诗歌'生产线',大量复制堆积(包括成名诗人的自我复制),将'高难动作'变成了'庸常游戏',造成名诗人多多而名作寥寥的困窘局面。"

几年过去了,这样的局面并没有得到有效的改善,某些方面还有越演越烈的趋势。尤其是"网络诗歌"的迅猛发展,诱使大部分诗人在当下创作时,难免生出"抄近路"的心理,纷纷加入"口语诗"以及"叙事"性诗歌写作的行列,推波助澜,以求推"时势"造"英雄","各领风骚三两天"。由此而生的诗歌品质,是可以想见的。阅读此类作品,只能给人留下三两天的印象,甚或是即读即忘,少有耐人回味的东西可言。而无论是"口语"还是"叙事",都已像过于流通的新版货币一样,既失去了新的鲜活,也充满了流通中所沾染的各种病毒。

于是,对"新世纪诗歌"的发问,又首先回到了这样的话题:在"口语"与"叙事"被推为"时尚"发为"显学"乃至成为"语言神话"的今天,该如何重新认识其正负价值的双重在性?同时,有没有另一向度的语言策略,能有机地将"口语"与"叙事"的负面影响降到最低,使这一为当代诗人趋之若鹜,并将其主流化了的语言机制,发挥其真正有价值的诗歌美学作用?

二

在深入对这一问题的辨析之前,不妨先梳理一下"口语"与"叙事"诗歌的现实状况和历史演变的过程。

潜心关注诗歌发展的人们大概都已注意到,新世纪以来的诗歌写作,以"口语"与"叙事"为能事的作品,几乎已经成为大面积覆盖的态势。无论是包括民间诗报诗刊在内的各类纸本诗歌刊物,还是各种风起云涌的诗歌网站,以及各类"年终盘点"式的年度诗选,占绝大多数篇幅的,都是此类作品。让人不免兴叹:由韩东、于坚们开启,复由伊沙们予以"中兴"的这一路诗风,确已由当年的星星之火变成当今的燎原之势,但后继者常常仅得其形迹而未承其精魂,更遑论超越,大多只是一种投影或仿写而已。

记得二十世纪八十年代初,我在认识韩东,读到他的《你见过大海》《有关大雁塔》《我们的朋友》等诗作(有的还首发在我主编的"地下诗刊"《星路》上)后,曾与韩东讨论说:你的诗绝对是一个奇迹,开风气之先。只是假若有一天大家都来写你这种诗了,恐怕也是一件让人担心的事情。之后,九十年代,伊沙领一路风骚,导致众多追随,我再次指出:伊沙将"顺口溜"写成了诗,他的追随者们却又将诗写回到顺口溜。并再次提示:"口语诗"是更大难度的一种写作,不能将其视为轻便的捷径;"口语诗"进门易出门难,出精品力作更难。是以这种写作千万不能"扎堆",一"扎堆"就露怯,就出问题。

这里的关键在于:是韩东、于坚、伊沙式的生命形态和精神气质决定了他们各自不同的语言形态,二者是不可分离的。新的"口语诗"写作者,必须先确认自己个在的生命意识和精神立场,再认领真正契合这种意识与立场的语言形态,而不是仅止于皮毛的认同与追慕,失去个在的本真追求。

试举例来看——

二十多年前,韩东写出《水手》(又名《告诉你》,作于1983年8月)一诗:

> 顺流而下的水手,告诉你
> 大河上的见闻
> 上游和下游的见闻
> 贫穷的水手
> 卖给你无穷无尽的故事
> 两片嘴唇
> 满是爱情的痕迹

连同明亮的眼睛
一闪而过

此诗当年在与韩东聚叙时，曾听他自己轻轻读来，使当时还滞留于浪漫主义诗歌中的我如闻天籁，惊叹新诗还有这样看似简单实则极不易得的写法。今天再读来看，依然亮眼动心，耐人回味，一点也没有陈旧失效的感觉。

之后不久，便有了于小韦的那首《火车》：

旷地里的那列火车
不断向前
它走着
像一列火车那样

此诗一问世，便被传为"他们"诗派中的名作，影响很大。但至今仍让我有点敬而远之的"莫名"。对这种只剩筋骨没有皮肉的诗，我总有一些担心，担心它铤而走险的取向，是否有违诗的本质。不过，此诗早晚读来，还不失那点新奇，若再将其还原到二十世纪八十年代的语境中去看，《火车》以近于极简主义的美学意识所生发的特殊语感，对消解诸如矫情、矫饰、精神"乌托邦"和语言贵族化等积弊，以及附着在"火车"这一名词上的意识形态意涵，与文化色彩（如"时代列车"之类）等虚假所指，确实起到了一定的振聋发聩作用。

这列诗的"火车"开出二十年后，我们看到这样的《木棉花开》："木棉花开了／像我不知道它名字的时候／一样／开了"（全诗完，原载《诗选刊》2002年第12期）。再往后，我们遭遇到这样的《大饭店》："'姑娘倒酒——'／已经有人开始改口／'小姐一词坚决不能用了'／许多人这么说／许多人都会心一笑"(全诗完,见宗仁发选编:《2005·中国最佳诗歌》,辽宁人民出版社2006年版)。两首诗可谓异曲同工:都是"一根筋"式地写来,只在指出一个事态,余无其他。而且这样的"指出",也只是如常人般的"指"法,不知为何要让诗人来"指",或者说,不知为何要让诗人来如常人一样地去"指"。穿透虚伪矫饰的文化面具,指认存在的真实,这无疑是一种进步。但仅止于这样的进步,又无异于退步了。因为即或是进步,也只是社会学意义上的进步,而非美学意义上的进步,与诗何干?何况这样的"进步"早已被前行代的诗人进步过了!遗憾的是,此类作品的仿写者,却大都以为是新的发现与开创,比试着看谁能将高僧说家常话,还原为家常人说家常话。

其实也不乏真正进步了的探求。同样的"口语"与"叙事",在2006年中,收获了唐欣的《北京组诗》和中岛的《我一生都会和一个问号打架》两首(部)力作,一时传为佳谈。

唐欣的《北京组诗》,发挥其一贯的"日常视觉"中的细节捕捉能力,以一种"漫写"方式,将现实印象和历史记忆杂糅并举,于"握手言和"式的心境中播撒反讽的意趣,看似漫不经心随意道来,实则剪辑有度处处藏有玄机,读来饶有兴味。全诗通篇也只是在那用普通的"口语"说事,所说之事也不乏琐碎与庸常,却总能让人不忍释卷。究其因,一是"实"中有"虚",表面叙事的背后,有独在的人生况味和独到的人文情味做底;二是口语中有"作料",有别趣,有清通明白之余的语感肌质引人入胜。特别是如"谐趣"这样在汉语诗歌中的稀有元素,被唐欣化来而得心应手,成为其标志性的特征,也为"口语"与"叙事"之一路诗风树立了别开生面的典范。

中岛的《我一生都会和一个问号打架》是典型的"直言取

道"之作,没有玩什么新花样,却是诗人拼却大半生的民间生存挣扎与生命漂泊之痛苦体验和尖锐感受,而集中爆发、发为一"问"的大哉问,且"问"得真,"问"得切,"问"得撕心裂肺,震撼人心!这一"问",套句"新华语体"的说法,是以"问"的形式,"喊出了我们时代的最强音"。可见"直言取道"("口语"与"叙事"的变体模式)的关键在于那个"道",无"道"或乏"道"的直言,只是大白话,与诗无关。

三

经由上述粗略梳理,似乎可以为理论的辨析打开点思路了。

转换话语,落于日常,以口语的爽利取代书面语的黏滞,以叙事的切实取代抒情的矫饰,以日常视角取代庙堂立场,以言说的真实抵达对"真实"的言说,进而消解文化面具的"瞒"与"骗",以及精神"乌托邦"的虚浮造作,建造更真实、更健朗、更鲜活的诗歌精神与生命意识,是"口语诗"的本质属性。从发生学的角度去看,口语是一种不断生成并更新于当下的"活话语"。比起书面语,口语负载着更多新鲜而真切的现实信息量,且因其具有亲和力与普适性而易于流通,便于接通新人类,打通新媒体,是以一旦倡行就一发而不可收,成为近二十年来先锋诗歌与年轻诗人的主要驱动力。虽总是良莠不齐,但其蓬勃的生机和旺盛的活力,却让人不敢小视。

问题在于,这路诗风所存在着的一些先天性的弱点,一直被它的追随者们所疏忽,因而总是习为广大而难成精微。

一般而言,口语的语态宜于"说",不宜于"写",很难拿这种语态去抒发情感经营意象,故要放逐抒情、淡化意象,拉来

"叙事"为伍。而选什么样的"事"来"叙"以及如何"叙",才是具有一定诗性的,又成为一个考验,弄不好就变为"说事",变为日常生活的简单"提货单",或现象碎片的简单罗列。须知诗的"叙事"(无论是口语式的"叙事"还是书面语式的"叙事"),要脱"事"而"叙",不是"说事",而是对"事"的"说",意象性的说,戏剧性的说,寓言性的说,或别样的什么说,总之是要成为有意味的"说",诗性的"说",说"事"不可说之"说"。严格地讲,"口语"与"叙事"都是一种"诗性"因子含量较少的话语,若不借助和融会其他的诗歌元素,则难以提炼多少真正深厚的"诗意"——虽然我们知道,没有哪种语言是先天就具有诗性的,即或有,也正是现代诗所要警惕乃至要排斥的。但我的本意在于,讨论如何从"口语诗"的审美效应来划分其语言功能的是与非。

需要补充说明的是,这里所说的"诗性"与"诗意",依然是依据传统诗歌美学的说法来说的,但我们毕竟还有那么一个源远流长的诗歌经验存在着(从古典到现代,包括诗歌创作和诗歌欣赏),不可能完全脱离其影响来谈当下。从接受美学的角度而言,只有那些与旧经验有联系又有差异的新经验,才最易于产生审美快感,为有诗歌阅读经验的人们所接受。这也是多年来包括"口语诗"在内的各种先锋诗歌创作,一再忽略了的问题。

再者,口语的爽利常会导致直言,它虽然契合了现代人尤其是现代青年的心理取向,不愿绕着弯说话,却也难免直白空泛、坐得太实。美国"垮派"诗歌代表人物金斯堡确实说过:跟缪斯说话要和跟自己或朋友说话一样坦白。不过我想这句话是在强调一种"坦白"的诗歌立场,并非就指要说"坦白"的话。过于高蹈晦涩的诗歌,容易犯像庞德所比喻的"飞起来毫无着落"的毛病。但今天的诗人们的问题,尤其是那些过于依赖"口语"和"叙事",且只以日常生活体验为重的诗人们,却常常是有了着落,却再也飞不起来。

另外,口语诗歌写作容易上手,便于传播,有较强的亲和力与流通性,影响所及,导致大量的追随者,簇拥在一个可诗性极为狭小的作业地带打拼,也难免带来大量的仿写与复制,从而很快出现严重的"族系"相似性和"同志化"的状况,并将个人语境与民间语境,又重新纳入制度化语境和共识性语境,造成普泛的同质化的诗歌立场,而这本是引入"口语"与"叙事"策略的初衷所主要意欲反对的东西。

由此可见,真正到位的有价值的"口语诗"写作,是一种需要更高智慧的写作,也是一种更需要独在个性和原创力的写作。那种只图"轻快"和"热闹"的普泛的"口语诗"写作者们,却将"高难动作"变成了庸常游戏,将实验诗歌、先锋诗歌变成了大众狂欢,有趣味,没余味,有风味,没真味,随意宣泄,空心喧哗,唯以量的堆积造势蒙世,已严重危及这一路诗歌的良性发展。

四

诗,是传统的还是现代的,是"先锋"的还是"常态"的,说到底还是要成为一种艺术,一种具有造型性的语言艺术。无论是"口语"还是"叙事",都只是形成诗的可能的要素,是形成诗的要素的一部分材料。有人用这样的材料写成了好诗,有人则写成了庸诗坏诗,可见材料不是决定性的因素。创造性的诗歌写作,是一种生育形态而非生产形态,不是像工厂那样,旧产品不行了,引进一套新技术新设备新的生产线,就马上可以生产出一种新的产品来。这似乎是一个常识,却总是容易被忘却。

遵从这一理念,综合上述讨论,我在这里试图给出另一向度的语言策略,以探求将"口语"与"叙事"的负面降到最低,使之发挥它真正有价值的诗歌美学作用的可能。

概括而言,可归纳为三点:

(1)情感的智慧化(相对于情感的激情化);

(2)口语的寓言化(相对于口语的写实化);

(3)叙事的戏剧化(相对于叙事的指事化)。

三点可单项发展,也不妨融会打通,更希望看到那些出人意料的组合——集合了"口语""叙事""意象"等多种修辞策略的有机而和谐的出色组合或叫作"雕塑"——语言的雕塑,诗的雕塑。

鉴于本文篇幅所限,这里不再展开论述,仅做一点参照。

2007年5月

"动态诗学"与"现代汉诗"
——再谈"新诗标准问题"

一

诗学家陈仲义先生《感动、撼动、挑动、惊动——好诗的"四动"标准》一文的发表,引发了新一轮有关"新诗标准问题"的热烈讨论。

仅新世纪以来,大体同样的讨论就已有两次,分别在2000年由《诗刊》下半月刊和2004年10月由《江汉大学学报》发起组织,响应者不少。在此之前,1997年8月,由福建师范大学、中国社会科学院文学所联合举办的"武夷山·国际现代汉诗研讨会",以"现代汉诗的本体特征"为主题,所开启的在"现代汉诗"命名范畴下有关"诗歌本体"问题的理论研讨,以及由国内独家诗歌理论刊物《诗探索》于1996年至2002年之间,连续组织的有关"'字思维'与中国现代诗学"的讨论,实际上也都是对诗歌"标准"问题的一些分延性的探讨。

短短十余年内,对大体同一命题的不断切入,且不断形成热点,只能说明,这一看似总是"不得其门而入"的诗学命题,确实是新诗理论研究始终绕不开去的大难题,试图对此大难题有所解决的愿望,也显得越来越迫切。

一个命题反复被重新提及,又反复以无可总结而结束,再等待新的提及,是否是个伪命题?

至少,仅就现实中的新诗创作来看,这样的讨论几乎产生不了什么作用,诗人们想怎样写照样怎样写,而当我们感到对此已无话可说的时候,诗歌自己却早已发生了新的变化,展示出新的景观。于是难免让人对这一命题的根由提出质疑:它何以存在又有何意义?

由此推论,就涉及对新诗之"伪"的追索。

新诗自诞生之日至今,有关"新诗只有新没有诗"的指认便从未断过,乃至有更极端者认为新诗的存在是一个百年"大谎"。极端者之言显然不足为论,但前者的说法,却颇值得引入对"新诗标准问题"之真伪的推论。也就是说,假设承认新诗百年,从驱动到结果,其总体发展态势,确实只是唯新是问,任运不拘,谈不上或还顾及不上诗歌本体的建设与发展,那么有关"新诗标准问题"的讨论,就暂时失去了立论的依据。反之,若认为新诗百年,已经在创作实践中具备了本体意义上的诗质的认同,此一立论才具有学理上的合法性。

如此强词夺理般的机械推论,只是为重新认知新诗的现实存在及其与"标准"问题的关系理清思路。

新诗百年,从外在形式看去,除了分行和文字简约之外,似乎再无文体标志可辨识。即使是分行,即如何建行本身,也无可通约的标准可言;而文字简约也多只在字数,并未完全达到审美意义上的简约。尽管在新诗发轫的第二个十年开始,便已有闻一多"新诗格律化"主张的提出,和"音乐美,绘画美,建筑美"的鼓吹,以及后来卞之琳、林庚、冯至等前贤对新诗技巧与形式的惨淡经营,以求找到新诗"自己更完美的形式"[1],寻求新诗形式的规范及至定型,但最终还是被后来各种各样的"新"所淹没不计,以

---

[1] 林庚:《〈问路集〉自序》,见钱理群、温儒敏、吴福辉:《中国现代文学三十年》(修订本),北京大学出版社1998年版,第285页。

致到今天,依然需一再重涉那个从一开始就不断涉及的"标准"问题。

然而有意味的是,若单从结果来看,正是这样无所不自由的写法,却支撑了百年新诗的强势发展,从而为我们民族的精神空间,撞开了新的天地,继而成为百年中国人,从知识分子到平民百姓,尤其是年轻生命之最为真实、自由而活跃的呼吸和言说,也同时成为东西方精神对话的有效通道。尤其是近三十年来中国大陆的现代主义新诗潮运动,更是在不断消解狭隘的阶级利益与狭隘的民族利益的困扰,顽强对抗主流意识形态辖制与胁迫的奋争中,最终以独立的现代精神人格和独特的现代艺术品质,走向世界,与世界文学接轨,成为二十世纪人类文化宝库中不可或缺的一个重要组成部分。

由此可以发现,任何时候对新诗的任何发问,都要首先面对并认清上述悖论,而有关"新诗标准问题"的讨论,更是只能在这样的悖论前提下予以展开。

接下来的问题是:新诗不成熟的"肉身"与早熟的"灵魂",何以能越百年而自由共生协调发展?亦即唯"新"是问的新诗,何以取得大体尚属于"诗"的审美品质与审美效应?被称之为"新诗"的诗性之"性别"又属之为何?

二

新诗之"新",比之古典诗歌的"旧",看起来是外在形式的区分,实际上是两种不同诗歌精神亦即"灵魂"的分道扬镳。尽管,当年胡适先生确实是经由诗的语言形式方面,为新诗的创生打开的突破口的,但不要忘了,包括新诗在内的所有新文学的发生,从一开始就是一个"借道而行"的产物,本意并不在美学意义上的语言、形式之"道"的探求与完善,而在借新的"灵魂"的诗化、文学化的高扬,来落实"思想启蒙"与"新民救国"之"行"的。换句话说,推动新诗发生与发展的内在心理机制之根本,是重在灵魂而非形式,由此渐次形成的诗歌欣赏习惯,也多以能从中获取所谓"时代精神"的回应为标的,并渐次成为新的欣赏与接受惯性。这也便是新诗百年,总是以内容的价值及其社会影响力作为压倒性优势,来界定诗歌是否优秀与重要的根本原因。而新诗的灵魂也确实因此得以迅速成熟和持续高扬,乃至常常要"灵魂出窍",顾不得那个"肉身"的"居无定所"了。

显然,新诗的诗性,从一开始就完全不同于古典诗歌。时至今日,诗是语言的艺术,语言是我们存在的家,"诗歌是语言的如何说的历史,而不是说什么的历史"[1]等观念,几乎已成为一种常识为人们所普遍认同。但落实于具体的诗歌写作,在年少的新诗这里,却总是以"说什么的历史"带动或改变着"如何说的历史","灵魂"扯着"肉身"走,变动不居而无所不往。这里的关键在于,百年新诗所处历史语境,实在是太多风云变化,所谓"时代精神"的激烈更迭,更是任何一个历史上的百年都无法比拟的,以致回首看去,百年新诗历程更像是一次"急行军"而难得沉着,更遑论"道成肉身"式的自我完善。

对此,我曾在《拓殖、收摄与在路上——现代汉诗的本体特征及语言转型》一文中,将古典诗歌的写作比喻为"在家中"的写作,将新诗的写作比喻为"在路上"的写作,进而指出:"'在路上'的写作与'在家中'的写作有着本质的不同。原因是,'在路上'的生命状态对艺术的诉求,和'在家中'的生命状态对艺术

---

[1] 于坚:《棕皮手记:诗如何在》,来源:"诗生活"网站"诗观点文库",2008年7月6日。

的诉求是不一样的。'在家中'的写作,无论是出世的还是入世的,是'仙风道骨'还是'代圣立言'('圣'与'家/国'同构,'言'即'志'),都有一个较稳定而可通约的文化背景作凭借,因而其言说总是具有一定的公约性和可规范性的,写作者也在有意与无意间追求这种公约和规范;'在路上'的写作,则完全返回自身,返回当下的个在生命体验,且因文化背景的巨大差异性和变化性,无法再有'规范'可言,写作者也不再顾及这种'规范',亦即写作本身也成了一种处于变动不居的、'在路上'的状态。"

现在看来,这种"在路上"的状态以及对此状态的个性化表达,本身已构成了新诗诗性的一部分,而且是主要的部分。敏锐,新奇,活力,有效,这些作为新诗不断发展与跃升的主要驱动力,同时又转换为新诗诗性审美的主要指标而为人们所认同。而所谓"变动不居"本来就是新诗的本质属性之一,由此带来的写作现象,就是不断地标新立异及无标准地自我标榜。而以"移步换形"且繁乱无定的语言形式,来表现同样"移步换形"且繁乱无定的"时代精神",或许正是身处百年文化大语境下之新诗的必然选择?

由此看去,以"新诗"命名下的诸多诗学问题,都可以以"动态诗学"(笔者生造的一个命名)为绾束——"新"与"动"以及"自由",遂成为理解和阐释有关新诗问题的第一义的关键词。离开这三个关键词的基点,怎样说,到了都是一本糊涂账。

不过,内容之"道"与语言形式之"肉身"的纠结与撕扯,却依然是年少的新诗从未了断且始终挥之不去的根本问题。有如成长的法则不能替代成熟的法则,年少的新诗之过渡性的唯新是问,也不能因此就"过渡"个没完。新诗无体而有体:各个有体,具体之体;汇通无体,本体之体;本体不存,具体安得久存？这是新诗一直以来的隐忧。

而当下的诗歌现实是，经由近百年"急行军"式的、无所不至的创新探索，几乎已踏平了诗性生命存在的每一片土地，造成整个诗性背景的枯竭和诗性视野的困乏，成为一种无边界也无中心的散漫集合。或许当下时代的现代汉语诗歌，依然还是更趋向于多样性而不是完美，需要更长的时间来实现自己的潜能，其而还包含着更多的没有开发的可能性。但必须同时提醒的是，在它具有最强的变化能力的同时，更需要保持一种自我的存在——本质性的存在。

于是，如何将"唯新是问"的价值属性，适时导入"如何新才好"的价值轨道，便成为新诗诗学的一个新命题。而这一命题是否成立的前提，是先要判断在"新诗"命名范畴下的现代汉语诗歌的发展，是否已临近一个由年少而步入成熟的"转换期"。

三

"新诗"的前身是"白话诗"，之后又有了"自由诗"的命名。与三种命名下的诗歌精神相伴行的，是由"白话"而"国语"而"现代汉语"的语言嬗变。诗因诗人的特殊语感而生。一时代之诗人的语感，必受一时代之语言形态所影响，进而再经由诗人们的语言创造，反过来影响一时代之语言形态的变化。这种相生相济的互动嬗变，在百年中国大语境下，无不和"现代"这一"超级关键词"息息相关。实际上，尽管我们一再将整个近百年的汉语新体诗歌写作习惯性地统称为"新诗"，但同一指称下的"新诗"，无论是其"灵魂"还是其"肉身"，早已大为不同——尤其是在"现代性"这一点上。可以说，自二十世纪五十年代中期台湾"现代诗"的发轫及其后的滥觞，到二十世纪七十年代末大陆现代主义新诗潮的一发而不可收,所谓"新诗"百年,已然明显划分出两个大的时代板块,即"新诗时代"和"现代汉诗"时代。

作为正式的学理性命名,"现代汉诗"的提出,以及对此做出全面理论阐释者,是当代诗学家王光明先生,并通过他的有关专著《现代汉诗的百年演变》,建构起一套理论体系,影响广泛。现在看来,这一命名及其影响,是具有突破性意义的。这一意义的关键,正在于正式而名正言顺地将"新诗"和"现代汉诗"区分开来,从而也就从学理上,就如何将"唯新是问"的价值属性适时导入"如何新才好"的价值轨道这一命题,提供了一个适当的切入点。也就是说,只有先行将有关"新诗"之"新"的言说,适时导入"现代汉诗"之"现代"的言说,并重新梳理"新"与"动"以及"自由"三个关键词的正负价值在性之后,有关"如何新才好"亦即"新诗标准问题"的讨论,才不至于再次成为一本说不清还得说的糊涂账。

那么,拿什么来判断年少的新诗,确然已进入了一个新的生长发育期,不能再像以往那样"自由散漫",也可以不再像以往那样"任运不拘"?或者说,"新诗"向"现代汉诗"的转换,是以什么为指标来作为其"临界"的判别呢?

就此,以笔者学力所限,暂时只能大而化之地想到三点:其一,现代汉语之阶段性的基本定型;其二,现代中国文化语境之阶段性的基本定型;其三,体现在诗歌及整个文学艺术中的现代意识和现代审美精神之阶段性的基本定型。

假如这三个"基本定型"可以成立,我们就可以告别"新诗"之"新"的反复困扰,进入"现代汉诗"的命名范畴里,展开对所谓"标准"问题的有效讨论。

这就要说到"自由",因为有关"标准"的讨论,必然同时也是有关"自由"如何约束的讨论,尽管我们也知道,完全没有约束的自由,实际上反而是不自由。

现代诗的自由,不仅是解放了的语言形式的自由,更是自由的人的自由形式。对于包括文学艺术在内的百年中国文化进程而言,自由是无比珍贵的,也是来之不易的,我们不能没有自由,但今天的我们更要学会如何管理自由;有如我们不能没有真实,但也不能仅仅为了真实性而放逐了诗性——诗形的散文,诗形的随笔,诗形的议论,诗形的闲聊,以及等等,唯独缺少了诗性。时至今日,当多元已成为价值失范的借口,自由已成为不自由的焦虑,对"自由"的管理,便成为无可回避的问题。

具体到诗歌本体上来说,如何在自由与约束的辨证中,寻找新的形式建构与语言张力,遂成为"现代汉诗"命名范畴下,必须要面对的首要命题。正如王光明所指出的:"……即使是自由诗,也不能永远以不讲形式为形式,甚至不能以'每一首诗都有自己的形式'为借口,那是矜才使气,而不是写诗,诗永远要在自由与约束的辨证中寻找张力……没有基本形式背景的诗歌是文类模糊、缺少本体精神的诗歌,偶然的、权宜性的诗歌,是无法被普遍认同和被传统分享的诗歌,正如未被形式化的内容是粗糙的素材或灵感的火花一样。"[1]

如此绕了一大圈,是想证明:有关"新诗标准问题"的讨论,既是"伪命题",又不是"伪命题";对于"新诗"之命名范畴来说或许是个"伪命题",对于"现代汉诗"之命名范畴来说就不是"伪命题"。也就是说,只有在进入"现代汉诗"这一新诗发展的新阶段,才能越过前述悖论的困扰,使有关"标准"问题的思考,真正落在实处,具有现实意义。当然,这里的"现代汉诗",

---

[1] 王光明:《现代汉诗的百年演变》,河北人民出版社2003年版,第143页。

是指建立在诗歌本体意义上而非单纯诗歌史意义上的"现代汉诗"。借用诗评家荣光启在其《"标准"与"尺度":如何谈论现代汉诗》一文中的话,可分解为"不仅'现代',而且有'汉语'的品质,而且是'诗'"①。

就此,越过"新诗"这道坎,我们似乎可以心安理得地来尝试有关"现代汉诗"之"诗歌标准问题"的讨论了。

四

新诗先脱"古典"之身而成幽灵,再得"现代"之体而寻典律——"现代汉诗"的确立,为新诗的诗体建设,提供了可能的平台。至少在这二三十年的诗歌进程中,包括笔者在内,我们其实都一直在这个平台上说话,说与"标准"问题或贴近、或分延、或困惑的相关话题。为此,在我试图就这一话题说出一点新的东西之前,我得先看看我已就这一话题说出过什么,它们是否还有效于当下,以确定我确实还有新的可说,或者有无必要再说什么。

就个人研究所限,对"现代汉诗"之诗美标准的思考见诸文本表述的,大体梳理下来,有以下四个方面的观点尚值得复述:

(一)关于"诗美三层次"的论述。

此观点见于1993年发表于《诗歌报》月刊第6期及台湾《文讯》杂志10月号总96期的《诗美三层次》一文。文章出于普及性的目的,将一切诗美简单归纳为三个层次去审视——

---

① 荣光启:《"标准"与"尺度":如何谈论现代汉诗》,载《海南师范大学学报》社会科学版,2008年第1期。

情趣,精神,思想,并以此从诗歌创作/发生和诗歌欣赏/接受的双向角度,给出了一个"尺度"公式:情趣(色、形)→自文字(语感)→动情→入道→第一层次;精神(气、韵)→自人格(生命感)→动心→入神→第二层次;思想(骨、魂)→自哲学(宗教感)→动思→入圣→第三层次。

同时辅助说明:无论情趣、精神、思想,皆有大小之分。有无是一回事,大小是另一回事;有无成真伪、定品位,大小则成风格、定流派。三者或缺或盈或大或小,不同比例成分之组合,遂成不同诗质。由此建立一尺度体系,作者可自审自度,读者亦可为评为释。

(二)关于"诗性""诗形"与"非诗"的划分。

此观点见于1999年发表于《当代作家评论》第6期的《诗性、诗形与非诗》一文。文中首次提出将现代汉语诗歌作品分为"具有诗性的诗"和"徒具诗形的诗"两种不同性质的文本样式,以明确真正可称之为"现代汉诗"的基本标准。笔者将这一标准初步指认为:

1.具有独立的、自由的鲜活人格。作为超越社会层面的私人宗教,以本真生命体验,深入时间内部、生存内部,开启新的精神光源,拓展新的精神空间。

2.具有独特的审美体验。作为人类最敏感的"艺术器官",这种体验必须是原生性的、不同于任何他在的,富于新奇感、惊异感、意外感,成为一次原发性的"灵魂事件",于瞬间开启对生命与存在的特殊体悟。

3.具有独在的语言质素。作为诗性文体的本质属性,这种语言质素的要义在于:(1)是恢复了语言命名功能的;(2)是超语义的;(3)是与精神同构而非仅作为载体的;(4)是造型性的而非通信性的;(5)能经由出人意料的组合而脱离语言习惯与语言制度,进而成为有意味的语言事件的。

(三)关于"现代汉诗语言应遵循'守常求变'法则"的论述。

此观点见于2002年发表于"北京香山·2001·中国现代诗学国际研讨会"的《现代汉诗语言的"常"与"变"——兼谈小诗创作的当下意义》一文。文中指认"现代汉诗语言变数太多,居无定所,只见探索,不见守护,以致完全失去了其本质特性的参照,这正成为一个越来越绕不开去的大问题",由此提出当代诗歌发展应遵循"守常求变"、"变"中求"常"、守护中求拓进的语言机制,以及重视"常态写作"、重涉"典律之生成"的诗学命题。文中还从"简约是中国诗歌最根本的语言传统,也是中国文化及一切艺术的精义"的理念出发,强调作为审美意义而言的"简约"这一点,应该视为诗歌语言形式的"底线"来加以守护,并由此重估小诗创作的美学价值,提倡"为诗减肥",推动新的小诗运动。

(四)关于"'口语'与'叙事'等语言策略"的论述。

此观点见于2007年发表于《星星》诗歌月刊(上半月)第9期的《怎样的"口语",以及"叙事"——当下"口语诗"问题之我见》一文。文章一方面充分肯定二十世纪九十年代以来的当代先锋诗歌,"转换话语,落于日常,以口语的爽利取代书面语的黏滞,以叙事的切实取代抒情的矫饰,以日常视角取代庙堂立场,以言说的真实抵达对'真实'的言说,进而消解文化面具的'瞒'与'骗',以及精神'乌托邦'的虚浮造作,建造更真实、更健朗、更鲜活的诗歌精神与生命意识",一方面指出由此而生的"严重的'族系'相似性和'同志化'的状况,并将个人语境与民间语境,又重新纳入制度化语境和共识性语境,造成普泛的同质化的诗歌立场,而这本是引入'口语'与

'叙事'策略的初衷所主要意欲反对的东西"。由此给出另一向度的语言策略，以探求将"口语"与"叙事"的负面降到最低，使之发挥真正有价值的诗歌美学作用的可能。这一策略可概括为三点：（1）情感的智慧化（相对于情感的激情化）；（2）口语的寓言化（相对于口语的写实化）；（3）叙事的戏剧化（相对于叙事的指事化）。

以上四点，现在看来，将其重新纳入有关"现代汉诗"之"标准"的讨论，似乎依然有效而并不过时。至于新的思考，目前只想到一个有关现代诗歌本质的再认识的问题，或可有益于"标准"问题的讨论。

先回到荣光启对"现代汉诗"定义的精当拆解："不仅'现代'，而且有'汉语'的品质，而且是'诗'。"

就"现代"而言，应该说，在包括台湾和海外在内的当代汉语新诗写作中，已属普及性的常识。我们再也无法握住那只"唐代的手"，只能在现代汉语及现代文化语境下，来言说我们中国人的现代感和现代诗性生命意识。同时，对"汉语"的诗性特征以及当代诗歌写作中的"汉语性"的再认识，也不乏普遍的重视，乃至有诗人认为"汉语是世界上少数直接就是诗的语言"[1]。这里最关键的是对"而且是'诗'"这一判语的认定。实则有关"新诗标准"的讨论，说到底，就是对什么样的诗歌作品是真正符合诗的，特别是"现代汉诗"的基本文体属性的讨论。再具体点说，是对构成这一基本文体属性的基本元素的讨论。而这，也是最难以沟通和统一认识的核心点。是以大多数有关"标准"的言说，都属于在此核心问题之外绕圈子的话，或分延及子问题的思考。

---

[1] 于坚：《棕皮手记：诗如何在》，来源："诗生活"网站"诗观点文库"，2008年7月6日。

对此，我只能结合古今诗歌的共性与差异性的相切地域和联结地带，勉强总结出一个"四象标准"，求证于同道方家。

所谓"四象"：一为"意象"；二为"思象"；三为"事象"；四为"音象"。

其一，诗是意象思维的结晶，意象是诗歌语言的根。

诗并非因为有特殊的话题要说，才开启特殊的说法，而是因为有特殊的语言感觉，亦即特殊的语言表意方式的诱惑，方说出那个特殊的话题。诗以沉默为本，不得已而说，说不可说之说；诗以语言为行迹，而诗心本无言，只求意会，会存在无言之境，遂取意象而言，言言外之意——这一诗歌本质的核心属性，无论古典还是现代，大概都是首要之取。

其二，诗是诗性生命意识的表征，所谓"诗言志"，是有关"灵魂"与"精神"的言说。

在现代诗的创造中，一首好诗，既是一次新奇而独特的语言事件，也是一次新奇而独特的灵魂事件，包括新奇而独到的人生感悟和新奇而独立的生命体验。用通俗的说法，这就是诗的思想性。但诗是对思想的演奏而非演绎，即让语感代思想去寻找更深藏隐蔽的思想。故还得诉诸"象"，是为"思象"。仅从发生学而言，也可等同于"心象"，以及一些诉诸形象化或感性化的意绪、理趣与顿悟等。

其三，诗同时也是生活事件的见证，所谓"诗言体"（于坚语），是有关"存在之真"与"身体之感"的言说。

现代社会中人的生活和人的命运，无不充满着各种变量，乃至比虚构的文学还要富于戏剧性和故事性。加之物质世界的日益凸显等现实因素，迫使当代诗歌必须脱身单纯抒情的"精神后花园"，转换话语，落于日常，及物言体，引"叙事"为能事，拓展其表现域，是必然的出路。由此，对"事象"的经营便发为"显学",也便成为现代诗与传统新诗最为不同的本质属性之一。诗有虚实,意象为虚,叙事为实,虚实相济,方生诗意无穷。但"叙事"不是"说事",而是对"事"的"说",说"事"不可说之"说"。

其四,诗是有造型意味和一定音乐性的语言艺术。

汉语自"白话"起一直"现代化"到今天,确实已经和古典汉语分身为两个截然不同的语言谱系。新诗引进西方拼音语系的逻辑句法、语法及文法,讲求因承结构和散文化,诗思的开展,大都由篇构而句构而词构以及字构(与古典诗词刚好相反),字词皆拘役于整体结构,是以大大削减了音乐性的存在。但一方面,现代社会的生活空间和话语空间充满了噪音,诗要从这噪音中凸现出来,必然要借助于音乐性。另一方面,新诗语言"编码"虽越来越散文化,但也并未完全丧失其韵律基因,依然有发挥的余地。其实,在新诗和现代诗的许多优秀作品中,都不乏音乐性元素的存在,只是已内化为一种语感中的呼吸——根据心境、语境、意境的不同,而呈现不同的韵律与节奏感。显然,这种现代"内化"性、潜在性的音乐感,已非传统诗学意义上那种可直接感受到的音乐性,故称之为"音象"。

以上"四象",也和前述"诗美三层次"一样,呈现在具体的诗歌作品中,或缺或盈或大或小,不同比例成分之组合,遂成不同诗质诗品。由此建立另一尺度体系,或可和上述诸观点一起作为参照,有助于当前诗歌"标准问题"讨论的深入展开。

五

然而最终,作为诗歌理论与诗歌写作双栖的诗爱者,对有关诗歌"标准问题"的讨论,我还是深感迷惑。

首先,"标准"这个词本身就很麻烦,尤其是拿来用于对诗的言说,非常别扭。诗贵自然,如生命之生成,不可模仿,如自然之生成,不可规划。而一位好的现代诗人也无须事先认领什么"标准"才去写诗,他会主动地理解现代诗的诗体形式,尽管这形式在现代诗中是如此地自由无定,似乎没有了任何的文体边界,但若下心体会,这个"自由"还是有它基本的、区别于其他文体的语言形式,以及基本的不可或缺的诗美元素,且已潜移默化至诗人写作的经验之中。

同时,一首诗必须有它自己的生命,由自己内在的生命波动与压力所驱使,尤其在现代诗这里,"成就最高的诗往往拒绝接受任何一种韵律或既成的模式,因为形式只能由诗人的创作动力来决定,当这种动力迸发时就会采取适当的表达形式"①。

说到底,谁能"标准"闪电的样式和花叶的绽放呢?或者换个角度,从诗歌接受方面而言,谁又能在今日文化语境下,实现调千口而适百家的美好愿望呢?

于是重新想到我所生造的那个"动态诗学"的命名。

新诗是一个伟大的发明,一个富有强大生殖力和拥有新的传统的新生命,已不可逆转。而包括"诗歌标准"讨论在内的一切有关新诗的理论言说,都可能只是一种"动态诗学"式的后设性自圆其说,且不再幻想有多大作用于实际的诗歌发展,或许有一定的提醒作用,或对诗歌爱好者有一些欣赏水平的提升,但都无关紧要——正如魏天无在《新诗标准:在创作与阐释之间》一文中所指出的:新诗标准问题属于批评而非创作范

---

① 转引自巴·德·塞林古:《华·惠特曼:批评与研究》,见沈奇选编:《西方诗论精华》,花城出版社1991年版,第122页。

畴,其目的不是束缚,而是释放诗歌中"异己"与"抗议"的声音与力量并由此提供多元化阐释空间。①

也许,只有真正认领了这样的可能与局限,我们才能真正说出点什么。

2008 年 7 月

---

① 魏天无:《新诗标准:在创作与阐释之间》,载《海南师范大学学报》(社会科学版)2008年第2期。

谁永远居住在诗歌的体内
——试论：作为生命与生活方式的女性诗歌写作

一

至少从诗歌接受学的角度而言，在我三十余年的诗歌阅读和研究过程中，从未有意识地将诗歌分为女性的和男性的不同类别来看待。换句话说，当我阅读一位女诗人的诗作时，一方面我从未有意识地意识到我可能的男性立场和男性视角，一方面也同时很自然地消解了我在阅读一位女诗人／女人的意识。

在我看来，艺术生命的最高层面应该是超性别的，由此才能触及人类意识之共同的视点和深度，去浑然而真实地把握这个世界。持这种视点和深度的女性诗人／作家／艺术家，无论在艺术人生还是在艺术文本中，都不再企求从男性话语场中找到一个支点，或者针对男性话语场为女性自身找到一个支点，亦即不再是以一个女人或角色化为一个男人去认识和思考人类，而是作为人类整体，去认识和思考所有的男人和女人，以作为女性诗人／作家／艺术家而又超乎女性立场的视野，去表现男女共有的人类世界——生与死、苦与乐、现象与本质，以及未知的意识荒原与裂缝等等。

这样说来不免有"虚拟超前"的嫌疑，因为上述观念应该是在有关"女性诗学"滥觞之后的梳理所得，在我这里却似乎变为先验性的本能认同。如此推理下去，还不免生出更深一层的嫌疑：其一，在你意识的深处原本就没有女性诗歌之精神性别的认识,而本然地成为男性主导的立场;其二,在你意识的深处原本就存在女性诗歌之精神元素,而本然地忽视其来自另一性别的文本化的呈现。对此,不妨先"存疑"待论。而如此绕了一圈的目的,在于想从无话可说的诗歌接受学中解脱出来,试图换一个角度,即从诗歌发生学方面来切入本论题,看能否有一点新的发现。

为此,仅限于大陆诗歌现场来看,有三个现象引起我的注意:

其一,当大陆当代诗歌于二十世纪八十年代中期以后,逐渐由庙堂转而为民间,由主流转而为边缘,由神圣化转而为日常化,由先锋性写作转而为常态性写作,由传统诗学及诗教的"立言""载道"之"大事",转而为现代中国人边缘化之个体生命书写的"小事"后,女性诗歌写作反而呈现出前所未有的活跃与繁盛。尤其是进入新世纪以来,其创作数量占有越来越大的比重,作品品质越来越好,其分割"半边天"的历史景观,实可谓"盛况空前"。

根据由黄礼孩、江涛主编的《诗歌与人》诗歌丛刊2004年10月号总第8期"最受读者喜欢的10位女诗人"专辑显示:在《诗歌与人》就"最受读者喜欢的10位女诗人"进行的问卷调查中,其826份有效票所涉及的当代大陆女诗人,就有212位之多。而能进入这些答卷者(包括诗歌读者、诗人、作家、评论家、编辑、大学生等)的视野并予以举荐者,肯定已是较为优秀并有一定影响的女诗人,可见其整体阵容已扩展到怎样盛大的地步。另,本次评选出的"最受读者喜欢的10位女诗人"依序为:翟永明、王小妮、舒婷、尹丽川、蓝蓝、郑敏、鲁西西、陆忆敏、宇向、海男。

其二,在绵延三十余年的大陆先锋诗歌或可称之为纯正诗歌运动发展历程中，几乎很难发现有女诗人"立山头"、拉派系，更少见女诗人参与任何一次无论是纯粹或不纯粹的诗歌论战——她们似乎只在乎诗歌写作本身，而很少关心诗之外的任何问题；她们不但如璞玉般地"光而不耀"（老子语），且润而不语，只是守着天生的那份诗性，那份散淡自适的写作状态，将男性诗人仰慕的荣誉之追逐，还原为一种诗性生命之不得不的托付，以及乐在其中的生活方式——正像台湾前辈女诗人蓉子《维纳丽沙组曲》诗中的写照："你不是一棵喧哗的树"，"你完成自己于无边的寂静之中"。

其三，由于女性在生存方面的现实困扰（婚姻、家庭、生育、琐碎事务的承担与经济人格的完善等），女性诗人很难像男性诗人那样全身心持续投入其创作追求，而常常要被迫受阻，或一时中断或长时间沉寂。但当她们一旦能够在坚硬的现实中撕开一点缝隙时，便会一如既往地投入写作，并迅速恢复其艺术生命力，而且照样无怨无悔地沉默于我们中间，持平常心，做平常人，写不平常的诗，做我们平和、宁静的"隔邻的缪斯"。

显然，在上述现象的后面，我们或许可以触摸到女性诗歌与男性诗歌在写作出发点上的不同，并由此切入对女性诗歌写作之心理机制特征的辨识，从而领略其诗歌精神的真正风貌与义涵。从学理上讲，在"谁在写""写什么""怎样写"方面，似乎都很难分清女性诗歌和男性诗歌的根本差异，只有在"为什么写"这一问题上，才显露出本文命题的要义，即女性诗歌写作与男性诗歌写作之根本不同处，在于她们能够更为本能地居住在诗歌的体内，将其写作锁定在作为生命和生活方式的所在，而非其他。

二

一般而言，男性写诗，除个别天才之外，大都是先从诗中（经由阅读、仿写等过程）发现了自己的灵魂所向，而后进入创作；女性写诗，则大都首先是从自己的灵魂所向中发现了诗，然后自然而然地进行分行的记录而为诗。这，大概是男性诗人与女性诗人、诗歌能手与天才诗人之间，最根本也是最让人沮丧的分野——在普泛的男性诗人竭力想以诗的言说深刻地解说世界的时候，女性诗人们则已轻松地创造了一个诗的世界。

由此可以说：诗在本质上是女性的。

大陆诗人李汉荣（男性）曾在《诗是女性的》一文中指认："诗是女性的"，"女性天生都是诗人，上天派女性来到大地，就是让她们写诗。其实她们是上天写好了的诗，她们只需把自己呈现出来，也就把诗呈现出来了"。"她们身上保留着比较多的自然性、本源性和诗性。男人是在写诗，女人却是在呈现诗。"进而认为："一部诗史虽然主要是男性诗人们的档案，但这些诗的男人，重要的是他们身上的女性元素帮助了他们，培育了他们，丰富了他们，造就了他们。""只有当女性元素在诗人身上起作用的时候，诗人才会把肉眼变成灵眼，由物视进入灵视，才能进入诗的空间，看见隐藏在物象后面的灵象，才能真正与诗相遇。"[①]

作为一个诗人，李汉荣的这些谈论虽缺乏严谨的推理，只是在发一些感慨和议论，但确实既说出了一些学理上说不清楚的东西，也暗合了不少学理上的说法。尤其以"呈现"指认女性诗歌写作的发生机制，可谓点在了关节处。

[①] 李汉荣：《诗是女性的》，见谢冕、杨匡汉、吴思敬主编：《诗探索》1997年第1辑总辑，中国社会科学出版社1997年版，第106、108、109页。

所谓"女性元素",在我看来,主要体现在"母性""自恋""潜意识"和"感性力量"四个方面。稍有诗学常识的人都不难发现,这四点,都与诗歌的发生机制息息相关。

一切艺术的创造,尤其是诗歌,在技艺与修为的储备之外,落于具体的创作,情感的丰富与饱满和潜意识的启动与调动,无疑起着关键性的作用。这样的"潜意识"和"感性力量",在女性那里似乎从来不缺乏,只是以往的时代一直没有提供可以让她们自由发挥的文化语境而已。而写作的过程无异于生育的过程,无论在女性诗人还是在男性诗人那里,都具有明显的女性特征。"富于创造性的作品来源于无意识深处,或者不如说来源于母性的王国。"[1] 由此我们才好理解,在许多优秀的男性诗人那里,从文本到人本的考察中,我们总能找到那一份女性的敏感与细腻。至于"自恋",更是一切具有诗性生命意识的男性和女性所共有的气质特征,或许在女性那里表现得更为明显与突出而已。

在上述四点之外,其实还有一点,即"趋于虚无化的生命本真",才是"女性元素"更重要的所在,也是决定女性诗歌写作的发生机制与男性诗人根本不同的主要因素。

从文化学的角度来说,诗及一切艺术之于人类的意义,主要在于将个体的人从社会化的类的平均数中分离出来,解放性灵,解脱体制性话语的拘押和社会人格的驯化,得以重返本真生命的鲜活与个在,如伍尔芙所说的那样,"拥有一间自己的房间";尤其是现代诗,常被诗人们比喻为现代人之独立人格、自由精神的获救之舌,实在是极为恰切的指认。

---

[1] 荣格:《心理学与文学》,冯川、苏克译,北京三联书店1987年版,第142页。

应该说,在现代社会中,这样的"房间"、这样的"获救之舌",之于女人和男人,都是一种渴望而不得完善的欲求,只是因了功利的侵蚀,男性诗人及男性艺术家们,总是常常将其搞成了所谓的"事业",而偏离了本来的意义。而一方面,"就女人来说,她的天然气质是艺术化的。爱本身就是艺术,它排斥任何功利;如果它一旦和功利纠缠在一起,它首先伤害的是它自己"①。另一方面,按照诗人哲学家萌萌的说法,在本质意义上,"女人是一种虚无化的力量","虚无化是对男人文明理性的硬结的消解","她本然地要在男人建立的巨大世界面前显示出它的虚无并重返大地"②。而正是这种"趋于虚无化的生命本真",方使真实的个人和真实的诗性生命意识,从公共话语语境中脱身而出成为可能。

由此可以理解,许多男性诗人在写作中,何以总有一个放大了的"读者",并为此而"写诗"。细读女性诗歌文本,则总会觉着她似乎只是在和自己说话。换句话说,在女性诗歌写作中,她们会很自然地从过于同志化的"公共场所",退回到个我的本真密室,埋首于一己的诗性生命意识,"扬弃有用性,扬弃社会性,达到超越自然而又回复自然的自然性,达到超越生命而又回复生命的生命形式,进入诗"③。由此生成的作品,在示人之前,先是作给自己"享受"的,是从一己之诗意的心灵而生,变成另一个自我来与她做伴的——好比山与山岚的对话,水与水波的呢喃,只是那样原生性地在着,快乐或痛苦地在着。

由如此心态生成的女性"呈现"式的诗歌写作,与那些为"诗歌史"的"定货",或为"名头"许身式的所谓"创作",有着

---

① 萌萌:《哲学随笔》,见萌萌:《萌萌文集》,上海译文出版社2007年版,第15页。
② 同上,第7页、第17页。
③ 同上,第65页。

根本的不同。这种作为"精神自传"性的女性诗歌写作,既不会像男人那样写,又不必刻意地像女人那样写,而只是"这一个自己"的写,且本能地消解了观念的困扰与功利的张望。也正是在这里,女性诗歌写作与男性诗歌写作才有了本源性的差异——从写作发生的那一刻起就存在的差异。

三

毋庸讳言,本文从立论到展述至此,一直是使用"女性诗歌"而非"女性主义诗歌"这样的指称,来谈论女性诗歌写作,其动因在于:一方面是有意避开尚未辨识清楚的"女性主义诗歌"的说法,一方面也想借此引申出本文立论的另一条线索。

至少在大陆诗学界,有关"女性诗歌"与"女性主义诗歌"的学理性区分,至今难以看到十分明确的规范化辨识。大多数的论述是将二者混为一谈,少数区分者,也多以"女性意识"(包括"女性性别意识""女性身体意识""女性性意识"等)、"女性经验"(所谓"深渊冲动""沉沦冲动""死亡冲动"等)和"女权主义"为说辞,且莫衷一是。问题在于,即或是按照"女性主义"所开列的这些"元素"来做辨识,似乎也难以完全自圆其说。无论是"性别""身体""性",还是"深渊""沉沦""死亡",在现代社会中,都是女性与男性之现代人共同深陷其中的生存体验与生命困惑,并非唯女性所有的"专利"。唯一可能的是,或许各自对此感受的深浅与敏感程度有所不同,以及对此言说的方式与角度不同,但还不足以构成本质意义上的根本区分。

同时,严格地讲,上述"元素"更多应属于社会学的范畴,即或于强调中有所表现与进步,那也多属于社会学上的进步;或许由此可以拓宽现代诗歌的表现域度,但也不足以就此划分女性诗歌写作与男性诗歌写作的属性之不同。尚不说所有这些"元素",仅就女性而言,其落实在每个女性个体生命体验中,又该有多么大的差别,难以通论。

因此,囿于个人的有限学识和本文开头所存疑不论的"先验"之"嫌疑",我一直习惯于将有关"女性诗歌"的讨论,仅仅限定于"女性所写的诗歌"这一定义域中,并不无偏狭地将过于强调的女性主体意识之出演,指认为性别角色意识的作祟。

对此,我在一篇题为《角色意识与女性诗歌》的文章中提出"在女性诗人/作家那里,被强调了的性别角色意识是一种驱动还是一种困扰?是对女性创作主体的一种敞开还是一种遮蔽?"的问题。由此指认当代诗人之所以难以真正进入生命写作的深层,核心问题是没有摆脱角色意识的困扰。进而提出"逃离角色"的诗学主张,认为"逃离角色就是逃离生命的'出演'而返回本真的'在'。逃离不是消失,你仍然在场,因为在骨子里,对生命/生活的爱依然如火如荼,但这种爱必须是从自身出发,从自身血液的呼唤和真实的人格出发,超越社会设置的虚假的身份和虚假的游戏,剥弃时代与历史强加于你的文化衣着,从外部的人回到生命内在的奇迹——成为一个在场的逃亡者:作为生命/诗的在场,作为角色/非诗的缺席,以永远处于多向度展开的诗性生命的途中"。而"退出角色便是退出至今困扰我们的二元话语场,去寻求另一种话语方式,乃至对所有既成话语范式、模式及权力的全面清理和重构——已不再是哪一性别哪一类角色的代言人,而是真正个人/人类的独语者"。①

这种作为人类共有本质意识之触角的、独在的诗歌视角,必

---

① 沈奇:《角色意识与女性诗歌》,见谢冕、杨匡汉、吴思敬主编:《诗探索》1995年第1辑,中国社会科学出版社1995年版,第65—71页。

然要求一种同样独在的诗性生命形态,如同玛丽·雅各布斯所言:"当作家的生命与作品的生命汇合一处,消除了主体与客体之间、写作的妇女与被写的妇女之间、阅读的妇女与被读的妇女之间的种种界线,生命才得以最充分地展现。"[1]

其实,在真正独立而具有超越意识的当代优秀女诗人那里,对因女性主体意识的过于强调而致的角色意识的出演,一直不乏警惕与反思。这里试举两例:

其一,被理论家指认为大陆"女性主义诗歌"开风气之先且最具代表性的翟永明,在写出被视为表现女性意识之标志性作品《女人》组诗之后,面对一度大面积仿写而出现的"翟永明式"的"女性主义"诗歌作品,及其后分延泛滥的表现女性"身体意识"和"性意识"的诗写热潮,提出明确的警告说"'女性诗歌'……固定重复的题材、歇斯底里的直白语言、生硬粗糙的词语组合,毫无道理、不讲究内在联系的意象堆砌,毫无美感、做作外在的'性意识'倡导等,已经越来越形成'女性诗歌'的媚俗倾向"[2]。

其二,以一直疏离于"女性写作"之"主旋律"而特立独行,并由此得以持续穿越整个大陆三十余年现代主义新诗潮,为"女性诗歌"写作造就另一片风景线的王小妮,在回答评论家来信提问——为什么在她的诗中使用的人称都是"他"而不是"她"时,颇有意味地说道:"人都是复杂的变体。在诗的氛围里,我不自觉地运用了一个形象不断转换的'他',可能'他'还包括了述说者我,一个性别不定的人。如果使用'她',是不是

---

[1] 玛丽·雅各布斯:《阅读妇女(阅读)》,见张京媛主编:《当代女性主义文学批评》,北京大学出版社1992年版,第21页。
[2] 翟永明:《纸上建筑》,东方出版中心1997年版,第232页。

等于我放弃了更广大的自由？我从没想过使用'她'。"①

看来，对主要来自社会学层面而派生的，有关"女权主义"和"女性主义"的诗歌观念，持一份更为审慎的态度，是较为明智的选择。至少在具体到每个女性诗人的实际创作中，崇尚自然的生长，期望能原生性地面对自己的生存体验，在说出生命的痛与执着之外，"依靠对美的认识巧妙地掌握身体、心理和语言的平衡"②，来说出更高的平等和超然，大概是更为合乎情理的许诺。

需要赶紧补充说明的是：带有强烈女性主体意识和角色化特征的"女性主义诗歌"，是当代诗歌之社会文化际遇中的一次必然的反映，从创作实践到理论研究，都起到了疏通与拓展性的历史功用，为当代女性诗歌写作输入了新的血液，并极大地丰富了其表现内容与影响力。这里只是想提醒的是：这一历史行程在整个女性诗歌发展中，无疑只是一段必要的过程，并且需要及时消解其负面作用。

说到底，"生命的存在（本真）和生命的出演（角色）应该是两回事，有如所谓的'创作'和真实的写作是两回事；写作是本真生命的自然呼吸而成为一种私人宗教，创作则是角色生命的出演而成为一项所谓的'事业'"③。而也只有重新回到生活现场的真情实感，回到一己本真生命的体验，而非观念与主义的演绎，女性诗人才真正发挥出她们特有的敏感、清越和宽容，使男性诗人们自愧弗如。

---

① 王小妮：《王小妮谈诗的几段文字》，见王小妮：《我的纸里包着我的火》，春风文艺出版社1997年版，第226页。
② 娜夜：《获得苍茫中的一点》，载《中国诗人》2004年第3期。
③ 沈奇：《角色意识与女性诗歌》，见谢冕、杨匡汉、吴思敬主编：《诗探索》1995第1辑，中国社会科学出版社1995年版，第65—71页。

四

按照诗学家陈仲义的总结,从二十世纪八十年代中期到九十年代末的当代大陆女性诗歌,"明显渡过相互促进发展的三个阶段,这三个阶段同时也是女性诗歌三个相对独立的内在空间,用简明的语言可以压缩为:角色(性别)确证;角色(性别)张扬;无角色(无性别)在场。"①

三个阶段的第一、二阶段,在我看来,基本上是共时性展开的不同空间表现:如果说,作为先导的舒婷(《致橡树》《神女峰》),尚在历史时间与生命时间的顾盼中,展开女性诗歌之"角色"的"确证"与"张扬"(委婉的"张扬"与不委婉的"确证"),以翟永明(《女人》)、伊蕾(《独身女人的卧室》)等为代表的那一波女性诗歌大潮,则已比较彻底地沉入到生命时间中,来展开她们的"确证"与"张扬"。这无疑是可称之为具有"史的功利"的一次角色出演,没有这次划时代的"出演",我们无法想象后来的大陆女性诗歌该如何走下去。这次"出演"的后遗症在于,大潮过去后,角色意识被有意无意地强化至产生"溢出效应"——当然,这是必然的过程,由此方有了第三阶段的过渡——严格地讲,这个阶段只是一种过渡,或叫作间歇,且主要体现在理论与观念层面,并未形成可视为一个相对独立阶段的创作之文本化实存。这个过渡阶段的一个重要收获,是人们在反思中认识到,同属于那次大潮的代表诗人王小妮、陆忆敏的写作中所体现的异质元素,何以能如陈仲义所指认的"以本色的'女人——人'亮相","给女性诗歌增添了另一种自在、本真、散淡

---

① 陈仲义:《扇形的展开——中国现代诗学谫论》,浙江文艺出版社2000年版,第212页。

的谱系",而"构成丰富生动的互补",①并为下一步的广阔进程准备了可资参照的坐标。

从角色到本真,从张扬到沉潜;从刻意寻求人世的广度,到返身再探人性的深度;从倾心历史时间的生存,到认领生命时间的生存——经历三个阶段洗礼的大陆女性诗歌,在重返作为生命与生活方式的写作心理机制,并以"更高的平等和超然"步入新的一个世纪的诗歌进程中,确实展现出了更为广袤而沉着的风格样貌与精神品质。

仅以新世纪前后个人有限阅读所及,印象中最为难忘的优秀诗歌作品,大部分来自我们的女诗人——从祖母级的郑敏先生,到九〇后的天才小诗人高璨②,几代女诗人各显风采,其作品大都无涉"女权主义"和"女性主义"的诗歌观念,而是在更为宽容与豁达的心境与语境中,所展现的"女性诗歌"之新天地、新境界。

试举二例。

先看王小妮的《月光白得很》:

> 月亮在深夜照出了一切的骨头。
> 我呼进了青白的气息。
> 人间的琐碎皮毛
> 变成下坠的萤火虫。
> 城市是一具死去的骨架。
> 没有哪个生命

---

① 陈仲义:《扇形的展开——中国现代诗学谫论》,浙江文艺出版社2000年版,第220页、222页。
② 高璨,女,1995年生。2003年初开始发表习作。至今已出版《路边没有相同的风景》等四部诗集和两部童话集与一部散文集。被有关媒体评为"中国十大90后作家",是最年轻且影响较大的天才小诗人。

配得上这样纯的夜色。
打开窗帘
天地正在眼前交接白银
月光使我忘记我是一个人。
生命的最后一幕
在一片素色里静静地彩排。
月光来到地板上
我的两只脚已经预先白了

全诗四节十四行,无一字生涩,无一词不素,低调、本色、从容,纯粹的语言形态和纯粹的生命形态趋于统一,并以超逸空濛、清隽旷达的意境,更新我们的感觉方式,向信任她的读者,传达她独自深入的灵魂的歌吟和被这歌吟洗亮了的审美视觉。全诗结尾两行,方透露一点出自女性视角的经验细节:是自然(上帝?)的呼吸使我们重获呼吸的自然,与澄明有约的一颗灵魂,在月光照拂之前,已预先将自己洗白了……读这首诗,慧眼者更可在字里行间品味到一种特别清朗与优雅的写作心态。素心人写素色诗,朴素之美,美在人真,此诗可证。

再看娜夜的《起风了》:

起风了　我爱你　芦苇
野茫茫的一片
顺着风

在这遥远的地方　不需要
思想

只需要芦苇

顺着风

野茫茫的一片

像我们的爱　没有内容

全诗仅九行五十余字,其中两行还是重复使用。就这,诗面上也没多说什么,只是寥寥数笔,将我们在北方、在西部日常见惯的"野茫茫的一片""顺着风"在着(此处不宜用别的什么词)的"芦苇"描绘了一下,顺便平平实实地说了两句类似感言的话,便戛然收笔。如此有限的寥寥数笔,却笔笔生力,搭在关节处,于无中生有中,精准传神地透显出"在这遥远的地方",存在之荒寒与生命原始的忧伤,以及人与自然、人与存在、人与命运那一种不得不的认同感,和由此而生的那一缕淡淡的清愁、那一声淡淡的叹咏。

从对不免沉重和忧患意识的爱的承担:"这份孤独　在夕阳中是悬崖上母猿的孤独／妈妈／最深重的绝望莫过于此／你要我以怎样的无奈坚持这种族？"(阎月君[①]《爱仇》,1988年)到对已然"没有内容"的爱之空茫的淡定认领,娜夜的这首小诗,将具有北方地缘特质的女性诗歌,推进到一种更本质也更开阔的境地,且尽得所谓"西部诗歌"的真魂。更重要的是,此诗透显出的那份简、淡、空、远,以及"仿佛同自然面对面地交换着呼吸的冷暖"[②]

[①]　阎月君系活跃于1980年代的优秀女诗人,曾和周宏坤合编《朦胧诗选》,影响甚大。本文所引其诗句摘自阎月君诗集《忧伤与造句》中《爱仇》一诗,春风文艺出版社1997年版。

[②]　萌萌:《我听一只手的低语》,见萌萌:《萌萌文集》,上海译文出版社2007年版,第412页。

的心境与气质,无疑为当下时代的女性诗歌话语,增添了新的感知风度。

由此可以看到,在告别角色出演而重返个体本源质素之后的女性诗歌写作,就此展现出怎样丰富多样的纵深景观——或许这样生成的作品不一定能引发多少理论性的话题,但总能让我们感受到一些直接来自生活与生命本身的气息,一些既超脱又平实,且自由专注的心音心色——诚朴、亲切而不失生动与深刻。

诗歌作为一种艺术,在这里回到了它的本质所在:既是源于生活与生命的创造,又是生活与生命自身的存在方式。

有必要再引述一段翟永明的话:"我一直觉得诗歌无派。如果真有,那女诗人算是一派。尽管有时候因为身边的男人们的影响,她们偶尔会加入某些群体;尽管因为表现手段的不同,她们对诗歌的看法有分歧;但是,因为天性中的恬淡、随意,对诗歌本身的热爱和虔诚,使女性不会真正去为诗歌之外的东西争斗吵闹。而女性在写作中'惺惺相惜'的心灵沟通,使相互间的理解和认同,超越了那些充满硝烟的文学派别之争,也使她们的创作生命力,绵延悠长。"[1]

结语

男性爱诗及艺术,常常会爱及其背后的什么东西;女性爱诗及艺术,爱的只是其本身。

——自发,自在,自为,自由,自我定义,自行其是,自己做

---

[1] 翟永明:《非非女诗人秘事》,来源:"诗生活"网站"诗观点文库",2008年7月6日。

自己的主人，自己做自己的情人……然后，自得其所，并以平常心予以认领，而由此安妥了一段不知所云的灵魂。

这不正是诗及一切艺术存在的真正意义吗？

在本文这里，到了的结论只能是——

无论是女性诗人还是男性诗人，只要你坚持永远居住在诗歌的体内，并成为其真正的灵魂而不是其他，你就会超越时代语境的局限而活在时间的深处，并悠然领取，那一份"宁静的狂欢"。

2008年8月

"自由之轻"与"角色之崇"

——有关"新世纪诗歌"十年的几点思考

自由之轻

新世纪十年,回顾与反思中国当代诗歌发展,或可用"告别革命之重,困惑自由之轻"概言之。

经由朦胧诗时期之意识形态与审美形态双重意义上的革命,二十世纪八十年代的"第三代诗歌"运动时期之文化形态与生命形态意义上的革命,"九十年代诗歌"运动时期之语言形态意义上的革命,"新世纪诗歌"时期之诗歌生态意义上的革命——四个阶段,一脉相承,作为"现代汉诗"意义上的当代中国大陆诗歌,进入了二十世纪下半叶以来,最为宽松自由而多元活跃的发展时期。

与此同时,显而易见的是,一个造山运动般的大时代也随之结束了——告别"革命之重",我们又无可选择地"被进入"到"自由之轻"和"平面化游走"的困惑境地,乃至颇有些无所适从的尴尬。

……什么都可以写,怎样写都行;无标准,也无典范;无中心,也无边界;新人辈出,且大都出手不凡,却总是难免类的平均化的化约;好诗不少,甚至普遍地好,却又总觉得带着一点平庸的好——且热闹,且繁荣,且自我狂欢并弥漫着近似表演的气息,乃至与其所处的时代不谋而合,从而再次将个人话语与民间话语重新纳入体制化(话语体制)了的共识性语境——而我们知道:个人的公共化必然导致个人的消失!

并且,只要我们还在用体制化的语言和宣传性的心理在言说(广义的"宣传"),哪怕是言说非体制性的生存感受,就依然只能是失真的言说和失重的言说,既难以真正说出存在之真实,又难以真正企及具有诗性意义的说。

这真是一个历史性的悖论:为自由而抗争的现代主义新诗潮,在好似自由已降临的时刻,却又难以承受自由之轻!

正如韩少功所指出的:我们的文学正在进入一个"无深度""无高度""无核心"及"没有方向感"的"扁平时代","文化成了一地碎片和自由落体",并在一种空前的文化消费语境中,在获得前所未有的"文化自由选择权"的情况下,反而找不到自己真正信赖和需要的东西。[1]

一个有意味的间歇与过渡——不乏广大与生气,却难见精深与高致。

由时代的投影到时尚的附庸及时风的复制,没有边界的舞台,没有观众的演出——谁,是那幕后的真正的导演?

"我以为现在是再次思考为何写作的时候了。"(于坚语)

自由是无比珍贵的,也是来之不易的,我们不能没有自由,但今天的我们更要学会怎样管理自由。有如我们不能没有真实但也不能仅仅为了真实性而放逐了诗性——诗形的散文,诗形的随笔,诗形的议论,诗形的闲聊,以及等等,唯独缺乏对诗性本质的规约与守护。

在此,不妨套用艾略特的话以做提示:或许这个时代更趋向于多样性而不是完美,它需要更长的时间来实现自己的潜能,或许还包含着更多的没有开发的可能性。但必须要提醒的是,在它

---

[1] 韩少功:《扁平时代的写作》,载2010年1月20日《文艺报》。

具有最强的变化能力的同时,还能保持自我的存在——本质性的存在。

角色之祟

当代中国社会的急剧转型,制造了一个空前巨大而虚拟的"荣誉空间"与"交流平台"。

这一表面巨大而诱人的"荣誉空间"与"交流平台",其实并非历史与现实的真实诉求。一方面,它是应转型后的主流意识形态之"虚假抚慰"所需,制造出来的精神泡沫;另一方面,则是在商业社会与消费文化的共谋下,应空前发达的媒体机制所需,制造出来的文化泡沫。

有意味的是,连同许多优秀的灵魂在内,都无可避免地深陷于其中,忘了真正实在的荣誉,原本就不属于这时代,而真正有效的交流,也有待于另一个新的时空的确认。

当代中国诗歌界也难脱此俗——在虚构的荣誉面前,在浮泛的交流之中,无论是成名诗人还是要成名的诗人,都空前地"角色化"起来,乃至陷入角色化的"徒劳的表演"(陈丹青语),忘了作诗还是做诗人,都是这世间最真诚的事。

诗人原本就自恋,"自恋"原本就潜含"角色意识"。而新世纪十年,由媒体、圈子、文化产业、形象工程等所鼓促的各种评奖、编选、活动、会议,以及重写诗歌史、重写文学史、与世界接轨等等"造势",合力搭建起一个空前广泛而热闹的"诗歌平台",并以"兼容并蓄"的"软性机制",让置身其中的诗人们,不由自主地越发"角色化"起来——成名诗人在新的历史书写中找到了新的"角色"定位,并要为保持这一"角色"的现实形象而继续努力;新生的诗人们在新的语境中如鱼得水而争当"角色",并要为如何在其中获得"标出效应"而争先恐后,从而使整个诗歌界渐次弥散出一种耐人寻味的"表演气息"。

想到罗兰·巴特谈摄影的话:"当我'摆起姿势'来,我在瞬间把自己弄成了另一个人,我提前使自己变成了影像。这种变化是积极的:我感觉得到,摄影或者正在创造我这个人,或者使我这个人坏死。"[1]

此便是"角色之祟"!

角色意识,角色化人格,所有的人,凡人或诗人,卑贱者或高贵者,一旦要面对某种角色的"召唤"或"诱惑"(摄影既是召唤,又是诱惑,看似邀约,其实带有强制性的意味),要"摆起姿势"时,都会于瞬间变异,"弄成了另一个人"。对此巴特说得极为精确:尽管这种"角色"之"摆"常常是被迫的、强制性的,事后会有许多托词来解说,但进入角色的人为适应这种角色而做出的反应与变化却都是积极的。

当然,对大多数"角色"惯了的"角色们"来说,最终得到的肯定不是被"创造",而是"坏死"——人格的坏死,乃至整个人的坏死。

在这里,我们若将"摄影"置换为"权力"(镜头常常就透露出一种权力的意味),置换为"时尚"(时尚是另一种权力话语),置换为"虚构的荣誉"和"热闹的平台",这个时代的许多诗歌乱象的问题之所在,不是都昭然若揭了吗?

或许该提醒当下诗人们的是,在这个"自我推销"的时代里,如何克服"自我高度评价的愿望"(艾略特语),大概是个首先需要解决的问题。

---

[1] 罗兰·巴特:《明室——摄影纵横谈》,赵克非译,文化艺术出版社2003年版,第15页。

多与少

新世纪十年,可谓新诗问世以来"出产量"最多的年代。

网络的便利,民间诗报诗刊的滥觞,以及"娱乐化""游戏化""自我推销"等外部因素的促生之外,"叙事"和"口语"之"修辞策略"的泛滥,更是推波助澜的重要原因——"叙事"成了新的"生产力","口语"成了便捷的"流水线",由此进入一个充满"散文气息",再无标准可言、无边界可守而唯"话语狂欢"为是的诗歌时代。

所有严肃而优秀的诗人都清楚,真正创造性的诗歌写作,是一种生育形态而非生产形态。由此人们有权怀疑那种大批量生产诗歌的诗人,同时也有权怀疑那些大批量出产诗歌的时代。

实则诗歌创作的潜在美学原理,正在于对"沉默"的管理。诗乃沉默之语,不得已而说。故从发生学的角度而言,诗的写作从本质上就决定了它必然是以最少的语言表现最大的沉默的一种言说。

这里的"少"有两层意思:一是说出来的"少",二是"少"说。

当下诗人们的问题正在于,他们在这两种"少"上都没有意识,反而比着看谁说得多,说得啰唆——尽管他们从来也不承认这种啰唆是啰唆,且拉来所谓"叙事"和"口语"为由头做幌子——把酒兑成酒水或干脆就是自来水,管饱管够不管味道如何,只要有量在。

再就是比着谁能发狠,发狠到什么都拿来写都敢写,且写得越直越白越离谱便越得意。如此发狠地写或啰唆地说,渐次沿以为习,习为时风,大家都跟着走,以便混个脸熟,或及时扬名,反正只是活在当下,管他身后如何。

而"沉默是金"——表面的热闹与繁荣之下,空前活跃的量的堆积之下,我们留给历史的"当代诗歌",其"含金量"实在是太少太少。

诗是一种慢,一种简,一种沉着中的优雅。若转而为快捷的游戏,怕就是另外一些什么味道的东西了。

北方的雪很厚,南方的雨很多,而水晶依旧稀有!

本质之在

最终,静下心来深入考察,当代中国新诗整体而言到底缺了什么?

一是缺乏更高远的理想情怀;

二是缺乏更深广的文化内涵;

三是缺乏更精微的诗体意识。

缺了这三样,再大的热闹也只是热闹,无实质性进步可言。

可能的"药方":一是"简",简其形;二是"整",整其魂。最关键的是:由话语狂欢重返生命仪式。

诗,不仅是对生命存在的一种特殊言说,诗也是生命存在的一种特殊仪式。

作为物质时代的精神植被,在一个意义匮乏和信仰危机的时代里,诗更不能沦为仅仅活在当下手边的物事,要有重新担当起对意义和信仰的深度追问与叩寻的责任:包括对历史的深度反思,对现实的深度审视,对未来的深度探寻等,并以此重建生命理想和信仰维度。

这或许是我们应该重新认领的诗歌精神之"理想情怀"。

而尤其需要重新认领的是诗歌的"文体意识"——在这个充满

散文化、娱乐化气息的时代里,诗歌如何保持自己文体的边界和精神的尊严,实在是个有必要时时提醒的问题。

"诗言志","文以载道"。"志""道"为诗文之根本,但这"根本"要生出枝叶开出花朵,才算"艺术地"完成。什么都可以写,大概学理上还讲得过去,怎样写都行,却难免是个问题。新诗百年,仓促赶路,居无定所,怎样写的问题,一直是个挥之不去的隐忧。道成肉身,文以体分,体式混乱无准,所谓新诗的灵魂和精神,又何以沉着和深入?

而诗是语言的未来。人是语言的存在物——没有诗性的语言,就没有诗性的生命;没有诗性的语言的未来,就没有诗性的生命的未来。因此,原生态的生存体验,原发性的生命体验,原创性的语言体验,是诗人在任何时代都不能忘记的法则。也只有遵从这个法则,诗与诗人才会免于被所谓的"时代精神"(在当代中国语境下,这个"时代精神"常常与主流意识形态混为一谈)所辖制,成为开放在时间深处的生命的大花。

长途跋涉,上得一座峰顶、拥有一份自豪后,出现一个舒缓而平面化的间歇是无可厚非的,但由此更要适时反思自由之轻,整合现代与传统,进而重涉典律的生成,以避免一味变动不居的负面而再造经典之辉煌——在我看来,这是间歇后新的出发的必由之路。

而新世纪诗歌的整体发展,也需要在打理日常与梳理理想之间,在直言取道与曲意洗心之间,在"道"之言说与"形"之艺术之间,在想象世界的未知地带作业与真实世界的不明地带作业之间,以及在各种写作路向的探求之间,建立更稳健的平衡,以求在自由与约束的辨证中,寻找新的精神建构、形式建构与语言建构。

尤其是心理机制的平衡,大家都能渐渐从过于浮躁的时代语境中超脱出来,进入一种"专、宜、别、畅"的境地——

专:心无旁骛;

宜:语言形态与生命形态和谐共生;

别:别有所在,非类的平均数;

畅:心手双畅,思、言、道通达无碍。

有了这样的心境,才可期望我们的新世纪诗歌,在经由表面的"自由"之"轻"与"繁荣"之"热"之后,重返任重道远的上下求索。

2010年7月

不可或缺的浪漫与梦想
——也谈新诗与浪漫主义

重审跨越世纪、以"现代主义"为主潮的当代汉语新诗写作,并重新关注浪漫主义诗歌路向——此一诗学考量之取向,表面看去,似乎在于纠偏求全以完善历史构架,其实另有可说之处。

一方面,所谓"现代主义新诗潮"滥觞至今,也确实出现了不可不正视的诸多问题,如"叙事"的泛化,"口语"的泛滥,"日常"之琐碎,"当下"之纠结,以及"反讽狂欢"下的游戏心理和"自我表现"下的"秀场机制"(笔者生造的词),等等,综合为不堪"自由之轻"与"角色之祟"的"后现代场域",陷落或沉溺于其中的当代诗人及其诗歌写作,看似自由开放而写法各异而千姿百态,其实内里却无非是"同一性差异",无数诗人写着几乎一样的诗而致"彼此淹没"。至此,无论于普泛诗歌爱好者的欣赏性阅读而言,还是于诗歌理论与批评者的研究性阅读而言,大概都难免"郁闷"。

另一方面,由于理想情怀、文化内涵和诗体意识在当代诗歌中的长久缺乏,也难免催生出另一种"诗美乡愁",即对汉语诗歌之浪漫精神的反顾,包括现代汉语语境下的浪漫情怀,以及古典汉语中的庄骚传统,而重涉诗歌美学范畴里,浪漫主义以及古典理想的现代重构之命题。过去的一个时期里,我们过于强调了当代诗歌的"求真""载道"与"社会价值"功能,与另一种"载道"与"济时"(时势、时代之"时")之官方主流诗歌,形成二元对立而实际一体两面的逻辑结构,忽略了诗歌作为语言艺术和精神家园之"净化心灵""捡拾梦想"或"复生理想"的美学功能。于此,至少从接受美学的角度来看,反顾美学浪漫主义之"诗美乡愁"的诉求,实可谓"当春乃发生"之必然。

但上述两个方面的概述,依然还是属于表层现象的考量。有关浪漫主义诗学的重新讨论,若向更深处追究,则牵涉到现代汉语诗歌发展中,如何处理好一些带有根本性的、有关诗歌本体的美学关系问题,这里试就以下三点稍作讨论。

一、"质"与"饰"的关系问题

"质"与"饰"的问题,说起来是个无关大局的写作方法问题,但至少在现代汉语下的浪漫主义诗歌这里,却每每成为一个首要的问题。

虚浮造作与矫情夸饰,是现代诗人对"准浪漫主义诗歌"和"伪浪漫主义诗歌"主要诟病之处,唯恐避之不及。中国古典文论中,也有"质有余而不受饰"之说。然诗歌的生发,诗歌之所以叫作"诗——歌",确然又有它不同于非诗歌文体的特质所在。汉语诗歌虽一直以"志"为"质",但又总苦于"言不尽意"或"意不尽言",遂借"歌"的外在之"饰"来力图完美表达其"志"。《毛诗·大序》曰:"诗者,志之所之也。在心为志,发言为诗。情动于中而形于言,言之不足,故嗟叹之。嗟叹之不足,故永歌之。永歌之不足,不知手之舞之,足之蹈之也。"可见"歌"之"饰"于"诗"之"质"实为一体两面,不可偏废其一,关键要处理好两者之间的关系才是。

新诗百年,在经由郭沫若等早期浪漫主义之主体精神的夸饰、新中国"红色经典"时期革命浪漫主义之时代精神的夸饰、部分朦胧诗为代表的"政治感伤"情怀的夸饰之后,以"第三代诗歌"为主潮的新生代诗人们及其后追随者,以真实世界的客观叙事为新的美学原则,彻底放逐想象世界的主观抒情之传统,为新诗"现代化"开辟了崭新的广阔疆域,直至发为主流和"显学"。至此,"诗"与"歌"分离,"质"与"饰"分离,"潮流"与"典律"分离,现代汉诗逐渐趋于"散文化"和"同质化"的平面,再难有奇迹的发生。

然而,现代汉语语境和革命文学主旨生成下的现当代中国浪漫主义诗歌之种种弊端的存在,并不能说明浪漫主义诗歌就此过时,再无意义。毕竟,诸如"神性""超验""批判""梦想"及"抒情""韵致"等纯正浪漫主义美学元素的存在,对于身处急剧现代化之坚硬语境中的现代中国人而言,虽不免有奢侈与矫饰之嫌,却总是一种潜在的诱惑而不可或缺。

仅就诗歌文体之本质属性而言,完全脱离"饰"之增华加富及润化功能的所谓"质"的存在或"真"的追求,是否还是"诗歌意义"上的"质"与"真",也是一个绕不开去的问题。尤其是理想气质的缺失和抒情之美的贫乏,大概早已郁结为一个隐在的"诗美乡愁",遥遥乎于新诗未来的期待中。

为此,在一个充满散文化、娱乐化和物质主义气息的当下时代里,当代诗歌如何保持自己文体的边界和精神的超越,实在是一个需要时时提醒的命题。

二、现实与梦想的关系问题

诗歌与人,与生俱来,原本就生活在真实世界和想象世界两个基本空间中,荒疏任何一面,都难以真正安妥诗性生命之完整的精神与灵魂。

新诗及与其开启的新文学，自发轫之时便被"借道而行"所累，加之百年来新诗诗人所面临的现实问题确实太过纷繁与沉重，故唯现实主义和现代主义为首要取向，也是情理之中的事。但诗的存在，毕竟还有她非现实性的一面。古人谈诗书画之雅俗问题，常常将过于切近现实之作归之为"俗"，即在强调艺术的审美功能和超现实性。百年新诗，西学为体，当下为是；人学大于诗学，观念胜于诗质；每重"直言取道"，疏于"曲意洗心"，一直是个悬而未决的大问题。其实就中国式的所谓"诗教"而长久来看，大概"洗心"的功用还是甚于"取道"的功用的。

反观今日现代汉语诗歌，已基本谈不上什么美意养心而行之"修养"与"教化"了，或有一点"直言取道"的精神感召和思想震动，也无济于大的改变。实际的情况是，我们强调了那么多年的所谓文学以及诗歌的"思想价值"和"社会价值"等等，却也与世道人心的改变并无多大作用，以致于连诗人——这个社会群体中原本该是最少功利之心、经营之心而最为本真、纯正和可爱的一群，如今却也大多反"道"为"器"，转而为"时人""潮人"乃至"小人"，转而为自以为是、自我膨胀、自娱自乐的"诗歌共同体"，或可玩点诗的技巧以沽名钓誉，而诗心早已远离纯粹的真善美之艺术本质和艺术境界了。

由此，当宏大的历史叙事和崇高的精神追求悄然退场，日常生活渐次成为时代的主潮时，诗歌该如何定位现实与理想的关系，而不至于再次沦为时代的传声筒，实在是个大命题。

诗人是超越时代和地域局限的人类精神器官，而非时代与时尚机器的有效零件。在一个意义匮乏和信仰危机的时代里，诗更不能沦为仅仅活在当下手边的、"一次性消费"的物事，而要有重新担当起对意义与信仰的追寻和叩问的责任。

而浪漫与梦想是永远的诱惑——在失去季节美感的日子里，

创化另一种季节；在失去自然神性的时代里，创化另一种自然；在解密后的现代喧嚣中，找回古歌中的天地之心；在游戏化的语言狂欢中，找回仪式化的诗美之光——诗歌既可以是"直面现实"之勇士手中的利器，也可以是吟唱于"自己的园地"中的夜莺。在一个越发枯燥越发单一化了的世界里，作为纯正浪漫主义诗歌的梦想气质和神性生命意识如期归来，大概也是情理之中的事了。

三、抒情与叙事的关系问题

浪漫主义诗歌的另一重要诗美特质，在于它所提供的特别的抒情语境和抒情调式。

诗是经由语言的改写而对人类深刻思想与复杂情感的一种特殊演绎，这一演绎的传统手法，主要在于"意象性思维"和"音乐性思维"。作为诗歌艺术形式的本质属性，这两种手法，在古典主义和浪漫主义诗歌中，表现得尤为突出。从接受美学角度来看，包括文化背景与精神历程，几乎完全与古典主义和浪漫主义时代无关的八〇后、九〇后等新新人类，也常常会反顾于古典诗歌和浪漫主义诗歌而为之感动，究其"感动点"之关键所在，正是那种经由"意象"之精微和"韵律"之曼妙而合成的抒情语境和抒情调式。譬如徐志摩的《再别康桥》，诗中所言之事所抒之情，与现代诗读者很难说能产生多少共鸣与感动，但许多年轻的诗爱者依然喜欢，细究其因，一者或钟情于那种浪漫气息，二者无非喜欢诗中与其事与其情琴瑟和谐的形式美感，即俗话所说的"调调"而已。

诚然，现代社会中人的生活和人的命运，无不充满了各种的变数，乃至比虚构的文学想象还要富于戏剧性和故事性，加之物质世界的日益凸显等现实因素，迫使当代诗歌必须脱身单纯抒情的"精神后花园"，转换话语，落于日常，及物言体，引"叙事"为能事，拓展其表现域度，实乃势所必至。但这不等于就要完全放逐浪漫抒情，唯叙事为是。

这里的关键，是要注意将纯正的、发自真情实感的浪漫抒情，与虚假浮夸的政治抒情及无病呻吟一类的浪漫抒情区别开来。即或是"叙事"，若仅作"记录"性的就事说事，或顶多加上一点所谓"戏剧性元素"及"反讽味素"，而后分行了事，无诚恳鲜明的生命感悟与真情实感灌注其中，则到了也只是现象之复写，看似真、似切、似实，似反假、反虚、反妄，但底里还只是那点事而已。何况此类"叙事"诗学所依赖的各种修辞手法和审美元素，大多是从小说、戏剧与散文文体借用转化而来，就诗歌文体属性本质而言，到底还是属于"退而求其次"之举。

回头重新认领浪漫主义诗歌的抒情语境和抒情调式，其另一要旨在于强调诗歌难以割舍的形式之美。

我们常说"诗是语言艺术"，其实更合理更全面的说法应该为"诗是有一定造型意味和一定音乐性的语言艺术"。汉语新诗引进西方拼音语系的语法及文法，讲求因承结构和散文美，诗思的开展，大都由篇构而句构而字构，字词皆拘役于语法文法逻辑结构，是以大大削减了音乐性的存在。但一方面，现代社会的生活空间和话语空间充满了噪音，诗要从这噪音中凸现出来必然要借助于音乐性。另一方面，汉语原本不乏音乐性元素，并未因现代化而完全丧失其基因，还是大可有为于其中的。今日新诗诗学界一直在为新诗标准问题探求不已，若以诗美基本元素而论，大概在"意象""思象"与"事象"三元素之外，还须不忘"音象"为是。

以上三点外，影响浪漫主义诗歌由曾经的虚浮滥觞到后来渐趋式微之因素，其实还有更重要的一点，即新诗百年进程中屡屡受制于文化大背景的问题。受此制约或影响,每一时代之诗歌发展,总是随潮流而动,借运动而生,导致诗人主体"自性"的模糊和诗歌艺术"自性"的丧失,而屡屡成为时代的投影、时风的复制、时尚的附庸,乃至连"多元"也成了一个价值失范的借口,唯"创新"为是,唯"先锋"为大,难得"传承有序"及"自得而适"的了。

同时还应该看到,新诗起源,本质上是一次仿生而非自生,有待慢慢转化而渐得自在。由此想来,或许纯正的浪漫主义诗歌精神,在百年来的新诗进程中,时有"不合时宜"或"水土不服",也无可厚非。至少体现在西方浪漫主义诗歌中的某些气质和情致,包括古典汉语诗歌源流中的庄骚传统,是一时"拿"不来也学不来的,需要一个长期的、自然生长的过程。

而,未来新诗浪漫主义路向的开启与深入,依笔者之拙见:一是要强化现代意识,切忌老调重弹;二是要内化浪漫情怀,不作无病生吟;三是要润化抒情调式,摒弃虚浮造作。落实于具体创作,则须谨守四个基本要素:其一情感要真率;其二音韵要纯正;其三意境要切实;其四风骨要诚朴。篇幅所限,此处只作理念提出,不再赘述。

而说到底,作为诗歌浪漫主义的美学核心,在我看来,更主要的是一种气质,这种气质于今日时代的汉语诗人而言,大都还不具备,或者说一时难以具备——在如此坚硬与单面体的现代汉语境下,何以产生纯正的浪漫与梦想?我们甚至连我们曾经的苦难都难以述说真确,又去哪里落脚足以支撑浪漫与梦想的跳板?是以暂时只能以现代主义和现实主义为要领,并时而回望一下浪漫的诱惑和梦想的召唤了。

2011 年 11 月

我写《天生丽质》
——兼谈新诗语言问题

一

追随当代中国先锋诗歌理论、批评与创作三十余年,近年却返身完全与"先锋"无涉,甚至还有点"开倒车"嫌疑的《天生丽质》系列实验诗之写作探求,以其广泛传播为诗界所关注。此举之下,无疑已将自己置于一种与当代主流诗歌发展相悖,也与自己此前的"诗歌身份"相悖的境地。

这就先要说到有关诗歌批评与诗歌写作"双栖者"的相关话题。

仅就当代诗人诗评家群体而言,应该说,绝大多数的批评立场及诗学主张,与其写作立场及创作理路,是大体一致的,亦即一体两面的存在状态。而我个人的诗歌写作,与我所投身其间的先锋诗歌理论与批评的走向,则并非完全同步,且时有游离。一方面,与"先锋"为伍,为之鼓与呼,在我来说,更多的是出于一种基于人文精神及历史成因的担当与责任。如我在我的三卷本《沈奇诗学论集》后记中所言:"只是在命运的驱使下,对当代中国诗歌说了一些该我说或者我该说的话而已。"包括对海内外诸多诗人诗作的研究,也多是顺着文本谈感想的即兴文章,一种借题发挥式的写作,而非价值判断式的传统批评。另一方面,潜心纯诗学思考时,以及在近年的具体诗歌写作时,我又一直在暗自"钻牛角"中,梳理和逐渐建构着并非"先锋"的诗学理路,并于不断反思中,寻求对新诗由来已久的一些根本问题的破解可能,以求于新诗文体的探求及典律的生成,多少有所裨益或启示。

一句话,脱身"势"的裹挟,潜心"道"的求索,以图再生——这其实才是我真正内在的诗歌精神取向,只是多年"人在江湖身不由己",一再难得返身,近年方渐得跳脱,加之心境的渐趋沉静,自然而然地走到这一步。

这是心理机制方面的"返身",下面再说具体创作的"返身"。

我断断续续三十多年的诗歌写作,大体而言,可说是一种随缘就遇式的即兴记录,较少有确切方向和目的性,或者说,一直处于一种"业余状态",不乏真情实感及写作经验,却一直疏于语言形式的个在创生。所谓"言之有物"切切而"物外之言"泛泛(实则这也是普泛新诗写作的一个通病)。直到与"天生丽质"的"不期而遇",这才多少找到了一点"实现自我"也不乏诗学探求的感觉。正如我在《天生丽质》的创作笔记中所言:"半生追随现代汉诗发展历程,亦步亦趋、如履薄冰而虔敬有加。近年忽而反思之下,实验《天生丽质》写作,小有所得:内化现代,外师古典,汲古润今,融会中西,重构传统,以求在现代汉语的语境下,找回一点汉语诗性的根性之美——或可为只顾造势赶路的新诗之众提个醒。"

由此可以说,《天生丽质》既是作为"过气诗人"一次"回光返照"式的自然生成,也是作为诗评人个在诗学思考的一次特别实践;或者说,是我在忘却"诗评家"身份,返身个在本真诗性生命意识和个在诗歌美学趣味后,一次不期而遇的"诗美邂逅"。至于是否与"主流"或"身份"相悖,写作时倒全无所虑,但作品的整体风格出来后,确实感到和自己过去"被认定"的基本形象有些相悖,不过不仅没有觉着尴尬,反而有一种特别的欣慰。尤其是,关于新诗语言问题的多年思考,可以说,在《天生丽质》的写作中,终于有了一点自证其明的小小成就感。

幸运的是,尽管这批诗作与当下诗歌主流大相径庭,却得到出乎意料的发表垂青,乃至有刊物主编打电话,明言发过的也可以再发。是以仅六七十首的《天生丽质》,连同重复发表和选载等各种形式在内,至今已刊载三百多首次。其中,以发表小说为重的大型文学双月刊《钟山》,不惜版面,在2010年第6期上,以卷首位置,一次性整体全貌推出《天生丽质》五十首,更是空前之举。而让我深受感动和欣慰的是,我与《钟山》主编贾梦玮,此前仅在应邀做其主持的"十大诗人(1979—2009)"评选评委时,通过两次电子邮件,后于南京一次会议中见过一面,回西安发电子邮件礼节性问候中,顺便附了刚整理好的《天生丽质》五十首,谨做交流,未想他很快回信要全部刊出,当时简直都不敢相信!

《天生丽质》的发表过程,是我个人诗歌发表史上所获得的一次"特别礼遇",大概在当代诗坛,也是一个较为特别的"发表事件"。想来,除了编发这些作品的编辑们不约而同的"错爱"之外,这组从语言到内涵,都迥异于当下主流诗歌的作品,或许不经意间,触及了当代汉语诗歌所欠缺的某些美学取向,而为识者所留意。

同时,在纸本媒体中陆续发表前后,也一直经由电子邮件的形式,同诗界同道和文学艺术界朋友交流求教,得到不少激赏和鼓励,包括诸多小说家、画家、美术评论家等诗界外友人的垂青与认同,让我颇有"吾道不孤"的安慰。

二

《天生丽质》的写作,无论就我个人诗歌创作历程而言,还是从当代主流诗歌发展趋向来说，都更像是一次"横逸旁出"式的"试错"性写作，其要旨在于对现代汉语诗歌美学一种"可能性"的探求而非"示范"。

坦白地讲，仅就基本语感而言，我是将《天生丽质》作为相当于古典诗歌中"词"的形式感觉来写的，尤其是在字词、韵律、节奏和诗体造型诸方面，不过换了现代汉语的语式，并杂糅意象、事象、叙事、口语、文言等元素，以及现代诗中诸如互文、拼贴、嵌插、跨跳、戏剧性等手法，一边汲古润今，一边内化现代，寻求一种真正能熔融中西诗性的语言与形式理路，以避免新诗一直以来存在的同质仿写、有"道"无"味"的弊病。

这点"心机"的萌生，最初来自《茶渡》一诗的写作。此诗初始只有题目"茶渡"两个字跃然于心，但当时就惊喜地发现，仅此二字，便已构成一个元一自丰的完整意象，及其所衍生的诗意内涵和诗性联想空间了，包括能指与所指，都几近"元诗"的境地。这便是汉字和汉语的"诗性基因"之所在：字与字、词与词偶然碰撞到一起，便有风云际会般的形意裂变，跳脱旧有的、符号化了的所指，而生发新的能指意味，新的命名效应，以及新的语感形式。遂顺藤摸瓜，由字而词而句而篇，于一个多月后完成全诗——

  野渡
  无人
  舟　自横

  ……那人兀自涉水而去

  身后的长亭

尚留一缕茶烟

微温

可以看出,此一诗写的完成,实际上是顺着诗题"茶渡"这一形质并茂的诗性语词,所展开的一种相互阐释和对话的衍生过程。具体说,是字词之思在先,而后引发、延拓、聚合与此字词相关联的句构与篇构,其发生机制,与此前的写作经验完全不同。写时无意,诗成后方发现此中"别有洞天",随之又顺此路数写了《岚意》《依草》《青衫》《小满》《星丘》《胭脂》等诗,并渐渐从理论上有了明晰的认识,总结出后来的基本创作理念:

> 《天生丽质》是本于"古典理想之现代重构"的理念,以及返顾汉语字词,思维的一次诗歌文本实验:实验要求每首诗的题目用词本身就是"诗的",或与汉语诗性"命名"(包括成语)及诗性记忆有关的,并与诗作内容及创作思路,形成或先(命题)或后(点题)而迹近天成的互动关系。通过这样一种内化现代、外师古典、融会中西的诗歌语言实验,来重新认领汉语诗性的"指纹"和现代诗性生命意识的别样轨迹,进而开启生存体验、历史经验及文化记忆的深层链接。

这一理念的关键,在于对一直以来过于信任和依赖现代汉语的新诗写作所长期形成的"通用语言机制"的翻转。当然,理念是一回事,经由创作实践到底实现了多少,是另一回事。是以我一再强调,《天生丽质》的写作只是一种实验性的开启,其价值的认定与充分实现尚有待时日。但其中引发的思考还是可以说清楚的。

三

新诗是移洋开新的产物，且百年来一直张扬着不断革命的态势，至今没有一个基本稳定的诗美元素体系及大体可通约的写作形式规则，只讲自由，不讲节制，变数太多而任运不拘。虽然，在新诗一路走来的各个阶段，从创作到理论，始终没忘记强调"两源潜沉"，但实际的情况却总是偏重于西方一源，或者说，是由翻译诗歌主导的发展模式。

我们知道，现代汉语虽沿用汉字，但其组织结构却是套用西方文法、语法而成，从而改变了汉语本源性的运思机制。汉语是世界上现存的唯一保留文字与语言双重元素之合成机制的特殊语言。汉字一字一世界，以形会形，意会而后言传，传也是传个大概，惚兮恍兮，其中有道，是历史经验与个体生命体验的活的生命体。故汉字运思具有不可穷尽的随机性、随意性、随心性、随缘性：字与字"胡碰乱撞"，常常就可能"撞"出诗意"碰"出隐喻来，因而对"万物之道"的"识"（感知）与"解"（表意），也多是"意会"为要，直觉感悟，混沌把握，不依赖于理性认识及逻辑结构的链接，所谓"诗意运思"（李泽厚语）。也就是说，从发生学上讲，古典汉语诗歌及文章，是以文字组织语言，语言跟着文字走。新诗则刚好相反，是以语言组织文字，文字跟着语言走。这就从根本上动摇或削弱了汉语诗性的发生机制。

诗由语言之体和精神之魂合成生命。写诗即是由诗人之生命体验与语言体验、生存经验与写作经验的有机融合为一，而至文本化的过程。而诗的发生，多起于诗兴。古诗兴发，多以心动（缘情言志）而发为"词"动，落于文本，由字构而词构而句构而篇构，相生相济之"逗引"下，生妙意，成奇境，发为新的生命,所谓"语不惊人死不休";新诗起兴,则多以"心"动为止(且是已被"现代汉语化"了的"心"),由情感而观念而主题,落于具体写作,则重篇构、重意义,而少佳句、弱意境。这是语言层面的比较。

再就精神层面来看,新诗以"启蒙"为己任,其整体视角长期以来,是以代言人之主体向外看的,可谓一个单向度的小传统。其实人(个人以及族群)不论在任何时代任何地缘,都存在不以外在为转移的本苦本乐、本忧本喜、本空本惑,这是诗歌及一切艺术的发生学之本根:所谓"与尔同销万古愁"(李白《将进酒》),所谓"念天地之悠悠,独怆然而涕下"(陈子昂《登幽州台歌》),所谓"江畔何人初见月?江月何年初照人?人生代代无穷已,江月年年望相似"(张若虚《春江花月夜》),不是一地一时之愁,是万古愁。这是汉语诗歌的一个大传统,一个向内看的大传统。新诗百年,基本走的是舍大传统而热衷其小传统的路径,是以只活在所谓的"时代精神"中,一旦"时过境迁"(包括"心境"和"语境"之迁),大多作品即黯然失色,不复存在。这是新诗至今没有解决好的一个根本问题。

语言是存在的家,所有有关"文化身份""文化乡愁"及"精神家园"之类所谓"现代性"的问题,其实都是语言的问题。而人与语言的遭遇又是"被给定"的,确实难以返身他顾。但语言毕竟不是铁板一块,而是一个不断变化和生成发展中的活的生命体。有如我们人的生命历程,有先天"基因编码"之规定性所限,也有后天"养以移性"之创造性所变。诗及一切文学艺术的终极价值所在,正是在语言的规定性和发展性之间,起着保养、更新、去蔽、增殖,而重新改写世界的作用——由此我们可以给诗下这样一个定义:诗是经由对语言的改写而改写世界,或者改写我们同世界的关系的一次语言历险与思想历险。

于此更须明确的是，在全球一体化的今天，何为"汉语的"存在之家？我认为，必须要包含并重新确认了"汉字"这个"家神"的存在，才足以真正安妥我们的诗心、诗情及文化之魂。而这个"家神"，自现代汉语以来，尤其在新诗中，实在与我们疏远太久了。

故而回头来看，新诗既是一个伟大的发明，也是一个伟大而粗糙的发明——近一百年间，新诗在社会价值、思想价值、生命价值以及新的美学价值等方面，都不乏特殊而重要的贡献，唯独在语言价值方面乏善可陈。换句话说，新诗百年的主要功用，在于经由现代意识的诗性（其实大多仅具"诗形"）传播，为现代中国人的思想解放和精神解放，开辟一条新的道路。但解放不等于再生，真正的再生，还得回到语言层面做更深的探求。实际的情况我们也可以看到，有关历史的反思、思想的痛苦、真理的求索、现实的关切、良知的呼唤等等，在新诗的发展历程中并不缺乏，且一直是其精魂所在，甚至可以说无所不在，但何以在国民的教化与人文修养方面收效甚微，乃至即或有问题，也反而常常要去古典诗歌中找答案找慰藉呢？或时而产生一些"直言取道"的精神感召和思想震动，却也与世道人心的根本改变无多大作用。

同时还应该看到，新诗起源，本质上是一次仿生而非自生——西学为体，当下为是；人学大于诗学，观念胜于诗质；每重"直言取道"，疏于"曲意洗心"。如此一路移步换形、居无定所，而致汉语诗性之本质特性渐趋式微。百年中国历史走到今天，其最大的偏失，也正在于对汉语诗性的本质性偏离：所谓中华文明的根本，所谓汉唐精神，说到底是诗性生命意识的高扬，而这个根本与精神得以孕育与生长的基因，在于汉语的诗性本质！世界是原在的，从个体到整体，人类的一些基本问题，其实是一直存在且不可能完全解决的,否则岂非"历史的终结与最后的人"(借用佛朗西斯·福山语)?因此,是人类对世界的体验和表达这种体验的说法,构成了人类的文明史和文化史,而不是由说了些什么所决定的——就此而言,语言及文字之于文体,无异于一种"物种意义"而至关重要。

由此可见,近百年汉语诗性的不断被消解,才是我们今天所面临的诸种问题的根本症结之所在。当然,现代中国人已经被现代汉语所造就,我们再也难以重握那只"唐代的手",但身处今日时代语境下,在现代性的诉求与传统"诗意运思"的传承与发扬之间,能否寻找一些相切点,以提供新的语言体验与生命体验之表现的可能性,以再造一个与我们文化本源相契合的精神家园呢?

四

由"启蒙"而"宣传"而"运动"而"时尚",新诗百年,和随其开启的整个新文学一起,从发生到发展,一直是被"借道而行"的一种运行轨迹(连"新诗"的命名都难免意识形态化)。这样的一种轨迹,在现代汉语小说和散文的发展过程中,因其文体属性所致,还时有游离或跳脱,唯有新诗是愈演愈烈。

百年新诗发展历程,回首检视可见,多是以"道"("启蒙""宣传""运动""时尚"等外在之道)求"势","势"成则"道"(诗之道)灭;而其"势",也并非顺理成章、水到渠成之势,大多是出于功利(尽管也不乏我称之为"史的功利"的)而造出来的——"时势造英雄","英雄"再造新的时势,"形势逼人",后来者再跟着"顺势而为"——如此循环往复,唯势昌焉,而诗之道(本源、本体、本质、本在)则无以定所,只剩下分行之外形可依,内里是早已耗尽了的。或也形成了一个小小的传统，却又因其飘移不定而终非长久之计。

这里的关键是"自性"的丧失，包括诗人主体"自性"的丧失和诗歌本体"自性"的丧失。诗及一切文学艺术之"自性"的丧失，必然导致反"道"为"器"，君子转为小人，诗人转为"时人"，或可玩点诗的技巧或鼓噪点诗的运动、诗的虚荣，而诗心早已失矣——话语盛宴的背后，是人文价值的虚位和主体精神的无所适从。所以我们才一直为各种运动所裹挟，为诗之外的各种形势所绑架，以致形成"运动情结"，倾心于表面的热闹，只活在当下，活在自以为是、自我膨胀、自娱自乐的"诗歌共同体"中，对真正有益于诗歌发展的探讨和研究无法深入，进而导致"类诗"泛滥而真诗寥寥。借用鲁迅先生的话说，可谓"本根剥丧"而"神气彷徨"。

实际上，百年新诗的发展中，一直起着重要影响和制约性作用的，有两个基本方面：一是文化形态，一是心理机制，包括对创作和研究两方面的影响。也就是说，新诗在其发展中所不断出现的各种问题，有其先天性的内部因素，但更多则是后天的、外部的一些东西在起作用。前者尚可在发展中自我调节，后者则常常不易纠正。换句话说，新诗的语言问题，既是先天"仿生"性之内在发生机制遗传所致，也是后天"功利"性之外在发生机制影响所致。其实对这一问题的认识，一直以来大家都是明确的，只是新诗似乎太年轻，有太多的青春元素、激情力量和现实诉求蓄势待发，难以在"道"的层面潜沉以求，只能随时代变化而潮起潮落。但与此同时，也为那些真正优秀的诗人和优秀的诗歌写作，提供了"反常合道"以求本体显明和自性所在的空间，有志者自会上下求索而潜行修远。

诗，是在语言的历史中写作，而非在历史的语言中写作。

新诗因其年轻,并因其外部激素的促迫,而不断发展与跃升,一再显示并很快形成了其"自由、敏锐、活力、有效"(陈超语)的精神传统,以致达到今天这样空前活跃和繁荣的景象。但所有这些"有效",都只是在一个短暂的历史语境中展开,并主要作用于思想和精神层面,若从语言的历史维度去看,其"有效性"就另当别论了。表面看去,当代诗歌因其空前的自由开放,而写法各异而千姿百态,其实内里却是整体同质,无数诗人在写一样的诗。包括近年来发为显学、倡为主潮的"口语"和"叙事",都已习为广大而难成精微。

为此,我在"内化现代"的前提下,提出"汲古润今"或可称为"外师古典"的理念,实在是想为自由放任的新诗写作,在语言层面和形式层面找一点约束,亦即在自由与约束的辨证中,寻找新的形式建构与语言张力。而这样的约束,就汉语而言,恐怕也只能从语言的历史中上溯古典诗歌,探寻现代诗语与古典诗语"同源基因"之所在,来为今天的汉语诗歌写作,提供一点可能的提示与裨益。其实放长远看去,百年新诗再往前走,到底还能走多远,拓展多大格局,恐怕很大程度上,将取决于是否能自觉地把新诗之"移洋开新",置于汉语的历史传统之源头活水,以袭古弥新而重构传统。

再从接受学来说。当代中国社会转型,"集体的人"转为"个人的人",文学之社会性的"启蒙"与"疗救"作用,大体也随之降解,而如何作用于"个人教养"的问题,则上升为第一义的要旨。具体到诗歌的存在,所谓"诗教",到底是重"言志"(所谓"直言取道""直击人心""要为真理而斗争"),还是重"洗心""修心",化"教育"为"润育",去现代化之"戾气",大概也是该重新考虑的时候了。

总之,长期以来,我们似乎过于看重了新诗的思想与精神作用，疏于其作为一种语言艺术而润化人心而提升心境的作用，所谓"言之无文，行而不远"（《左传》）——于是想自己来试一试。

五

这就该说到《天生丽质》的具体写作了。

如前所言，《天生丽质》是一次"横逸旁出"式的"试错"性写作，而如此"试错"，置于现代汉语语境中考量，则稍不注意，就会落入"酸""伧""陋"的"冬烘气"和"造作"之弊，与现代性背道而驰。这里的关键是如何处理好"现代"与"古典"的关系，不致纠结不清或拿捏不准，导致"酸馅味"，失去现代诗的基本品性。于此，便首先想到在语境方面，尽量导向古今盘诘与对话式的"悬疑"状态，再将"意象"（包括"字意象"与"词意象"）作为戏剧性角色来编排，由此或可形成另一种"现代性"。再就是有机引进"现代禅诗"的运思维度。

所谓"悬疑性"，即将诗中所有的意象和意境，均置于一种不肯定、不明确、自我盘诘、古今对话的"悬疑语境"中，以求生发更多的弥散性意涵和歧义，尽量避免单一的旨归，或闭锁性的联想。尤其在使用古典意象时，包括直接使用古典诗句，或自己在诗中刻意虚拟的所谓"古意"，都要将其纳入现代视角来处理，或戏仿，或反衬，是一种印证与对质，或者说，是一种"命题"而非解答。

所谓"戏剧性"，即有"预谋"地将诗中的各种意象，包括作为互文性使用的古典意象，和自己原创的核心意象与衍生意象，以及连同诗题在内的一些核心语象，作为"戏剧性角色"来看待，并将其纳入一个戏剧化的语境中，或戏剧化的场景中，令其互动互证，有机转换，而获得一个新的生命体。这一点与现代诗人中,惯常以择取生命体验与生存体验中的具体"戏剧性细节"为"戏剧性角色"的"戏剧性"写法,或所谓的"小说企图",有本质性的区别,也是我在整个《天生丽质》的写作中,较为看重而欣慰的小小收获。

至于"现代禅诗",早在二十世纪末,我在题为《口语、禅味与本土意识——展望二十一世纪中国诗歌》(发表于《作家》杂志1999年第3期)一文中,就将其列入二十一世纪汉语诗歌发展的主要路向之一,并指出:"主要看重其易于接通汉语传统和古典诗质的脉息,以此或可消解西方意识形态、语言形式和表现策略对现代汉诗的过度'殖民',以求将现代意识与现代审美情趣有机地予以本土内化。"进而说明:"既是'现代禅诗',骨子里便少不了现代感的支撑,古典的面影下,悄然搏动的,仍是现代意识的内在理路,只是这'理路'中多了几分'禅味'而已。"同时认为,"'现代禅诗'之由式微而转倡行,恐只是迟早的事。"遗憾的是,此论十年过去,似乎不着应验,恰遇《天生丽质》之举,便自己稍做探路。至于收效如何,有无前途,面对滔滔大势,也只能"独善其身"了。

最终,回到开头的话题。作为一个追随当代先锋诗歌三十余年的诗评人和诗人,在《天生丽质》的实验写作中,确实也不免困惑:现代汉诗是否必须要确立自己的语言特征,确立自己的精神指纹?或许变动不居、移步换形正是其语言机制的本质所在,而以杂交的语言表现杂交的文化语境,正是这时代的必然选择?那么,即或"是以现代视角回眸传统"而求"古典理想的现代重构",对于早已"基因裂变"而唯新是问的现代汉语诗歌又有多大意义?

不过,当我们面对当前汉语诗歌之语言与文体意识的缺失、文化与历史意识的缺失以及经典意识的缺失时,我想,即或背上

"开倒车"的嫌疑,也值得为此一求。至于我在《天生丽质》的写作中,对我所提倡的理念实现了多少,实在并不重要。如前所言,《天生丽质》是一次"试错"而非"示范"性写作,这一点我一开始就很清醒。这样的写作,其当下的意义,大概更多的只是反衬出此在的困境,而难以提交他去的路径——或许多年后会有识者感叹:在那样一个现代汉语时代,居然还有人以那样的文字感觉和那样的语言意识写那样的诗——那就够了。就这一点来说,我尚有足够的自信。

2012年春初稿
2015年秋改定

诗心、诗体与汉语诗性
——对新诗及当代诗歌的几点反思

进入新世纪后,有关新诗与当代诗歌的问题讨论又热了起来,连同主动与被动,我也说了不少:说"先锋写作"与"常态写作"的问题,说"口语"与"叙事"的问题,说"体制外写作"与"写作的有效性"问题,说"动态诗学"与"诗歌标准"的问题,说"自由之轻"与"角色之祟"的问题,说"诗歌生态"与"网络诗歌"的问题,等等,以致于想要应邀或自在地对之再说些什么,都不知该怎么说了。

尴尬的是,回头一看,你自以为还算说到点接近问题要害的话,到了还是"说归说,行归行",只顾埋头赶路以图"与时俱进"的当代诗歌之旅,很少能真正静下来瞻前顾后调整"内息"的,这似乎已成为百年新诗的一个"老传统",或曰"痼疾"。是以有关诗歌理论与批评的话语,多以兀自空转,说了也白说。这实在只是一个积累问题而非解决问题的时代。

谈论新诗,无论是反思"五四"白话诗之新,还是虑及当代诗歌之进程中各种的什么"新",总会常常先想到两句话:一是"身不由己",二是"枉道以从势"(孟子语)。

在现代汉语语法中,"新诗"是个偏正词,主词是"诗",为"新"所偏正,以区别于"旧体诗"。以"旧"指代可谓汉语文化传统之基因"指纹"的"古典诗歌",是"五四"新文化的一大"发明"。显然,从命名上便可看出,这一大"发明"的明里暗里，都是社会学层面的理，与真正意义上的"诗"之"道"没多大关系。其发生学上的要旨在"新"而不在"诗"，所谓"借道而行"。

"身不由己"。在新诗这里，"新"是"大势所趋"，诗之"道"是一直被"新"所"偏正"而裹挟运行的。包括以二十世纪七十年代崛起的朦胧诗为发端，延伸至今的现代主义新诗潮（第三代诗歌、九十年代诗歌、新世纪诗歌等），也都大体以此为轨迹，少有跳脱时代潮流而自在自若者。对此，我曾在九十年代初连续撰文发表，提出警惕"造势之风"与消解"运动情结"、反顾诗歌本体和诗学本体的问题，到了也只是自己给自己提个醒而已。

如今回头看，这个"唯新是问"而"与时俱进"的"势"实在太大了，我们仅仅从新诗百年的不断重新命名，以及所谓代际标出与流派纷争，之繁多与混乱，就可知道"势"的推力之大和影响之烈，以致每每将"见贤思齐"变成"见先思齐"，导致"诗心"浮躁，难得水深流静。太多"运动性"的投入，太多"角色化"的出演，缺乏将诗歌写作作为本真生命的自然呼吸，进而成为一种私人宗教的主体人格，也就必然生成太多因"时过"而"境迁"后，便失去其阅读效应的诗人及其诗歌作品，唯以不断更新的"量"的繁盛而高调行世。

进入新世纪这十余年间，因意识形态张力的降解和网络平台的迅速扩展，当代诗人们发现，似乎不再需要以"运动"来助推其"新"，可以稍得自在地返回个我的"创造"与"标出"了，实际"造势"与"争锋"依然不减。这里面有诸如人格缺陷及集体无意识等积习所致，也有新诗与生俱来的基因问题所使然：门槛低，无标准，"挺住意味着一切"。加之身处"数字时代"和"娱乐至死"的文化语境，大多数诗人愈发成了"时人"

与"潮人",活在当下与形势的热热闹闹中,沉溺于"一个'扁平'的世界里众声喧沸"(韩少功语)。所谓"诗之道"到底为何,大概少有思考的。

想到二十年前读外国文学研究资料丛书之《现代主义》一书,其中有格雷厄姆·霍夫《现代主义抒情诗》一文中的一段话:"诗歌最充分的表现不是在宏伟的,而是在优雅的、狭窄的形式之中;不是在公开的言谈,而是在内心的交流之中;或许还根本就不在交流之中。"[1]

新近读陈丹青笔录编纂的《木心讲述：文学回忆录》,特别感慨其中一句话:"诗人不宜多知世事。"[2] 我理解现代中国的"世事",总不离"时势"所然,"多知世事",难免就会为"时势"所裹挟。复又想起钱锺书先生那句话:"大抵学问是荒江野老屋中,二三素心人商量培养之事,朝市之显学必成俗学。"

这样的诗人,这样的素心人,现在哪里去找?

木心还有一句妙语,说"植物是上帝的语言"。转喻来说诗之道,可谓"诗是植物的语言":自然生长,不假外求;为天地立心,为生命立言——据原抱朴,守住爱心,守住纯正,以及从容的启示,而以大自在之诗心,通存在之深呼吸。

何以得"大自在"？先得脱"势"以从"道":去机心,弃虚荣,潜行修远,卓然独成。

这是说"诗心"之道,还得往下说"诗体"之道。

---

[1] 格雷厄姆·霍夫:《现代主义抒情诗》,见马·布雷德伯里、詹·麦克法兰编:《现代主义》,胡家峦等译,上海外语教育出版社1992年版,第286页。

[2] 木心:《1989—1994 文学回忆录》,广西师范大学出版社2013年版,第56页。

先说文体的意义。

《文艺争鸣》2012年第11期，在头条"视点"栏目刊发当代学者孙郁先生《文体家的小说与小说家的文体》大文，开篇劈头就直言指认："当代小说家称得上文体家的不多。小说家们也不屑于谈及于此，大约认为是一个不是问题的问题。"进而指出："在文风粗鄙的时代，不谈文体的批评界，好像是一种习惯。其实也可以证明，我们的时代的书写，多是那些不敬畏文字的人完成的。"随即以木心为例证，引申及结语："我们今天的作家不敢谈文体，实在是没有这样的实力。或说没有这样的资本。"[①]

读此文颇感共鸣不久，便读到木心《1989—1994 文学回忆录》，其中有一段新解孔子"不学诗无以言"的话，认为其意思是："不学《诗经》，不会讲话。他懂得文采的重要。"其后又说："我认为，有时候文字语言高于意义。"[②]

两位振聋发聩之言，实在又是返顾常识之思。

我们每个人都活在"故事"中，何以还要有"讲故事"的小说？大概要的是小说的那种"说法"；小说之所以成为小说，而不仅仅是讲故事的特殊文体的"说法"。好的小说，故事、人物、意味之外，那语言也必是好的。在承载叙事、演绎情节、塑造人物的同时，作为其"介质"的语言本身，也有其独到的审美品质。亦即"叙事"与"被叙事"一样，成为小说艺术审美的有机组成部分。

同理，我们每个人多少都有过"诗意年华"的体验，何以要

---

① 孙郁：《文体家的小说与小说家的文体》，载《文艺争鸣》2012年第11期。
② 木心：《1989—1994 文学回忆录》，广西师范大学出版社2013年版，第138页、775页。

有"诗"的存在？大概要的是诗的那种独特表意的"调调",诗之所以成为诗这一特殊文体的"调调"。诗的审美本质接近音乐,是对包含在诗性语言形式中的思想、精神、情感、意绪诸"内容"的一种"演奏"。好的诗歌不在于其演奏的"内容"为何,而在其"演奏"的独特风格与方式,让我们为之倾倒而洗心明道。

诗缘情,文以载道,关键不在要"缘"的那个情和要"载"的那个道,而是那种诗与文的"缘"法和"载"法。是以我们有了老子、庄子、孔子、孟子等先哲们,还得有屈子、李白、杜甫、苏东坡等诗人文豪们。这里的逻辑前提是这世界本是说不明白的,说不明白才有意思,才有新的"说"来不断活泛这个世界的灵魂。"文章千古事",是"说法"亦即表意方式而不是说的什么,才是生生不息、在在感人的千古不废之事。

这便是文体的基本意义之所在。

具体到诗歌,"体"的意义就更显要了。

"抒情诗人所以运用语言的每一种特性,就是因为他既没有情节,没有虚构的人物,往往也没有使诗歌得以继续的理性的论述。致力于字句的准备和完成不得不取代一切。"[①]

以"语言的特性"及"字句"为"体"要,遂成为诗歌写作之发生学层面的关键。

这还是西方学者说的话,是身处有语言而缺乏真正意义上的文字"基底"的拼音语系中的学者说的话。而汉语文学自古便离不开文字,离开字词思维,就没有了根本意义上的文学思维。按照饶宗颐先生的说法:"中国文学完全建造在文字上面。这一

---

① 苏珊·朗格:《情感与形式》,刘大基、傅志强、周发祥译,中国社会科学出版社1986年版,第300页。

点,是中国在世界上最特别的地方。"① 也就是说,汉语是包括发声的"言"和书写的"文"原道共融、和谐而生的诗性话语,文字是其根本、其灵魂。故汉语诗学向来就有"情生文"与"文生文"两说。

新诗以胡适"诗体的大解放"为发端,且以"白话"继而以"现代汉语"为"基底",以"启蒙"继而以"时代精神"之宣传布道为"激点","作诗如作文","作诗如说话",只重"情生文",无视"文生文",一路走来,"与时俱进",直至当代诗歌之"口语"与"叙事"的滥觞、"散文化"及"跨文体"的倡行,除了无限自由的分行,再无其他诗体属性可言。失去汉语诗性修为与文采美感追求能力的当代诗人们,遂二返西方现代"翻译诗歌"的借鉴,拿来小说、戏剧、散文及随笔的情节、人物、戏剧性、理性论述等"他者"元素,来"开疆拓土"以求新的"新"。而问题的逻辑悖论是,如此拿"他者"彩头充门面的事,是否到了只能是更加"降解"了自身的本质属性,而导致诗体边界的更加模糊?

现实的状况是:大体而言,当代汉语诗歌,真的就只剩下假以"诗形"而自由"说话"与"作文"的"范"了。

由此可以看出,当代诗歌以无限可能之自由分行为唯一文体属性,其根由源自失却汉语字思维、词思维之诗性基因的传承与再造,过于信任或单纯依赖现代汉语之"通用语言机制"而放任不拘,从而越来越远离了汉语诗歌的本味。同时,这样的文体属性和语言机制,看似自由,其实反而是不自由——写来写去,分(行)来分(行)去,只是一点点"同一性差异";从分行

---

① 施议对编纂:《文学与神明:饶宗颐访谈录》,生活·读书·新知三联书店2011年版,第42页。

等外在形式层面看去,似乎千姿百态、千差万别,其实内在语感、语态、语序及理路与品质,并无多大差异——随便翻览当下任何一本诗刊、诗选集以及网络诗歌,都会发现一个基本现象:无数的诗人所作的无数诗作,都像是同一首诗的复制,或同一首诗的局部或分延,结果难免"彼此淹没"。所谓"庸音杂体,人各为容",而"独观谓为警策,众睹终沦平钝"。(钟嵘《诗品·序》)

因而我一直认为,若还认同诗歌确有其作为"文体"存在的"元质"前提的话,那么汉语新诗至今为止,只能算是一种"弱诗歌"。这个"弱"的根由,在于新诗一直是喝"翻译诗歌的奶"长大的,且单一凭靠现代汉语的"规矩"所长成,无论比之西方现代诗,还是比之中国古典诗,打根上就难以"青出于蓝而胜于蓝",且总难摆脱"洋门出洋腔"的被动与尴尬。

一个民族的文化根性,来自这个民族最初的语言,他们是怎样"命名"这个世界的,这个世界便怎样"命名"了他们。而诗的存在,就是不断重返并再度重铸这最初的语言、命名性的语言。当代中国人,包括年轻人,之所以还有那么多倾心于古典诗词者,实在是由衷地倾心于那种留存于汉语文化深处的"味道",倾心于这个民族共有的情感原点和表意方式。这样说,不是要重新回到古典的之乎者也合辙押韵,而是说要有古典的素养做"底背",才能"现代汉语"出不失汉语基因与风采的汉语之现代。

故,今天的汉语诗人们,要想真正有所作为,恐怕首先得考虑一下,如何在现代汉语的明晰性、确定性、可量化性之理性运思,与古代汉语的歧义性、隐喻性、不可量化性之诗意运思,亦即"翻译体"与"汉语味"之间,寻求"同源基因"的存在可能,以此另创一条生存之道,拓展新的格局和生长点。

对此,我给出的答案,依然是这些年我总在那讲的四句套话:内化现代,外师古典,融会中西,重构传统。

回头还得再说文体的另一重意义——以"雅气"化"戾气"的意义。

当代诗人于坚给诗下过一个别有意味的定义,说诗是"为世界文身"。在汉语世界里,"文"同"纹","文,画也。"(《说文解字》)"会集众彩以成锦绣;会集众字以成辞义,如文绣然。"(《释名·释言语》)可见"为世界文身"的功能不在改造世界,而在美化、雅化世界。

雅,在现代汉语中是形容词,在古代则是名词,意为"正",正以"礼",正以"道",正以丘壑内营,真宰在胸,脱去尘浊,与物为春。现代之"正",则正之有教养的公民;正之本真自我的独立之人格、自由之精神。文生于野而正于庙堂,故常常要"礼失求诸野"。至于后来将"雅"与"礼"搞成"雅驯"与"理法",存天理灭人欲,并不等于今天就要反其道而行之,完全弃"雅"与"礼"而不顾。实际上,连当今的西方也知道,在上帝虚位、哲学终结之后,艺术与美的存在,已成为现代人类最后的"获救之舌"。

新诗"移洋开新",本意在思想启蒙,前期多求时代之"真理",当代多求日常之"真切",唯以"情生文"为要,一直疏于对诗体之"文"、诗语之"雅"的"商量培养"。其实要说真,人世间最大的真无过于一个"死"字,人人明白的真,却依然人人都"伪"美着活下去——可见"真"不如"美",虽是哄人的东西,却是实实在在陪着人"伪"活一世的东西。故许多真理都与时俱"退"、与时俱寂灭了,唯诗、唯艺术,万古不灭。

由此转而想到:一人,一族,一国,一时要发奋图强,必是于斯时斯地先堵了一口气,进而再赌了一口气起而行之的。如此,生志气,生意气,生豪气,也必不可免携带生出些"戾气"

来。此一"戾气",可谓百年中国之时代"暗伤"与国族"隐疾",发展到今天,无须讳言,从庙堂到民间,教养的问题已上升到第一义的问题——此一要害问题解决不好,必然是谁也过不好,也必然难得长久之好。而"戾气"何以降解?唯有以"雅气"化之。而这"雅气",从古至今,汉语文化中,总是要诗文来负一点责任的。

众所周知,古今汉字文化圈,连一片茶叶,也可由"药用"而"食用"而"心用",终而达至"茶道"之境,洗心度人,功莫大焉。反观烈烈新诗,却由最初的"药用"(启蒙)到后来的"时用"(反映"时代精神"),便一直停留在与"时"俱进之"势"的层面,难以达至"雅化"之道的境界,显然,其内在语言机制是大有问题可究的。

人是语言的存在物,尤其是现代人。语境可以改变心境,已成不争之常理。汉语古典诗学将过于贴近现实的诗及艺术皆归之于"俗",其本意或许就在这里。长期以来,我们一直过于看重了新诗的思想与精神作用,疏于其作为一种语言艺术而润化人心、施予教化的作用,是个重要的缺失。

2013年3月

"后消费时代"汉语新诗问题谈片
——从几个关键词说开去

释题:后消费时代

想好本文题目后,先上网"百度"了一下"后消费时代":"后消费时代的消费特征表现为顾客对多方位、多层次体验的需求,这种多方位、多层次的消费体验给品牌提供了广阔的发展空间。"

不过,本文的"后消费"命题本意是想说,在空前丰富多彩的"物质文明"消费热之后,我们似乎又进入了一个空前丰富多彩的"精神文明"消费热,而且特别包括对诗歌的消费,且而且,近乎狂欢式的"高消费"!

而确实,这种"多方位、多层次"的诗歌消费"体验",已然成为"后消费时代"最为典型而又不无吊诡的消费特征,进而为某种"品牌"化的文化机制,"提供了广阔的发展空间"。

——在此不妨视为一种隐喻。

正文 1:介质本质化

两年前读美国学者尼尔·波兹曼《娱乐至死》一书,未及大半,便想到这个概而言之的命名。只是未曾料到的是,这一"介质本质化"的中国版现实指涉,竟如此"高调"而大面积地被落实到当代汉语诗歌界面。

一切艺术,一切审美,有"发生"便有"接受",道成肉身,及物绍介。这种绍介,在中国"古人"那里,无非二三"素心人"之"商量培养"(钱锺书语)足矣,无妨神气,不伤本根。

到了当下"后消费时代",肉身为尊,绍介为要,诗人转而为"时人",盛世诗歌转而为诗歌盛事,连同原本暗夜传薪、铁屋呐喊、地火运行般的"先锋诗歌"写作,亦或默牛承佛、天心回家、独自徜徉的个人诗性生命之旅,几乎都先后被席卷于狂欢节般的空心喧哗之中,并最终与这个消费化与娱乐化的时代大合唱融为一体——官方的、机构的、学院的以及等等;诗歌节、诗歌奖、诗歌研讨会以及等等;文化搭台、诗歌唱戏、资本捧场、政绩总结以及等等……诸般活动繁盛之相,从形式到本质,从手段到目的,无一不和市场经济下的其他"行业"界面合辙押韵。

不妨仅以"诗歌奖"一项举证。

打开任意一个诗歌网站便可见得,盛世诗歌平均两三天就要颁一次奖,其普及率和热闹程度,可谓空前:从大师到准大师到名家到准名家到新锐到准新锐以及等等,从老前辈到后起之秀到几〇后以及等等,从"知识分子写作"到"民间写作"到"官员写作"以及等等,从"口语"合唱队到"叙事"合唱队到"跨文体"合唱队以及等等,从"朦胧诗"代表人物到"他们"代表人物到"非非"代表人物以及等等,从县级到市级到省级到海外级如此等等……走马灯式的,肥皂剧式的,赶场子开派对式的,你方唱罢我登场,史无前例地热闹着。

谁的手导演了这一切?!

我们真的需要那么多的诗歌奖吗?我们真的有那么多诗人要获奖吗?获奖的意义何在?其真实性何在?有什么与诗歌与诗学有关的实质性价值?领奖领到手软的诗人们,坐拥一堆以各种名目出品的奖杯奖状,又将如何思考诸如"诗人何为"这样的老话题？

不可想象假如鲁迅先生活在今天也会如此忙着领奖。

不可想象为当代中国诗人们成天挂在嘴上念叨的策兰、曼德尔施塔姆、茨维塔耶娃等诗人也会如此乐于领奖。

而可以想象的是，假如诗人海子还活着，看到如此诗歌盛况，一定会再次选择让"时代的列车"重新碾过他单薄的身躯；而假如真有诗神在黄金的天上看着我们，此时的他（她）一定会蒙面羞愧！

或许可以以如此的理由稍作辩解：诗人，尤其是几经傲霜傲雪、"梅花香自苦寒来"乃至度过深寒之境的当代中国诗人，难道不该在某个季节某种语境下，享受一点应得的荣誉之回报？而且，这毕竟是作为诗人的存在，唯一可享受的现实之"回报"。

然而问题的关键在于，当下上演的种种有关诗歌与诗人的连续剧"剧目"，怎么看，都更像是一种时尚版的、肥皂剧式的精神抚摸（包括作为"弱势族群"的自我精神抚慰），而非真正意义上的、严肃的历史认领。

又一次错位的"载誉归来"。

"审时"转换为"趋时"，诗人变身为潮人——千红争荣，浮华大派送，时代的巨影如树，谁还有心眷顾那曾经默默向下生长的郁郁老根？

更进一步的问题是，我们如此投入当代诗歌"高消费"的狂欢中，也必然同时被这种消费性的话语机制所"消费"——这一逻辑关系，应该说，凡称之为当代诗人者，都应该多少知晓而明白的，奈何现实语境的诱惑太过轻浮而紧密，一时罕见稍有清醒而超脱者。

看来，浮华有如病菌，早已深入当代诗歌的灵魂。

——虚构的荣誉，表面的繁荣，话语盛宴的背后，是情怀的缺失、价值的虚位和无所适从的"本根剥丧，神气彷徨"。

所谓：选择怎样的话语方式，便是选择怎样的生存方式。

正文2：本根剥丧，神气彷徨

这是鲁迅先生的一句话。

此话摘自先生发表于百余年前的《破恶声论》一文中，原文系文言写就，其主要意旨在于从文化学层面论析当时中国国情：个性乖张的沙聚之帮，文化失去其原有生机，有待独具心性的"个人"之立，而更新与再生。

此处拿来借用反思当下乃至百年汉语新诗，或不免有些危言耸听之嫌，却又直觉中别有一种意会，割舍不得，包括隐惜其中的苦味与"酷"。

拿"本根剥丧"说新诗，可能是个伪命题，因为新诗的"根"本来就没扎在"本根"上，尤其是汉语"诗意运思"（李泽厚语）及字词思维的本质属性。

其实也不尽然，所谓"介质本质化"能在"后消费时代"之汉语语境下大行其道，乃至连"先锋诗歌"与"前卫诗人"也被裹挟于其中，从学理上深究，大概既有生逢其时之"大势所趋"为由，也无疑涉及百年汉语新诗，自发轫到当下，一直以"与时俱进"为"根本"运行轨迹的问题所在。

此处暂不展开，先说"神气"问题。

"神气"，拆开来讲：精神与气息。新诗百年唯新是问，与时俱进，居无定所，其主体精神和内在气息，每每"彷徨"之中。如此一路走来，多诗心变换，少诗艺建构，多运动鼓促，少商量培养，及至当下，已成愈演愈烈之势。

"神气彷徨"的反义词是"自若"。

所谓"自若",按笔者惯常的说法,一言而蔽之:无论做人、做学问,还是从事文学艺术,有个原粹灿烂的自己。由此,方得以自由之思想、自在之精神、自得之心境、自然之语境,而"形神和畅",而"君子不器",而"独与天地精神相往来"。

包括当代诗人在内的当代国人,仅就精神气息而言,到底差在哪里?

只"自若"一词,立判分明。

以此反观近四十年当代中国汉语新诗进程(从"朦胧诗"到"第三代诗歌"到"九十年代诗歌"到"新世纪诗歌"),实在太多"运动性"的投入,太多"角色化"的出演,也就必然生成太多因"时过"而"境迁"后,便失去其阅读效应的诗人及其诗歌作品,唯以不断更新的"量"的拥簇和"秀"的繁盛,而高调行世。及至"后消费时代",更是"自若"全失,唯余"顾盼",每一只眼睛后面,都跑着"七匹狼"!

说到底,所谓诗的功用,无论在写诗者那里,还是在诗歌欣赏者那里,本源上,都是为着跳脱各种体制性话语的拘押与束缚,由类的平均数回返本初自我的个在空间,得一时之精神自由和心灵自在,以通达存在之深呼吸。——这原本是诗歌及一切艺术审美之精义所在,而我们每每转顾其他。

有必要再次重复我在题为《诗意·自若·原粹——关于"上游美学"的几点思考》一文中,针对"后消费时代"各种文学艺术之心理机制病变症候,所写下的这样一段"走心"的话:

> 任何时候都不要忘记:艺术(一切的"诗"与"思")的存在,并非用于如何才能更好地"擢拔"自我,而在于如何才能更好地"礼遇"自我——从自身出

发,从血液的呼唤和真实的人格出发,超越社会设置的虚假身份和虚假游戏,从外部的人回到生命内在的奇迹,平静下来,做孤寂而又沉着的人,坚守且不断深入,有承担的勇气,承受的意志,守住爱心,守住超脱,守住纯正,以及从容的启示。[①]

话说回来,在一个"介质本质化"的时代,所有的"话语"系统,从文本到人本,都难免有一个"他者"的深层次存在,左右甚至主宰着我们的意识及潜意识,所谓语境改变心境(人本心境),心境复改变语境(文本语境)。故,当此关口,"自若"之在,尤为关键。

总之,"要懂得自己脱身"(木心语),"在自己身上克服这个时代"(尼采语)。——或许,在结构性语境的拘押之下,我们唯一能做的,是自我心境的适时"清空",而后保留纯粹的思与诗,以及……必要的冷漠。

有何荣耀可谈?

记忆与尊严,过客的遗产。

正文3:深海的微笑

当代诗歌太闹了,闹到让人望而生畏,进而生疑、生厌的地步,已成不争之事实。

而我们知道,古往今来,诗歌的存在,从来都不是"闹着玩的"。

在古典中国,诗"代替了宗教的任务"(林语堂语),既是国

[①] 沈奇:《诗意·自若·原粹——关于"上游美学"的几点思考》,载《南方文坛》2014年第6期。

族文明礼仪之"重器",从皇帝到庶民,皆敬而重之,又是士人精神魂魄之"容器",无论穷达,皆守而秘之。在在不可轻薄对待。

在现代汉语语境下,诗是自由思想之密室、独立精神之宗庙、个人话语之心斋;是寂寞中捡拾的记忆,是记忆中修补的尊严;是"叩寂寞而求音",是澄怀观照而自然生发;是生命的托付而非角色的出演,更非"闹着玩"。

而现代诗人,借用尼采的说法,更应该是在"在制作的人"之外的"一个更高的种族"。

可我们今天的汉语诗人们,何以就变成了乐于被"制作的"一类的平均数?

在虚构的荣誉面前,在浮泛的交流之中,无论是成名诗人还是要成名的诗人,都空前"角色化"起来,乃至陷入角色化的"徒劳的表演"(陈丹青语)。忘了作诗还是做诗人,都是这世间最真诚的事;忘了诗是诗人存在的唯一价值,一旦心有旁顾而生挂碍,必"枉道以从势"(《孟子·滕文公》)。

实则无论是诗人还是诗歌写作,只活在浮躁的当下,与只活在虚妄的精神乌托邦中,其实是一样的问题。诗慰人生,也误人生。曾经的精神炼狱不说,单要做物质时代的"红尘道人",就已属寓言意义上的矜持或曰矫情了。然而,比起作为一件商品,或一种符号化的存在,这种自我安适的寂寞之在,也不失为一种"被抛弃的自由"(本雅明语)。

想起一个已成绝响的例证。

2009年夏日,由华裔瑞典诗人李笠陪同,笔者有幸和几位中国诗人一起,于出席"第16届哥特兰国际诗歌节"前,在斯德哥尔摩拜见两年后获诺贝尔文学奖的老诗人特朗斯特罗姆。秋日午后,在梅拉伦湖畔高地一所普通公寓里,银发如雪的老诗人,用他中风偏瘫后唯一还能活动的左手,为几位到访的中国诗人弹奏了一首钢琴曲,以示礼仪。那一刻,流动的音符栩栩而出一座半人半神的诗人雕像,那样宁和、朗逸而又高贵。尤其是那一派融天籁、地籁、心籁为一,而无所俯就、原粹灿烂的自若气息,更让人感念至深!

而我们知道,正是这位诗歌老人,以其持之一生而不足二百首的诗作,构筑了一个神奇、深湛而广大的诗的宇宙,不仅影响及整个当代欧洲诗歌,而且暗通东西方诗魂,成为近年汉语新诗界,大家最为心仪的西方诗人。仅就作品的量与质及其背后所透显的创作心态、人格魅力、诗歌精神而言,特朗斯特罗姆的存在,确然已成为一个深刻的提示和卓异的标志。

记得那一刻,我的心头缓缓跃出一个凝重的意象:深海的微笑……

是的,"深海的微笑"———一个隐喻,一种境界,一个真正纯粹的诗人之灵魂的力量与风度!

这样的灵魂,这样的力量与风度,当代汉语诗人实在已经缺失太久了。

正文4:归根曰静

反思"后消费时代"当下汉语诗歌心理机制病变问题,面上分析,似乎是一时"免疫能力"下降所致,底里追究,其实与新诗以及新文学,打一开始就种下的病根有关。

先借用两处引文开悟。

钱谷融先生访谈文《人的问题,应是文艺不离不弃的问题》中有这样两段话:

> 我对二十世纪中国文学的总体评价是不高的……我觉得二十世纪中国文学好像还处在一种文学实验的摸索阶段,始终没有找到属于自己的表现对象和表现格式,很多方面还不够成熟。这一点与中国传统文学比较,显得非常突出。中国传统文学,有变化,有贯通,一步一步下来,纹丝不乱。而二十世纪似乎有点"慌乱"了,一会儿全盘西化,一会儿弘扬民族文化;一会儿文化激进,一会儿文化保守。这都是"慌乱"的体现。
>
> ……有的研究者说,这是因为战乱和政治动荡,使得创造者和研究者无法沉下心来潜心创作和研究。我想这还不是主要的。像魏晋时期,社会那样动荡,但士人们的表现以及他们创作的作品,堪称经典,影响至今。为什么同为战乱和政治冲击,那时的士人能够沉着应对,写出流芳千古的不朽名篇,而二十世纪以来的作家,就少有这种作为呢?[1]

这一问,实在问到了关节点上!

再看木心答客问中谈到当代汉语文学时的一段话:

> 面对这些著作,笼统的感觉是:质薄、气邪,作者把读者看得很低,范围限得很小,其功急,其利近,其用心大欠良苦……主要是品性的贫困……有受宠若惊者,有受惊若宠者,就是没有宠辱不惊者。"文学",酸腐迂阔要不得,便佞油滑也要不得,太活络亢奋了,

---

[1] 钱谷融:《人的问题,应是文艺不离不弃的问题》,载2015年7月27日《文艺报》。

> 那个"品性的贫困"的状况更不能改变,而且,"知识的贫困"也到底不是"行路""读书"就可解决。时下能看到的,是年轻人的"生命力",以生命力代替才华,大致这样……整体性的"文学水平"呢,近看,不成其为水平,推远些看,比之宋唐晋魏,那是差得多了。推开些看,比之欧洲、拉丁美洲,那也差得多了。①

"质薄""气邪""品性的贫困"——时空穿越,木心既委婉又精要地回答了钱先生的大哉问。

有意味的是,两位先生,一个在国内大学教书做学问,一个在海外书斋写诗画画做文章,且都着力于中国现代、当代文学,何以如此不约而同地苛责其爱呢?

回到"本根"问题上继续反思。

仅就汉语诗歌概而言之,其古典传统之树、之林、之葱茏千载,无非两条根系养着——主体精神取向的"君子不器"(孔子《论语·为政》),主流诗品取向的"与尔同销万古愁"(李白《将进酒》)。二者互为因果,"念天地之悠悠,独怆然而涕下"(陈子昂《登幽州台歌》),这是汉语诗歌的一个大传统。

新诗也销愁,但其主流取向,销的是"时愁",一时代之愁,是一个小传统。加之新诗诗人的主体精神,也多以"与时俱进",且每每进身为"器","神气彷徨",便也只能从人本到文本,皆局限于小传统之中。

这个小传统,置于短期历史视野中去看,确然不失"与时俱进"的光荣与梦想。然而,若将其置于长远的历史视野中去看,就不免尴尬——与时俱进则只能与时而愁,时过境迁,愁也随之过

---

① 木心:《木心谈木心——〈文学回忆录〉补遗》,广西师范大学出版社2015年版,第12—13页。

而迁之,如此移步换形、居无定所,何来安身立命?

更为关键的是,在整个当代人类世界,正整体性地为资本逻辑和科学逻辑所绑架所主宰之大前提下,所谓诗歌的存在逻辑,以及所谓汉语诗歌的存在逻辑,又将如何定位?!

眼下的困境是:在包括建筑在内的诸器物层面,我们已经基本失去了汉语中国的存在,且几乎不可逆,所谓文化的物化化(其实全归之为"食洋不化")。唯有语言层面,或许尚能有所作为,而不致也归于"全球一体化"——而这样的作为,大概只能先从汉语诗歌中慢慢找回,以求回溯汉语文化诗化化的本根,而重构传统,再造葱茏。

"归根曰静"(老子《道德经》)。

——根在"君子不器",根在"念天地之悠悠,独怆然而涕下","与尔同销万古愁";

——超越时代语境的拘押,回返汉诗原本的气质与风骨,直抵生命、生存、生活之在的本惑、本苦、本愁、本空,以及"现代性"的本源危机,而重新开启现代汉诗之本源性的审美取向和核心价值。

尾语:浮尘与青苔

"后消费时代",茶道式微而喝茶或喝咖啡成风,诗道式微而写诗或当诗人成"疯"——模仿性的创新或创新性的模仿,两厢尴尬,百年回首,当下反思,"我该如何存在"?(汪峰《存在》)

复想到李劼《木心论》中的一段话:

> 木心的意味深长在于,以一个背转身去的理想

主义姿态，定义了文化死而复生乃是面向古典的文艺复兴。这种复兴不是运动的，而是作品的；不是一伙人的，而是一个人的。文艺复兴的首要秘密，正是《道德经》里所说的反者道之动……这样的复兴，不是团伙的运动，而是个人的努力。不是群体的起哄，而是天才的贡献。[1]

原本，诗人降生行世，多以是受难来的，套句木心的说法：耶稣是集中的诗人，诗人是分散的耶稣。若诗人也都成了四处找乐子的主，岂不辱没门第？

何况，连同诗人在内，这浮生的寄寓与行走，大概总是是要有点青苔的养眼洗心而留步才是的，若都随了浮尘轻去，也就迟早混为浮尘而无所留存了。

繁华的归繁华，忧郁的归忧郁。

——当心灵选择停止追逐的脚步，一座山脉便自然地耸立在那里了。

2016年1月

---

[1] 李劼：《木心论》，广西师范大学出版社2015年版，第120页。

"味其道"与"理其道"

——中西诗与思比较谈片

一、"道"

万物源道。"道可道非常道","其宗"所在——

> 宇宙之原生
> 世界之原在
> 自然之大魅
> 生命之大感

源"其宗","六合为巨,未离其内;秋毫为小,待之成体。"(《庄子·知北游》)

自然,先于人类的诞生而存在,此"存在"即为"道"——万物之生而生生不息的"众妙之门";

生命,先于人类的意识而存在,此"存在"即为"天"——万物之死而死死相因的"逝者如斯"。

"天不变,道亦不变",生不变,死亦不变,所变只是人类的诗与思。

天言不言,人言有限。

"众妙之门"何以为通,唯诗之言;

——言人言之未言,言天言之不言。

是谓：诗之思。

为天地立心，为生命立言。
——把无限放在你的手掌上，永恒在一刹那里收藏。
是谓：思之诗。

语言／思，是人的起始。
诗，是思／语言的起始；
何者是诗的起始？
曰：天地之心。

二、"味"与"道"

1．"味"。
味觉
名词：人的基本感官，也是人一生中"体味"世界和"体味"人生的基本"介质"，失之则"麻木不仁"。
体味　品味
做动词用：直觉体悟，混沌把握，澄怀味象。
气味　趣味　兴味　意味
做形容词或动名词用：感知则足，有趣则兴，意会则止。

　　言不尽意
　　至则不论，论则不至
　　文以气为主
　　可意会而不可言传

构成世间万象的七大元素:金、木、水、火、土、气、味。

将"气"与"味"列入构成世间万象基本元素,是东方文化的一大智慧。

——所谓"气象万千"。"象"为实,"气"为虚,虚实相生相济,世界如斯。

故,古典汉语之诗与思,一直将"气质""气格""气度"等,与"韵味""味道""余味"等,合为"气韵"而推为要旨。

2."道"。

汉语之"道"

一曰"理":道理,事理,物理,肌理——"道"之形迹所在;

二曰"文":说道,道道,道白,道法——"道"之说法所在。

  道可道非常道
  道成肉身
  诗意运思
  文章千古事

西语[①]之"道"

一曰"逻辑":概念,本质,规律,真理——"道"之形迹所在;

二曰"阐释":解析,推理,论证,定义——"道"之说法所在。

---

① 这里的"西语"一词,严格说,与本文中的"汉语"指称是不对等的,亦即大体只是对拉丁语系的笼统性指代,忽略了诸如英语、德语、法语等内部的差异,不尽合学理,包括本文所使用的"西方"一词,也存在这样的问题。但鉴于本文的特殊结构和行文方式,一时尚未有更好措辞,不得已做此权宜之说。

逻各斯中心

过度阐释

理性运思

要为真理而斗争

3.味道。

中国人说什么都讲"味道",且首讲"味道",次讲所谓内在之"营养"及其他,从物质到精神,概莫如此。

"味"即"道","道"由"味"生;

无味则无道,味成道身。

将偏于形而下的"味"与纯粹形而上的"道"相联结,合成一词"味道",并以此作为一种既含糊又明白而普遍使用的"价值"体认,且用之于几乎所有的生活体验、生命体验、生存体验,以及诗与思中,是汉字文化的一大发明。

三、"味其道"

中国人早知天意,明白"道"原本不可解,故止于"味其道"。

所谓:可意会而不可言传。

这里的"不可言传",不仅指万物之道根本就说不清楚讲不明白,而且暗含最好不要说清楚讲明白的意思。

小者,说清楚讲明白就"没意思"了;大者,可能导致"历史的终结与最后的人。"(佛朗西斯·福山语)

"道可道非常道"(《老子·道德经》)

"大道不称,大辩不言"(《庄子·齐物论》)

故,古代汉语中的智者、诗者、艺者以及一切"微言大义"

者,面对天、地、人、神,首先想到的是我不能说明白或无法说明白的是什么,而后深怀敬畏之心,试着说一说。

其背后深层的立场:世界是不可言明、不可通约、不可计算而量化的。

汉语"味其道"之感知方式与表意方式的根源在于——
其一,汉字及汉语的诗性本质与非逻辑结构。
汉字以形会形,意会而后言传,传也是传个大概。
恍兮惚兮,其中有道。
故,汉字之于汉语,具有不可穷尽的随机、随缘、随心、随意之偶合性,因而对"万物之道"的"识"与"解",亦即其感知方式与表意方式,也大多是"意会"性的,直觉感悟,混沌把握,虽然也未必完全拒绝一定的理性和逻辑,但大体而言,不太依赖于理性思维及逻辑结构的联结。

是谓"悟境"——"感"之心觉,"禅"之体悟。
直觉智慧,"与造物者游"(《庄子·天下篇》)。

> 大道无形
> 大而化之
> 知其白守其黑
> 由"悟境"入自"悬疑"出
> 道法自然

归旨于"或"的非此也非彼(止于"or"而非"yes or no"),守"魅"以"隐在"。

魅:由"鬼"(形部,现代汉语语境下,与"神秘""不可知""敬畏"等同构)与"未"(声部,现代汉语语境下,与"未知""未来""念想"等同构)组成。

"魅"而生"力",遂有"魅力"一词作为汉语诗与思的另一关键语词。

其二,汉字文化"道法自然"与"天人合一"的世界观之本质属性。

> 天地有大美而不言
> 大块假我以文章
> 诗是为世界文身

人物,天物;
人自适,物自喜;
天,地,人,"三才"相敬如宾,"与物为春"(《庄子·道充符》),"与天地同流"(《孟子·尽心上》)。

四、"理其道"

西方语系与汉语语系之诗与思的根本分歧点,在于其执意要解密世界。
理其道/解其道。

故,现代汉语以及为我们"植入"现代汉语的现代西方语系中的智者、诗者、艺者,面对天、地、人、神,首先想到的是我能说出来的是什么,且争先恐后地说将出来。实则,大多只是在"势"上说而非在"道"上说。

及至近世,在"科学进化论"与"历史必然性"的主导下,由无所"禁忌"而全面"解密",以及自古典传统语境向现代化语境的全面转换,渐次将世界"理""解"到面临终结的地步。

其背后深层的立场:世界是可言明、可通约、可计算而量化的。

"理其道"的感知方式与表意方式的根源在于——

其一,拼音文字及其语言的逻辑结构与"逻各斯中心"。

> 大道有形
> "大而伯之"
> 知其真守其理
> 由"计算"入自"理性"出
> 人为自然立法

归旨于"是什么"和"不是什么"(yes or no),祛魅以"显在"。

祛魅(disen chant):使世界"理性化"的过程或行为运动。

亦即,如瓦尔特·本雅明所说——失掉光晕的过程。

"明晰"对明晰(本明本晰——本真)的遮蔽;
"完整"对完整(本完本整——本在)的拆解。
亦即,"光"遮蔽黑暗,"白"遮蔽黑也同时遮蔽白自身。
(张志扬语)

其二,近世西方所崇尚的"科技理性"和"资本逻辑"(从略)。

是"味其道"还是"理其道",是中西诗与思根本不同之处。由此中西文化"分道扬镳"。

整个西方近现代文化发展与文明进程,说到底,是在"科学进化论"与"历史必然性"及"资本逻辑"的主导下,走了一条"神被人剥夺——人被人剥夺——人被物剥夺"[①]的"轮回"之路。

由此,世界不再"隐秘"而天下"大白","诗意"随之消解。

——现代汉语语系与现代西语语系共同遭遇的、既是"中西问题"也是"古今问题"的诗与思之现代性危机,于此而生。

五、"说法"与"说"

当代汉语诗人、作家于坚,曾给诗歌下过一个别有意味的定义,说诗是"为世界文身"。

"文,画也"(《说文解字》),"会集众彩以成锦绣;会集众字以成辞义,如文绣然"(《释名》)。

可见,"为世界文身"的功能不在改造世界,而在礼遇世界——礼之,雅之,文之,使之"思无邪"。

故,一切的诗与思之要义所在,在于"说法"而非"说什么"。

世界是原在的,从个体到整体,人类一些基本方面的问题,其实是一直存在且不可能彻底解决的。因此,是人类对世界的体验和表达这种体验的说法,构成人类的文明史和文化史,而不是由说了些什么所决定。

世界的意义在于其存在的过程,过程中的细节,细节里的体味,然后——成诗,成文,成文化记忆与历史文本——一种个在的、

---

① 张志扬:《偶在论谱系》,复旦大学出版社2010年版,第390页。

别样的、不可完全化约的,看待大千世界的诗与思之感知方式和表意方式。

故,汉语以及整个汉字文化谱系中,向来诗大于思。

汉语之于世界、之于人生,多以在"味其道"而自得;"道"以"味"显,有"味"则"乐","乐以道和"(《庄子·天下篇》),道以乐施。

"文章千古事",味其道也!

"味"是对世界的体味或体味后的说法,"道"是世界的原在。

故,"不学诗,无以言"(《论语·子路》)。

头上的星空,脚下的大地,心中的山川丘壑——"这无限空间的永恒沉默让我恐惧"(帕斯卡尔语)。

于是有诗——

> 与神的对话
> 我们从哪里来?
> 与自然的对话
> 我们是谁?
> 与人和社会的对话
> 我们向哪里去?

以诗为思,净化心灵,安妥心斋,提升心境,肉身成道,与物为春。

——生命很短,岁月很长,季节很自然,诗很偶然;偶然的诗,使生命也会很长,很自然。

物的世界是一种借住,诗的世界或是永生。

六、反思：现代汉语之诗与思

一个时代之诗与思的归旨及功用，不在于其能量即"势"的大小，而在于其方向即"道"的通合。

现代汉语语境下的百年中国之诗与思，是一个对汉语诗性本质一再偏离的运动过程。

如何在急功近利的"西学东渐"百年偏离之后，重新认领汉字文化之诗意运思与诗性底蕴，并予以现代重构，大概是首先需要直面应对的大命题。

所谓中华文明的根本，尤其是我们常拿来做"家底"亮出的传统文化中的诸般精粹，说到底，是诗性生命意识的高扬，和诗性人生风采的广大——那一种未有名目而只存爱意与诗意的志气满满、兴致勃勃，那一种既内在又张扬、既朗逸又宏阔、元--自丰而无可俯就的精神气度，至今依然是中华文明的制高点。

这个根本和这种精神得以孕育与生长的基因，在于汉语的诗性本质。

故，若以"人（尤其是现代人）是语言的存在"为前提，那么，我们今天所面临的诸种有关诗与思的问题所在，以及整个文化形态的问题所在，大体都可追索到现代汉语之"编码程序"的问题上来。

现代汉语以降的现代中国之诗与思，尤其是新诗及其所"率"之新文学，是"五四"新文化运动之思想启蒙"借道而行"的产物。西风东渐，百年巨变，有必要反思其赖以"筑基"的"启蒙思想"之诸问题——

其一,启谁的"蒙"?

当年的"大众",如今的"小众",以后的什么"众"?

"大众"等于"乌合之众","启"出的只能是"不断革命论";"小众"近于"圈子"或什么"坛",难免装腔作势,与"自由""独立"之个人,或二三素心人商量培养之事(钱锺书语),皆差之毫厘失之千里。

以后就更难说了——"娱乐至死"而文本过剩,唯空心喧哗而已。

或许仅就"众"而言,不"启"反而安生;众人安生,众诗神也安生。

其二,以什么来"启"?

西风东渐,到底变成了"西风压倒东风";

中学为体西学为用,到底翻转为西学为体中学为用。

"无可奈何花落去",当年跨拥中西两条长河"尝试"(胡适)与"呐喊"(鲁迅)的"新",如今大体上只剩下在西方现代化一条河流边的徘徊,以及"不断创新"和"与时俱进"的纠结与焦虑。

还有"郁闷"——不知到底要被"启"到哪里去的"郁闷";以及郁闷中那一缕"藕断丝连"的"乡愁"……

其三,以怎样的语言方式来"启"?

借用西方句法、语法、文法改造而"来"("拿来""舶来")的现代汉语,比之以字词思维为主的古典汉语,其"诗意运思"(李泽厚)之本源属性,先就降解了一层(当然,其"理性运思"的属性也随之上升了一层);

再用这样降解后的现代汉语,去翻译西方的经典之原典/

元典,并且到后来还得翻译汉语自身的经典之原典／元典,以便利"启蒙"。结果,其"原典""原道"的"原汁原味"及"原义"／"原意",难免又降解一次(语义还原的难度之外,还有语境还原的更大难度);

再拿这经由两次降解后的"启蒙"之思与诗,来言说现代中国人的生存体验、生命体验与生活体验,其结果难免又导致第三次降解。

其四,三次"降解"后,汉语之诗与思置身何处?
——正午的迷困!
西学不如"洋人",中学不如"古人"。
诚然,百年来我们一直在鼓吹中西兼顾之"两源潜沉",但终归抵不过现代汉语的"三度降解",而致两源皆隔。
即或因自信所失而急功近利地唯西方一源为是,其实打根上也从来就没有可能真正"青出于蓝而胜于蓝",因为你一直就无法真确明晰地认知到,原本的"蓝"到底为何!
如此两源无着,后来者便只有随波逐流而"与时俱进"了。

事实上,所谓"新诗",所谓"新文学""新美术"以及"当代艺术"等等,百年革故鼎新,一路走来,无一不面临或"洋门出洋腔"的被动与尴尬,或既不"民族"也不"世界"而"两边不靠"的身份危机。
即或真有些许个在的"创新",也大多属于模仿性的创新或创新式的模仿,难得真正原创而独成格局。
这样说不是要重新回到古典的之乎者也,而是说要有"现代"所来之处的古典传统亦即"原道"做"底背",才能"现代汉语"出不失汉语基因与汉语风采的汉语之现代。

现代汉语没有西语的时态与动态,又丢失了古汉语字象词义综合的生动性。①

汉语诗人其实在一个很复杂的状况中使用语言。具体的说,我们同时在字的美学的、感性的层次,和词的翻译的、概念的层次上,分裂而混淆地使用现代汉语。②

我们正处在一个西方概念模式标准化的时代。这使得中国人无法读懂中国文化,日本人无法读懂日本文化,因为一切都被重新结构了。③

由"现代"而"后现代"而"历史的终结与最后的人";
至少是最后的"中国人"——在整个世界地缘文化范畴中,最早被提前"最后"的"中国人"!

"枉道以从势"(《孟子·滕文公》)。
而其"势"也并非顺理成章、水到渠成之势,大多是出于功利(尽管也不乏"史的功利")而造出来的势:"时势造英雄","英雄"再造新的时势,"形势逼人",后来者再跟着"顺势而为"——如此循环往复,唯"势"昌焉!

其结果,必然反"道"为"器",君子转而为小人,诗人转而为"时人",诗之思转而为"时势"之"思"与时代之"诗"。

---

① 张志扬:《偶在论谱系》,复旦大学出版社2010年版,第46页。
② 杨炼:《唯一的母语》,华东师范大学出版社2012年版,第91页。
③ 秦海鹰:《关于中西诗学的对话——弗朗索瓦·于连访谈录》,载《中国比较文学》1996年第2期。

语言的"先天不足",精神的"后天不良",百年急剧现代化的"与时俱进",驱使我们终于走到这样一个"关口"——如何以现代中国人的眼光,回溯并重新认领传统文化中的"原粹"基因,并在现代生存体验、现代生命体验和现代语言体验的转换中,寻求与诗性汉语和诗意中国之"原粹"基因,既可化约又焕然不同的发展道路?!

好在汉字还在,不管承载汉字的"介质"如何变化,只要是汉字的"运行",其"同源基因"的存在可能就不会完全消解。

关键是,如何在极言现代的喧嚣中,静下心来去认领这样的"同源基因",以此为现代汉语的诗与思,拓殖新的"增长点"以及新的运行格局——

内化现代,外师古典,融会中西,重构传统。

——当此关口,以此为现代汉语语境下之诗与思的核心理念,或可在全球一体化的背景下,挽回一点汉语诗性的根脉之所在,由"枉道以从势",返身"大道""原道",而正脉有承。

最终的问题是:无论如何,依然有"西方"在?!

实则,现代汉语之诗与思,在历经百年的"与时俱进"后,已然深陷中西"夹生形态"(张志扬语)之矛盾处境,其"矛"也"西"焉,其"盾"也"西"焉,短期内很难自外于"他者"而独树于世界。

这里的另一个"逻辑"前提在于:迄今为止,有关现代性的反思与检讨,依然是西方语系中的诗与思者最为清醒与深刻。一方面西方受现代性之苦,远早于我们且深重于我们,一方面西方"理性运思"之语言"编码程序"中,确然一直"与生俱来"地自带"杀毒软件","具有悠久的内在反思批判传统"(刘小枫语),从而形成其很强的内部张力——尤其是理性与诗性的张力。

尾语

"看过日落后眼睛何用？"（赵毅衡语）
——悬崖边的"禅坐"。

汉语的风骨；
汉诗的秘响；
汉源的召唤。

——水，总是在水流的上游活着。

原生态的生存体验；
原发性的生命体验；
原创性的语言体验。

——居原抱朴，直到青苔慢慢长出……

2010年春至2012年秋构思
2015年秋定稿于西安大雁塔印若居

辑二·评诗

我为名诗人写评语

评语,推荐语,授奖词等,诸如此类文字,是所有现代文论中,最为微妙而难就的一种特殊文体:既不同于一般文章或论文,又不同于相近的批注、提要、引言、按语、断想等;既要字斟句酌,简要精妙下"判语",以极为有限的文字,"中的","立论",又要不失内在统一结构,有大体脉络做隐形关联,最终达至对所"评"、所"荐"、所"奖"者的高度概括和精确表述,成为经得起历史认证的独家"定论"。

此类文字,笔者于2004年应邀出任"首届新诗界国际诗歌奖"评委时,曾出手为试,后辑录为《"东方诺贝尔"档案》,在"诗生活"网站发表,居然成为我在站诗文中,点击率最高的篇什,可见"兹事体大"。2010年应邀做《钟山》文学双月刊"十大诗人(1979—2009)"评选推荐人,再次出手,精雕细刻而虔敬有加,成就十篇推荐评语;2015年应邀为深圳"第一朗读者·最佳诗人"奖获奖诗人韩东撰写授奖词,旧友重逢,自是得心应手而就。至此,先后集得当代著名诗人评语十四则,重新修订,并按出生年龄排序辑为一体,作为本卷"辑二"开篇,以飨相关读友,并求证于方家。

郑敏

强烈而深刻的情愫,精致而典雅的语感,形神兼备,雍容丰赡；个人与历史的互动，哲思与意象的融通，娴熟而严谨的艺术技巧中，饱含人文情怀和精神内质之深度光芒，于静笃中见峭拔，于澄明里生跃动。

——跨越两个世纪的郑敏诗歌写作，在现代性的诉求与传统汉诗本质的发扬之间，在本土视域与世界视野之间，保持了一个可联结的、从容展开的相切地带，进而成为将传统经验做现代转换的典范之一。晚年于创作同时，更着力于对现代汉诗诗学的开创性研究，视点所及，关涉新诗百年，从诗学到美学到语言学到文化学之历史与现实的方方面面。其精湛独到的见解，已成为当代中国最具启示性和影响力的学说，并必将作为宝贵的遗产，为后世所记取。

牛汉

岩石般粗粝而坚实，火焰般狂野而热切；来自骨头，发自灵魂，立足于赤子脚下的火热土地，取源于本真生命的真情实感，继而以本质行走的语言风度和不拘一格的艺术形式，在时代风云、人生忧患与艰难困苦的命运中，寻求不可磨灭的人性之光和生命尊严，并赋予思想者、寻梦人、海岸、草原、大树及热血动物这些核心意象以新的诗意和内涵，使之成为当代中国汉语诗歌最为难忘的艺术形象和生命写照。

——牛汉的诗，境界阔大，气息沉郁，是永不为时代所驯化、不为苦难所摧折的独立人格与诗化人生所发出的呐喊和追求；跨越时代的局限与意识形态的困扰，牛汉的诗歌创作，最终作为纯正诗歌写作的人格化身和生命写作的杰出代表，为中国新诗的现实与未来，留下了无可替代的精神力量和艺术财富。

洛夫

精湛的意象,孤绝的气质,富于创造性的形式追求,独自深入的精神境界。尤其对"放逐诗学"的拓殖和"天涯美学"的建构,极为深刻地表现了漂泊族群的集体悲剧意识与过渡时代的精神荒寒,以及于文化碎裂中重建生命家园、再造人文关怀的彷徨心境,使之成为跨越两个世纪之汉语世界,独具价值的精神谱系,从而使我们真正领略到中国人自己的现代生命意识、历史感怀和古典情怀的现代重构,同时获得熔铸了东西方诗美品质的现代汉诗之特有的语言魅力与审美感受。

——持续半个多世纪而丰赡浩瀚的洛夫诗歌创作,得西方现代诗质之神,而扩展东方诗美之器宇,获古典诗质之魂,而丰润现代诗美之风韵,为中国新诗的成熟与发展,提供了更多本体性的元素和特质,使之具有更明晰的指纹和更丰盈的肌理。

痖弦

痖弦的诗,善于从现实生活中抽取生命本质的苦味,于历史嬗变中探寻存在深处的悸动;在为主体漂泊、精神失所的现代生命个体做独特塑像的同时,也为一个失乡的时代,镌刻独到的艺术写照。其代表作《深渊》,已成为一个"不归路的时代"之永存的印记。在他的诗中,本土性与世界性相融,古典意绪与现代精神并存,适度而饱满,沉着而优雅,从而得以跨越时空,在抵达今天的诗歌阅读与创作中,仍具有鲜活的感受、现实的警策和典律性的诗美效应。

——趋于完美的形式创造与民族审美心性相通合的语言魅力,对传统诗质的再造,对叙述性话语之诗性资源的有效开掘,以及戏剧性因素的有机运用，使现代汉诗的艺术探索，在痖弦的诗歌创造中，获得了非凡的深入和典律性的建树。

昌耀

在个人与时代、艰生与理想、静穆与躁动、地缘气质与世界精神的纠结与印证中，昌耀以散发乱服的语言形态和正襟危坐的精神气象，气交冲漠，与神为徒，经由崇高向神圣的拜托，以一种"原在"与"抗争"的态势，在充满质疑、悲悯、苦涩而沉郁的言说中，为那些在命运之荒寒地带的原始生命力和真善美之灵魂写意立命，进而上升为一种含有独在象征意义，彰显大悲悯、大关怀、大生命意识的史诗性境界。

——跨越两个时代的诗人昌耀，以其孤迥独存的诗歌精神和风格别具的艺术品质，深入时间的广原，人诗一体，有苍郁之高古，有深切之现代，沧桑里含澄淡，厚重中有丰饶，境界舒放，意蕴超迈，成为真正意义上的现代西部诗歌之坐标、方向和重心所在。

北岛

简约而精美的形式，丰富而深刻的内涵，缜密而统一的风格；对精神现象之独到的省视，对词语历险之特殊的专注，对独立的、非面具化、非类型化之写者立场持久而孤傲的坚守——由代言到内省到深入语言的奇境，汉语诗歌的抒情传统之现代性转换，在北岛艰卓而富于艺术自律的创作中，得以历史性地过渡，从而成为有号召性与影响力的、勾勒出现代汉诗的现代性品质之轮廓与基质的第一人。

——其前期作品,以正义与自由的呼吸,推开被黑暗锁闭的门窗,传播人的尊严和美的信念,在纠正生活方向的同时,也纠正了诗的方向,影响及整个时代的良知与美感;其后期作品,于独白的抒写中,建构与世界相通的诗意与诗境,并将修辞行为提升到一个同人生经验和人类意识和谐共生而更趋完美的境界,为跨越世纪的当代汉语诗歌,贡献了更为精湛的技艺资源和超凡脱俗的精神源泉。

周伦佑

因苦难而生,为正义而发,由思想而诗;"刀锋"上站立的"大鸟","石头"里爆裂的"果核","伤口"中熔炼的"水晶"——以此生成的周伦佑诗歌与诗学之双重文本,成为跨越思想史、文化史和诗歌史而凸显综合价值与特殊意义的重要标志。

——作为"非非"主义诗歌创作与诗歌理论的代表人物,周伦佑以其宿命般的英雄主义和理想主义之悲剧命运,在深入骨头的自我"变构"、深入存在的本质洞悉、深入体制的本土解析、深入文化的诗学探求中,大开大合,独领风骚,集美学与人本、现实介入与精神超越、价值解构与理想重建于一体,神思与文采偕行,深刻与尖锐并重,而重铸汉语诗歌的青铜之质与火焰之采,并以其骨重神寒的现代知识分子之承担精神和决绝立场,为当代中国诗歌,树立起一个特立独行的思想者诗人之典范形象。

舒婷

通和古典与现代,融会素直与曲婉,深入时代与人生的潜流,找寻个我生命经验和群体情愫的契合,而直启社会心理潮汐之触点：现实感伤，情志追怀，理想诉求，于清隽蕴藉之诗意境界，传达她独自深入的灵魂的歌吟，以及被这歌吟洗亮了的诗性人生——传统面影与现代气质的完美融合，常态写作与个在探求的经典体现；立足于整合的再造，着眼于重构的承接；诗心谨重，诗意优雅，诗味醇厚，诗理融明，化欧化古，明己润人，而种玉为月朗照天下。

——作为在当代中国影响广泛的诗人舒婷，以其独觉自得的人文精神和诗美风格，在新旧两个传统之间，搭起了一座守常求变、兼容并蓄、以求典律之生成的坚实桥梁，大大推进了诗歌深入浅出、雅俗共赏的审美维度，具有承前启后的历史意义。

于坚

和世界真相保持深刻联系的精神立场，立足生命与生存之日常细节的诗歌视角，创造新的诗境的语言才能；对现实和内心的诚实，逻辑与想象的奇妙结合，陌生而极富表现力的形式感及对诗性叙事的天才发挥——于坚的诗歌世界，不但有效地担负了他对存在独到的观察与体验，而且开辟了新的道路，将我们长久以来不知如何表达的种种，那些与我们真实的存在真正有关的部分，显现出真切的肌理和异样的诗性光芒，从而使现代汉诗对现实与历史的承载方式和承载力发生了质的变化，并提升到一个更加开放和自由的境地。同时还为当代中国诗学，提供了一系列具有创建性的重要学说。

——于坚以此证明：中国新诗不再是西方诗歌影响下的仿生，而已独立为自在自足的艺术世界，并拥有新的自信和主动。

翟永明

一个现代女性,在入世与出世之间,现实与梦想之间,现代与传统之间,世事之"常"与"变"之间,创生融"通灵"与"审智"为一体的"灵魂叙事",以及对人性与生存之灰色地带的深刻考证——意识超凡,内涵别具,精神容量大,审美外延深,内在深潜的生命波动,与独立思维的艺术气质,共同构成其诗性生命历程的沧桑谱系。

——从角色到本真,从张扬到沉潜,作为当代中国"女性诗歌"的代表人物,翟永明以独自深入的个在生命体验与语言探求,在对"女性意识"做出开拓性的经典表现之后,更以超越性的心性和全面的艺术修养,抵达融女性与人性为共有本质意识之触角的诗歌视野,在海内外形成广泛影响。

王小妮

本真而细腻的人生体验,纯净而自然的语言风格,素朴而峭拔的艺术品质;以潜沉的个体意识吸纳万物的诗性,善于捕捉日常中的诗意、刹那中的永存,进而轻直透脱地揭示现代人的心理状态,或直接切入存在的本质,简洁、灵活而又浑然一体。

——经由现代叙事策略与传统抒情基质的良好融合,王小妮的诗歌写作,十分有效地消解了真实世界与想象世界的对立、女性视角与人的视角的对立以及口语方式与抒情方式的对立,抵达一种语言、思想与生命体验和谐共生的境地,从而以其超然的姿态和独特的品位,成为当代中国诗歌富有影响性的写作之一。

韩东

他将先锋写作与常态写作融为一体,更将开创性与经典型集于一身。他以其"诗到语言为止"的诗学理念开风气之先,极为有效地剥弃当代新诗伪饰矫情的外衣和主流意识形态的积垢,进而以深心静力之哲学气质,及物求真之诗歌立场,以及新奇而独立的语言风范,深刻地改变了现代汉诗的写作风貌,扩展了现代汉诗的表现域度。

——韩东集三十余年的现代汉诗写作,在造就个人高标独树的同时,也造就了跨越多个时代而富有影响力的别开一界。其作品多以生存细节和个人命运为焦点,即物深致,刻炼深奇,托意深切,安句自然,于直叙中生色有余,以简篇约无穷之致,而风味深永。从文本到人本,韩东如此真切而精微地属于他个人,又如此真切而广博地属于无数诗人和诗爱者。

顾城

在充满观念困扰和功利张望的当代中国新诗界,顾城诗歌别开一界之"精神自传"性的、如"水晶"般纯粹与透明的存在,标示着意义超凡的精神鉴照与美学价值——脱身时代,返身自我,本真投入,本质行走,消解"流派价值"和"群体性格"之局限,成为真正个人与人类的独语者,并以其不可模仿、无从归类、极富原创性的生命形态和语言形态,轻松自如地创造出了一个独属顾城所有的诗的世界:澄淡含远,简静留蕴,畅然自得,境界无涯,富有弥散性的文本外张力,进而提升到一种真正抒写灵魂秘语和生命密码的艺术境地。

——现代汉语诗歌艺术在顾城这里,回到了它的本质所在:

既是源于生活与生命的创造,又是生活与生命自身的存在方式。

海子

海子是二十世纪八十年代末以来,对当代诗歌产生了深远影响的重要诗人。在中国社会艰难转型的当口,他以"精神家园"最后守望者的姿态,矗立主潮诗歌的边沿,以巨大的热情,包藏万有的襟怀,持续不竭的创造力,在短短十年时间内,留下品质上乘数量可观的诗歌作品。

——其代表诗作,深刻触及了社会巨变中,理想主义者内心的痛苦与孤独,并以悲悯与不甘的复合心境及暗自保留的一脉青春原型的抒写意味,将一曲"大地""村庄"和"麦子"的挽歌,演绎为诗性与神性生命的歌吟与殇礼。且以其身心合一的诗性本质,与天地淋灌的艺术灵性,于单纯与极端中,呈现富有生命力的韵律与节奏和纯净而丰沛的精神意绪,意象简明,境界宏深,焕发出异质的光晕,成为二十世纪中国现代浪漫主义诗歌的绝响。

2015 年 12 月

隆起的南高原
——于坚论

一

在应邀做首届"新诗界国际奖"评委,推选其"奖掖卓有建树、潜质深厚的大陆中青年诗人"之"星座奖"候选人时,我毫无犹豫地将于坚列为第一人选,最终,于坚获得了此项大奖。尽管此前于坚在海内外已多次获奖,但我认为,只有这一奖项的获取,是带有总结性和历史意义的。所谓尘埃落定,所谓水落石出,在于坚这样一再被误解、被遮蔽的诗人这里,有着特别恰切的注解。

记得二十世纪的最后一个月里,《于坚的诗》作为人民文学出版社"蓝星诗库"的"品牌"诗集,正式出版发行。这看起来又像是一个"隐喻"——二十世纪的中国新诗,是以"于坚的诗"作为终结也作为新的起点而谢幕的;而那个从黑暗中出发的"外省地主",经由近二十年不合时宜而又一意孤行的外省写作,也终于有了一个总结性的亮相,并得到历史性的认领。

好事接踵而来——三个冬天过去,《于坚的诗》已印行第4版;另一部2000—2002三年作品的结集《诗集与图像》,以"中国先锋诗典"的名号,于2003年9月由青海人民出版社推出;五卷本的《于坚集》也已于2004年1月问世。

这显得有些滑稽,不合时宜的外省写作,如今"暴发户"般地名正言顺——天下谁人不识君,只是早课变成了晚自习,好在该补的课终于补上了。诗的新世纪,由此有了一个稳得住身的重心,而于坚不再孤独。

二

黑暗时代的外省写作——这是于坚的出发,也成为一个时代的漫长尴尬。

在于坚的辞典中,"黑暗"即"遮蔽"——被意识形态所遮蔽,被主流文化所遮蔽,被诗歌潮流和社团运动所遮蔽,被一再失语的批评家和反复阉割的文学史所遮蔽……这重重的遮蔽,对于群居亦即寄生性的诗人而言,可能早已让他们窒息而死,但在独立的诗人那里,却转化为原创的效应。"在时代的急行军中","作为一只耳朵软下来",(《飞行》,1996)"我得以在大多数的时候和世界的真相保持联系"(《世界在上面诗歌在下面——回答诗人朵渔的20个书面问题》),同时"知道怎样像一棵橡树那样扩张",并且"优美地生长"。(《飞行》,1996)黑暗造就了一匹真正的"黑马",在蜂拥的道路之外,他"可以率领马群","也能够创造马群";(《黑马》,1987)"在此崇尚变化、维新的时代,诗人就是那种敢于在时间中原在的人。"[①]

原在,原创,原生态,正是这些最朴素的词,造就了一片在黑暗中隆起的高原,成为当代中国诗歌殿堂之外的另一块领地。过去从未有人将这领地的路标指给我们,是于坚独自在其中行动自如,将我们长久以来不知如何表达的种种,那些本初、自然、日常、当下的事物,那些与我们真实的存在真正有关的部分,习而

---

① 于坚:《于坚的诗》,人民文学出版社2000年版,第404页。

不察的部分,显现出生动的细节、律动和与人与生命微妙的联系。他将"翘起的地板"或"棕榈之死"称为"事件"(事件系列),为一个划破手指的啤酒瓶盖沉思(《啤酒瓶盖》,1991),如此之类的惯常贴近之物(人物、动物、事物、物质、物体、万物等),在于坚的笔下复活,鼓起筋腱与纹理,泛起真切而动人的灵光,让我们惊奇诗原来可以如此无所不在,而一个天才诗人的观察,能够如何更深入细致地超越哲人、艺术家和虚位的上帝,当然,也超越虚妄的知识与身份。

由此,"去蔽"一词,成了于坚包括诗学与散文随笔在内的所有写作之宿命般的标志、立场和方式。当这个词作为外来观念,为批评家们炫耀为某种话语时尚时,于坚早已在他一意孤行的外省写作中,身体力行着其实质性的所在。

穿越知识的谎言、虚伪的理想和或旧或新的精神乌托邦,回返真实,回返原在,回返生存的实境和所有与我们普泛生命相联系的具体事物,以及这一切的细节与肌理,"像一个唠唠叨叨的告密者"(《作品89号》,1988),指认、暴露、呈现、以物观物、目击道存,入常境而出奇意,以素直之质发诡异之采,使真实仿佛梦境,由梦境返回真实——海德格尔说:诗唤出了与可见的喧嚷的现实相对立的非现实的梦境的世界,在这世界里我们确信自己到了家。于坚告诉我们:还有另一种诗,它从梦境中返回"可见的喧嚷的现实",揭示其存在的真相,让我们惊惧而又有某种解脱感地看到,我们有着怎样的"家"!

这其实并不矛盾,有如黑夜与白昼的存在。只是因了长期"瞒"与"骗"的文化驯养,使普泛的诗人们更容易舍真实而求虚幻,厌切近而慕阔远。但真的诗人,"应当深入到这时代之夜中,成为黑暗的一部分,成为更真实的黑暗,使那黑暗由于诗人的加入成为具有灵性的"①。如此生成的诗,比这个时代的哲学更接近思想的法则和真实的绝境,也更接近生命本身。

"从开始向着后来后退,却撞进未来的前厅"(《飞行》,1996)。当哲学家们在那里痛心疾首地发问——我们对苦难的言说为何总是失真时,于坚以其诗人的写作越过了这道门槛。他不但恢复了汉语诗歌对日常人生与日常事物的真实言说,还以《0档案》与《飞行》两部长诗,"历史性地完成了两个诗的超级命名:对二十世纪中国文化专制之典型代表'档案话语'的命名,和对进入现代化之'飞行时代'的世纪末中国文化心态的命名。"②其后的《哀滇池》(1997)、《读康熙信中写到的黄河》(2002)等诗,以及系列散文写作,则又超越性地深入到对现代化灾变的拷问和对古典精神遗迹的挽留——向前探求与向后收摄,既是先锋的,又是常态的,"我可以在写毕的历史中向前或者退后"(《飞行》,1996),而"诗人的力量在于他的独立"(雨果语),这独立经由于坚,让当代中国诗歌拥有了新的自信。

三

喜欢读于坚,不仅在于他说出了存在的真实,为现代汉诗找回了一个可信任可亲近的肉身,更在于他说出真实的同时,那种完全个在而又富有亲和性的、原生态的说法。"在一群陈腔滥调中/取舍/推敲/重组/最终把它们擦亮/让词的光辉洞彻事物"(《事件:挖掘》,1996),这是与去知识之蔽同步展开的语言去蔽,是远离中心的外省写作的必由之路。这条路由于坚走来,显得格

---

① 于坚:《于坚的诗》,人民文学出版社2000年版,第403页。
② 沈奇:《飞行的高度——论于坚从〈0档案〉到〈飞行〉的诗学价值》,载《当代作家评论》1999年第2期。

外轻松自在,似乎无需开创,只需走来就是。

确实,比起那些油漆过的语言,那些装修过的说法,于坚好像只是退回到语言的原在、说法的本初,只是将油漆剥离、装修去掉,显现出与存在之真实相融相济的朴素、坚实与从容,以及无所不在的活力。然而,这对于被知识的谎言、文化的矫饰和精神的虚妄症弄得面目不清,以致于只剩下油漆和装修的现代汉诗而言,无疑是一次破天荒的、带有清场性质的"去蔽"之为。当代中国诗歌因此有了另一片语言天地,在这里,万物得以真实地存活与显现,世界复归敞亮与鲜活,而一切健康的心智,也重新获得了同样健康的语感的呼应。

最终,是不同的语感区分了不同的诗人,也区分了不同的诗歌写作。

杰出诗人的不可模仿性,正在于其独在的语感,也正是在这一点上,对于坚的阅读,成为这时代不可或缺的认领,而一旦有所领略,你就再难以割舍。

在于坚那些看似笨拙、平实、拖沓、松散、叠床架屋、长而又长的诗行中,耐心的读者会渐渐沉入前所未有的语言经验而为之着迷:大巧若拙,笨而有分量。这分量不是量的堆积,而是存在之质的支撑,一块沉入水底的石头的坚实与深刻;平无矫饰,实而可靠,没有一个蹦起来而没有着落的语词,却又不乏精妙的理趣和逻辑的美感。如"离开了水/水果们一动不动"(《事件:探望患者》,2000),这样的句子平实吗?"拖沓"倒确实是个问题,有违汉诗诗语简约的本质。这与于坚诗中大量的铺叙有关,这样的写法,放在别的诗人那里,早被"拖"死了,于坚却有本事让其在整体的架构中拖而不滞,沓为复沓。究其秘,在于其言物状事之铺叙中,所体现出的那份逼真与活脱,以及对不乏戏剧性效应的各种细节的捕捉,当然,还有对节奏的良好把握。"松散"也是个问题,当代诗歌整体性的弊病。不过,在于坚的诗学词典中,你不妨将"松散"这个词置换为"松软",并借由"松软"一词,把握到于坚式诗歌语感最本质的特点。于坚向来反感因密植意象而浓得化不开的朦胧,更反感由观念结石而僵化的形而上之生硬,他要让现代诗的神经松弛下来,以求达观而有肌理,软则润展,有汁液,有生殖力,切近生命的律动,自然的法则。大地是松软的,老虎的皮毛是松软的,却从不缺乏内在的张力。至于那长长的句式,别怕,潜心去品味,自会发现,相对于这句式所负载的内容,以及它丰富的纹理而言,依然不失精简,何况,其中还不时有绝妙的比喻、怪异而合乎情理的意象,让人流连忘返。

总之,现代汉语的诗性可能,在于坚的语感中,得到了最为活跃的挖掘与体现——口语、俗语、成语,叙事、抒情、写实,意象、事象、抽象……于坚无一不赋予其新的生机,为现代汉诗语言的广泛流通,发行新的货币。因了叙事的天才,于坚创造了最接近散文而又最富于诗性张力的诗歌体式。作为抒情高手,他又拥有诸如《河流》(1983)、《高山》(1984)、《避雨之树》(1987)、《阳光下的棕榈树》(1989)、《避雨的鸟》(1990)等精品力作令人叹为观止。这是另一种抒情,纯净、性感、从容而又充满智慧的抒情。

与此同时,于坚还为二十世纪的中国诗学,留下了从《拒绝隐喻》到《诗言体》等一系列重要学说,其影响性与号召力,非一代人所能消化。尤其是《诗言体》,那是应该人手一册的诗学"科普读物",其对传统诗学的清理和立足当代的发问,都具有开创性的意义。

由此我们发现,经由近三十年的一心一意、孤独前行,于坚式的外省写作,那片远离时代潮流而默默隆起的高原,有着怎样的海拔与宽阔——仿生与原创,泡沫与潜流,幻影与实体,时代与时间,作为终结也作为起点,这片高原成了一道鲜明的分水岭!

四

不是一直喊叫着要寻找大师吗?

其实大师就在我们身边。只是国人总喜欢去死人堆里寻找,凡活着的,皆侧目而视,等"盖棺"再做"定论"。这是我们的传统,最悠久也最没出息的传统。再加上这浮躁的时代,谁还会认领大师的存在呢?

今天　有什么还会天长地久?
有谁　还会自始至终　把一件事情　好好地做完?
——《飞行》

于此,我们只能相信:在做着这样的言说并予以身体力行的诗人,终将会拥有不朽的未来……

2003 年 12 月

"诗魔"之"禅"
——读《洛夫禅诗》集

二十世纪七十年代初(1974),洛夫出版了他的代表性诗集《魔歌》,与其另一部重要诗集《石室之死亡》的前卫风格形成明显对比,似乎"诞生"了另一个洛夫,一时备受诗界注视。多年以后,诗人自己也谈道:《魔歌》是他艺术生命和语言风格趋于成熟的一个转折点。[①]在《魔歌》里,除《长恨歌》《巨石之变》等名作外,引发人们特别关注的,是《金龙禅寺》《随雨声入山而不见雨》等一些别具禅趣的小诗、短诗,由此得识,"诗魔"原来还有另一面风貌。实则诗人素有"禅心"。在洛夫这里,"魔"即"禅","禅"即"魔","禅""魔"互证,方是洛夫诗歌美学的核心。

《魔歌》之后,整整三十年来,诗人一直"暗自/在胸中煮一锅很前卫的庄子"(洛夫诗句),创作了不少"禅诗",并最终指称"诗与禅的结合绝对是一种革命性的东方智慧"[②]。让阅读界和研究者一直遗憾的是,洛夫的这些"禅诗",多年来均散落于各种选本中,难得集约性地全貌而观。如今,诗人终于将其精选结集为《洛夫禅诗》,出版行世,既满足了人们长久的阅读期待,同时,又为近年渐次展露的现代禅思诗学研究,提供了一个典型个案,实在可喜可贺。

诗学家陈仲义在其《扇形的展开——中国现代诗学谫论》一

[①] 洛夫:《洛夫访谈录》,见谢冕、杨匡汉、吴思敬主编:《诗探索》2002年第1—2辑,天津社会科学出版社2002年版,第287页。

[②] 同上,第281页。

书中,将"禅思诗学"归为"新古典"一路,高度肯定其为"打通'古典'与'现代'的奇妙出入口"。同时也不无憾意地指出:"(新诗)八十年来新禅诗实践者寥寥","专司于斯的诗人凤毛麟角","1917年至1949年三十年间,大概只能找出废名一人","而后才是入台的周梦蝶","再后是部分的洛夫和孔孚","从总体趋向看,现代禅思诗学明显露出断层与失衡"。①

如今,"部分的洛夫"已越来越凸显出他在新禅诗一路的特殊价值和重要地位,而《洛夫禅诗》的出版,便也带有了几分既填补历史"断层",又开启未来发展的意义。尤其当此极言现代、"光脊梁穿西服"而复生"文化乡愁"的新世纪之初,回头再全面领略洛夫的现代禅思之诗境,自会蓦然惊喜,这里确有一番别开生面的天地。

由生命诗学而禅思诗学,在洛夫而言,不是美丽的遁逸,而是"血的再版",所谓借道而行,换一种方式观照人生,审视世界。儒家的热衷肠,禅家的平常心,在诗人这里,乃一体两面,相融相济,相激相生,于互证中见别趣,且潜在的精神底背,仍是现代人的生存体验与生命意识,只是别有通透,而非无所住心,是以称之为"现代禅诗"。

应该说,这是自新诗以降,有禅思诗学以来,洛夫禅诗有别于其他新禅诗的根本所在。这是一种"焚过的温柔"(《信》),而"你是火的胎儿,在自燃中成长";"你是传说中的那半截蜡烛/另一半在灰烬之外";(《灰烬之外》)"葬我于雪",隐我于禅,所隐所葬的,并非一个枯寂的空无,而是"一块炼了千年/犹未化灰的/火成岩"。(《葬我于雪》)反观传统禅思,追求的

---

① 陈仲义:《扇形的展开——中国现代诗学谫论》,浙江文艺出版社2000年版,第109—113页。

是"悟入""空出""不即不离,不住不着",求解脱,得逍遥,有中生无,无虑而自性清净,不但失却人生应有的关切与担当,且以弱化生命意识为代价,堕入寡情幽栖之个体心智的禅意游戏。入诗,则唯禅是问,将其固化为一种知性网罩,失去本初的心理体验和个在的审美追求,实则只是观念形态的诗型诠释,与真正的诗性生命意识相去甚远,所谓"酸馅气"即在于此。这种"酸馅"不换掉,凭你用怎样现代的诗法去重新包装,也难除其腐味,难消其隔膜。或许,这也正是新禅诗一路一直"式微"而"寥寥"的主要原因。

洛夫于中年午后之诗旅中近庄近禅,自有其独在的出发点。

一方面,是其卓然峭拔的人格精神和素直萧散的人文心境的自然取向。"静寂自内部生长/自你的骨头硬得无声之后"(《石头记》),方"裸着身子跃进火中/为你酿造/雪香十里"(《白色之酿》)。一方面,则主要是经由现代诗潮的淘洗之后,对富有"东方智慧"的古典诗美及汉诗本质的二度认领,以求汲古润今,在现代性诉求与汉诗审美特性的发扬之间,寻求可能的、更具超越性与亲和性的联结点。"我走向你/进入你最后一节为我预留的空白"(《走向王维》),这"空白",正是那"革命性的东方智慧",一朝为"我"所用,则顿开新宇。

禅与现代诗,有隔处有不隔处,洛夫栖心于禅,看重的是禅道、诗道皆在"妙悟"。妙悟于思,因隐而示深;妙悟于言,由简而致远。以此助现代诗思,而非以诗心入禅道,洛夫得其所然。若仍拿上面的比喻来说,洛夫显然是用传统禅思之皮("妙悟"之法之味),来包现代诗思之馅,这就从根本上弃绝了"酸馅气",所谓借道而行,同途殊归,即在于此。

因此,读洛夫禅诗,从来不觉有隔。意不隔,语不隔,味也不隔——新禅诗中,有此三不隔者,确实"寥寥"。

意不隔,在于洛夫的禅思,是一种立足于现代生命象境和存在维度中的游心于意,与性空为本、以禅为禅而弱化、虚化生命诗意与生存追问的传统禅道,有着本质上的不同。

这种本于生命诗学的"禅化",实则是对现代生命诗学的另一种"深化",或为"澄化"。澄言以凝意,澄意以凝思;澄而不寂,静而不虚,"课虚无以责有,叩寂寞而求音"(陆机《文赋》)。尽管如此"澄"下来,"体内体外都是一片苍茫"(《走向王维》),却有另一种目光和语感的生成,以此消解角色意识与语言困扰,复以超然心态和本初自性涉世入诗,反而"对生命有着更全面的观照,对历史有着更强烈的敏感"[①]了。

诗人浴火酿雪,虽"心中皎然",但到了却"心惊于／室外逐渐扩大的／白色的喧嚣"(《白色的喧嚣》);诗人近禅爱秋,悟"秋,美就美在／淡淡的死亡",却又暗藏一句"天凉了,右手紧紧握住／口袋里一把微温的钥匙"(《秋之死》),于达观中见眷顾,挽留一缕人间烟火。一部《洛夫禅诗》,走笔处,时见灰烬、见蝉蜕、见泡沫、见雪见烟见苍白,也同时见蜡烛、见飞鸟、见石头、见火见光见红润。即或是较早的《金龙禅寺》之名诗中,诗人也有意让那只"灰蝉","把山中的灯火／一盏盏地／点燃"。而如《剔牙》《沙包刑场》《西贡夜市》以及《清明》一类诗作,更是直面现实丑恶与荒诞,于冷眼中迸射针芒。

只是"白"也好,"红"也好,"静"也好,"动"也好,在洛夫禅意笔下,均不再是刻意的冲突或暴张的矛盾,只是以实言虚,以虚言实,于静笃之语境中弥散悲悯之情怀、关切之深意,化曲思为直寻,而"直致所得,以格自奇"(司图空《与李生论诗

---

① 洛夫:《如是晚境——〈雪落无声〉代序》,见洛夫:《雪落无声》,台湾尔雅出版社1999年版,序第4页。

书》)。如此由眼前物、日常事、当下境、平素心所生发的禅意诗语,又何隔之有?

当然,作为一种语言艺术,其关键处,尚不在于你说的是什么,怎样说的,而在其说法是否有味道,尤其是你所操持的母语所特有的味道。味道隔,则一隔百隔;味道不隔,则其他的隔尚有化解的余地。百年中国新诗,要说有问题,最大的问题就在于丢失了汉字与汉诗语言的某些根本特性,造成有意义而少意味、有诗形而乏诗性的缺憾,读来读去,比之古典诗歌,总觉得少了那么一点什么味道,难以与民族心性通合。

洛夫以禅助诗,最得意也是其最成功之处,正在于此——助之简,助之净,助之清明灵动,助之澄淡涵远,助之素言淡语而得言外至味。素有"意象魔术师"之称的"诗魔",大有"水停而鉴"(刘勰语)、重觅汉诗本味的兴头,以素直之质为体,略施诡异之采,自常境中入,由奇意中出,于静笃中见峭拔,于澄明里生悬疑,淡语亦浓,朴语亦华,自然呈现,邀人共悟,一时尽得禅思之别趣,且现代,且鲜活,且有味——汉语的味、东方的味、我们中国人所钟爱所珍惜所无法割舍的味。正是这种可信任而极富亲和性的"味",使诗爱者选择《魔歌》为三十部"台湾文学经典"之一,而非洛夫自认为的"我诗集中最具原创性和思想高度的是《石室之死亡》"[①],今天看来,也是顺理成章的事了。

需要补充说明的是,洛夫深得汉诗语言本味的诗风,在诗人其他作品中,其实也早已水乳交融,只是在其禅诗中显得特别明显而已。那片被诗人视为"最后一节为我预留的空白",也确实在洛夫"进入之后",不再"寥寥",不再"失衡",而焕发出新的异

---

① 洛夫:《洛夫访谈录》,见谢冕、杨匡汉、吴思敬主编:《诗探索》2002年第1—2辑,天津社会科学出版社2002年版,第287页。

彩新的生机。现代禅诗由此有了具有影响力与号召性的代表人物,也便由此奠定了它得以有新的发展的基础。每读至洛夫《走向王维》结尾处那充满自信的诗句,我总觉得,这不仅是诗人个人的自信,也是整个现代汉诗的自信——套用洛夫的语式来说:不但自信,而且还带点骄傲!

2003年4月

"水,一定在水流的上游活着"
——论麦城兼评其长诗《形而上学的上游》[①]

上游,水出发的地方。

所有的水——物质的、精神的、语言的、生命的、形而下的、形而上的;活水、死水、甜水、苦水;水源、水质、水流、水面……"谁最先浮出水面/谁就先拥有上游"(《形而上学的上游》,以下简称《形》,之十一)。

上游,为成熟走失、永远想回而回不去的地方。

我们从那里出发,奔赴梦想、奔赴繁华、奔赴欲望和对欲望的控制、奔赴对旧的反叛和对新的占有、奔赴角色与身份、奔赴奋斗与迷惘、奔赴那条永远的不归路——作为上游的反义词,那个叫"下游"的存在成为诱惑也成为陷阱,而"水,一定在水流的上游活着"(《形》之四)。

永恒的母题:关于此在的盘诘和彼岸的追问;

永恒的悖论:出发的地方成了"彼岸",而"此在"成了不在的在,一个不断推移的、无法真正抵达的"抵达"。

只有语言作为存在的源头,为意欲"还乡"的人们系紧了鞋带,逆流而上,做一次思之诗的跋涉。当然,你依然不能真实地回去,那个"上游",依然只能是形而上的;吸引你的,不是能不能回去,而是语词的历险、言说的快意、思想的痛感,一种在智力的节日里突然降临的、对生存之寓言化的追问!

命名由此开启。假设的钥匙后面,没有哪扇门是唯一的通

---

① 全诗载《作家》2004年第5期,本文系根据作者原稿撰写。

道；这是由语词的奇境构成的一片扑朔迷离的风景，聪明的读者最好只管领略，莫问诠释，而批评家将遭遇可能的尴尬。

> 一个词
> 惊动了一个人的写作动机
> 也惊动了人间的香火
>
> ——《形》之十三

上

阅读麦城，在当下汉语诗歌阅读（尤其是专业性与研究性阅读）的版图上，无疑是一个耀眼的亮点，一个让人对现代汉诗的发展，重新拥有信心与期望的所在。

在经历了可谓诗歌政治学意味的世纪交替的热闹之后，现代汉诗似乎陷入了一个可疑的间歇期，一个平面化的繁盛局面。大树刚完成轮廓的勾勒，复被疯长的野草所遮没，繁荣的平面化遂不可避免。正是在这样的背景下，麦城诗歌的厚积薄发及其持续上升的影响力，遂成为间歇时空中的视阈焦点。

从1998年的悄然复出，到2000年《麦城诗集》的出版，此后不断吸引批评家惊异目光的一批批新作的发表，直至长诗《形而上学的上游》的隆重登场，麦城的存在，以及对这一存在之密集的关注，所谓"麦城现象"的负面阴影，已被其文本的光彩涤荡净尽。诗的历史只对诗的文本负责，也只有诗的文本，书写着各个诗人的历史，或重或轻，或短暂或长久。当然，表面看去，麦城如此一步到位的成名，确实少了一点惯常该有的过程，好似一出未见彩排便一举成功的大戏。然而，一方面历史只认正式的演出,不管其是否彩排怎样彩排;另一方面,所谓"过程"只是逻辑的推理,而艺术的创生并不完全按逻辑出牌。

其实对麦城而言,"过程"也曾存在,却非成长的过程,而是被遮蔽的过程。先是在出发时,被朦胧诗成名诗人的巨大影响所遮蔽,继而在途中,又因游离于第三代盛大的运动形态之外而耽延。由此有了一个被长久"冷藏"的"麦城诗歌",今天的批评家,只需将其置于当时的先锋诗歌流程,稍加还原,就会发现那是怎样的一个误失——麦城成为迟到的"先锋",这样带来的结果是:他始终是个在的,没有过"影响的焦虑",故而较好地保存了原生态的东西,并避免了角色化的出演。而现代汉语的步程,一旦消解了运动情结与角色意识,进入常态发展后,麦城的这种"个在"与"原生态",便显得格外珍贵而突出。

低姿态,慢先锋,麦城姗姗来迟而步步持重。实则积蓄良久、有备而来,高段位出手而一步到位,确然难以寻索到一个由仿写到成熟的梯级发展过程。而说到底,还是与诗人的语言天赋有极大的关系。论思想,麦城可能不够博大深广;论形式,麦城也许尚欠丰富多彩。但要论语言,麦城则无疑是天生奇才。潜心研究者自会发现,正是语言,成为麦城诗歌写作的唯一理由,或者,再加上一点思想的惊扰,而思想在麦城这里,正如罗兰·巴特所言:是由词语的偶然组合得来的,进而"带来意义的成熟之果"。

与语言约会,与智慧言欢,与远方的朋友或自我的沉默部分聊天,是麦城式诗歌写作的本质所在。在这样的写作面前,那些为追求功利的激情和不朽的欲望的写作,都顿时显得黯淡无光。而诗歌总是凭借特别的语言手段从内部更新的,这正是麦城作品价值的不同之处。

这一价值的具体体现,大体有四个方面:

其一,是叙事与意象的有机整合。

二十世纪九十年代后,叙事作为一种修辞策略,迅速由先锋诗歌蔓延至整个诗坛,显为新贵。但在大多数诗人那里,叙事成了一具空网,只见脉络,不见肌理。语词不再是鲜活的生灵,而沦为叙事结构的奴仆。这不但有违汉语诗性的本质,也大大削弱了诗的表现力(尽管扩展了表现域),写诗成了说事。这对视语词的奇境为第一要义的麦城而言,肯定是难以认同的。他借用了叙事,但只在辅助结构的开展,以叙事为脉络,以意象(包括格言、警句)为肌理,使每一首诗既成为一件完整的织物,又是富有多视角审视的、有丰富肌理可品味的织物;既避免了单纯叙事的平淡沉闷,又避免了单纯意象堆砌的烦冗高蹈。一句话,让意象穿上叙事的外套,松弛的外表下,仍是坚实的肌体和深沉的灵魂。

其二,是对寓言化叙事的有效创化。

当代诗歌之叙事滥觞后,多数诗人陷入了日常叙事的泥沼,尽管那里也不乏诗性的存在,但就诗乃至一切文学的本质而言,寓言性仍是更高层面的价值追求。因为正是寓言性,使诗具有了将文学叙事提升到哲学的高度,为历史和现实重新命名的高度,正是这一高度,将优秀的、经典性的诗人,与一般诗人区别了开来。麦城诗歌,尤其是近年的一批新作中,可以说包含了当代先锋诗歌的所有基本元素:口语、叙事、戏剧性效应及小说企图等,但不同之处在于,他最终都将其整合到一个个让人叫绝的现代寓言中,以超现实意味的寓言化言说,为当代中国文化转型与精神裂变的诸种现象,予以有效揭示和深度命名。

其三,是对精炼的守护。

精炼是诗歌文体的基本美学特性,而这一特性在当代诗歌写作中,正成为需要特别提醒和加倍守护的底线。叙事成了无鱼之网，口语成了无网之鱼，空而散漫着。正是在这里，麦城显示出他特别的语言仪表与风度——这仪表是独出心裁又老练得体，这风度是适可而止又丰盈复杂。在以量取胜、怎么写都行的当下诗歌写作潮流中，麦城的这种姿态未免显得保守，却保证了坚实的品质。简而有味，有活力、强度和准确性，方经得起长久而苛刻的品味。麦城因此还写出了当代诗歌中难得的小诗佳作，如五行的《布局》、六行的《本真》、九行的《水》等。实际上，诗人的语言才华，正是在简而不是在繁上方见高低，这不仅是一种美感风范，更是一种优秀诗人的素养所在。

其四，是对意象的原创性营造。

对现代汉诗说"原创"，总有点底气不足的感觉，我们毕竟是借用别人的图纸造了自己的房子，原创的基因打何而来？然而我们也毕竟写了近一百年的新诗，总该有些自己的东西了。何况，二十多年的急剧现代化进程，已造成身在其中的现代性语境，而诗人又必然是这一语境最敏感的器官。"措辞上热情的个人指向"（马拉美语），使麦城在现代诗的意象创造上，一直葆有原生态的鲜明个性，从而既避免了落入隐喻复制的泥淖，又具有惊人的自主特性与命名效应。如"手长期揣在兜里／容易成为匕首"（《一滴钻石里的泪，降在了大连》，1999），"假树像真树一样／也在秋天里大量伤感"（《叙事》，1987），看似信手拈来，不着刻意，却令人过目难忘，并引发深度共鸣。

原创的另一含义在于，麦城所营造的意象，不是对旧意象或公共意象的改写，亦即赋旧意以新象，而是新瓶装新酒，以对语言结构的改变，来揭示文化结构的改变，进而揭示现代人存在本质的改变，重在立言，非为意象而玩意象。传统意象，象重于意，敷彩以悦目；现代意象，意重于象，立言以动思，是谓深度意象。于此之道，麦城可说是驾轻就熟，在不断说出别人想说而说不出来的"说"的同时,麦城又提供了那么多新奇的"说法",难怪当这位曾经"名不见经传"的"新锐"诗人,一朝行走于诗坛,便吸引如此密集的关注目光——原创是艰难而稀有的,但也因此而成为第一义的诱惑。

然而,因密集的关注带来的"焦虑"的"影响",还是不期而然地发生了。在批评家和媒体那里,因担心"错爱"或"偏爱"的"嫌疑",期待被关注者能够拿出更高水准的作品;在诗人麦城这里,背负关注的迫抑,也难免要考虑对这份关注的期待有新的回应。当然,诗人不是"期货",写作不可预定,尤其是诗歌写作。但同样的压力,可能毁掉一位诗人,也可能改变一位诗人,皆取决于其人格的力量和才华的储备。作为为诗而诗的诗人,麦城绝不会为诗之外的什么压力,改变自己的写作动机和写作方式,但为写出自己更满意的作品,做自觉自律性的艺术调适,是必然要经由的过程。

迫抑成了动力,两方面的动因再次相遇,颇有点"共谋"的意味,其实是又一次的机缘凑巧。或许"偏爱"麦城诗歌的批评家们已然注意到,这列"提前到站"的诗歌列车在重新发车后,已悄悄提速,并小心翼翼地调整着路线。而与此同时,由创作意识的强化所带来的负面影响也随之而来:局部语感的重复,结构套路的似曾相识,起承链接之逻辑关系的过于紧密,留白与跨跳的不足,以及气息的郁滞等。单从每首诗审度,依然魅力不减,且时有让人惊异之处,但总体的平面已渐生成——这是一次优良品种的大面积耕种,而丰收之后,哪怕仅仅为着防止品种退化,也该有一次新的突破。

"好雨知时节,当春乃发生。"2004年,又一个诗的春天里,麦城拿出了他的长诗新作《形而上学的上游》。

下

大概，几乎所有成熟的诗人，都有过创作长诗的梦想。但以长诗作为成熟诗人的标志，尤其是传统理念中的长诗，在现代语境下，实已成为一个逻辑神话。

现代汉诗是以现代性为精神底背的，而现代性的一大显著特征是破碎性——人成为多种文明形态的混合，成为不确定的、分裂的碎片。从这一角度而言，"碎片"成为最真实的所在。以一体化的完整结构和序时性的宏大叙事为本的传统长诗写作，在这个碎片化的世界里不免会头重脚轻，无所适从。一些诗人由此热衷于所谓组诗的写作，但组诗只是用一组诗在那里写一首诗，依然有一个预设的一体化的结构框架，有时甚至免不了复制。

以碎片的形式表现碎片的本质，关键在于要断开宏大叙事的逻辑结构链条，让语词成为自主的要素，肌理不再屈从于脉络，核心意象独立为自明的主体，无须承担对辅助部分的照应，而智力的深层结构隐而不见，大量的断裂与空白，透露一种意味深长的沉默，离散的视点，随遇而安的结构，真正的自由，自由中更真实深切的抵达——由碎片而整体的抵达。这是另一种"长诗"写作的梦想，这梦想一直吸引着有作为的诗人们。从早期北岛的《太阳城札记》，到二十世纪九十年代严力的"诗句系列"，及至2001年出版的于坚的《便条集》，都有类似的追求，麦城的这首《形而上学的上游》，更是一个可谓标志性的文本。

实则对麦城来说，《形而上学的上游》的写作并非一次刻意的追求，我们可以在他的旧作《现代枪手"阿多"——和英雄谈谈》（1988）中找到相近的情景意味，在《在困惑里接待生活》（1988—1998）中找到相近的形式感。重新出发后的麦城，似乎因叙事的加强，疏远了隐含在此类代表作中的本原质素，而终于在《形》诗里重新找到了感觉，得以更充分的发挥，使之成为再次跃升的跳板。

这首诗总长162行，分为18节，冠以一个总的诗题。但这里的"节"只是一个页面的概念，实际每一节都是相对独立的单个一首诗，有其自身的题旨、意蕴和形式感，同时又暗自与其他"节"结合为一个有意味的联合体。这种联合没有必然的上下文关系，但又不乏弥散性的指涉意味，并共同追求一个总体大于各个局部相加的意义价值与审美效应。有如一个大房子开了十八扇门窗（从某种意义上讲，现代诗就是给存在的居所"开天窗"），向内看，是同一户"生活"，向外看，则每一扇门窗都通向不同的"风景"，具体在这首诗中，即为不同的"情景"。

问题是，这些"风景"实在过于迷离与诡秘，走进它，无异于一次语言奇境的探险。

首先得弄清谁制造了这些"风景"。

艾略特在《诗的三种声音》一文中指出：第一种声音是诗人对自己或不对任何人讲话。第二种声音是对一个或一群听众发言。第三种声音是诗人创造一个戏剧的角色，他不以他自己的身份说话，而是按照他虚构出来的角色，对另一个虚构出来的角色说他能说的话。[1]

由此形成不同的表现形式：其一形成单向度的抒发或自语；其二是对象化的倾泻；其三则构造了某种情景，诗人化身各种角色，在其中展开或自语、或旁白、或主观、或客观的言说与对话——这正是《形》诗的"声音"方式，弄清这一点，我们就不会被诗中变来变去的"说者"与"说法"弄晕了头。

---

[1] T.S.艾略特：《诗的三种声音》，见王恩衷编译：《艾略特诗学文集》，国际文化出版公司1989年版，第294页。

下来该弄清这些迷宫幻影似的"风景",到底想表述些什么?

尽管,十八扇"门窗"开向不同的方向,暗藏着不同的意趣与题旨,但深入领略中,还是可以觉察到大致的类别与隐约的脉络,一种离散性的互文关系和呼应共振。至少,全诗的开头一节和结尾二节,都有意地共用了火车/车站的意象。我们知道,正是火车,以及所有日新月异的现代交通工具,彻底改变了存在的形态和现代人的生存方式,时空由此被重新编制,运行的轨道成了体制与时尚的隐喻,而车站则成了命运的节点。

长诗的开头,火车呼啸而来,一个已经上车的孩子,"坐在尾节车厢里","端起玩具枪","瞄父母离婚的背景"。(《形》之一)"背景"是文化的代码,"离婚"喻示"家"或"家园"的解体。诡异的细节,超现实的情景,第一块"碎片"的镜像已经表明,这将是一出寓言化的荒诞剧。最后二节诗中,火车与车站重复出现。历史的"碎片"朦胧回放,"铁轨/从毛泽东时代的夜色里/铺过来之后","一个人影/和他的前程/开始交付使用"。人成为"人影",主体的消解;"前程"有待"使用"的结果而定,选择成了被选择。结果是,"忧伤倚靠着火车的时速惯性/哀求着悲伤/在下一个山谷/减速"。(《形》之十七)"减速"一词不言而喻,它已成为这时代中的清醒者们挥之不去的心理情结。

然而,这样的"乘车感受",并不能阻止那些尚未搭乘加速奔向现代化梦想的列车的人们,前仆后继地拥向有铁道的地方——全诗结尾处,又一个孩子出现了,这回诗人给出了这孩子的明确身份:"乡村孩子",在"目睹了扳道岔的全过程"之后,"他的好奇/与道岔的移动/合并在了一切",开始期盼,"什么时候/他八岁的向往/能被扳道工/从这一边扳到另一边"……看似虚构的情景,却直抵真正的现实,现实中所有景象的根由。也许连诗人也不忍这样的剧目再演下去,由不得插入一句结语:"另一边,是哪一边?"(《形》之十八)而结论也早已隐含在全诗的第一节中:"铁,总是输给车轮"。它使我们想起诗人多年前的两句诗:"火车无论怎样开来／都无法改动忧伤的日期"(《识字以来》,1987)。

奔赴——改变——再奔赴,"生活在别处","别处"又在另一个"别处",存在成了居无定所的漂流,时代成了变化莫测的万花筒,筒里的秘密,是一把彩色的物质碎片,而诗人的使命,正在于对这碎片的真相与本质,予以特别的揭示,以作为一个时代的证词。

更深的追问由此展开。流动的"风景"有如超现实的"切片",一个"切片"中藏着一个虚拟的"故事",意象是故事中的主角,不再有一对一的隐喻关系,而指向更多的歧义、更深广的象征。

"我踮起脚尖／够油画里的那把钥匙／这里那么多的门／没有一扇有锁孔"(《形》之六)。这是对"方向"的追问。"油画"可视为"向往"的代码,"向往"有那么多的门,却失去了开启准确"方向"的"锁孔"。因此,"你"只能"没有多少向往地站着","像看着玻璃电梯里的我／那样地站着"。(《形》之二)"隔离"的命题分延而出:被孤独所隔离,被冷漠所隔离,被无归宿的漂流所隔离,被自我的角色化所隔离,被身份和与身份有暧昧关系的什么东西所隔离,"戴上手套／用手套上的手指／一层层地揭开亲人的伤痕／你捂住双耳／掩盖着来自身体左侧的哭"(《形》之八)。荒诞的情景,暗示着一些被日常隐而不露的精神伤害。"手套"的意象惊心动魄,它与"包装""包裹""掩饰""掩盖"等同构,指向人性的分裂与迷失。而我们一生奋斗的目的,无非是想活出人的尊严,但现实的残酷性在于,尊严又总是可望而不可即。在现实的语境中,更多的时候,为了生存以及发达／发展的需要,"尊严"甚至是一个需要隐匿的词,偶尔涉及,也只是在某个内省的"一刻"与之"秘密接头"(《形》之十五)。

与"尊严"相对的是"游戏"。这是现代人生最本质的谜底。命运不再依存于人的生命质量,而是依赖于不断变化的所谓"游戏规则",提供可能的"机遇"。这是时时处处在上演着的人间喜剧,诗人用了全诗最长的一节(一首)给予绝妙的指认:借用麻将牌局,揭示游戏化的人生。"游戏"的焦点,自然是"财富"。"发财的'發'字／蹲在幺鸡的身后／鼓捣它把游戏里的财富／叨过来／喂你当下的命运"(《形》之十六)。精当的描述,精妙的隐喻,全是"流通"中使用的语词,在诗人的重新配置中生出新的光彩;普通的词转化为专业的词,而原本日常的物事,转化为象征性的对象。在看似绝无诗意的地方生长出诗意,让生存的破绽,从时代经验中某些习而不察的部分显露出来,这已不仅仅是一词"才华"所能胜任的了。当代诗歌经验中,将麻将牌局作为素材,并写出如此深刻意涵和生动意趣的,唯属此诗。诗中那位"阿拉伯表哥"的出场,更是神来之笔,作为"戏"内的角色还是"戏"外的喻体,都有深不可测的点化作用,且极具反讽的效果,让人忍俊不禁。而化身"戏"中的诗人,最终还是局外人,抓了"西风",抓了"南风",抓了"北风","还未等我看到东风／窗外树上的叶子／已落满街道"(《形》之十六)。"游戏"还会进行下去,但最终的落寞,已悄悄降临。

另一出"游戏"在第十四节诗中上演:一位管道工在生活小区贴了一则揽活的广告。事情很平常,但广告的内容和广告人的身份却耐人寻味。这位"具二十余年工作经验"的"管道工",除"专修暖气阀门／和疏通上下水管道"外,"如需要,亦可／疏通各种社会关系／并负责权力的安装／调试和维修"……一个在现实生活中可能只会归于下层族群甚而弱势群体者,却向人们广而告之,他们是多么熟悉现时代的游戏规则。一则由"黑色人物"杜撰的"黑色幽默",戏仿式的寥寥数笔,便将存在的私处暴露无遗。结尾尤其微妙:"联系方式／列宁在一九一八"——我们由怎样的历史语境中走来,又生存于怎样的现实语境中,在此已不言自明。

　　与此在的荒诞相映照的,是另一些可称之为"文化乡愁"之记忆的"碎片"组合:"童年""乡下""田间""绿扣子""啄木鸟""分不开山羊和绵羊的姐姐""祖母和外祖母"……不时在"天堂的后视镜"里明丽而尖锐地闪现。"后视镜"的借喻极为老到,赋予发行已久并在"流通"中渐显滑腻的"乡愁"以新的意蕴,从而将文化转型与精神裂变的"追问"推向更深切的境地——"山羊在镜子里／啃着城里的百货"(《形》之三);"祖母和外祖母／脸上的皱褶／被手风琴收起来"(《形》之五),而"乡音"进了"实验室","将远和近递给了物理"(《形》之四)……精神的物理化、机械化,使原本自然素朴而又不乏诗性与神性之充盈的生命,被抽换为一只"空杯",而"神碎了一地／——在你身后"(《形》之五),"身后"是远逝的"上游",物质时代的精神"乡愁"。在此,作为忧郁的典型意象,"乌云"和比"乌云"更忧郁的"高尔基的大胡子",被诗人所借用,并发出一声悠长的叹息:"谁先浮出水面／谁就先拥有上游"。(《形》之十一)

　　至此,全诗的母题隐隐呈现。

　　作为尚有"乡音"为精神底背的二十世纪六十年代出生的诗人麦城,在其近年的写作中,乡村／前现代经验与都市／现代后经验的扭结与互证,已成为一个越来越凸显的精神特征。至《形而上学的上游》,则成为一次集约性的展示。在那些看似唯智力与语感的把玩为是的背后,我们处处可以感受到,诗人发自内心深处的悲悯情怀和苦涩意绪,如瓦斯般地渗漏浸漫于字里行间,一经会意"点火",便会燃起一连串与生存的困惑有关的思之烈焰。

当然,作为一个现代诗人,"说什么"总是次要的,所有思想与命题的推绎只能归于语词的推绎、形式的推绎。

形式翻转为内容,并和内容一起成为审美本体的有机组成部分,是现代与传统的根本分界。但与此同时,将形式翻转为内容后,进而抽空并替代内容,成为唯一的审美本体,也正是一部分走向极端的、所谓先锋与实验性文本的根本问题之所在。换句话说,仅有语言才华的诗人,只能成为一个玩诗的诗人;仅有情怀的诗人,也只能成为一个借诗抒怀的准诗人,只有二者的有机融合,方能成就杰出的诗人。

诗是对语言的改写,经由语言的改写而改写生命、改写世界。"一个词/惊动了一个人的写作动机/也惊动了人间的香火",诗人在前述两组不无印证与互补关系的"风景"写照的同时,突涉闲笔,谈起了"写作动机",其实闲笔不闲。无论是关于下游与此在的追问,还是关于上游与他在的追问,最后终将导向对存在之文化背景的追问和语言形态的追问,也只有在这样的追问中,方可既"惊动一个人的写作动机","也惊动了人间的香火",使诗的存有成为存在之灵魂,也方能发生"血,从另一个人的阅读里/向外地流"的生命体验与艺术体验同步的美学效应。(《形》之十三)

同样的闲笔出现在《形》诗之七,借关于一条"狗"的画法的演绎,来追问文化变构的内在机制。别有意味的是,诗人明言这是一条"西方的狗",因此,"忠诚落在纸上/也是杂色的"。至于谁在画这条"西方的狗",没有说明。但无论是怎样的阅读,大概都会莞尔意会,且于意会的莞尔中,惊叹有关对当下文化背景的艺术化指认中,再没有比麦城这样的"画"法更妙的了。

特别应指出的是,这节诗若抽离于全诗的"联合体"做单独欣赏,也是现代汉诗中不可多得的佳作:虚拟与真实的浑然一体,戏谑与诡奇的和谐共生,以及多解到无解的纯形式推绎,无不令人叫绝!而一旦置于这首长诗中,则成了足以注释全诗艺术本质的"点睛"之笔,使我们豁然反省,原来上述所有有关这首诗之意涵的诠释,全是一种未得其门而入的"误读"。在麦城这里,所有的"追问"都是语词的追问、形式的追问,以语词与形式的推绎导引意义的推绎的追问。使碎片成为"碎片"的角色,使脉络成为肌理的舞台,使水成为酒的容器,使诗的追问比哲学的追问更逼近真理——当然,在这个"杂色的"、早已失去共同精神脉息的世界里,诗人也早已清醒地认识到,所有的追问,最终只能是"从自己开始/再由自己结束"(《形》之九)。

而无论是诗的历程还是生命的历程,所谓成长的困惑,最终也只会归于语言的困惑。"好时光被少数忧伤动用以后/我不得不更深地居住在别人的命运里"(《旧情绪》,1987)。将"别人"置换为"语言",一切便昭然若揭。"神碎了一地",最初的水成了最后的水,出发成为终结。此时,只有诗人的声音"最先浮出水面",告诉我们:"水,一定在水流的上游活着"!

2004年3月

两个"莽汉"与一个"撒娇"

——读李亚伟、默默诗合集《莽汉·撒娇》

一

将近二十年前,由徐敬亚、孟浪合作策划发起的"1986·中国诗坛现代诗群体大展",为"第三代诗歌"做了一次令人"晕眩"(孟浪语)的"历史性的集结"(徐敬亚语),[①]并因此成为当代中国诗歌史一个不免混乱却有效的浓重记忆。混乱是时代的印记,有效是时间的认领。风云聚会后,各路"英雄"依存于各自不同的来路,流散于各自不同的去向,新的历史继续收割新的诗性人生与文本。

如今再回首,午后斜阳里,人们或许会暗生一缕怅惘:原来,那竟是现代主义新诗潮的最后一次激情狂欢!春潮般的浑浊里,那一份纯真激情的投入却不能再生而令人追慕。此后的岁月,庙堂者入了庙堂,江湖者守着江湖,社会转型,转出许多稍加经营便可立身入史的"多元席位",引得无数旧英雄新英雄竞相折腰,分流归位,水静流深,只是激情不再。

潜流与泡沫,从此各行其道。

诗坛从不缺泡沫,虽即生即灭,却也装点了一路的风景。潜流则另当别论。有一潜而折戟沉沙、再无踪影者,也有潜而不没,大隐隐于市者。只是,一向浮躁而功利的当代诗坛,面上的风景都足够乱人耳目,哪还顾得上水流下面的物事?遮蔽已是时时存

---

① 徐敬亚、孟浪、曹长青等编:《中国现代主义诗群大观1986—1988》,同济大学出版社1988年版,前言第4、8页。

在乃至天经地义的了,所谓后浪推前浪,早就成了一浪埋一浪的把戏,谁还管旧时人物的成就与新声呢?

如此带来的问题,一是如云的新手们,总是错把仿生当创新,无知者无畏,当下即历史;二是不断地取而代之中,没了坐标、重心与方向,现场即版图。是的,新的狂欢同样不乏激情,只是有点变味,让人不免怀念起那个伟大的1980年代,并时时想着,那些远去了的身影,可有踏歌归来的兴会?

二

又是一个秋天,北方的秋天。内蒙古,额尔古纳,首届"明天·额尔古纳"中国诗歌双年展,一群"当红"或风华正茂的诗人中,冒出两位旧时人物——"莽汉主义"领军李亚伟,新"撒娇派"掌门默默。同样的寸头,寸头下有些起雾的眼神,眼神里波澜不惊的散漫,散漫里隐约可见的优雅……没有角色,本真客串,履历交给传说,风度留给自己:"老莽汉"古道热肠,代乡友梁平来领奖,显着滑稽。"新撒娇"生性好玩,赶场子凑热闹,顺便向诗友们散发新出炉的《撒娇》诗刊,一派"娇气"十足的样子。

两个"经典人物",我1996年冬与李亚伟在北京匆匆见过一面,默默则是初次认识。但作为诗的记忆,可谓久远而深刻。在那部有名的"红皮书"《中国现代主义诗群大观1986—1988》中,除了"朦胧诗派""非非主义""他们文学社"三大板块我本就熟悉外,其他各路"生力军"中,当时印象最深的,就是"莽汉主义""海上诗群""撒娇派""圆明园诗群"等不多几派。由于我也以"后客观"名号参与了此次大展,在纸上风云中与二位聚会过,二十年后旧知新识,便多了一份特别的意绪,三五天诗会过后,竟有点相见恨晚的怅然了。

由符号的记忆到形象的了解,传说与现实的印证中,透过大致相近的赖样、粗口、一脸"坏笑"的皮相,让我刮目相看的,是两位旧时人物历二十年淘洗而依然故我的那份"真",真人、真气、真性情,像俗人一样平实,又透着智者的从容。

这二十年中,历史捉弄人,使多少端起架子做诗人的人物们,因失真而令人敬而远之,又有多少放下架子做凡人的诗人们,因本色而如石头般沉入水底,不为人知。而"莽汉"依旧,"撒娇"依旧,不温不火,不急不躁,却又不失一种真名士真风流的优雅。让我一下子想起当年刘漫流为《海上诗群》执笔撰写的艺术自释中的那句话:"他们本来并不想做什么艺术家,在他们诗中所做的一切不过是想恢复人的魅力而已。如果一首诗不是出自本性,而是因为命运,那将是他们最大的悲哀。"[1]

当然,"人的魅力"不等于诗的魅力,诗人最终还得以诗的魅力立身入史,而两个"魅力"之间,又常常不尽统一,当代诗坛的许多龌龊,总因此而生。遂有了进一步的好奇:在两位不失人的魅力的旧人物那里,诗的魅力可否"依旧"?

或许,正是因了在额尔古纳诗会中一见如故聚叙而生的信任,"老莽汉"与"新撒娇"竟选中我,为两位即将出版的二人合集写点什么,便得以在心仪其"人的魅力"之后,复进入其诗的魅力的再认识。

起初答应下来,是觉着好玩:两位风格迥异的"出土文物"同台亮相,或可生出些别样的光彩来?待潜心细读下来,方知"莽汉"也会"撒娇","撒娇"本即"莽汉",不同的语感、样式和

---

[1] 徐敬亚、孟浪、曹长青等编:《中国现代主义诗群大观1986—1988》,同济大学出版社1988年版,第71页。

生存体验下面，那一种不掺假的真、不造作的痴以及骨子里的猖狂率意，竟成了不经意间耦合的同质异构之妙对——这，就更有点意思了。

三

先读"老莽汉"。

诗界人物，有一举成名的，有苦熬成名的，有因诗成仁者，有因人成诗者，李亚伟当属前一类。

当年"第三代"诗人风云聚会，作为"莽汉主义"的发起人之一，出手便甩出《中文系》《老张和遮天蔽日的爱情》《苏东坡和他的朋友们》等名篇，成就了其不可动摇的历史席位。然而，有名诗的诗人也有有名诗的苦恼，时过境迁，当年的代表作成了一顶铁帽子压在头顶，难以以新面孔示人，便总得待在旧席位上。

二十年后，我们在诗人自序小文《天上，人间》中读到这样的告白："我喜欢诗歌，仅仅是因为写诗愉快，写诗的过瘾程度，世间少有。我不愿在社会上做一个大诗人，我愿意在心里、在东北、在西南、在陕西的山里做一个小诗人，每当初冬时分，看着漫天雪花纷飞而下，在我推开黑暗中的窗户、眺望他乡和来世，哦，还能听到人世中最寂寞处的轻轻响动。"[1]

这还是"莽汉"吗？当年闹出那么大"响动"的"莽汉"何以会落到"怡红公子"般的寂寞缠绵？再看诗人为二十年首次结集的诗稿之各辑，所自诩的那些稀奇古怪的命名，以及同样

---

[1] 李亚伟：《天上·人间》，见李亚伟：《豪猪的诗篇》，花城出版社2006年版，第233页。

稀奇古怪却一点也不"莽汉主义"的后期诗作之名,不由你不怀疑:其一,当年那些针对"莽汉主义"诗歌的诠释,是否有误?在诸如"反文化"等社会学式的指认下,是否疏漏了对其更本质性的诗学取向的认领?其二,在明显不同的前后期作品中,哪是角色出演?哪是本真所在?两个李亚伟之间,又有着怎样的心理机制的贯通和美学趣味的嬗变?

显然,在身心尚未分离的《中文系》时期,"莽汉"的横空出世,虽不免带有愤青的色彩,但骨子里仍属本色化的角色出演,只是因了浓重的时代印记,使得"他们在词汇中奋战/最后倒在意义的上面"(《伫望者》)。即或不断有新的欣赏者,为在那样的年代里,便有如此酣畅淋漓的语感愉悦而惊异,但总抵不过"意义"之认领的坚硬。

也许连诗人自己也渐渐厌倦了"铁帽子"下的那种"历史身份",成名之后的李亚伟,开始了一个漫长的遁逸,"在极为可疑的时间里"(《破碎的女子》),写着一批又一批"极为可疑的"、非"莽汉"式的作品。由现实而超现实,由"硬汉"而"妖花",由代言式的大叙事而"在细节上乱梦""在唯一的形式上发疯"(《妖花》)……经由名人而行人或饮者的位移,在"天空被视野注视得折叠起来"的迷醉中,新的语感似"如烟的大水",在"内心的花纹"与"天空的阶梯"之间流荡浸漫,使形式的追求,成为更多复杂意绪与生存状态之多种可能的容器。由此,诗人自己将其前期名作做了这样的定位:男人的诗——习作——反对文化的肇事言论。而在之后的《行人》一诗中,则隐隐透露了位移后的诗学取向:"这是事物混淆得悲壮的季节/死去的语言仍在表达盛大的生命",而"我将上路去斗争沿途的城市/在形式轻轻取消内容的夜晚/当我说出最优美的语言/而又不表达任何意思的时候"。

如此,饮者"莽汉"为我们展现了一片让人迷乱费解的行走的风景——

　　这里,再没有《中文系》式的畅亮确切的坚实意涵,甚至难以揣摸语词后面大概的喻义,只有意象的乱花迷眼,意绪的酒色迷人,以及充满烟云感的超现实语境,令你心醉神摇;这里,"上面是浅浅的浮云,下面是深深的酒"(《深杯》),"空中的阶梯放下了月亮的侍者／俯身酒色的人物昂头骑上诗中的红色飞马"(《天空的阶梯》),"在无形光阴的书页上写下下流的神来之笔"(《无形光阴的书页上》)……是的,比起具有"共名"效应的"莽汉"代表作,后续的李亚伟,确有"等而下之"之嫌,但"下"到神来之笔而新生,总比抱着时来之章做守财奴要好得多。何况,这又是怎样令人迷醉的神来之笔呵——"云从辞海上空升起／用雨淋湿岸边的天才"(《梦边的死》),"星星们正在水底打钟"(《水中的罂粟》),"大雪以一群文盲的姿态落在书中和桥头"(《好色》),"我读着雨中的句子在冬季的垂钓中寻死觅活／旋即又被粮食击碎在人间"(《我的诗》),"这时要是想想道德和法律／一颗糖就控制不住自己的甜味／无端端地柔软,透露出愉快的消息"(《渡船》),"秋天的情感轻如鸿毛／让人飘起来／斜着身子表达,而且／随便一种口气就可歪曲一个男人"(《东渡》)——看似平常的语词,组合起来却有了不可名状的诡异感,尤其那一种空明而修远的烟云气息,与其迷离怅惘的饮者意绪相得益彰,分延出更为纵深的境界。在这样的语感中,诗人还会时时抛出一些美艳惊人的意象:"一群女人挂着往事的蓝眼皮从岛上下来洗藕"(《深杯》),"看见那粗壮的树伸进黑夜用枝条怀上苹果"(《远海》)……

　　这还是"莽汉"吗?

　　到了我们发现,经由饮者的遁逸,诗人为我们也为自己勾兑了一"深杯"怪味的"鸡尾酒"——这是一种奇特的混合:苏东坡的豪放、兰波的迷醉、达利的怪诞,"旧时意境和才子情怀""政治情绪和文人恶习""新世纪游子"之"淘空的内心",以及"烈酒与性命的感受""传统的美酒和孤独"等等。也许,这杯怪味的"鸡尾酒"不如纯正的"老白干"喝着顺溜,爽口爽心,可要细品下去,自会在另一种回味里,"听到人世中最寂寞处的轻轻响动"。并且了悟:在天上人间的迷走中,诗人何以会偶尔发出一声"老莽汉"式的叹息:"我永远不知道/我和资本主义的女人能整出些什么事来"(《无题》)。

原来在饮者的醉感后面,始终藏着一杯更深的幻灭感!

于是有了两个"莽汉"——"前莽汉"属于历史,"后莽汉"属于诗人自己,合起来成就了一个完整且更为真实的李亚伟。并且我相信,假若在未来的某个时空,人们不再以现行的模式书写文学史,而换一种眼光打量这位诗人,自会在"后莽汉"式的行走中,得到更多的惊叹与由衷的认领。

四

再看"撒娇"。

有两个"莽汉",却只有一个"撒娇"——一以贯之的"撒娇",二十年如一日的"撒娇",生命不息,"撒娇"不止,在这条道上,没有人像默默这样走得如此彻底、如此决绝、如此快意,也便最终走出了一段自己的历史与笑!

我们知道,在1986年那次"后崛起"的现代诗群体大展中,诗人默默是以"海上诗群"的身份登上历史舞台的。许多年后,默默却以《撒娇》诗刊的新掌门身份,开始引领"撒娇诗派"的新历程。这种身份的转换何以发生,我们不得而知也无须去知,只是在经由默默改写的《撒娇自语·代复刊词》中,更加明确了这一诗派的诗学取向:"一种温柔而坚决的反抗,一种亲密而残忍的纠缠,一种执着而绝望的企图,一种无奈而深情的依恋;一种对生活与时代的重压进行抗争的努力,一种对情绪与语言的暴力进行消解的努力,一种对命运与人性进行裸露的努力。"[1]

当然,这样宣言式的告白,依然不能给出学理性的明确定义,但毕竟有了几个关键词,大体勾勒出其基本的指向:消解、裸露、反抗和依恋。这使得一直含混不清的"撒娇"诗歌,开始显露可索寻的脉络,而在其新掌门人的作品中,则展现出这一指向中,最大可能的丰富肌理和动人魅力,进而成为其代表性的经典文本。

就词的本义而言,"撒娇"原是一种弱者的行为,一种残留在成人世界的儿童语汇,"一种无奈而深情的依恋",这使"撒娇"的诗人有了合理的心理依据,因为诗人多是这世界中的弱者,并保留了儿童的眼光,注视着这破碎的成人世界:"我是中国孩子","永远不长大多好";(《第一颗人造卫星发射》)"我好不容易学会忠诚/却发现世界早已背叛我"(《又馋又饿》);"世界空了""中国没了""我带着根在地上漂泊";(《小沙弥》)"我终于成不了烈士"(《停电》);"一切所作所为都是那么卑鄙/一切无所事事都是那么优雅"(《我和我》)。于是永远也长不大成熟不了的诗人,只愿扮演自己的角色,"把自己封为大彻大悟的疯子/痛痛快快地撒娇"(《中途休息》)。

在此,历史与现实、往事与梦想、成人与儿童、实情与幻象、真话与假话、神圣与恶俗以及真与假、美与丑、正与邪、对与错等等,全被搅拌、粉碎、然后涂抹在一个平面上——哈哈镜式的平面上,相互指涉、印证、对质、嬉戏、消解或被消解……细心的读者会注意到,诗人也曾有过另一种"撒娇",《旧新闻》

---

[1] 载《撒娇》2004年第1期。

里的"撒娇":"红石头的梦里是红星星和红月亮的婚礼",缤纷的意象糖纸包着一些些浪漫主义余绪的甜。但更多的时候,诗人认同的是这样的"撒娇":"你像一块灰色的橡皮/把地板、墙壁、青春欲望/老婆的脸蛋/擦得嘻嘻哈哈/再也不惦念被浪花欺负的海鸥/心里只有废墟、没洗的袜子、疯狂的维生素"(《你瞪着狗看》)。

这一核心题旨,在《手指的流露》一诗中,得到尤为精到的表现:诗人以"手指"(一种求索)的多种指向,来表达"深情的依恋":从"雪亮的手指",到"柔软的手指",到"冰冷的手指",到"粗糙的手指",到"佝偻的手指";从"玫瑰的方向",到"波浪的方向",到"悬崖的方向";从"语言的方向",到"奇迹的方向",到"梦的方向";从"歌声的方向",到"妈妈的方向",到"城市的方向",直至"幻想的方向""时间的方向",无一不是方向,而又处处不是方向,诗的结尾,"突然又耸起一根手指/指着虚无的方向/面对你我含笑终生"——无方向成了终极指向,只剩下"往事像份吃不完的点心",且轻轻问一声:"剃了光头/你的思想冷吗"(《上海人》)?

"世界空了"。只留下话语的狂欢供我们"撒娇",且以"撒娇"的话语指认这空了的世界——正是在这一切入口中,"撒娇"诗人确立了其独特的诗学依据和审美理念。

显然,这个入口,比起当代大多数先锋诗歌的取向来说,都显得过于狭小,也很难拓殖宽广的路径,但也因此有了他独在且难能可贵的风貌。流质的、絮叨的、嘻嘻哈哈的,琐碎的、无序的、一点也不正经的,甚至还有些些轻薄……但当这些表象的"能指",被杂糅性地纳入一种诙谐、滑稽与戏谑的语感机制和悲天悯人的潜在语境中后,"撒娇"就不再是词源学意义上的"撒娇",而成为一个时代最微妙的痒和最有效的反讽。

读读那首长达三十节的《咩嘎喔哞》吧——让人喷饭而乐又扪心而痛的成人童话与现代寓言。那是真正搔在了时代痒处的讽刺杰作,而它那匠心独运的形式感,更使我们对"撒娇"话语的功能与潜质,抱有更多的信任和激赏。

这是怎样一种快意的话语撒欢呵——即时,即兴,形而下,形而上,戏拟,漫写,杂交的口语,卡通式的意象,没头没脑,胡天胡地,小孩说大人话,大人说小孩话,复沓,错位,"闲聊波尔卡","江水滔滔口涎滔滔"(《不能在一起》),怀旧,造梦,对话,"与酒作战与床妥协"(《一个人能干什么》),"今年的衣服去年就脏了／和天空接吻／我满嘴自己的霉味"(《短章·冬》),是说者也是被说者,是演员也是看客,是犹大也是耶稣,是清醒更是暧昧——总之,在我们陷落其中的所有的存在背面,"裸露"着一双刻意"撒娇"的眼睛,诡秘地笑着,嘻嘻哈哈地唠叨着,直到你忘掉身份,去掉面具,沉入与诗人一样的快意"撒娇"之后,便会听到话语狂欢的可爱泡泡下面,传来一声叹息:世界空了,中国没了,我们都只有带着根在地上漂泊……

其实,这种话赶话归纳出来的意旨,对默默的"撒娇"而言,已显得有些牵强附会了。这位可谓成人诗人中的儿童诗人,无论是"消解"什么还是"依恋"什么或者"反抗"什么,其出发和归所,都只有言说的醉意而非对什么而说。因了诗人那份童心不散、真气乱窜的健康天性,默默顺其自然地选择了诙谐与戏谑,以及流质的语感,作他"醉意"的快感点,并不再在乎其他什么时尚或前卫的形式革命与修辞策略,自管自地"撒娇"为乐。

实则对于诗人来说,保证一种写作的有效性,首先在于心性与笔兴的和谐共生,亦即生命形态与语言形态的统一与亲和。一方面,对于一个凡人与弱者,诗人默默明白,没有什么比诙谐更强大的手段，能对抗世界和命运的嘲弄；另一方面，诗人默默也确实在这种充满诙谐的"撒娇"中，发现并有效地展示了自己的天赋，从而将自己与同时代的旧式人物新式明星区别了开来，同时也为一向难以定位的"撒娇"诗歌，奠定了可辨识的坐标与方向。

读默默的诗，我们甚至能感同身受地触摸到诗人"撒娇"中的那份内心的快感，当然，这种快感也会经由那些"撒娇"的诗行"传染"给我们，在思想之冷与精神之荒寒中，享受一刻快意的慰藉——在这个物质的时代，在这个"整个世界是一堆机器的梦境"（《阴森森的八小时》）里，经由一位诗人和他的作品，能获得如此的慰藉，我们还苛求什么呢？

"撒娇"不娇，几度风流，几度迷失，终于在默默这里，找到了它适切的骨骼与皮肉——当然，还有风度。

五

诗读完了。读诗前的疑惑却仍未全释。

两个"莽汉"，一个"撒娇"，同台亮相的偶然与必然后面，是否还能挖掘出一点什么启示？

作为诗友，也作为评论者，我最终想到的只有这一点：在这个价值失范的年代里，拿什么来指认一位诗人的真伪与高下呢？

独立，自由，虔敬，还有健康——健康的人才会"撒娇"；健康的人才能做"莽汉"；健康的诗人才能在沉入历史的深处时，仍发出自信而优雅的微笑。

这似乎是常识，但我们什么都没忘，就是忘了这个常识——因了浮躁，因了虚妄，因了无所不在的功利的促迫……

2004 年 10 月

执意的找回
——古马诗集《西风古马》散论

在极言"现代"的现代汉诗写作中,一位叫古马的诗人,将自己最具代表性的一部诗集,取名为《西风古马》(敦煌文艺出版社2003年版),显然是刻意而为的。它既表明了诗人不免矜持而充满自信的一种姿态,又表明诗人正是想通过这种"不合时宜"的命名或者自诩,告诉他所身处的时代,他执意要奉送给历史的,是怎样特别的一份礼物——

西风,西部,古马,古歌,种玉为月,"饮风如酒","我行其野",叩青铜而抒写,那些"眉毛挂霜的灵魂们",亘古不变的诗心、诗情与诗性生命意识,并由此提示:诗,不仅是一种创新,更是一种找回。

(写下这样的开头,在同处西部的西安,夜已经挂霜,点燃一支烟,我对自己说:今晚,我要在"先锋诗"的外面过夜,听西风中的古马,在唱些什么……)

研读古马的这部诗集,我首先注意到其中一首很一般但又很特别的诗——《我梦见我给你送去葡萄和玉米》。此作不是古马的诗风所在,甚至连题材都远离整部诗集的取向,似乎是偶然而为的一次习作,却在不经意中透露了诗人在"西风古马"的意旨取向中,其潜在的创作心理机制。

诗不长,却完整而富有戏剧性地叙述了一位"寻上门的乡下亲戚",带着"黏带泥土的不安的根",为身居现代化都市中的友人(或亲人?)送去"西域的葡萄"和"匈奴人在向阳的山坡上种出的玉米"的情景。事是虚拟的,是"我梦见"的事,但因此而更显真实而迫切。关键是这虚拟情景中对送礼人心理的刻画:在两种身份(乡土与都市、传统与现代)即两种生命形态的对峙中,"我被你紧张盯着的双脚",有"看不见的根须／在你客厅的地板上寻找裂缝"。(多么细腻的捕捉!)尽管如此,执意的"送礼人"依然要借诗人之口(当然,实际上是诗人借"送礼人"之口)喊出那久藏于心底的"执意"——

就像闪电穿透了乌云
它们急切穿过水泥和一切隔阂

扎进你心灵的沃土
请你啊接受远比这些葡萄和玉米丰盛的东西

这里的"它们",是"青铜之声",是"生命之霜",是"身体里的铁";是"青山口／一支喇叭花年年吹红／娶进嫁出的都是云烟"(《青山口》),是"渠水汩汩／一棵白杨追着／星光的羽毛,漂流／在村子外面"(《鸽子》),是"一粒沙呻吟／十万粒围着诵经"(《敦煌幻境》)……总之,是我们在所谓的成熟中,走失了的某些东西,是我们在急剧的现代化中,丢失了的某些东西,是我们在物质时代的挤压中,流失了的某些东西,如今,被一位敢于"原在"的诗人,一位在西部"原在"的诗人,一一执意地"找回",并"不合时宜"地奉送给他所身处的时代,而等待着时间的认领。

这便是古马,"西风古马",经由他的"执意",在有效地找回了"西部诗"的真义的同时,也有效地找回了当代诗人的位置。"世界将由美来拯救",西部的美,在古马的笔下复活并重新命名,为贫血而单调的当代诗歌,注入铁的沉着和月的澄明。

而这一切,在古马这里,却显得异常低调,表面的矜持后面,甚至还保留着几许羞涩,西部汉子的矜持与羞涩。这个执意的"送礼人",清醒地知道自己"不合时宜",却无法放弃"用诗的牛角,对人性中最本质、最原始的事物吹奏低音的关怀"(《创作自述》)。当然,他也因此与浮躁的时代拉开了距离,并为自己留下了恰切的位置,同时,也为所谓"西部诗"留下了恰切的位置。

(又是"西部",一个随时被拉出来做各种填充的大词——仅就诗而言,在"西部"的名义下,有过多少暧昧不清的"填充"?先是"新边塞诗",继而"黄土地诗",以及由此延伸出来的各种大同小异的名号,但其实质总难脱风情歌手与文化明信片式的套路,以致屡屡被纳入官方诗歌版图,成为其陈旧观念的最后一片"大牧场"。而真正的"西部"——她的灵魂、她的风骨、她孤迥独存的美,一直在期待着她真正的情人与歌手,为她留下真正能与之匹配的诗。于是有了昌耀,有了沈苇,有了叶舟,有了与她更贴近些的古马⋯⋯)

是的,更贴近些——我是说,作为古马的"西部",似乎更符合其本原的品性与质素。昌耀的高蹈,沈苇的宏阔,叶舟的迷醉,都不免过于强化了主体精神,而在古马这里,则是柔肠寸断式的眷恋和寻寻觅觅的歌吟,一种亲近而又疏离的客态抒情。在我看来,这正暗合了西部美的本质——西部之美,绝非昏热的想象或虚伪的矫饰可言,她只发自那些简洁到不能再简洁、原始到不能再原始的事物本身,而成为苍凉的美、粗粝的美、最朴素又最纯粹的美。在这样的美的面前,你可以做她的儿子,做她的情人,甚而成为她的奴隶,却很难成为她的主人——她的美总是那样平实而又出人意料,而她那远离现代喧嚣的洪荒的灵魂,又总是那样深沉而不可企及。对此,选择谦卑而非凌驾,醉心寻觅而非妄言,像一个"拾荒者",在解密后的现代喧嚣中,找回古歌中的天地之心,在游戏化的语言狂欢中,找回仪式化的诗美之光,与"古道"有约的"西风古马",从另一个向度贴近西部,为她奉献别样的诗章。

("古道",一个多么老旧而又可亲的词!"古道热肠""人心不古""古风依旧""古典情怀"……"古"是个好词啊,可人皆慕现代而此调久不弹。古马弹了,弹西部的古道、原道、人道、自然之道——但不是老调重弹,而是找回中的再造,是以现代意识和现代审美理念,做"西风古马"式的现代诠释。在这种诠释中,那一脉从未断流过的"古歌",在新的吟咏中,散发出新的韵致和涵蕴。)

其实说"诠释",并不准确,一词术语,怎能套仕"渊源有自,踏雪无痕"(燎原评语)的"蹄印"。细读古马的诗,自会发现,处处可见"微言"之肌理,清峭而细腻,却少有"大义"之妄障,素直而玄秘。而更多的时候,这位诗人,这位以本初人性与自然之美为归所的歌手、情人和"拾荒者",只是乐于"在青苔下面/青青地想"(《青山口》)。一句"青青地想",活脱脱勾画出诗人的主体风神。这"想",是"念想",不是思想,而这"念想"才是诗的真义、西部的真义啊!

真的,对于西部,除了"念想",你还说什么?她是已经完成的创造,只是常常被人遗忘;她是拒绝思想的诗想,只是常常被人忽略。在这里,融入便是发现,找回便是创造,聪明的古马,似乎一开始便深悟此道,方在低调的"念想"中,在"念想"式的贴近中,触摸到西部诗美的本质所在。

("青青地想",青青地咀嚼,看似青涩的语词后面,有青铜的音色,简明而沉着,有青草的呼吸,细小而深切……化大为小,以小见大,以精微见雄浑,以肌理示本质,以"一粒沙呻吟／十万粒围着诵经"的意味,青青地告诉你:在西部,神秘的不是想象,而是即目直取、以心换心的万般风物!)

于是,我们才理解,在《西风古马》的开篇杰作《青海的草》一诗中,诗人何以这样起首——

> 二月啊,马蹄轻些再轻些
> 别让积雪下的白骨误作千里之外的捣衣声
>
> 和岩石蹲在一起
> 三月的风也学会沉默

是祈愿,是劝慰,更是认领和接纳。那缓缓舒展开来的语调,有一种让人心头发颤的韵律,如无名的乐音渗入灵台,淘洗,澄明,敞开,融入,然后领受"青青的阳光漂洗着灵魂的旧衣裳"……

这首仅仅有十行的小诗,却分明有着古往今来、地久天长、袖里乾坤般的境界,浸漫着平近而又修远的意绪,让人觉着整个青海、整个西部,尽在这十句之中的感受里了。这里的关键,在于诗句与诗意的比重。看是十行五节,但每一节都无一不是独立而自明的绝句与短章,散点分延,再收摄为一,便有了部分之和大于整体的文本外张力,弥散开来,余韵悠长。这种如前所述,以精微见雄浑、以肌理示本质的语感,已成古马的"绝活"。

正是这种"绝活",将古马与其他诗人彻底区别了开来,而不在于他都写了些什么。也正是从这种语感中,我们方领略到了另一种西部的诗性,更本原、更地道、也更难忘。

(西部的诗,诗的西部,一匹执意要寻根问底的"瘦马",终于重新找回了,你真正的风骨。)

一说西部,便要说"气势",古马的气势是"神从箱子里摸出一块红糖／神啊／万物都是你忽闪着眼睛的孩子"(《日出》)。

一说西部,便要说"神性",古马的神性是"星空下的雪山／像一位侧身让路的藏人／让爱情走过"(《爱情青海湖·青海青》)。

一说西部,便要说"灵魂",古马的灵魂是"青草叫喊的声音／孤寂的火／和空气融在一起／在白昼的心中完成着凡人的祈祷"(《一座长满青草的空羊圈》)。

一说西部,便要说"苍凉",古马的苍凉是"杨树尖顶的月／正被一把唢呐吹得下雪"(《雪月》)。

一说西部,便要说"孤寂",古马的孤寂是"用落叶交谈／一只觅食的灰鼠／像突然的楔子打进谈话之间／寂静,没有空隙"(《罗布林卡的落叶》)。

一说西部,便要说"缠绵",古马的缠绵是"青海湖／两只飞到远处去谈情说爱的白鸟／是我绕到她脖颈后面的双手"(《青海青》)。

一说西部,便要说"生命感",古马的生命感是"一双花布鞋加快了／那条乡间小路的／心跳蠢蠢欲动的虫子／竖起耳朵／谛听春雷"(《甲戌年正月廿五》)。

在这样的语感中,古马写出了如此坚实直白而又直击人心的诗句:"流水是前程／石头是孤独"(《流水·石头》);

在这样的语感中,古马写出了如此熨帖而峭拔的口语:"白杨树／村庄宁静的女儿／月光的姊妹／／白天姓白／黑夜还叫白

杨"(《白杨树》);

在这样的语感中,古马写出了如此贴切而诡异的意象:"星星的眼／老天爷漏风漏光／漏一粒人影在路上"(《西宁组歌》);

在这样的语感中,古马写出了如此清丽而惆怅的意绪:"月亮／用那只银碗／把自己端到什么地方"(《露宿草原》);

在这样的语感中,古马会如此感受秋意:"叫声最亮的蟋蟀／秋天的玉／镶在我的帽子上"(《寄自丝绸之路某个古代驿站的八封私信》);

在这样的语感中,古马会如此亲近自然:"穿着簇新的蓝／天空像是过年的孩子"(《午后的诗行》)。

——化天地之心为日常之物,化神性生命为俗世之在,"将之前西部诗人喻象中辉煌的大太阳,收聚为少年手中一颗神奇的钻石"[①]。这"钻石"不通过什么去说明什么代表什么象征什么,而只是以自身晶莹而奇异的光芒,幽幽地折射出古往今来的西部,"那种盲目的拒绝一切的蓝"!

(无理而妙,妙在肌理,种月为玉的诗人,深得个中三昧。)

是以整部《西风古马》中,无古、无今、无传统也无现代,又是古、是今、是传统也是现代——乡土中国、现代都市、自然神性、日常风物,古典诗质、现代理念、民歌元素,意象、口语、明喻、隐喻、通感、复沓等等,经由"西风古马"式的杂糅通合,化为异质混成而别具一格的强烈的形式感。

具体而言,其一,是其诗句的"精"。精练、精确、精灵古

[①] 燎原:《追逐星光的羽毛(代序)》,见古马:《西风古马》,敦煌出版社2003年版,序第6页。

怪,且富于饱满细腻的肌理感。无论是叙述还是歌吟,古马都时时注意保持局部诗意的独在品质和良好弹性,有诗眼,有警句,有可独立品赏的韵味,不依赖于结构而存活。这种古典诗歌的优良传统,在古马的笔下生发出异样的光彩,方得以一当十、以小见大的审美效应,让人惊羡。

故古马的诗很瘦,瘦成一把筋骨,不带半点赘肉。作品多以碎片、断章组成,且许多诗中的精彩部分,均可分离出来成为独立自明的另一首诗。可以想见,如此构成的篇章,该有着怎样的局部张力与文本外张力,以及为人称道的那种"留白的不确定意旨"[①]。

其二,是其结体的"怪"。连得怪,断得也怪。似乎无联系的,硬是"连"在了一起,却又突然断开,另起一搭,不搭界,搭那内里的意蕴,看去突兀的断开中,萦绕起胡天胡地的联想。意犹未尽,却又断了,或戛然而止,悬在半道,出人意料,细琢磨,又觉断得有趣,断出了特别的味道,让你多一些"青青地想"、青青地咀嚼。

在这种可称之为"古马体"的特殊形构中,每一行诗句都是明确的,得以质朴与酣畅,组织起来,却平生一派无以名状的烟云,生发峭拔与诡异;现实化为超现实,肌理化为妙理,风物化为风情,有化为无,无中生有,"云揉山欲活"。"活"的是什么?说不清楚,只是觉着心里有什么在忽悠忽悠地萌动着,有如人到西部,那种什么都看到了又似乎什么都没看明白,但又确实觉到生命中多了些什么东西的感受……

——而这,不正是诗的西部、西部的诗,那亘古不变也无须变

[①] 梅绍静:《向你推荐古马》,见古马:《西风古马》,敦煌出版社2003年版,第298页。

的本质所在吗?

(写到这里,作为一篇散论,我也该戛然而止了。却又疑惑:这算论吗?却又自释:这不算论吗?面对古马的诗,说到底,宁取赏析,不可过度诠释,才能得到得更多。
"蝴蝶干净又新鲜",这样的诗句,到心里就扎了根,还要诠释吗?"森林藏好野兽／木头藏好火／粮食藏好力气",种玉为月的诗人,藏好了老酒,喝就是了,醉就是了,还说什么?
是的,不说了,剩下的,让霜天的月去说吧……)

2004 年 10 月

秋水静石一溪远
——论赵野兼评其诗集《逝者如斯》

一

是怎样一种心绪使然,让赵野选择"逝者如斯"这样一句古语,作为他这部以编年体例为其近二十年创作成就,做总结性的重要结集的书名呢?如此发问看起来有点不着边际,但直觉告诉我,它或许正是进入赵野诗歌创作之心路历程的当然入口。

结集此书时,赵野不足四十岁,按时下的标准,尚属青年诗人之列。然而,诗人却早已在写于2002年一首题为"中年写作"的诗中,透露了远非"青春写作"所能企及的超然心迹:

> 是不是阳光下的一切
> 已经被人说尽
> 但岁月仍在继续
> 总有独特的感动
> 仿佛客观的血液里
> 秋刀鱼咸咸的烙印
> 沉默和表达之间
> 谁更深入、执着

自诩式的发问,客态式的盘诘,隐隐秋意,如挂霜的月光,浸漫于字里行间。显然,青春的血液在此已提前认领"沉默"与"客观"为诗性生命"更深入、执着"的归宿。它既是出于诗人独特的个人心性的认领,也是出于冷眼旁观之历史辨识的认领:"拒绝时代的胁迫／和那些虚妄的可能性／将纯洁词语的战争／进行到骨头深处"!

这已无异于一种新的诗歌立场的宣言。若再联系到发出此一宣言的诗人,曾经是二十世纪八十年代第三代诗人风云聚会中,大学生诗歌的领军人物之一,便有了特别令人深思的意味。

而此时的现实,意识形态与商业文化的合谋,已化为无处不在的"胁迫";而现实中的汉语诗歌,也在旧的种种"虚妄"尚未得到清理时,新的种种"虚妄"又尘嚣其上,"偶然和紊乱"已成为其唯一合理的指认。

值此时代语境,清醒而保持独立的诗人不止一人,但赵野似乎走得更远、更孤绝,乃至有"遁世"的嫌疑。

秋意本天成,这种"秋意"一直可以追溯到诗人更早的作品中。写于1986年的《此刻,你一定愿意》一诗中,便可见如此人淡如菊的诗句:"你一定愿意沉默如／冬日的池水／偶尔一只鸟儿／／从山下飞来,告诉你某人走了／某人还在"。十年后的《冬日》一诗中,诗人更如此表白:"因此我相信,我本想成为的／角色早已死去","我相信那些面具会同／这个世纪一起消逝","我唯愿在尘嚣中变得清晰／毁灭中变得坚定"。到了二十世纪末的冬夜,诗人在《关于雪》的诗中,则更为直接地表露了这一脉"秋意"之最终的告白:

> 如今大幕还没落下
> 我只想退场,细细回忆
> 感动过我的优雅身影
> 和那些改变命运的细节

> 我努力表达
> 美洲般的欢乐
> 却一次次沦为
> 俄国式的忧伤

正是在这里,我们找到了"逝者如斯"的源头,"退场"与"忧伤",带着宿命的味道,成为诗人心路历程之贯穿始终的注脚——这位早慧的诗人,四十岁以前便写出了他最好的代表作的诗人,似乎从一开始,就看穿了为功利所驱迫、为"运动"所裹胁、为虚妄的历史期待所诱使的当代汉语诗歌的"命运",而早早选择了"在宿命的一角",远离潮流,如"微暗的火",在闲静处燃烧,"淡漠所有的诗歌时尚,以自己的方式接近诗的真理"[①],以求"……战胜偶然与紊乱/像一本好书,风格清晰坚定"(《夜晚在阳台上,看肿瘤医院》,1990)。

二

显然,经由这样的辨析,有将赵野的诗歌立场,纳入中国传统文人之隐逸与独善文化心理的嫌疑,这对一位曾经一再被归为当代中国先锋诗人行列的青年诗人而言,似乎有极大的不妥。但问题在于:一者,所谓"先锋"的指认出于何种价值取向?亦即"社会学"意义上的"先锋"(所谓走在时代的前列),还是美学/诗学意义上的"先锋"(异出时代的主流)?二者,诗人本人是否认同这样的指认?是身份的认同还是价值的认同?

---

① 臧棣:《出自固执的回忆》,见赵野:《逝者如斯》,作家出版社2003年版,第7页。

实则时至今日,随先锋诗歌一起走过二十多年历程的诗人和诗评家们,都已清醒地认识到,"先锋"一词,从一开始就包含了两种指涉:其一标示对立于官方主流诗坛而带有民间或独立个人属性的诗歌立场,其二指涉所有带有探索性、实验性的写作方向。而前者后来渐渐演变为一种姿态,乃至在不断的pass式的运动中,转化为先锋诗歌阵营中自我对立的心理机制;后者则越来越变得边界模糊、标准不一,只剩下一个指向不明的空洞理念。且就探索与实验而言,也多强调了横向的发展(与世界接轨),而疏于对纵向深入的关注。

由此反观赵野的诗路历程,便可了然:他既是先锋的,又不是先锋的。

从诗歌立场看,赵野的独立性显得更为彻底,即或在先锋诗歌成功"突围",继而成为当代诗歌新的主流,并热衷于解释"历史"从而企求被"历史"所解释时,赵野不但未有"分一杯羹"的窃喜,反生"只想退场"(《关于雪》,1999)的"秋意",明其道而不急其功,乐于尚在旅途的客态立场。尽管"整整二十个秋天了/我还怀念我们的革命"(《往日·1982》,2002),但这种"怀念",从一开始,在赵野这里,都只是"……观察者而不是评判者/更不是干预者","既不炫耀也不羞怯",并自信"它会不战而胜,它会使我/脱尽躯壳,获得秩序"。(《忠实的河流》,1986)

从写作方向看,赵野属于当代先锋诗人中,不多几位舍横向进取的"阳关道",转而于纵向深入的"独木桥"做孤独探求的诗人之一。在先锋诗歌的进程中,人们虽一直在强调着"两源潜沉",但时风所致,大多还是陷入了唯西方资源与现代潮流为是的单一取向,以致仿生与欧化的现象大面积发生,最终引发所谓"汉语性"的诗学反思。在赵野这里,西方也好,东方也好,现代也好,传统也好,都是一条精神的河流,取其滋养但不为其所溺。同时,出于自甘边缘的澄明心境,所谓方向的选择自然就成了心性的选择,而非"时代的胁迫"。

从赵野大部分代表性的作品中可以发现,诗人的心性中,无疑带有中国文化和中国审美精神的深度基因,一种优游自在的人生态度及对汉语诗性的极度敏感,使其自然而然地倾心于古典精神的认领,而远离当代先锋诗歌运动中各种极言现代的喧嚣。当然,这种认领并非将与世界接轨转为与传统接轨,而是将古典精神化合为现代意识和诗性生命体验的有机组成部分,一种映照或参悟。

一方面,"他诗中的古意,并不是被现实中那种非古意刺激出来的,而仿佛是来世者的携带物……"[1];另一方面,这种"古意"更成为诗人与之长久对话的一种精神气脉,以此印证历史的虚妄和现实的荒诞,从另一个维度深入现代性的追问。再者,对赵野来说,诗歌在历史叙事和现实叙事之外,更应当是一种内心叙事。"心境"一词,几乎成了赵野诗性言说的出发与归宿的唯一枢纽,而在赵野式的心境里,有什么能比纯净的古意更能暗合"适性为美"的古训呢?

由此,守势不妄,归根曰静,以现代意识追怀古典精神,不是刻意寻觅的什么境界,而是于淡泊超然之中,去探寻诗性与心性之和谐共生的丰盈与坚实,呈现一派无奇的绚烂。

——走进赵野,我们会惊喜地发现,现代汉诗的进程中,原也有如此沉静高远的一脉河流,让我们复生一种回到精神故土的感动与欣慰。

---

[1] 钟鸣:《关于"象罔"》,见赵野:《逝者如斯》,作家出版社2003年版,第137页。

三

逝者如斯,唯江河不废,月色依旧。

百年来现代化的梦想与实践,彻底改变了中国人的生存现实。在被迫承受的文化错位中,作为文化心理最敏感的器官,新诗也一再在追随与彷徨中,不断调整着自己的步程。我们经由新诗的书写,寻求真理、追求光明、针砭现实、呼唤理想,使之成为思想、灵魂、人性以及自由精神、独立人格和本真自我的隐秘居所与真实通道,并由此于"写什么"方面,穷尽历史、现实、庙堂、民间乃至个体肉身,于"怎样写"方面,又旋风般地将西方自浪漫主义直至后现代主义的各式招数玩了个遍。进入新世纪,更大规模地上网冲浪,在即生即灭的狂欢中,抽空了诗之为诗的本意与精髓。

然而,正是在这时,那缕几度明灭的文化乡愁,复如暮霭沉沉,浸漫于诗国大地。

"笔墨当随时代新","新"到最后,我们又将站在哪里?诗言志,诗缘情,诗使我们得以舒放、得以宣泄、得以热狂,得以与世界接轨与人类意识通合,得以解除面具人格回返个我的生动,得以在语言的狂欢中释解生命的郁积,得以在"瞒"与"骗"的文化语境中,确认存在的真实——这都没错,但最终的遗憾是,我们一再疏忘了诗还有另一些功用,更本源更精微的功用:清凉与澄明;一片月光,一缕心香,一种祖传的古意,洞穿时空,照拂我们日渐模糊和俗化的心灵世界——对于空前浮躁而只活在当下的国人来说,如此的照拂,难免陌生乃至隔膜,但对于那些未完全失去文化记忆的"还乡人"来说,则无疑有"回家"的感动,以此索回向来的灵魂与心境。

这便是赵野诗歌的立身所在了——一部《逝者如斯》,一不见历史风云,二不见现实尘嚣,横溢漫流于诗行中的,只是一派穿越历史与现实,为天地立心、为命运立言的情境与意绪,带着微凉的秋意和"祖传的孤独",以"云卷云舒的气度"(《忠实的河流》,1986),铺展于时代的背面。"逝者如斯",如斯流逝复流转的,是一条以情境为旨归的河流,无有固定的指向,也没有设计性的紧张,更不受时代的胁迫和虚妄的裹携,只是任由语词的生灵自在漫游,并将诗人"默默的感动/渗透到最幽深的角隅"(《二月》,1987)。

在此情境中,诗的动机并不只为将可见的东西用诗的形式重复一遍,而是将看不见但应该看见的东西,变为可以感受到的东西。赵野因此写出了当代汉语诗歌中,最为纯正的抒情诗,并由此确立其不可重复不可替代的精神个性和语言个性。

从精神个性看,维系于两点:一是古典情怀,一是悠游心境。而这,正是绝大多数先锋诗人,视为危途弃之不顾的取向。赵野却留在了这里,且从一开始就认为:"从虚静出发,你可到达充实/绚丽,丰富和妙不可言","这是一种古老的方式,却也不乏现代意识"。[①]

如此的精神取向,使诗人难免在悠然辨识现实风物的同时,频频追述往事,冥想古代,诗中到处闪回着"前朝"的语词:"帝国""王朝""君王""宫殿""青铜""烽火""羌笛""铁甲""刀戟",以及"古老的命题""古老的名称""古老的事物""古老的面具""古老的契约""古代的夜晚""古代的光荣"等等,形成一种古今交错的特殊语境。在这种语境中,现实被抽象,历史被虚构,一切均被纳入一种超现实、寓言化的情境叙事,并最终导入那个无处不在的抒情主人"我"的心境之中,化为一片月色、一缕秋

[①] 摘引自赵野早期诗作《夏之河》,未收入《逝者如斯》。

意、一派只知流动不知为何流动的云烟。

因此,为何活着,又为何写作,成为赵野诗中反复重临的核心命题:"我的余生只能拥有回忆,我知道／我会死于闲散、风景或酒／或者如对面的黄雀／成为另一个人心爱的一页书"(《旗杆上的黄雀》,1991)。在这一命题的统摄下,所谓对"古意"的追怀,便成了情理之中的对话元素,成为特别适合于诗人内心叙事的语言策略,并由此从另一条切口,触及另一种现实:心理的现实,命运的现实,文化困境的现实,从而使看似凌虚蹈空的古典情怀,有了别具深意的现代性脉动。

从语言个性看,可以用诗人《字的研究》(1988)一诗中的"质朴、优雅,气息如兰"之句来做概括。同时,这首诗也为我们把握赵野不同凡响的语感基质,提供了特别的启示。

作为中国文化和中国审美精神的指纹,汉字的存在决定了中国人思与诗的基因的存在。正如诗人在另一首题为"汉语"(1990)的同类作品中所写到的:"在这些矜持而没有重量的符号里／我发现了自己的来历／在这些秩序而威严的方块中／我看到了汉族的命运"。联系到赵野外文系毕业的语言背景,这样的母语情结就显得尤为突出,也再次理解到诗人何以那样执着地选择"古意"作为此在之"秋意"的对话元素之潜在动因了。

具体而言,赵野的诗歌语言,首先给人强烈印象的是其清晰的肌理与淡远的蕴藉,所谓用尽深心意不乖,因隐示深,由简致远。诗中的物象、事象、心象、意象,皆由平实中来,不着迂怪,使其"面"上的阅读显得特别清朗舒畅。但读进去后,却发现在那些看似平淡如水的语词下面,有多样的意涵深隐洞明,延展开难以归纳与总结的多重阐释空间,使其"底"上的阅读,平生几分欲罢不能的萦绕潜沉。

"面"上给得少,"底"里藏得多,这正是汉语诗性的本根所在。

试读这样的诗句:"吐纳山川的气息,又捏碎／手中的玻璃,我无意／割断脉管,也不在乎／损坏一些器皿"(《冬天雾霭沉沉》,1991)。"吐纳"与"捏碎"两个平常动作,经由极端对立地并存于一人一瞬,而又平静道来,顿生诡秘之烟云,语词后面那一种冷入骨缝的孤寂与沉郁,令人不寒而栗!

无论说什么,说的意涵何在,那种"吐气如兰"、虚静通幽的说法总是持之一贯地优雅从容,这是赵野诗歌语言尤为让人心仪的地方。

更多的时候,读赵野的诗,我们并不欣赏他在说些什么,而只是陶醉于诗人所营造的那种静了群动、空纳万境的语境与心境,并由此展开阅读者自己的联想与遐思。诗是一种开启、一种邀约,而非完整地给予,这一诗学原理,在赵野式的诗风里,得以贴切地体现。也正是这种优雅与从容,保证了诗人十分单纯的写作状态和几近匀质的品貌,甚至分不清其作品的早期、近期或成熟期、未成熟期,形神之间的均衡、集中与和谐,以及虚实、曲直、疏密、张弛、开合、起承、整散、断续、正反、藏露等辩证关系,从一开始,就已见得心应手之异禀,而非刻意修为所得。(试读其早期作品《河》)

其实,无论是精神特征还是语言特征,以及由此生发的写作机制,诗人自己在代表诗作《诗的隐喻》(1992)中,已做了最为恰切的诠释:

> 趟过冰冷的河水,我走向
> 一棵树,观察它的生长

这树干沐浴过前朝的阳光
树叶刚刚发绿,态度恳切

像要说明什么,这时一只鸟
顺着风,吐出准确的重音

这声音没有使空气震颤
却消失在空气里,并且动听

客观,平静,空明而修远。三两寻常意象,一脉旷达心绪,似乎什么也没说,却弥散许多感念。这既是对诗的隐喻,又是对存在的隐喻。世事无常,历史无序,天地万物没有必然的对应关系,只是偶尔的鸟声,"使空气震颤",它不改变什么,但它"动听"!

这情境,我们都体验过,但未能如诗人这般"动听"地言说出来——这言说是当下的,又是久远的;是古典式的,又是现代性的。我们暂时还说不清诗人何以能将现代与古典如此轻松和谐地融为一体,但清楚地知道,这样的一种诗歌品质,在当代汉语的诗歌写作与阅读中,已经缺失很久了。

当然,在《诗的隐喻》中,我们还是找到了诗人识窥上乘、旷远不野,而诗风清健、诗心自由的"内功"秘籍——一词"态度恳切",已尽得赵野为诗为诗人的风骨所在,而无须赘言了。

说到底,还是"心境使然"。

当代中国诗人,无论庙堂、民间、先锋、常态,都不少心思,许多诗内诗外的纷争,无不和心理机制的病变有关,而如赵野这样葆有平和心态与虚静心境者,实不多见。赵野以如此心境来书写心境的如此,已成为一种特殊的诗歌现象,也因此改写了先锋诗歌的情感特征、审美趣味和语言风格,这也正是研究这位长期以来不显山、不显水、不为人称道的诗人的价值所在——

"众鸟之一鸟,群花中之一花",逝者如斯,"笛声吹开梅花"后,那人远去,而"风景起源于一片静默"。[①]

2004 年 11 月

[①] 摘引自赵野早期诗作《阿兰》《风景》,未收入《逝者如斯》。

"太阳拎着一袋自己的阳光"
——严力诗歌艺术散论

一

在当代中国先锋诗歌的阅读中,严力的作品一直有着少见的长效效应。从朦胧诗时期到第三代诗歌运动,从二十世纪九十年代到新世纪,这位诗人似乎从不过时,一再分延及新的阅读空间,以其富有亲和力的语感魅力和强烈的问题意识,不断激活人们对他的关注,同时,也有机地融入了不同时段的先锋诗歌进程,成为其不可或缺的活性因子。严力由此而成了先锋诗歌界的常青树,一位跨越三个时代而总是在场的"老先锋"。从接受美学的角度而言,严力的存在,无疑已具有了某种"经典"的意义。

我们知道,新诗潮以降的中国当代先锋诗歌,是一个不断"后浪推前浪"乃至"后浪埋前浪"的运动过程,其强大的惯性延续到新世纪,才渐趋消解。由此生成的"运动情结",驱使大量的诗人只关注同时代的作品,而不断 pass 或搁置前行代的遗产,造成阅读空间的非连续性和非经典性,并因此影响及现代汉诗之典律的形成,留下不少的历史缺憾。

潮流所致,只有极少数诗人得以幸免,得以穿越不同时代、不同群落,在不同的阅读空间逐渐形成带有坐标、重心与方向性质的影响力。这其中,至少从最为敏感也最为挑剔的青年先锋诗人的阅读层面来看,严力是始终备受关注与青睐的。显然，在严力的诗歌作品中，存有某些非同一般却又可以为不同时代所共同接受和借鉴的诗美元素。这种诗美元素既具有先锋性，又具有常态性；在一时滞后的常态那里它是先锋的，在过时的先锋那里它又是常态的。

我是说，严力的先锋性，从一开始，就不同于所谓"引领潮流"而时过境迁便随之失效的那种"先锋"。在那种"先锋"中，严力从未占有过重要而醒目的位置，有时甚至还显得不合时宜。这也是这位诗人总是被批评界所容易忽略，且总是被各个诗歌时代的代表人物所遮蔽的原因之一。严力的先锋性在于他总能避开各个时代诗歌主潮的驱使（包括官方的主流和民间的主潮），找到更具个人性的语感方式和更具超越性的生存体验，并持久而有效地将其规模化、风格化。

实际上，从文本的纵向阅读中可以很明确地发现：正是严力，在当代中国先锋诗歌写作中，最早转换话语，落于日常，合理地运用口语与日常事象，组成超现实语境，并经由富有黑色幽默与反讽的修辞策略，在赋予各种尖锐题材以先锋性表现形式的同时，也赋予了这种表现所特有的亲和性和审美快感——在严力出发的那个时代（从作品写作日期看，最早可追溯到二十世纪七十年代中期），这些都是罕见的诗美元素。一直要到二十世纪九十年代被归属为"民间写作"流向的作品中，直至延伸到新世纪青年诗歌，以及网络诗歌的写作中，这些元素才被大面积地重新认领与播撒，乃至发为显学，成为时尚。也正是到了此时，人们才回头认识到，严力"老先锋"式的存在，有着怎样穿越时代的价值——他所代表的，是真正可以不断深入未来、进入新人类文化餐桌的诗歌潮流：那种感受的丰富与表达的单纯，那种把中国带给世界、把世界还给中国的健全心性，使"他的作品保持了最好意义上的青春"①,并让我们想到艾略特的那句名言:"诗人必须深刻地感受到主要的潮流,而主要的潮流却未必都经过那些声名最著的作家。"②

二

1954年出生的严力,十九岁便开始了他的现代诗创作。在朦胧诗那一代诗人中,作为学理意义上的现代汉诗的"现代性"之追求,大都有过一个复杂而充满差异的转型期,能于试声阶段,便很快确立其鲜明的现代意识和现代审美特质的,严力算是不可多得的一位。

让文学回到人,回到文学自身,作为新时期文学思潮的先声,在严力这里,很快就被提升为对普遍人性的关注,而非与意识形态或主流话语二元对抗的角色化存在,同时将潮头初起时的题材热,亦即写什么的当务之急,迅速转换为对语言的关注、怎么写的关注。一些后来作为成名后的严力之标志性的形式特征、语感特征和题材特征,在其出发的阶段,便已较为充分地显露了出来。"原因很简单/我追赶字眼的那套经验在队伍前面"(《擅长》,1987)。

因此,在严力的早期作品中,很难找到有什么与所谓时代精神或时代背景纠缠不清的关系,他是独立的,更是自由的,那种超越性的目光,是从一开始便确定了的。

写于1974年的《小甲虫》《他死了》,以及稍后的《歌》

---

① T.S.艾略特:《叶芝》,见王恩衷编译:《艾略特诗学文集》,国际文化出版公司1989年版,第169页。

② T.S.艾略特:《传统与个人才能》,见王恩衷编译:《艾略特诗学文集》,国际文化出版公司1989年版,第3页。

(1977)、《无题(二)》(1979)、《更多的是反省》(1980)及《史诗》(1981)、《不要站起来去看天黑了》(1981)等,实际上已预演了以后代表作品的基本语感和题材视阈。在这些作品中,我们已读到了严力式的黑色幽默、严力式的口语欢快和严力式的本土化了的超现实语境,读到"思恋还在我床上过夜／以往的吻／从我的眼睛里面提出井水"(《他死了》),"走吧／夜路早已熟悉／为了把你的鞋给黎明穿上／光着脚／走吧"(《歌》),"那些大城市里／挤满了在街头梳毛的鸟／但镜子走开了／镜子对自己的长相有更多的自信"(《史诗》),"今天的耳朵一直占线到七十岁／好不容易拨通喂喂喂／传来的语言已经是一篇悼词"(《不要站起来去看天黑了》)。而另一首六行小诗《根》(1981),则已显示了诗人以最精简的语词、脱口秀式的语态、充满谐趣的诡辩术和举重若轻、一语中的式的穿透力,为不同时代之不同精神现象和文化现象,做具有命名效应的经典诠释之风采。

《根》是对"文化乡愁"的命名,之后的《还给我》(1986),是对"现代化反思"的命名,《烂绳子》(1988)是对所谓"社会转型"之虚假阐释的命名,《我是雪》(1989)是对生命虚无与荒诞性的命名。四首诗都属小制,似乎随手拈来,却无一不具有四两拨千斤的分量。尤其是那首二十年来在海内外产生深广影响的《还给我》,世界性的命题与人类意识的角度,使一首短诗具有了史诗般的价值,而由此恢复了诗人的荣耀。

实则,在寻求尽快确立个在话语方式的同时,严力并未疏忽对题材的开掘,只是这种开掘"别有用心",他寻求的是更为丰富的体验和更为广阔的视野,以免成为一时一地之时代潮流,或时尚话语的类的平均数。

无论是出于时势的驱使,还是出于自由天性的自然选择,命运总是给了这位诗人更多的考验,也同时给了他更多的机遇。自

1985年赴美留学开始,在长达二十年异国他乡的"世界公民"式的生涯中,作为诗人的严力,对于一位当代中国诗人面对世界、反视本土、应该写什么以及如何写的问题,已是洞若观火、了然于心了。

此时的严力,两栖双向,在对话中交流,在交流中对话,以中国之眼看世界,以世界之眼看中国,愈发看清了时代之痒、生存之痛、文化之积弊,强烈的问题意识遂成为其题材开掘的聚焦点。由此生成的作品,也便有了"严肃而平和,深刻而尖锐,具体而混沌"[①]的复合质素。值得指出的是,在这种交流与对话中,严力既未成为西方强势话语的附庸,也未陷入狭隘的民族主义的老套路,而是恪守诗人与艺术家独立人格与自由精神的本色,以诗的言说,在场而又超然的言说,把真实的中国带给世界,把世界的真实带给中国,在有效扩展现代汉诗的表现域度的同时,更为这种"表现",增强了世界性的视角和人类意识的底蕴。

试读这样的诗句:

要干掉战争这个老家伙就必须
哪怕在受伤时不依赖民族的血型输血
就像轮胎不依赖国家这个牌子来制造打气筒

我是一个独立的酒瓶
适合世界上任何一个桌子
我不拒绝任何容量的酒杯

---

① 沙克:《修补良心的现代艺术家严力在行动》,见严力:《还给我 严力诗选1974—2004》,原乡出版社2004年版,第233页。

在宽宏的地球上
我就是不允许战争这个老家伙和我干杯
　　　　　　　——《干掉一个老家伙》

以"地球的健康"作为"民族的血型"之参照系,显示了创作主体作为世界公民及地球人的立场,而其言说的口吻,又完全是平民化的、个人性的。

再如《中国人点滴》(2003)一诗:

说到赚钱的事情
中国人早就发现了:
比可口可乐更流行的饮料
就是人走之后的那杯凉茶
只不过它还在市场化的过程之中

说到强者的风范
中国人的比喻也很简单:
再强的强者撞在弱肉们组成的墙壁上
也必会昏倒
有的人就此没有醒来

而醒来者
大多数成了墙中的一块新砖

本诗对民族劣根性在新的生存环境下的变种衍生,揭示得可谓入木三分,而这种揭示,若无别一种"健康指标"做参照,是很难得以如此深刻又如此轻松的"鉴照"的。

更为重要的是,长达二十年的两栖双向、独往独来,一方面造就了诗人严力"复眼"看世界,带有强烈问题意识的超然视角,一方面也形成了他乐于以体制外写作为归所的诗歌立场。这里的"体制",包括官方的、民间的、中国语境的、西方语境的,以及各种时尚潮流等,一概未能将一颗天生自由的诗性灵魂拘押于其中。

事实是,"老字号"的先锋诗人严力,历经国内海外各种风云际会,却从未真正隶属过哪一派哪一流,而永远只是他自己"这一个",甚至连由严力创办主编的《一行》民间诗刊,也被他办成了一个海内外先锋诗人自由出入的诗歌广场,既无门户之见,也无明显的流派趋向。

后来的历史与现实已经证明:正是这种独立、自由的非体制人格,成为保证一位诗人或作家写作的有效性以及长效性的关键所在。对已成为中国知识分子文化潜意识的"体制人格"及"体制合作主义",严力似乎有一种本能的排拒,而"世界公民"的"复眼",更保证了这种本能的不受腐蚀。

"国家占有了所有的地理表面/我只能往下建立自己的内在"(《谢谢》,2003)。这里的"地理"指文化地理,为公共话语即体制性话语所统治的"地理",而诗的本质,就在于跳脱这种"地理"的羁绊与驯化,重返个我的生命本真。

因此,对真正的诗人以及一切诗性生命个体而言,"'地下'/是一个关键词/'地下'/更是一个永恒的住址"(《关于地下》,2002)。

选择这样的"住址",并不再左顾右盼,严力的那双"复眼",遂有了异样的执着与从容。

三

当代先锋诗人与艺术家,一般而言,大都做到尖锐的做不到广阔,做到深刻的做不到亲和。读严力,则常有两者兼具的审美快意。

尖锐与广阔的矛盾,来自创作主体生存体验的广狭及人格力量的强弱;深刻与亲和的相悖,则与创作主体的语言天赋和美学趣味息息相关。

严力既是先锋诗人,又是著名的前卫画家,无论是在他的画中还是诗作里,我们都不难发现其强烈的问题意识和由此形成的题材选择,广披博及,且时时点在时代的"穴位"上,乃至不时有观念凸露以及观念演绎的嫌疑。但严力的优势在于守住了"亲和",这是新时期以降的各类先锋艺术的突进中,急于"深刻"的人们所一再忽略了的审美元素。

读严力读久了,自会体味到一种悖论式的现象:原来"深刻"也可以轻松道来,而"尖锐"更可以迂回而出,且广阔,且亲和,且充满阅读快感。这是那些端着架子、皱紧眉头、凌空蹈虚而满是妄念的创作者所无法想象的。

我们一再将现代诗弄成政治、弄成运动,弄成青春大Party,或者翰林文字、庙堂意识以及别的什么,只有那些生来健康的诗人(我是指心性的健康)才始终记着一个常识——说到底,诗只是一门艺术,一门如何想着法子打比喻说"可意会而不可言传的话"、把存在的真与人性的善还给人的艺术,尤其对现代诗而言——而这份"健康",严力从来不缺,以至于当他谈到十分重要的"题材问题"时,也会做出这样轻松的判断:"选择合适的题材会让你发现自己的天赋。"①

是的,是天赋,语言的天赋,通过改写语言来改写世界,从而将世界的真相轻松而又深刻地转告人们的天赋。这种"改写"在许多诗人那里,只是刻意求创新,刻意去生造一些"前所未有"的晦涩意象,或匪夷所思的奇情异技,以及精神乌托邦化的呓语梦话,结果让世界变得反而不真实,乃至令人望而生畏。在严力这里,"改写"一词则回到了它的本义。

具体而言,即只在改写,无涉生造,同时还必须获得整体的创造性艺术魅力,以造成既亲和又陌生化的审美效应。除了有机地切断高度通约化了的语言逻辑链条,以求切断我们同世界习惯性的逻辑关系,而获得个在视角之外,诗人严力不再强行改变我们日常交流中的基本语言样态,而着重力和机心于它的重新剪辑与构成上。这有点像他的绘画创作,构图简括,观念性较强,语言元素不求繁复,够用为止,主要在图式、观念及语言元素的构成与协调上下功夫。

如此生成的作品,无论其诗其画,皆读来语境畅朗,语感亲近,有直接明快的审美享受,而读后的回味,则平生几分增殖效应,有不断加强加深的文本外张力,令人难以释怀。尤其于诗,在有效保留了语词的原生态(包括原生态的生活细节与生存肌理)而至亲和不隔的同时,又经由新的语序编码,构成出人意料的联想空间和充满歧义的灵动意涵,于合理处生不合理,于不合理处生合理,看似随手得来,实则处处匠心独运。

譬如那首多为人称道的《酒和鬼相遇之后》(1987)。明明写的是酒鬼,却偏说是"酒和鬼相遇",将司空见惯而见惯不怪

---

① 严力:《诗歌的可能性》,见严力:《还给我 严力诗选1974—2004》,原乡出版社2004年版,第189页。

的"酒鬼"一词很顺溜地拆开,遂将一个平常的酒鬼,变为"一个酒和鬼在他体内相遇之后的人/躺在纽约下城的街上/他原封不动的十点钟也躺在那里",平常顿生异常,现实成了超现实。接下来,"他好像曾翻了十二点钟的一次身/有人在他身边放了一罐/下午一点钟之后的啤酒/啤酒被另一个酒鬼顺手的四点钟拿掉"。戏剧化的情景中,原本作为主角的"酒"与"鬼",暗自被"时间"替换:"一辆救护车的下午六点把他运走/看热闹的邻居告诉我/他死于昨天的夜里/昨天有夜里的一场大雨"……非理性的"酒"与"鬼",一步步被理性的"时间"(在时间观念空前强化的现化语境中)所宰制,而生命的无常与生存的无奈,尽在这与"时间"同样理性的记录中被演绎得淋漓尽致。

可以看出,诗中所有的语词都是日常流通的语词,所有的情景都是日常可见的情景,却经由这样的"改写",转化为十分诡异的画面和发人深省的意涵。这种用日常细节编排超现实意境,用平常话语说出不平常的意趣,在严力的诗作中,已成为随处可见且随心所欲般的绝招。

四

一位优秀诗人的风格形成,主要在于其语感的不同凡响,而语感的差异则来自其修辞策略的不同取向。在这一点上,我们得承认,严力确实是现代汉语之语词世界里,机智也调皮的"大孩子"之一。高度资讯化、通约化的现代汉语,在严力的诗歌写作中,似乎无须增加什么特别的因素或强敷的色彩,照样会变得新奇、生动起来,产生丰富的诗性表现力。

这里的秘密通道有三条:

其一,对动词的高度重视和精妙使用,以及动宾关系的戏剧化重构。例如:"这一年里书籍都团结在书架里","笼子去为鸟儿建立天下","哭出眼泪里咸的知识","穿暖冬天这冰凉的棉衣","很小的食欲在很大的盘子里呻吟","椅子的姿势垄断了／所有坐下来的话题","那路／吃掉许多脚印"等。

其二,对日常语词之日常所指的解构性改写,使之陌生化、歧义化。例如:"气球的气数已尽","一年里只有风在风尘仆仆","一条死后才成为野狗的狗","一个酒和鬼在他体内相遇之后的人","我看见了黑还在继续暗下去"等。

其三,将明喻的修辞作用发挥到极致,以求"从既成的意义、隐喻系统的自觉地后退"①。例如:"我最沮丧的是申请青春却被增大的年龄拒绝","用历史的蛀牙去咬现在的糖","秋天的突然出现使绿色的情绪措手不及","……坐了一屁股第三世纪宗教的寂寞","一条烂绳子松开的历史","他看到所有的家具／比猫还会撒娇","夜晚像狗／叼吃着门窗里漏出的光"等等。

从上述随意的少量抽样中,我们已可充分品味到,严力诗歌语言的风味所在。准确地说,应该说是"风度"所在——母语的风度,现代汉诗的风度。作为当代中国先锋诗人群落中,较早国际化了的严力,虽然在其诗歌精神方面,带有明显的西方艺术气质,如理性、观念化、辨析性及问题意识等,但在语言层面,却始终是一位"被母语套牢"②的诗人。

这种自觉认领的"套牢",一方面,保证了诗人与母语语境中的存在脉息息相通,保持在场的亲和性与写作的有效性,

---

① 于坚:《棕皮手记·从隐喻后退》,见于坚:《棕皮手记》,东方出版中心1997年版,第246页。
② 严力:《套牢和解套》,见严力:《还给我 严力诗选1974—2004》,原乡出版社2004年版,第209页。

另一方面,也促使诗人在母语的语境中,以国际化的视野,不断擦亮其盲点,开启其亮点,增加其更多现代意识和现代诗美的可能性。

就此而言,应该说,严力是有特殊贡献的。在现代汉诗的语言世界里,严力颇像一位精明的投资人,无须挖空心思地苦恼于怎样去更多融资,只是悄悄改变其投资的方向,便获得了丰厚的回报,从而向我们证明:仅就现代诗的写作而言,对作为现代汉语形态的母语,无论是盲目地信任或盲目地不信任,都是不可取的。一种语言有自己的身世,也有未知的奇遇——诗人严力对现代汉诗的创造性贡献,使我们对现代汉语的诗性表现之可能空间,有了更多的自信和希望。

而关键是,作为诗人,当代中国诗人,你除了要拎着"一袋／生活的重量"之外,更要学会如何找到"一袋自己的阳光"拎在自己的手中:

> 很久很久地
> 我继续站在路口品味自己的生命
> 日常是多么自然
> 太阳拎着一袋自己的阳光
>
> ——《早市的太阳》

这便是严力诗歌的秘密之所在了。

——而率真使人大气,而持久使人富有,三十余年的诗路历程,"老先锋"严力还是那样活力四射,风度不减当年。尽管,晚近的严力诗歌创作,渐渐出现了一些为他自己所形成的风格时尚所束缚的迹象,比如间或的重复、缺乏控制的过多分延而影响效果的集中、部分语感的惯性顺滑及赘语的衍生等,有待破茧重生,再创佳绩。但对这位诗人的阅读与研究,在当下的诗歌进程中,依然显得十分亮眼和富有价值。

当然,作为严力诗歌的持久钟爱者,我们更期待着在新世纪的"诗歌早市"上,看到这位"拎着一袋自己的阳光"的阳光诗人,以更新的光耀,不断擦亮我们日渐疲惫的眼神。

2005 年 4 月

"意象的姿容"与"现实的身影"
——简政珍现代诗散论

一

研读简政珍的现代诗作品,常常会忘记他在两岸新诗界的另一重要身份,即作为中生代中,享有盛誉而成就卓著的诗学家、诗理论与批评家的身份。按说,这种"忘记",对于指认一位诗人的创作成就与艺术造诣并无关系,真正的评价只应是仅就作品说话。但熟悉当代汉语新诗发展的研究者大概都知道,这样的"忘记",对那些在现代诗理论与创作两方面,都试图有所作为的"两栖者"来说,有着怎样微妙的说明。

诗学家诗人——如此双重身份,至少在大陆朦胧诗之后,以及台湾前行代诗人之后,似乎一直是一个不免"尴尬"的事。即或以台湾前行代诗人、诗学家叶维廉先生的盛名,也不免在与笔者的一次交谈中,说到两岸诗界总是因了他诗学方面的成就,而每每忽略了他的诗创作的所在时,语气与神态中都充满了十分的遗憾。我惊叹如叶先生这样的诗学家也心存此憾,进而猜想或许所有现代诗的"双栖者",都暗自将诗人的名分看得比什么都重?

这实在是一个颇有意味的提示。

而实际的情况是,近三十年来,两岸诗界以诗的创作与诗学的研究之成就取得双重并重的广泛影响者,确实不多见。大多数"两栖者"(尤其是先成名于诗学后投身于创作,或一开始就双向并进者),都难免遭遇两相遮蔽的尴尬。这其中,不仅有"身份"

因素的隐性干扰，也涉及对诗学家诗人本身，在具体诗歌写作中所处状态的深入考虑，以及对其作品脱离"身份"影响后，实际真正所拥有的品质位格的合理判断与真确评价。显然，简政珍是属于极少数没有遭遇此种"尴尬"的中生代诗学家诗人之一。

究其因，我认为关键在一"专"字。具体而言，即腾空角色（作为诗学家的角色），心无挂碍，专心专意，进入纯粹的诗的"作业"。

这种"专"的体现，在简政珍这里，无论为诗还是为诗学，都很到位，很彻底，都能进入一种创造性的、个在的"写作"状态而双向并进，互不干扰。换句话说，简政珍的"双栖写作"，于诗，既非诗学"之余"（体现在心理机制和文本成色两方面的"业余"），于诗学，也非诗"之余"，各自自在、自足、自成体系，没有何者为重何者为轻或谁带谁的问题。

这种角色的腾空与转换，说来容易，其实在具体的实现中有相当大的难度。想"专"是一回事，能不能"专"是另一回事，许多有过"双栖写作"经历而最终放弃者，大概对此都有深刻的体会。

同时，我在这里的表述中，仅以"写作"一词统一指称诗与诗学两种"作业"，也在于想追究：是否因为简政珍于诗学方面"作业"的特性，反过来有机地保证了进入诗的"作业"时，得以顺畅地角色转换呢？

此中学理，有待深究。但仅从现象上看，反观简政珍的诗学文本，不难发现，这位学贯中西、造诣非凡、一直栖身大学教育的典型的"学院型"诗学家，其所成文本，绝非那种来自"学术产业"流水线上之批量产出的"研究报告"之类文字，而是融会了学术理论、艺术感觉及文字修养这三要素为一体的，另一种自足的"写作",是既有学理和问题意识支撑,又不失独到的感性体悟且好读有味的文章,是结合了学者诗学与生命诗学的诗性言说。

而这,在当代两岸诗学以及文学理论界,早已是难得一见的稀有品质了。

是生命的知识化与虚妄化,还是知识的生命化与人格化?我在二十世纪九十年代末,针对"学术产业"的泛滥和"知识分子写作"的弊病,提出的这一命题,在简政珍的诗学"作业"中,得到了明确的印证。窃以为,正是因了在诗学方面的非知识化、非学院化的诗性"作业"之特性,方使其在同时进入诗的"作业"时,能顺畅有机地从学术思维切换到意象思维,不致诗性缺失乃至"钙化",所谓同是"写作"又何来转换。

二

每一位成熟诗人,应该都有一些自己认定的诗学观念和诗歌理想,作为自己深入发展的坐标与方向。而一位诗学家诗人,更不乏这方面的修养,且可能比一般诗人更全面,更深入,也更清醒。然而,能否将这种修养,再通过自己的诗歌创作实践得以有效地实现,又是一个比角色转换还要困难的事,也是判定"两栖者"之"双赢"水准的又一标志。

在这一方面,简政珍提供了一个典型范例。

简政珍的诗学著述甚丰,其中许多核心观点在两岸广为传布,影响不小。比如对有关诗与现实、诗与语言、诗的生命感、诗的哲学内涵以及"意象的姿势"、意象性语言与叙述性语言的关系等,都有十分精湛独到的阐述。这些核心观念,在简政珍的现代诗创作中,也都有上佳的表现,成为理解与诠释简政珍诗作的理论依据。尽管作为诗人的简政珍,其作品也是相当丰厚的(先后有七部诗集在台湾出版,一部诗与诗论选集在大陆出版,近期又在大陆出版了代表性的精选诗集《当闹钟与梦约会》),但其基本的诗歌立场和语言风格,还是较为明确的,并一以贯之地体现了他的那些核心诗学观念。

就此而言,至少有两个方面,值得深究与借鉴。

其一,角色定位:主体的在场与隐匿,或真正意义上的知识分子写作。

读简政珍的诗学文章,人们会强烈地感觉到一位学养丰硕、学理谨严、思想明锐而又高屋建瓴的学者的风范,而一进入他的现代诗作品,则马上会发现在其依然不乏学者或叫作知识分子风骨的气息后面,还暗藏着一个充满平民化视角的创作主体,并因此决定了诗人对题材的选择和对语言的要求。

从题材方面看,以平民视角与草根精神深入社会与人生的方方面面,家事、国事、天下事事事关心,同时又将这样的关心,有机地提升到一个人文知识分子的批判立场上来,予以诗性哲思的观照,是简政珍现代诗创作主体的突出特征。换种说法,即作为诗人的简政珍,在学者的背景之外,首先是一位出入人生、勘察社会、立足于"存在"之现场的在场者,且将"在场"的方位,有意识地选择在时代的暗面与生存的灰色地带,以此窥探存在的真实样貌,追寻存在的本质意涵。

这样的角色定位,颇有点像一位为社会和人生把脉诊断的医生,直面的是现实,查寻的是病相,提交的是警示。

对此,只要稍稍留意一下诗人作品的一些篇目与结集的命名,便可印证一二:从"江湖""广场""长城上"到"街角""病房""下午茶";从"政客""诗人""刽子手",到"雏妓""老兵""流浪狗";也不乏对"时间""语言""追逐自我的行星"

的探究,更多是对"纸上风云""浮生纪事"及"历史的骚味"的拷问。"写诗是诗人诠释人生,而这个诠释要来自于有感的'阅读'。"[1]诗人在这里特别地对"阅读"一词加了引号,以便与那种仅止于间接知识的阅读与体验、笔下只有"纸上风云"而没有深入存在的真情实感的写作区别开来。

"我阅读的最大文本来自人生、来自社会;也就是说,一个只写个人的事的诗人,成就总是有限的。诗人必须去好好读更广大的人生,有更广大的体验,同时要注意细小的心灵的颤动,宁静中的颤动,因为很多动人的景象都在这细微之中。所以诗人首先要非常有感觉,对人生有敏锐的感觉,时时处处与外部世界有一种互动的精神交流。"[2]既是学者,又是平民,学者的眼光,平民的情怀,在简政珍这里得到了很好的整合,从而让我们看到:何谓真正意义上的知识分子写作。

同时,主体的在场,并不意味着诗人要以角色化的自我直接对现实发言,那样反而会失去"在场"的意义。这一点,作为诗学家诗人的简政珍,显得格外清醒与老练。一旦进入具体的诗的"作业",那位"医生"的角色便隐身而去,只留下富有现代意识的诗性灵视,"在门缝里窥探时光里流转的名字/把病菌咬噬的年岁交给听诊器回响"(《候诊室》)[3],乃至不动声色如X光机一样,以"全黑的布景展望流星如过客",进而提交隐藏在虚张声势的社会与人生之背面的"病相报告"。

---

[1] 简政珍:《诗和现实》,见沈奇编选:《台湾诗论精华》,陕西人民教育出版社1995年版,第217页。

[2] 沈奇:《诗心·诗学·诗话——与简政珍对话录》,见《沈奇诗学论集》(卷一),中国社会科学出版社2005年版,第261页。

[3] 本文中所有引用诗句,均出自简政珍诗集《当闹钟与梦约会》,作家出版社2006年版。

是以初读简政珍的诗，会有些"冷"的感觉，一时摸不到诗人"自我"的情感热度，也很难找到十分明确的题旨或高言大语式的"点睛"之句，有些茫然。但读进去、读多了之后，自会体会到诗人的苦心孤诣之所在。正如洛夫所指认的："……简政珍的灵视一向都投射在对人文的关怀和对现实的批判上，更重要的是，他在处理这种题材时，仍能掌握现实与诗之间的分际。"[1] 一方面，在诗的"悦情"与"醒世"之功能选择上，简政珍更看重"醒世"的作用，外表的灰冷与苦涩下面，深藏着对世道人心与生命本质的大关怀和大悲悯。"诗人看透现实时并没有得意的笑声，而是坠入清冷的空茫。"[2] 另一方面，作为诗的言说，越是激越的情感和深沉的思考，越不能直接说出，"诗人只有腾空自我才能写真我，而真我已是我和外在世界的交相辩证"[3]。

如此，主体既在场又隐匿，既深入又超越，并严格"掌握现实与诗之间的分际"——这不正是作为现代知识分子的现代诗人之人本的存在及现代诗之文本的存在念念所求的本质属性吗？

其二，风格定位：意象叙述与哲学内涵，或富有生命感的智慧性写作。

按说，作为典型的学者诗人，简政珍有足够的思想资源与理性经验，可供其进入诗的"作业"时"装点深沉""挥洒高蹈"，作"纸上风云"式的"凌空蹈虚"或"天马行空"（这是许多

---

[1] 沈奇编：《九十年代台湾诗选》，春风文艺出版社1998年版，第355页。
[2] 简政珍：《为何写诗》，见沈奇编选：《台湾诗论精华》，陕西人民教育出版社1995年版，第216页。
[3] 简政珍：《诗的生命感》，见沈奇编选：《台湾诗论精华》，陕西人民教育出版社1995年版，第220页。

"学院型""知识化"诗歌写作常见的毛病）。然而，细读其诗歌作品，感觉却是十分地鲜活，没有学院气，不是那种只活跃在纸上的诗，而是生命意识很强且好读有味的诗。

当然，这种"好读有味"得去细品才行。若浅尝而止，可能会在上述"冷"的错觉之外，又生出"平"与"涩"的感觉。尽管，在简政珍少数经营不是很到位的诗作中，也确实存在着些许因用力比较均匀，意象的分布过于密集，且失于节奏调适而有平铺之嫌，造成一首诗的整体美感小于部分之合的遗憾，也时有因意象分延较多，而致语意连接不畅的生涩感。但总体而言，其意象的经营、哲学内涵的支撑及富有生命感的语言形态，都可圈可点。

首先，作为一位既富学者之识又深得生存体验的现代诗人，简政珍特别善于将人们熟视无睹的社会与人生大大小小的"事件"，经由诗的写作，转换为陌生化的"美学事件"，以诡异莫辨的意象的姿容，雕塑并点化现实的身影。同时，在简政珍诗的视野里，这样的转换多从存在的细枝末节处着眼而落于日常的思辨，不做无端的高蹈。为《日子的流程》破题，也只是"起身探问鞋子/昨日的走向，今天的流程"；拷问《壁佛》的本相，也只是寻常一瞥——"若说你的坐相尤胜格言/你的眼神已在等待风化"；质疑《时序》的存有，也只是淡淡道破："并不是要一点稳定的光/抽烟是让自己知道/还在呼吸"。敏感到极致，纤细到极致，而又克制到极致，矜持到极致。"日子的点滴是消散的浪花"（《当闹钟与梦约会》），"浪花"下有哲思的潜流涌动，且只是以潜流的形式，暗自涌动在"浪花"之下，绝不做突兀的现身，以免落入所指的预设。即或偶有破题似的尾音，也多以设问式的语气化开："所谓放逐/是因为地球是一颗追逐自我的行星？"（《追逐自我的行星》）

可以看出，在简政珍的现代诗美学中，"事件"已成为一个辨识其风格所在的"关键词"。

这里的"事件"包含两种指涉：一是"现实事件"，二是"语言事件"，再经由每一首诗的创造，合成不同题旨与意味的"美学事件"。丰厚学识的培养加生存体验的积累，使简政珍的诗之"灵视"，常能于寻常事物中，发现具有戏剧性因子的细节，并将其提升构成为具有新的隐喻功能的戏剧性"事件"，进而产生寓言性和陌生化的诗美效果，使"现实事件"有机地转换为"语言事件"。

现代诗在"放逐"传统的激情化的抒情调式后，大多以有控制的智慧性的写作机制为本，并有机引进叙述调式为语言策略，展开诗写的过程。这一"现代性"的获取，在简政珍的诗写中，打一开始就显得轻车熟路而游刃有余，其关键就在于，他能以戏剧性"事件"支撑叙述的骨架，并以"意象叙述"润活语言的肌理。

所谓"意象叙事"，按诗人自己的阐述，即"用意象的视觉性来推展叙述，而非抽象性的说理"[①]。然而"视觉性"何来哲学内涵？端看对"意象"的经营。若说"意象"是"有意味的形象"，则对"意味"的取舍又成为关键。

简政珍诗的书写，可称之为一种"闪烁颠覆的语气"（《对话》）的"纪事"性书写。"纪事"不是明晰地倒述一个"事件"，而是对于"事件"的经验和感受。这种经验和感受在转化为"意象叙述"时，其"意味"之取舍，在"简氏风格"中，则因主体位格所使，自然偏向于思辨性、哲理性和问题意识与人文关怀方面，从而得以在时时惊艳的意象之视角冲击下，品味其潜隐深藏的哲学内涵与生命感："当我们还在文字里思乡／水泥

---

① 简政珍：《台湾现代诗美学》，台湾扬智文化事业股份有限公司2004年版，第341页。

已经遮盖了那一条河流的身世"(《中国》);"一条深黑的刹车痕/旁边留下一只破碎的/方向灯,塑料碎片/写意地延伸成各种象征/垃圾桶吐泻出/满地的本土文化"(《街角》)——满载意象视角的叙述,别有隐喻意味的意象,辅以"闪烁颠覆的语气"(这"语气"因不乏揶揄、反讽与黑色幽默的成分而具有"颠覆"性),简政珍式的现代诗美学风格,已然可窥一斑而见全豹了。

三

隔海论诗,两相比较,不难发现:简政珍式的现代诗美学风格,对于当下大陆诗歌写作中存在的诸多问题,颇有不少可资印证和借鉴之处。尤其是他以学者身份,所坚持的平民化视角与草根精神,以及由此确立的真正意义上的知识分子写作态势,别具一格的意象叙述风格,相比较于大陆诗坛大量"同志化""平庸化"的仿写,或凌空蹈虚不着人气的"学院型"写作,或泛滥成灾的指事化"叙事"与粗鄙化"口语"写作等等,都是一种实实在在的提示,并不失为堪可校勘的参照。

不过,多年形成的"自我中心"的心理机制,使大多数大陆诗人,尤其是那些急于"先锋"的年轻诗人们,总是易于疏忘对来自彼岸诗人之经验之提示之参照的认领,造成一再的遗憾,也成为两岸诗歌交流与对接的宏大工程中,有待大家共同努力深入解决的课题。

2007年3月

在游历中超越
——再论张默兼评其旅行诗集《独钓空濛》

一

一个世纪的结束,又一个世纪的开始,当代中国新诗的研究者们,有越来越多的目光开始投射于回望中的审视,并在这样的审视中,展开对过往历史的重新认识与书写。

从各种新的诗歌史的问世,到名目繁多的诗歌选本的出版,都在在显示出于此特殊时空"节点",人们对历史经验之总结的渴求和对现实发展之前瞻的期盼。诚然,身处依然充满各种局限的当下时空,这样的总结与前瞻,不免难求尽善而歧见纷呈,但有一点或许是大家都基本认同的:当此"物质的暗夜"(海德格尔语)和非诗的时代,杂语与清音共鸣,文本与人本分裂,中心涣散,边界模糊,价值混乱,典律缺失,凡此种种,大概只有那一脉生生不息的诗歌人格与诗歌精神,作为新诗存在的底线,继而成为百年新诗历程中,唯一可资共同认领和凭恃的资源与传统。

诗人是诗的父亲。"一个诗人既然是给别人写出最高的智慧、快乐、德行与光荣的作者,因此他本人就应该是最快乐、最良善、最聪明和最显赫的人。"[①]而"在艺术和诗里,人格确实就是一切"(歌德语)。

可以说,在这个世界上,享有"诗人"的称誉,早已不仅仅

[①] 沈奇编选:《西方诗论精华》,花城出版社1991版,第61页。

是单纯文本意义上的认领，而更多是基于人本意义上的认领——最终，是一种可称之为"诗歌人格"的东西及其所焕发的诗歌精神，感召并不断赢得普凡的人们，对这一过于古老的"艺术行当"（相对于现代音像艺术及亚艺术而言），依然心存眷顾和敬重。同时，在以日益矮化、平面化以及游戏化的"话语盛宴"，取代"生命仪式"的当下诗歌写作中，对纯正超迈的诗歌人格与诗歌精神的重新关注与呼唤，也正成为一个重要的命题，凸显在新世纪的现代汉诗之行程中。

正是在这里，不少研究者，将审视的目光，再次聚焦于台湾前行代诗人那里，也便再次重新发现：至少，仅就诗人气质与诗歌精神而言，他们的存在，才堪可代表百年新诗的精神资源和人格传统，并使之具有更为纯粹的表现形式和更为深刻而丰富的内涵。

在这一由特殊历史境遇和特殊生命历程所造就的诗人族群那里，"诗与艺术的存在，既不是宣泄苦难的简捷通道，更不是任何可借做他用的工具，而只是'安身立命'的一种'栖居'的方式——既是生命理想的仪式化存在方式，也是生存现实的日常化存在方式；我诗故我在，我在故我诗，我的创造诗意人生的行走就是我的家、我的历史"[①]。由此形成的创作主体，既没有功利的驱迫，也没有观念的焦虑，只是本真投入，本质行走，淡然自澈而风规独远；爱诗，写诗，为诗"服役"，只在为生命的前行，点起一盏脚前灯，照亮的是艰难或寂寞岁月中，独抱艺术良知和理想人格的人生路程，先温暖了一己的心斋，复感动所有尚葆有一份真善美之精神追求的灵魂。

---

① 沈奇：《"创世纪"诗歌精神散论》，载台湾《创世纪》2006年冬季号总146期。

也许，站在今天的诗歌美学立场上，我们可以对台湾前行代诗人的诗歌艺术成就，有各种不同的认识与评价，但面对他们的诗歌人格与诗歌精神，大概只有高山仰止之叹。正如我在《"创世纪"诗歌精神散论》一文中所指认的："有了这种诗歌精神，落实于诗的创作，方无论品质高低，终不会作伪诗、假诗、赶时髦的诗，更不会为诗之外的什么，去出卖自己的诗歌人格。"①

而一旦进入这样的视角，作为台湾前行代诗人群体之主要代表人物的张默，就无可避免地跃然于我们的面前，成为一个绕不开去的重要话题。

二

再论张默，首先会想到一连串与其紧密相连的关键词：台湾现代诗，前行代诗人，《创世纪》诗刊，"诗宗"社，超现实主义诗潮，现代诗归宗，小诗运动，两岸诗歌交流，等等，在这些足以贯穿台湾现代诗发展史的关键词中，无一不闪耀并凸显着被称誉为"诗坛火车头"的张默的身影。可以说，以多重贡献持续作用于台湾半个多世纪之现代诗创作、运动及思潮，并产生巨大影响者，当推张默为第一人！

再论张默，更会想到他一长列令人感佩的丰赡劳绩——写诗，编诗，评诗，组织诗歌活动，不间断地活跃于台湾诗坛近六十年；十三种个人诗集，六种个人诗评论集，二十二种编选集行世，不断惊艳于两岸三地及海外华文诗界；创办《创世纪》诗

---

① 沈奇：《"创世纪"诗歌精神散论》，载台湾《创世纪》2006年冬季号总146期。

刊,历经半个多世纪艰难步程,至今还老当益壮独撑大局,为现代汉语诗歌历史创生并呵护一份独一无二的宝贵财富……如此等等,无不让人惊叹:该有怎样的人格力量和精神源泉,才能支撑这常人难以想象,更难以企及的诗路历程?

无疑,在张默这里,所谓"诗歌人格"和"诗歌精神"的存在,已不单单是一般意义上的继承与发扬,更是对百年中国新诗之"诗歌人格"和"诗歌精神"的一种创造性注塑。也就是说,经由可称之为"张默式"的诗性生命历程的诠释和展现,一种可资借鉴和传承的现代"诗歌人格"和"诗歌精神",才得以明确树立与彰显,也才值得我们认同:确有这样的人格与精神,作为现代汉语诗歌持续发展的深度链条,起着无可替代的历史功用与现实作用。

同时还应该看到,体现在张默身上的"诗歌人格",既不是一种被刻意强调的理念,更非勉强为之的故作姿态,而是呈现为率性、率情、随心性展开的本真行走,以致化为一种不可模仿的"风骨"——这"风骨"带有诗歌伦理的意味,更有丰盈的诗性风采;这"人格"不是一堆观念的结石,而是一团燃烧的火焰——"在他的血管里,似乎不曾流过一滴其他的血,一切都表现为纯粹的诗的火焰,从不会旁涉到诗燃烧不到的地方。这种充满殉道精神的现代圣徒式的生活方式,已经有了某种超诗、超诗人品质的存在——不是单一寻找诗,而是在寻找一种真正的、完全的诗之生命存在——第二生命的存在。作为诗的价值,张默有他的局限性。作为诗人的价值,他则几乎趋及完美的程度;他不是最优秀的诗人,但无疑是最重要的诗人。"[1]

---

[1] 沈奇:《生命·时间·诗——论张默兼评其组诗〈时间·我缱绻你〉》,见《台湾诗人散论》,台湾尔雅出版社1996年版,第24页。

作家、画家、音乐家、艺术家以及哲学家、科学家、政治家等等，古今中外，只有"诗人"在超乎常人的劳绩与贡献之后，依然被有意味地挽留在"人"的称谓中，这"意味"何其微妙？

或许，在诗人之外的任何行列中，我们都多少能理解并接受其成就与人格的分离，但唯有在诗的创造活动中，我们总是更愿意看到并乐于接受，那些将人本与文本完美地融为一体的诗人的存在——阅读这样的诗人，不仅仅在他所创造的诗性文本，更来自他所体现的诗性气质、诗性精神和诗性生命形象，有如我们不仅感动于凡·高的绘画作品，也同时感动于凡·高的艺术精神——在这样的阅读与感动中，人们更多看重的，是生命的重量而非艺术的"文身"。

放眼当下现代汉语诗歌领域，这样的阅读，这样的感动，似乎已越来越成为一种稀有的经验。也正是在这样的前提下，再论张默，重新认领他的存在，方才具有无可替代的特殊价值和典型意义。

三

如果将诗人的创作，大体分为先锋性、智慧性、艺术型和常态性、激情性、生活型两种形态的话，作为诗人的张默，大体可归属于后者。张默不是天才型的诗人，但在其生命的本源中，确有一种诗的原生态的质地，使其在经由漫长的创作生涯之游历中，得以超越平凡而不断升华。

与那些充满了功利性张望的诗人之写作不同的是，在张默这里，爱诗，写诗，首先是一种生活方式。怎样生活，就怎样写作；怎样呼吸，就怎样歌吟。不为什么丰功伟绩，只是一种诗性生命之本能的需要，只是以一颗淡定、平常的心，经由诗的写作,来守护还残留在生活中的希望与梦想,进而再转化为自由精神和独立人格的个人化宗庙。这样的写作,更多趋于精神向度的追求,而非技艺性的经营,亦即写作的文本化过程,大多呈现为关于精神际遇的文字,而非关于文字的精神际遇,是以显得格外自在、诚实和素朴。诚如痖弦所指认的:"他比较深沉、厚重、不炫才、不卖弄,常常以含蓄的手法探讨生命,诠释生命,以细腻的感受为经,以真诚的感受为纬,逼进事物的内里,写出人生的尊贵和庄严……在这方面,他甚至是偏向古典的。"[1]

正是这种"偏向古典"、可谓"心性性"(有别于功利性)的创作,任岁月更迭、人世变化,诗人内心的诗性和率性,才得以长久保持而不减鲜活。在张默,这种心性更有一种阳光色彩,让我们常常想到艾略特在评价诗人叶芝时曾指认的:"他的作品保持了最好意义上的青春,甚至在某种意义上,到了晚年他反而变得年轻了。"[2] 而,也正如白灵所言:"张默是这岛上的红尘中极少数能把'诗'当作动词,而不只是名词的人。对他而言,'诗'是巨大的引擎,可以装在任何东西的身后,启动它、转动它,将它带离习惯的位置,因而发现了诗的无数可能。"[3]

同时也应该指出,从发生学的角度来看,以"心性性"和"可能性"所形成的创作心理机制,总是易于将创作实践导向一种随缘就遇式的发生(发声)方式,没有预设的标底和路线的规划,也便难以有把握有方向性地企及风格的至臻与经典的逼临。亦即

---

[1] 痖弦:《为永恒服务——张默的诗与人》,见萧萧主编:《诗痴的刻痕 张默诗作评论集》,台湾文史哲出版社1994年版,第54页。
[2] T.S.艾略特:《叶芝》,见王恩衷编译:《艾略特诗学文集》,国际文化出版公司1989年版,第169页。
[3] 白灵:《山的迭彩,水的乐音——张默的旅游诗》,见张默:《独钓空濛》,台湾九歌出版社2007年版,第11页。

这样的创作，更多的时候，要依赖于"外部"作用的激发，打的是"遭遇战"，拼的是"真情实感"。而对于一个诗人而言，可以说，再没有比"游历"（广义的"旅行"）这样的"外部""遭遇"，更能激发其诗性生命的真情实感的了——诗人在本质上是世界的漫游者和内心漂泊的流浪者，由于历史的成因，台湾前行代诗人，尤其是以"创世纪"为主的军旅诗人们，更是这种漂泊与漫游最为壮烈和深切的体验者，且加之性格使然，到张默这里，便越发成为主体精神的核心所在，并渐渐内化为其不可或缺的写作心理机制。

实际的情况也正是如此。在经由早期注重形式、语言、形而上思考和超现实主义诗风的短暂实验后，张默便返身于更符合自己本源性审美取向，即以"真情实感"为原发力的写作道路上来，并越来越钟情于"旅行诗"或"准旅行诗"一类的题材，将激情与诗思的千山万水，皆归拢于那"千万遍千万遍唱不完的阳关"（张默《无调之歌》），进而成为诗人"一个最自由最充沛的身心的自我"（宗白华语）。

由此，当张默以近六十年的诗龄，再次提交一部颇为厚重，且不无总结意味与纪念意义的旅行诗集，并以"独钓空濛"命名之而惊艳诗界时，便成为一个顺理成章的事了。正如王浩翔先生所指认的："从《张默自选集》以后，旅行诗在张默的诗作中，逐渐成为大宗，直到近来出版的《独钓空濛》，更是辑所有旅行诗为大成的一部诗集。此书不仅将其人生旅程勾勒出大体样貌，亦是审视张默晚近内心转折的重要著作"。[1]

---

[1] 王浩翔：《我是千万遍千万遍唱不尽的阳关——试论张默的旅行诗》，《创世纪》2008年春季号总154期。

四

旅行而诗,古已有之。借山水梳理心象,沿行旅鉴照愿景,物我互证,澄怀观照,于特殊时空了然而悟,而洗凡尘、振灵襟、逸韵自适。即使进入现代诗领域,旅行诗也不乏诗人们的钟情,成为常在常新的题材取向。

实际上,作为世界的漫游者和内心漂泊的流浪者这一诗人本质,在现代社会的生存语境中,显然是愈加突出了。真正的现代诗人,无不怀有严重的"怀乡病",无不深切地发现,对于一切具有独立人格与自由精神的个体而言,所谓的"家"(家族、家园、家国)的存在,已越来越成为一种"借住",而行走的世界才是可以安妥灵魂的居所。由被迫的"逃离",到自甘认领的"漂泊",正化为一种宿命般的力量,驱使他们频频上路,乃至不再抱有"回家"的希望。由此,"居家"/"借住"与"行旅"/"漂泊",也便化为互为"镜像"的美学功能,一方面以此鉴照和梳理"行者无疆"的心路历程,一方面也将"一路上的风景",转换为情感的场所、灵魂的气候和诗性生命意识的"牧场"。

显然,一向"把'诗'当作动词"的张默,对"旅行诗"的写作,自然是偏爱有加且独有心得。诗人甚至在《独钓空濛》的附录部分,特别编辑了一份"张默旅游系年"(简编)年表(仅以笔者个人阅读所及,这样的年表唯见此一例),同时还随诗作配有与之相关的摄影图片二百五十余幅,时间跨度超过半个世纪,且越到晚近越呈现全身心投入之势,似乎在告白:我的行旅历程,便是我的诗路历程与心路历程。

也就是说,"旅行"在诗人张默这里,本身就是一种创作方式,一开始就带有文本化的意义。如果说文学作品是在"缔建一个世界"(海德格尔语)的话,张默则是经由诗性"旅行"(行走、跋涉、游历、发现……)来缔建这个世界的。

具体到《独钓空濛》所缔建的"世界"来看,张默特意以三卷结集全书,分别为"台湾诗帖""大陆诗帖""海外诗帖"。三个板块,既是诗人行旅所及和作品内容的实际类分,也是诗人个体以及他所代表的那个特殊族群心路历程与诗路历程的版图所在。如此"命名",分明带有"隐喻"的意味,暗藏"家园""故国""彼岸/远方"三种文化地缘,从而建构为一个极具代表性的经验世界。细读三卷作品,无论诗人在写什么或怎样写,都无不暗自在对这三种文化地缘,做着互动性的比较、纠缠与印证,在地缘中追寻血缘,在血缘中认领地缘。

分别三卷,于"台湾诗帖",如向阳所指认:"台湾的空间记忆和诗人的时间记忆相互交叠,使得张默笔下的台湾诗帖映现了1949之后来台作家的集体经验和生命印记。"[1]于"大陆诗帖",如须文蔚所评:"……把乡愁、记忆、历史、文化和追求永恒的渴慕,透过一场场超时空旅行的记录,以地志诗的形态呈现在世人眼前,也开拓了旅游诗的新风貌。"[2]于"海外诗帖",如萧萧所言:"我们可以感受到快乐出航时那勃勃而跳的心,同时也感受到旅者因见多而识广所闪现的智慧,那是吸纳杂音、芬芳嗅觉、拥抱璀璨、拍击绮思之后的智慧。"[3]如此三卷相生相济,不但构成别具一格的诗性行旅之丰饶景观,使人叹为观止,同时更将一般而言的旅行诗,提升到具有一定文化学意义的高

---

[1] 向阳:《融时空于一心——导读〈台湾诗帖〉》,见张默:《独钓空濛》,台湾九歌出版社2007年版,第105页。

[2] 须文蔚:《从忧国怀乡到超时空漫游——导读〈大陆诗帖〉》,见张默:《独钓空濛》,台湾九歌出版社2007年版,第233页。

[3] 萧萧:《灿亮的心灵,明亮的调子——导读〈海外诗帖〉》,见张默:《独钓空濛》,台湾九歌出版社2007年版,第358页。

度,令人掩卷而三思。

应该说,这也正是张默《独钓空濛》不同凡响的首要价值所在。

从审美的向度来看,人们"在家中"的心境与"在路上"的心境自有不同。旅行中的诗人,既是与自然、与社会(人文景观)的对话,也同时是与另一个自我的对话;既是对已经经历过的生命体验与生存体验的诗性梳理,也是对还没有实现的人生愿景的诗性叩问。

细读《独钓空濛》全书,可以发现,由早期《荒径吟》(1954)中,对"不羁的浪子"形象的设问,到中期《再见,远方——旧金山红树林偶得》(1993)中,对"仰泳千山万壑之间/谈笑自在/如/风声"之况味的期许,到晚近《昆仑之云》(2006)中,对"傲视一切,它它它/它是一册令人百读不厌的风雨帖"之空茫的认取,隐隐可见一条不断转换并呈螺旋形上升的心灵轨迹——由血缘而人文,由地缘而世界;由生灵观照而心灵观照,由现实观照而历史观照;由时代意识而时间意识,由个我情怀而宇宙情怀——由此心境所生成的语境,也当然大不一样,在作为一种独特的诗写形式存在的同时,也便获取了一种对自然山水、人文景观、生命与生存体验之深厚而独到的感知方式。

试读颇具代表性的短诗《草原落日》(1999):

影子揪着我,我揪着风,风揪着草原

远远的山冈上,一颗亮闪闪的落日
似乎一口气想把最后的余晖
全部倾出

> 于是漫步在草原上的我，和
> 我的影子
> 被拉得同地平线，一，样，长

在这里，生命的"地平线"与历史的"地平线"，以及自然的"地平线"已合而为一，直抵天人一体、物我两忘而无适无莫的浑茫境界。设若将"影子"置换为"历史"（过往的人生），将"风"置换为"现实"（此在的人生），将"草原"置换为"心境"（永恒的诗性生命意识），再将"余晖"和"落日"，与一位跨越半个多世纪的诗歌老人形象相联想，这首短短七行的旅行诗，不是已隐然显示出生命史诗般的气度了吗？

五

总结上述，复综观张默《独钓空濛》这部大著，毋庸讳言，或多或少，有人本意义大于文本意义的缺憾。尽管其大部分作品，都既不失专业风度，又充满自家精神，融灵魂叙事与诗性叩问于行旅感怀之中，处处可见自我的真心性、真感受，素直而爽利，鲜活而老辣，且不乏精品力作。但总体而言，在语言形式上，尚缺少经典性的创造性表现。仅从诗歌美学的角度而言，诗歌作为一门独特的语言艺术，或许更能产生艺术价值的，应该是在语言的历史中的写作，而不是仅仅拘泥于历史的语言中的写作——古今中外，一部部诗歌史，说到底是诗歌写作的风格史，即体现在写作风格中的诗歌语言之变迁史。这是作为文本化诗人之张默的局限，也是大多数当代诗人之诗歌写作的局限。

然而到了的问题是：再论张默，我们最终要追索的意义到底何在？

其实答案在本文一开始便已给出：是体现在张默和与张默一起如此走过的诗人族群，那一种孤迥独存的"诗歌人格"和"诗歌精神"。这精神与人格体现于文本，或有这样那样的落差，但作为人诗合一的存在，便沉甸甸到不可估量！

失乡——思乡——返乡——再失乡——再怀乡，直至两相（乡）皆不是，独自钓空濛——这样的大诗、史诗，已然由那"我站立在风里／满身的血液如流矢"（《我站立在大风里》，1967）的诗性生命在天地间镌刻，所谓文本的投影，则已是"伟大原不盈一握"（洛夫诗句）的了。

2008年3月

真实与自由

——侯马《他手记》散论

一

新世纪当代中国诗歌,着实热闹了十年。一边是"制服诗人"们虚浮造作的历史叙事,一边是"游戏诗人"们自得其乐的活在当下,和其所处的时代语境无一不合拍,以致成了这十年主流话语的合理组成部分。即或是此前一直艰难成长的先锋诗歌,也在无所不及的写作与空前便捷的传播通道豁然降临后,堕入了表面形式的话语狂欢之中。"世界是平的",连"先锋"也正在被纳入"消费"的"时尚",乃至整个文化体系都在加速度地时尚化。

表面看起来,"时尚"好像是市场经济和商业文化的发展,必然产生的文化形态,与意识形态的主导无关,其实正是主流意识形态的有意合谋与有效利用和鼓促,才使"时尚"如此普泛而十分强势地攻掠了几乎所有的"消费空间"(假如把诗的创作与传播及欣赏,也纳入这个"消费"概念的话)。而时尚的结果必然是趋于一致化、平面化、平庸化,引诱的是欲望,追求的是流行,操作的是游戏,满足的是娱乐,刺激的是感官,造就的是"娱乐至死"而灵魂无着的人。这是比意识形态更具有杀伤力的一种东西。而无论是意识形态,还是意象形态,都是对人的"意识"的一种异在的控制。只不过,前者是公开的、硬性的、暴力性的一种控制,后者则是隐性的、软性的、迷幻性的一种控制。

而无论在任何时代,诗的存在,都应该是一种尖锐而突兀的存在,一种在时代的主流意识背面发光,在文明与文化的模糊地带作业的特殊事物。

尤其是先锋诗歌,在中国式的现实经验里,在现代性的语境下,质疑存在,追问真实,一直以来,都是它得以发生与发展的本质属性,也是其赖以高标独树的不二利器。堪可告慰的是,尽管近十年来的先锋诗歌,正越来越沦落为一种姿态和标记,钝化、细琐化、宣泄化、游戏化,失去了它应有的锐气和力量,但总有那些真正为自己负责,也同时为历史负责的诗人和他们的作品,适时填补时代的缺憾,让其重新拥有新的自信和稳得住的重心。

在此,诗人侯马和他的"特种诗歌文本"《他手记》的问世、获奖,以及随之引发的持续性的关注与反响,无疑是新世纪十年来先锋诗歌一个颇有意味的收获。仅就这部作品而言,其内容之驳杂、思想之深刻、诗感之明锐、内涵之丰厚,尤其是对历史记忆与现实担当的跨时空整合,以及横行无忌的形式探求,都是这十年诗歌中难得一见的:在对包括散文诗在内所有现存汉语诗歌形式进行了空前彻底的"冒犯"后,却依然不失诗的意味和意义,乃至隐隐透出一些史诗般的灵魂和风骨,实在是令人不可思议的一种挑战。尤其是它所抵达的自由与尖锐的写作境地——既是文本的自由挥洒,又是人本的自由表达;既是思想的尖锐认证,又是艺术的尖锐探求,并由此在与时俱进的主流诗歌之外,在即时消费的流行诗歌之外,重新恢复了当代中国先锋诗歌的责任和荣誉。

"作为一件极具探索意义和文本价值的成熟力作,《他手记》是对诗歌形式主义的反对,却又从本质意义上捍卫了诗歌的尊严。它是思想之诗,命运之诗,信仰之诗,人之诗。"首发《他手记》并授予其"十月诗歌奖"的《十月》文学杂志,在其授奖词中所下的如此判语,可谓高度概括且分量不轻。

我们不妨就此展开更深一步的讨论。

二

诗以及一切艺术,无论是传统还是现代,总是灵魂不死而形式多变,亦即对世界的说法的不断改变,而改变着世界的存在与发展,这似乎已成公认的定律。新诗的诞生并滥觞百年,更是从语言形式上翻转千古而反常合道,继而成为百年中国人,尤其是知识分子与年轻灵魂,言说自由心声和生命真实的优先选择。

这种选择的关键,在于对自由言说的倾心和对认领真实的追寻。也正是在这里,新诗遭遇到它宿命般的悖论所在:一方面一直为移步换形居无定所的无标准乃至形式不明所尴尬,一方面又不断为无边界无穷尽的探索创新所牵引,而得以发展壮大。加之,百年中国风云激荡,对存在之真实的探求和对生命之真实的发现,成为几代中国人经由文学艺术所要获取的第一义的要旨,从而将灵魂的解渴推为至高的审美。新诗更是一马当先,并最终从形式上归结为"无限可能的分行"(叶橹先生语)而任运不拘。由此,对语言形式的试验和对生存真实与生命真实的追寻,便成为先锋诗歌的标志性特征。

既是"任运不拘"而"形式不明",又何来"形式主义"?"十月诗歌奖"的判语中显然有虚拟"反对"对象的嫌疑。但侯马的《他手记》又确实"反"了几乎所有的诗歌形式,以致对于尚持有一定形式与标准认定的笔者而言,只有将其指认为"特种诗歌文本"。

具体来看。一部《他手记》(依据江苏文艺出版社2008年9月版)共分四辑四百八十则(或段、或首)结集,每则依序编号。其中五十三则分行并有独立的诗题,可算为五十三首现代诗。另有二十九则标有独立的诗题却不分行,可算为二十九首散文诗。其余近四百则,既无标题也不分行,只以序号区分编排。同时,全部四百八十则,无论是排序还是分辑,除少数临近之间有大体相近的内容关联外,整体上基本无从找寻何以如此排序或分辑的逻辑关系或内在联系,只是就这么散乱而无由地"播撒"在那儿,有如我们这个时代同样散乱而无由地"播撒"着那些什么一样,透着一股既无序又合理的邪劲。

从各则文字的长短来看,最短的一则只有六字(第270"诗歌就是停顿"),最长的两则都超过五百字(第090"别针……"和第385"哦,雨夹雪"),可谓随心所欲,毫无理由地自在生发而不管不顾。

再从结构样式上去看:有的像诗,有的真是诗;有的不失为格言箴语,有的就是随感断想;有的是精妙的小散文,有的则逼近超微型小说;有的假扮"传统"之面相,有的极尽"现代"之能事。更有意味的是,有几则只要稍加分行处理,就是很精到的现代诗(如第008"鸟儿……"、第013"水仙……"、第014"醉酒……"、第096"花儿……"等),诗人偏就散文式地摊放在那儿,还特意将同一则(首)"诗",分别用分行和不分行两种形式排列(第211和第212),似乎在有意无意地提示读者:我不是不能"诗",我就是要这样"诗"给你看——如此试错、倒错,杂糅、杂呈,混搭、混用,整个一个从"前现代"到"后现代"的拼贴,盛大而混乱的集合(愈发形肖我们时代了)。

实际上,仅就《他手记》中许多单个作品而言,处处可见诗人侯马不同凡响且具有综合性的写作能力和写作经验,有的则令人扼腕惊叹：如第279"当酒与醋跪在粮食的灵柩前……"，就是一首绝佳的寓言性散文诗，用语精确，安排妥帖，寓庄于谐，不动声色里机锋如芒，且将所谓的"哲理诗"由普泛的社会哲理层面，提升到生命哲理层面，寓意精深，余味悠长。再如上述第090"别针……"，简直就是一篇十分精到而富有诗意的超微型短篇小说：两个青涩男女，一段中国往事，浓缩于一个别针的意象和一段公交车程的路途。心理，事理，画面，气息，以及时代背景，仅仅五百余字，却已将年少的一瞥扩展为成长的记忆，并将这记忆带入历史的景深而交相印证。其整篇细节的捕捉，情节的拿捏，意绪的掌控，氛围的渲染，无不精致得当，读来凄美深永而难以释怀。

但问题是，作为如此"全能"的诗人侯马，又何以非得将这些似诗非诗的篇什，统统纳入他统称之为"手记"的集合之中呢？

我们只能再次强行切入准学理性的推测：作为试验性的文本，诗人或许正是想借由这种杂糅并举的文本样式，来表现这同样杂糅并举的时代语境（如前文所一再暗示的那样），以求以复杂的语言形式，作为复杂意绪的合理容器。同时，诗人似乎还想借此向我们显示：正是"他"所代表的一代人的那种个人化的心灵形式，决定了"他手记"的语言形式，并以此试图重新恢复先锋性的"本质意义"和先锋性的"诗歌的尊严"。

而我们也知道，仅就新诗发展历程来看，文本样式和文本品质，亦即诗型和诗性的存在，在具体创作与作品中常有背离之处——许多徒有诗形的分行文字，其实并不具备起码的诗性要求，而成为非诗；许多具有实验性、探索性的文本，却又在深具诗性的同时，违背或超越常规的诗形样式。更重要的是，身处我们的时代，可以说，只要你还在用体制化的语言（或某种"模范语言")和宣传性(或"布道式")的心理机制在言说,哪怕是言说非体制性的生存感受,就依然可能只是失真的言说和失重的言说,难以真正说出存在之真实。而侯马式的"他"的出场,显然是另类的,不同凡响的。

是的,这真是一次空前的"冒犯",一次空前的"反形式"而致"破坏的总和",以及由此而生的一种跨文体写作的超级文本。我无从知道或不能全部理解,侯马何以要选择这样的方式,来创造这样的文本(熟悉当代中国诗歌的人们都知道,这位诗人为我们贡献过不少精到的"合乎规范"的现代诗),只能直面它就是如此这般地存在着。

而直面的另一个逻辑理由是:假如一位诗人经由这样的方式,已经代我们说出了我们所处时代的某些生命与生存的真实乃至真理,同时又表达得那样自由无羁,精妙而智慧,且不乏诗性的情趣、理趣、意趣及谐趣,并深含现实感、历史感和悲悯情怀,我们还有必要追问他是怎样说出来的吗?

当然,绕过这个弯,还得再深入探勘,诗人侯马是如何以这种看似非诗的形式,诗着或说是实现着诗的意义,并成就为"思想之诗,命运之诗,信仰之诗,人之诗"的。

三

将侯马的《他手记》,归于新世纪十年先锋诗歌的重要文本来看待,不仅在于其特别的语言形式试验和极其自由的表达方式,更在于经由这种表达,为我们所曾经历和正在经历的时代,做出了尖锐而深刻的真实认证及其历史的纵深感和现实的丰富性。

作为这一复杂文本的叙述主体,《他手记》中的"他",是以单数第三人称的"旁观者"立场和个人化的独特视角,来展开其广披博及而又不失焦点所在的诗性叙事的——转换话语,落于日常,散点式的扫描,碎片式的剪辑,见树不见林式的速写记录,看似散漫无羁,缺乏重心,却始终有个在的明锐与深刻,以及各自鲜活的律动与丰富的肌理感,既不失史诗般的总体架构,又避免了传统宏大叙事的空泛与生硬。

按照当代西哲福柯的说法,只有"踪迹"是可信的历史真实。借以偷换一个说法,只有"肌理"隐藏着存在的真,并真正能为我们看到和体验到。只是因了长期大历史叙事的后设"脉络"式(所谓"规律"等等)知识驯化,我们对日常"肌理"的存在,从审美到审智,都渐已退化寂灭,只剩下假大空的视角与言说。在"他手记"的世界里,没有所谓的"道理",只有所以然的"肌理"——存在的过程,过程中的细节,细节里的体味与叹喟,然后成诗,成文,成灵魂中不可忽略而坚持存在的记忆。

在此需要特别指出的是,坚持持有这种"记忆"("手记")的"他",是从1960年代出发,并横贯1970年代、1980年代、1990年代,直至新世纪十年的历史进程的"他"。从文化学的角度而言,这是真正所谓承前启后,而彻底回返生命真实与生存真实,从而也彻底改变了当代中国文化形态的一代人。由此,当这个单数的"他",代表一个无限复数的"他们",来述说有关成长的记忆、现实的关切、良知的呼唤、历史的反思、思想的痛苦,以及真理的求索时,实际上已构成了一部1960年代人的心灵史,并从时代主流意识的背面,为只活在当下而"娱乐至死"的人们,提交了一份足可警世洗心的"浮世绘"。

不妨具体领略一下这部"心灵史"与"浮世绘"的要点:

这里有对老一辈人生的重新认证:"母亲的一生怎样展开。有十几年,她每晚出门,为街坊四邻、乡民村女看病,打针或针灸。这无私助人的品质言传身教给儿子,无人窥知她作为富农儿媳、军阀女儿笼络群众、救己救家的用意。"(第039)历史场景中个人命运的隐在真相,在此昭然若揭。

这里有对集体无意识之奴性人格的冷静观察:"做被迫的事情也保持积极的态度:他体会到了一个囚犯的体面"(第004),而"他已生活在思想的监狱里了,竟然还是畏惧肉体的监狱"(第155)。是自我的检测,也是群体的存照。

这里有对女性生命意识的深刻揭示:"一个女人的心灵史,竟是把自己头发留长剪短、烫弯拉直,锔黄染黑的历史"(第086),而另一个"她站在河滩洗衣。河水有些混浊,看来,她在意的是去掉衣物上的人味,而不是衣物沾上沙土"(第154)。不动声色中的直击本质,让人不寒而栗。

这里有对时代语境的精妙讽喻:"当代的神女峰,不是千年的伫立,是千百次地拨打手机"(第227),而"小市民是小市民的捍卫者,英雄却是英雄的反对者"(第267)。社会转型中的文化病灶,为冷眼旁观的"他"一语中的。

这里有宏观视野中的慨叹:"没有历史的城市,克制不住往高空生长的欲望"(第231),是以"他需要生育四个孩子,来统治荒原的四面八方","来表达对世界的一声叹息"(第236、237)。

这里有微观窥探中的低语:"他在祖国的道路上散步,为没感到幸福而羞愧"(第343),进而发现"一颗无比圣洁的心,渴望着非常世俗的生活"(第369),并且,"他所有的努力不是为了前进,而是为了回到零"(第476)。

这里有对历史真实之黑色幽默式的反证:"一支锃亮的枪,保持适度的威严,它参加过缔造历史的若干重大战役,因为品相完好,被陈列在博物馆里。事实上,它不曾射杀过一个人,甚至都没有射中过。"(第360)

这里有对生命真实之美好意绪的悄然认领:"遗落在皮座上

的黑丝巾,一握之盈,她的柔软,她的芳香,从指尖到心尖。这朴素的思念,像深埋大地中古老的根系,悄然纤细而又坚韧地生长。"(第328)

这真是一个无所不在的"窥视者"和思想者:在"新近回国的流亡诗人""专心吃饭"的镜头中,"他"品味出了信仰的悖论(第365"信仰");在伟人逝世哀乐响起的历史关头,"他"在"大师傅一边问:是谁?一边眯着眼睛,用勺子把苍蝇准确地捞出"的动作中,品味出常态人生的真谛(第350"历史");在"格瓦拉的孝"(第345)中,"他"对中国特色的文化语境的调侃入木三分;在打工者的"被褥"(第315)中,"他"对底层民众艰难境遇的理解催人泪下⋯⋯亲情,乡情,爱情,友情;家庭,社会,自然,俗世;乡村,都市,国内,海外;个人,族群,当下,往事——由生灵观照到心灵观照,由现实观照到超现实观照;大至历史反思、人性考证,小至惊鸿一瞥、自我盘诘,可谓"全息摄像"(心象、事象、物象以及意象),无所不及,目击而道存,存于细节,发为认证,并在处处闪烁诗的蕴藉和思的锋芒的同时,辅以悲悯情怀的润化和对真实之信仰的光晕,只在指认,不着论断,以看似情感之低调的"灰",呈现存在之底色的"杂",而渐次逼近诗人所心仪的"大灵魂的大手笔"(第220)。

总之,一部《他手记》,仅就其内容之庞杂和思想之深湛来说,确已不负"思想之诗,命运之诗,信仰之诗,人之诗"的称誉,并以其近于"现代启示录"性质的坚实品质,为当代中国先锋诗歌的深入发展,提供并开启了新的可能。

正如侯马在其《后记:关于"他手记"》中所言:"《他手记》首先是对诗的反动,又是对诗的本质意义上的捍卫。他尝试这样一种可能,就是用最不像诗的手段呈现最具有诗歌意义的诗。"

这里的"诗歌意义",在我的理解,至少于当代中国诗歌,尤其是先锋诗歌而言,在依然深陷"瞒"与"骗"以及伪理想、伪现实的文化语境下,作为诗的存在之第一义的价值,恐怕还得立足于对自由表达的追求和对认证真实的信仰——由此,如侯马《他手记》这样的"对诗的反动"和"对诗的本质意义上的捍卫"之先锋道路,我们或许还要走很长一段时间。至于这样的"可能"是否最终能成为"经典",大概只有交付未来的历史书写者去认定了。

2010年7月

"这里的风不是那里的风"
——娜夜诗歌艺术散论①

二十世纪八十年代中期开始诗歌写作的女诗人娜夜,在跨入新世纪以来的当代中国诗歌界,以其持续上升的创作态势和佳作名篇迭出的骄人成就,连续获得《人民文学》奖、第三届鲁迅文学奖、中国当代杰出民族诗人诗歌奖、新世纪十佳青年女诗人称号以及第三届"天问诗人奖"等,越来越显示出其不可忽视的重要性和影响力,进而成为二十世纪六十年代出生的诗人,或所谓"中生代"诗人群体中,一个日渐突出的标高所在。

其实上述奖项和称号,对娜夜来说,都只是社会学层面的指认,真正深入解读者自会发现,娜夜实在不是一个可以做简单归类和简单认知的诗人。至少,在当代中国"女性诗歌"和"西部诗歌"这两个区域中,娜夜取得的艺术成就,无疑都占有相当突出的位置。而她独自深入的诗歌写作取向和其清音独远的诗歌精神品格,在这个既非诗的时代,而又特别"闹诗"的时代里,更是具有特别的启示意义和诗学价值。

一

作为"女性诗人",娜夜的诗歌写作,整体看去,其精神底

---

① 本文正题转借自娜夜同名诗作题目。行文中所引诗句,均摘自《娜夜诗选》(甘肃文化出版社2003年版)、《娜夜的诗》(敦煌文艺出版社2009年版)、《娜夜诗歌快递:睡前书》(《读诗》2012年第142期)。

背,还抱有一些源自骨子里的理想情怀与浪漫色彩,而一旦落视于具体的人和事,却总能一眼洞穿,看得很透,具有明锐而深入的勘察与"显微"能力。同时,又总是能以超乎女性立场的视野,去表现男女共有的人性世界——生与死、苦与乐、现象与本质,以及未知的意识荒原与裂隙等等。其从容、旷达、宽柔的诗歌精神,具有极大的包容性和穿透力。

我们知道,人类的心脏是没有性别的,但具体到生命意识和艺术感觉,女性与男性还是有所差别。差别的逻辑前提是:一般而言,女性似乎总是比男性要更"观念化"亦即更"他我化"(笔者生造的一个词,即以他者的存在为自我存在的前提)一些。这里的潜在原因,既有文化成因所由,也有女性自身的"基因编码"所由。由此逻辑悖反而言,真正优秀的女性,也便比同样优秀的男性更本质、更自我一些——尤其是在生命意识和艺术感觉方面。

比较之下,我们可以回首观察到:近三十年来的当代中国诗歌进程中,无论是"先锋性写作"还是"常态性写作",男性诗人还是女性诗人,以及已成大名的种种诗歌"人物们",都太多"运动性"地投入和"角色化"的出演——而娜夜,这位自甘边缘、潜行修远的诗歌女性,则是那些少数难得的、将诗歌写作作为本真生命的自然呼吸而成为一种私人宗教的诗人之一。

女性的,而又超越女性的。如此展开的"娜夜式"诗歌视角,广阔而又细密,陡峭而又深邃。

她写母性温润的情愫:"——吹过雪花的风啊／你要把天下的孩子都吹得漂亮些"(《幸福》);转过身,她又写女性命运的灰败感:"这些窗子里已经没有爱情／关了灯／也没有爱情"(《大悲咒》)。于是,"一个忧伤的肉体背过脸去"(《覆盖》),然后固执地探寻:"为什么上帝和神一律高过我们的头顶?"(《大悲咒》)。

落视"日常",她写"——摇椅里倾斜向下的我／突然感到仰望点什么的美好"(《望天》);注目"神性",她写"牛的神/羊的神/藏红花的神/鹰的身体替它们飞翔"(《从西藏回来的朋友》)。

在娜夜的诗歌世界里,"是真实的存在还是瞬间的幻象又有什么关系"(《幻象》)。她关注意义,也关注身体,所谓"道成肉身",并一视同仁地关注"灰尘""光""时间经过的痕迹",然后"用思想"也"用嘴",去"闻神的气息"。(《自由女神像前》)
——然后重返迷茫:

> 夕光中
> 那只突然远去的鹰放弃了谁的忧伤
>
> ——人的 还是神的?
>
> ——《青海》

可以看出,在娜夜的诗中,有一种天然的艺术化气质和虚无化格调。正是这种"趋于虚无化的生命本真"(萌萌语),以及视艺术与美为生命之所有的追求与归宿的精神取向,方使诗人所秉持的真实的个人和真实的诗性生命意识,得以从"与时俱进"的公共话语语境和浮躁功利的时代话语语境中脱身而出,始终葆有本源性的独立意识。

二

作为"西部诗人",娜夜的诗歌写作,从一开始,便自觉摆脱了传统主流"西部诗歌"的浮泛模式,跨越"时代"语境和"地域"界限,以现代意识,透视真正意义上的西部精神与西部美学的底蕴所在,别有领悟而动人心魂。

何谓"西部"?何为"西部诗歌"?何谓真正的"西部精神"与"西部美学"?这些人云亦云,大家都常挂在嘴上说习惯了的词,其实就其学理性命名而言,实在太多混乱和歧义。这其中,尤其以长期占主导地位的所谓"主题性"和"采风式"两个路数的创作理念与作品,所产生的负面影响最需要反思。

在这两路创作中,要么是虚假矫饰的"翻身道情""改天换地""新人新家园"等泛意识形态化了的"西部风情录",所谓"现实主义"的"历史叙事";要么是唢呐、腰鼓、黄土地,大漠、孤烟、胡杨林,以及高原、草地、雪峰、羊群、驼队、经幡等等早已被表面"风格化"了的、"泛文化明信片"式的空洞表现,且一再被推为主潮,其实与真正的"西部"及"西部精神"根本不搭调。

仅就诗歌美学而言,我认为,真正的"西部精神"以及由此生发的"西部美学"之精义,可概括为三点:一是原生态的生存体验,二是原发性的生命体验,三是原创性的语言体验。

此"三原"体验,转换为诗歌话语表征,则应该是人与自然、人与存在、人与命运之纯时间性(非时代性,所谓"新风貌")和生命性(非生活性,所谓"体验生活")的一种更深层的对话,且是一种充满苦味、涩味和艰生味的对话,消解了主体虚妄和主流意识驯养,重返神性与诗性生命意识的对话。

细读娜夜有关西部的诗作,可以发现,"西部"在娜夜的"诗歌词典"中,既不是什么题材与内容的特别所在,更不是什么"文化明信片"或"地域风情"式的特别所在,而是有关生存意识、生命意识、自然意识及审美意识的特别所在——生命与自然的对质,向往与存在的纠结,以及生存的局限性与企求突破这种局限而不得的、亘古的渴望与怅惘,成为娜夜式"西部诗歌"的核心题旨。

由此形成的作品风格,境界舒放,诗意苍润,常以峭拔而疏朗的思绪,可奇可畏的生动意象,精准传神地透显出"在这遥远的地方",人与自然、人与存在、人与命运,那一种不得不的认领与迷茫,以及由此而生的,那一缕淡淡的清愁,那一声沉沉的叹咏。

正如其堪比《诗经》之"蒹葭"的经典之作《起风了》诗中所言:"在这遥远的地方/不需要/思想/只需要芦苇/顺着风"——这才是西部的真谛,也是西部的天籁。

再读这样的诗句:

> 一朵云飘的时候是云
> 不飘的时候是云
> 羊一样暖和
>
> 被偶尔的翅膀划开的辽阔
> 迅速合拢
>
> ——《鹰影掠过苍原》

直叙中自声色有余,更尽见天地之心,透彻而高致,尽得西部诗魂的真性情、真境界。

三

无论是作为"女性诗歌"的写作,还是作为"西部诗歌"的写作,娜夜诗歌的内在艺术品质,始终是一致的。

具体而言,其诗的内涵,有深切的现代意识,又暗含古歌般的韵致;是现代的"直面人生",也是古典的"怀柔万物"。"冷眼"与"热心","看"与"被看",无不饱含善意的"窥视"、真诚的质疑、纯美的叹咏和原始而细密的忧伤与悲悯。

由此生成娜夜诗歌的语感,疏朗中暗含张力,松弛中弥散韵致,尤其对长短句配置的节奏感,把握得颇为精妙。其诗思的展开常有大的跨度,却不失内在意绪的逻辑联系,致使情感的韵致和语感的韵律,非常和谐地熔融化合而清通爽利。特别是她诗中惯有的"语式"和"语态",时而直截了当,时而缠绵悱恻,集正襟危坐与散发乱服于一体,读来别有韵味。

试读其近作《睡前书》:

我舍不得睡去
我舍不得这音乐　这摇椅　这荡漾的天光
佛教的蓝

我舍不得一个理想主义者
为之倾身的:虚无
这一阵一阵的微风　并不切实的
吹拂　仿佛杭州
仿佛入夜的阿姆斯特丹　这一阵一阵的
恍惚
空
事实上
或者假设的:手——

第二个扣子解成需要　过来人
都懂
不懂的　解不开

全诗看似意绪飘忽，语感迷离，思路轨迹及其诗句建行跨跳很大，其实内在心理结构和精神结构非常严谨：基点是此一刻的现代夜色，夜色下的现代人之不眠心境，由此散点"荡漾"开去，以细节扫描为情节，以间或感慨为特写，"东拉西扯"中一咏三叹，看似毫无来由随意道出，却又暗含逻辑，虚中有实；所谓既是瞬间的幻象，又是真实的存在。结尾收视聚焦于"解扣子"的小把戏，以风情证虚无，可为神来之笔。而一句"佛教的蓝"，堪称现代汉语诗歌中难得一见的"诗眼"，令人惊艳不已！

关键是，此诗虽也以叙事性语式为体要，表面看似涣散，像一首分行的散文诗，但骨子里却别有"经营"：一方面在弥散性语感中，暗藏与心理和意绪相偕而生的现代节奏与独特韵律，一方面将意象有机"导演"为有戏剧性张力的"意象情节"，亦幻亦真，悬疑所指。如此看似不经意之喃喃自语中，反而更为深刻地揭示出存在之切与生命之感，读来奇崛、诡异、深沉，不可做泛泛解。

综上所述，可以说，在当代诗人中，娜夜是少有的几位能有机地融会真实世界的主观视觉和叙事调式中的潜在抒情者之一，从而将她的诗歌写作，与整个时代的潮流走向区别了开来，风规自远而独备一格。

四

总之，这位水静流深于西部边缘的女性诗歌写作者，是一位真正独立而具有超越意识的优秀诗人——我是说，她不是那种我们司空见惯的潮流式的诗人，她有源自自己生命本在的诗性智慧和诗性力量，支撑她在任何诗歌时代，或任何她自身的写作阶段,都能从容展开其不同凡响的个在写作,而不为"时势"所左右。换句话说,娜夜是那种不因"时过"而"境迁"后,便失去其阅读效应的诗人,这不仅因为她有其不可忽视的代表作乃至绝唱式的作品,更是因为她诗中对语言与存在独到而深入的关切与表现,所达至的不可忘却的阅读记忆。

是的,她不容忽视,但也不在乎你何时提及。显然,这不是一个什么"定力"的问题,而取决于气质所在。正如诗人自己所言:"忠实于内心的真实感受和过分强调诗歌的社会功能,优秀的诗人更多出自于前者。""我的写作从来只遵从内心的需要,如果它正好契合了什么,那就是天意。"[①]

谁念秋风凉,远山独苍茫。

> 而我　仍属于下一首诗——
> 和它的不可知
>
> ——《摇椅里》

——这是娜夜:女性的,超越女性的;西部的,超越西部的;时代的,超越时代的。她的存在,让我们常想到"那些高贵的有着精神力量和光芒的人/向自己痛苦的影子鞠躬的人"(《风中的胡杨林》)。

而作为诗人的娜夜,说到底,只是依从她固有的宿命般的气质,"尝试着",在生命历程的所有细节里,"说出自己",并欣然回首,倾听:"——在那些危险而陡峭的分行里/他们说:这就是诗歌"(《阳光照旧了世界》)。

2013 年 3 月

---

① 娜夜:《随想十三》,载 2013 年 1 月 11 日《文艺报》第 5 版。

在"秋云"与"春水"之间
——李森诗歌艺术散论

李森是一位才情较为丰厚的诗人。当代中国诗歌界,包括许多成名诗人在内,大多缺乏足够的才情,仅凭一得之见和一得之技艺,或者一得之"时势造英雄"的际遇,在那里不断重复他者或重复自己,终致模糊不清。李森的诗路历程,"谱系"清晰,风格鲜明,加之学者背景的支撑,其修远而坚实的创作理路,已然自成格局而不容忽视。

由此,欣赏和研究李森的诗歌艺术,自会欣然于另一种语境和心境——没有"史"的影响和"潮"的干扰,只是如晤旧友般地,面对一位自得而适的诗人和他的诗歌艺术,发出一些自得而洽的感想为是。

一

有二十多年写作历程的李森,一直随遇而安地"寂寞"于自得,不太过心于所谓"诗坛"的存在。无疑,这是一位以艺术为生活方式、以诗歌为生命礼遇的诗人。正如诗人李亚伟在题为《他的诗中住着两位美人——读李森》一文中所指认的:"他从容不迫,在诗中随手打开抒情的风景,随意打开抒情的岁月,率真、生动、自然、深沉。"①

---

① 李亚伟:《他的诗中住着两位美人——读李森》,见李森:《屋宇》,新星出版社2012年版,第233页。

然而毕竟,不屑为病态的当代"诗坛"写作的诗人,不等于就连荣誉的认领也同时放弃,何况还有诗友的瞩目殷殷切切———一向较为低调的李森,近年却连连高调出手,于2008年结集2009年出版《李森诗选》后,又接续于2012年出版近五年新作结集《屋宇》。厚重近五百页码的《李森诗选》,是诗人1988年至2006年近二十年诗歌作品的精选集,带有总结与回顾性质;《屋宇》则是诗人近五年间横逸旁出而刻意探求的一脉走向之得,风格大体统一而取向别有所专——一条横轴线,一条纵轴线,"李森诗歌"由此"谱系化",期待可能的知己与识者的重新评价。

读《李森诗选》,惊叹其早熟的心智与均衡的力道,似乎从一开始就出手不凡,而又始终不乏精彩,尤其是其诗思的澄明和语感的清通,以及对普泛事物的诗性"解读","解读"过程中知性的明澈与感性的幽敏,可谓与生俱来,让你分不清萌发与成熟的界限,一展开,就是秋云长天般的平远与清旷,潇潇洒洒,磊磊落落,而清朗有致。

为此,李森在"出道"伊始,就被苛刻的韩东"相中",纳入"他们"诗派旗下,在《李森的诗》文中称其"有某种解构主义的色彩。但这种解构不同于对概念本身的解构,而是返回事物自身。李森有一种对具体事物的执着。有时他甚至走得更远,让自己位于事物成形之前的空虚之中。这使他的诗呈现了一种奇特的灵敏和类似于某种快感瞬间的真实"[①]。而另一位"他们"诗人小海,在《完全可以是归于人性的——我读李森的诗歌》中,则不无激赏地指认:"李森的诗歌一直给我冲淡从容、张弛有度、讲究

[①] 韩东:《李森的诗》,见李森:《李森诗选》,花城出版社2009年版,第398页。

意蕴的印象,很有一点中国诗人的风度和气派。"①

这些大体出自二十世纪九十年代中后期的知己之见,至今看来仍不失精辟。吊诡的是,身为"他们"诗派的诗人李森,并未因这一已然被当代诗歌史和文学史,划归"先锋诗歌运动"代表流派的"门第"之"荣耀"所"塑身",而依然随遇而安地"寂寞"于秋云长天般的自得,乃至被诗人默默称之为"隐士"。

其实李森的"寂寞"中从来不乏活跃,有如李森的自得中也从来不乏自信。

在《李森诗选》的自序文中,诗人从学理层面给出了一个夫子自道式的说法:"我的诗力求在隐喻的形而上和事物的形而下之间找到一种平衡关系,此可以说是一种隐喻的'形而中'。"

二十年后的一语道破天机,让所有欣赏与研究李森诗歌者豁然开朗,获得一把解读李森诗歌美学的入门钥匙。有意味的是,诗人为自己做完此一总结性的"正名"之后,却掉头他顾,跳脱"前先锋"的"历史虚位",做了一次"华丽的转身"——如一行在《气之感兴与光阴的悲智——读李森组诗〈春光〉》一文中所指出的"对生命之清晨的返回和颂赞",而"一种更浑朴的诗终于来到他的笔下",使"他的诗作一方面越来越具有古风,另一方面却并没有丧失当代性"。②

用"华丽"指称一向"清朗"的李森诗歌,也许不免有些悖谬,但若将"华丽"拆解为"高华"与"清丽",复以"古风"与"当代性"之兼容,来看待他的新集《屋宇》,却也不违其大体风

---

① 小海:《完全可以是归于人性的——我读李森的诗歌》,见李森:《李森诗选》,花城出版社2009年版,第402页。
② 一行:《气之感兴与光阴的悲智——读李森组诗〈春光〉》,见李森:《屋宇》,新星出版社2012年版,第239、240、247页。

格取向。

于是我们有了两个"李森",两种风骨如一而"风韵"不同的李森诗歌。欣赏者自可各取所好,研究者却不得不面对立论的困惑:在"才情丰厚"所致之外,"前先锋"何以要转身"后古典"?

而这,正是吸引笔者并为之此论的关键所在。

二

作为"他们"诗派的成员,作为横跨"第三代诗歌""九十年代诗歌"和"新世纪诗歌"三段历程的实力诗人,李森前二十年的诗歌写作,虽不失沉着与淡定,却也难以完全跳脱大的时代语境之潜在影响,在"高原"个我的潜沉修远中,也时有对"平原"之与时俱进的心理互动与美学互文,却又因性情使然,不能亦步亦趋随之"标出",便也难免"落单"而复归"自得"。

秋意本天成——无论是心境还是美感,李森这一抹未经繁华便早早淡远的"高原"之"秋云",不得不一再返身自我,寻求未尽而独属的新的境界——二十年后,返身《屋宇》写作的李森,对"平原"的张望以及对"当代"的探视终于暂告了断:

> 诗人,一朵玫瑰曾可怜你会思想
> 现在,轮到一朵迎春花来可怜我的惶恐
> ——《春日篇·博尔赫斯》

> 再见吧,世界,我跟我家的燕子去了
> ——《春水篇·春分》

> 我有高原,让你们逆水而上
> ——《屋宇篇·游鱼》

这些并非刻意摘选的诗句,却足以见得返身《屋宇》的诗人之心迹所由——这一次,诗人将已经放低的身段,索性归真于卧姿:"躺下吧,像一个玉米在波浪里慢慢长出胡须/躺下吧,像一块马蹄铁梦见湖中明亮的月牙/躺下吧,像圣洁的雪峰在橘黄的呼噜中渐渐变矮/躺下吧,像树冠上的鹭鸶把头埋在胸前的天堂"(《中甸篇·黄昏》)——埋头"胸前的天堂"而不再"与时俱进",另一个李森,"隐士"李森,在独与"高原精神"相往来的回肠荡气中,欣欣然为我们奉献出"我们时代的乐府绝唱"(一行语)!

欣赏或研究《屋宇》的读者,或许会注意到,整部诗集的扉页上特别标有一句题词:"献给缪斯妹妹的颂歌"。

将西语的女神转换为汉语的妹妹,由追慕而行伴,由殿堂而乡野,"逆水而上"的"高原"之子,于唯"现代"是问的时潮中,选择适时的"回跃"[①],而"礼失求诸野"——"野"的自然,"野"的人世;"野"的色调,"野"的乐音;"野"的本康、本喜、本欢、本乐;"野"的本愁、本苦、本哀、本悲,与物为春,与天地古今和歌,而创化另一种季节,另一脉李森诗歌美学的"形而中"——"我知道,世界等着我开门瞭望,门槛等着我回来闭户厮守"(《屋宇篇·屋宇》)。

当"秋云"回返大地,"春水"的横溢漫流,便成一发不可收拾之势。

[①] 参见丹尼尔·贝尔:《资本主义文化矛盾》,赵一凡、蒲隆、任晓晋译,三联书店1989年版,第56—60页。

三

现代文论与批评，面对文本，常常会在"谁在写""写什么""怎样写"这三个常规设问之外，还特别重视一个"为什么写"的命题。这个命题的关键，是要考察文本后面的作者，其心理机制的取向和语言机制的取向，以此来阐明此一文本与其他文本，在文化价值维度和美学价值维度的差异所由来及其现实意义和历史意义的可信任度。

回头细读《屋宇》。先读其"诗心"所在。

李森的《屋宇》结集，在总题"屋宇"下，按写作年份分九辑倒序排列，分别为"春水"（2012）、"春光"（2011）、"春荒"（2009—2010）、"中旬"（2009）、"初春"（2009）、"春日"（2008—2009）、"屋宇"（2008）、"橘在野"（2008）、"庭院"（2007）。仅从各辑题名便可知晓，这是一部绵延六年唯"春"是问的颂歌专著，而非一般无"主打方向"之散诗集成，可见其用心之专、之切、之痴迷。全集前有一诗人自序小文，其关键性的一段话，隐隐可见"诗心"所系何为："时光纷纷断裂，在我与物之间、物与物之间涂鸦古往今来的空白。我只是时光暂时拽住的一个表象。春创造的几个隐喻牵着我，从岁月中出来。在云之南，风之北，是春的浸润，生成了我的心灵。为了证明这个事实，我的诗，帮助我对抗衰老。"

显然，满怀现代"解构"意识的那抹早熟的"秋云"，此次"回跃"而生的，却是不无古典"结构"意味的、一脉"春"之隐喻——无论是"初春"还是"春日"，那都是我们已然断裂无返的，"童年"的瞩望和"田园"的信仰——"春光心慌，点燃夏火"，"开门瞭望"之后，我们上路漂泊；"秋云伤怀，抟成冬雪"，"浮动而淘空"后，"门槛等着我回来闭户厮守"。（《屋宇篇·屋宇》）在此，"回家"的题旨不言自明。

需要特别指出的是,李森《屋宇》中的"春光""庭院""橘在野"等"田园"式回望,绝非这多年此起彼伏此伏彼起之"新乡土诗"或"黄土地诗派"等那种基于二元对立思维模式的"回望",而是中和"古往今来",化入"恍兮惚兮",无确切时代背景和意识形态所指,只在"与尔同销万古愁"的"回望"。读《屋宇》,有农事,有乡情,有野风,有古歌,也有现代物事,当下景致,还有"博尔赫斯""茨维塔耶娃"……混搭的语境中,寻寻觅觅之切切诗心,皆苦心孤诣于对古往今来变中不变而维系我们生命、生存与生活最本质的那些情景、情怀、情韵的追怀,复化为不失现代意识观照的如歌之野风、如梦之古歌,居云抱石,换一种呼吸,达至真正物我合一、古今汇通的境界,并重新学会敬畏——敬畏自然,敬畏生命,敬畏一切卑微而单纯的事物,以及"天地有大美而不言"。

或许,对于已然在"后现代"语境前徘徊的当代中国诗歌,这样的"回望",可能已是汉语"天人合一"之诗性生命意识之最后的余绪,却也是最可挽留与珍视的余绪。这样的"余绪",既不提交他去的路径,也不提交复生的可能,只是在物我的"空白",与时光的"断裂"之间,略略有助于我们"抵抗"灵魂的衰老与精神的郁闷——而这,对于深陷物质主义与消费主义的当下时代,虽不免高蹈与奢侈,却也不失"曲意洗心"的潜在意义。

再读《屋宇》的"诗体"之美。

作为二十世纪六十年代出生的现代诗人,在《屋宇》之前,李森大体是随着现代汉诗的主流方向,铺展开他的创作理路的,静观的,及物的,口语的,叙事的,知性的,形而上与形而下之"中和"的,并以幽微之视角和朗逸之语感,取得了一定的风格特征。但与此同时,另一个李森,作为精神上的"高原之子"和气质上的"传统文人"款曲暗通的李森,其实一直隐隐约约且跃跃欲试于他的"主流面目"之后,加之才情的有余而别具,终于在《屋宇》写作的另辟蹊径中,痛快淋漓地"挥霍"(李亚伟语)了一把——由静而动,由玄言而歌咏,由知性之幽思而感兴之勃发……道成肉身,体随心用,"逆水而上"的诗人,这次干脆一直上溯到诗经的语感与体式之源头,再"中和"游刃有余的现代诗感,发挥得潇洒自如,不能自已。试读这样的"现代诗经":

鸡鸣呜呜,饮尽残阳。鸡鸣咕咕,饮尽韶光
鸡鸣连着鸡鸣,山峰连着山峰,云雨的襁褓挂在空天
石头靠着石头,树摩擦着树,山路如绸在风中起伏
鸡鸣空空,叫万物做成春色。鸡鸣慌慌,叫人养成心灵
鸡鸣崔崔,画着水墨长空。鸡鸣遥遥,与闲愁相约红透
——《春光篇·鸡鸣》

久违了的诗性汉语和汉语诗性——人世的风景与自然的风景中和为一,古典的感兴与现代的象征中和为一。一句"山路如绸在风中起伏",尽得现代诗语之风采;一句"与闲愁相约红透",又尽显古典诗语之韵致。若再吟之诵之,复不知何为古典何为现代,只一脉野风如歌、古歌如梦的情韵情致不绝如缕,似真似幻,令人每每感念不已。与此相应的,更有完全"诗经"化了的《雷开门》《桃可知》《橘在野》等"戏仿"之作,读来莞尔会意。同时,也有《马蹄铁》《狼群》《白昼》等偏重现代诗感的佳作,及"群峰有雪,天下有棉"(《春水篇·银鼠》)、"云层锃亮的号角,盛满了酒浆"(《春荒篇·播种于山》)等亦古亦今的绝句令人叹赏!

诗是语言的艺术。诗之艺术的要旨不在于说了些什么,而在于其不同于其他艺术的说法。李森挥洒于《屋宇》写作中的"说法",是诗的,更是汉语诗性的。在《屋宇》中,诗人将其"形而

中"的诗学理念做了另一种发挥:以"古风"与"当代性"之"异质混成"的方式,探寻现代汉诗与古典汉诗之"同源基因"的所在,杂糅并举,兼得其美,形成独属于《屋宇》的话语场——在这个场域里,汉语诗性的精魂被悄然激活,同时也激活了其多姿多彩的肉身,春日的肉身,"缪斯妹妹"的肉身,性感而清纯,以致"空气中充满了生长的音响"[1]。

四

深入细读《屋宇》,仅就个人诗学立场而言,感觉还是有些小小的遗憾——横溢漫流的"春水",似乎难以避免亦清亦浊的流程,诗人在不期而遇的新鲜语感之裹挟中,或缺乏控制,或用力过度,以及对音韵等形式感的刻意经营等,造成部分诗作有意象稠密、张力互消之嫌。同时,作为一部意欲风格化别致的"专著"式诗集,其中一些作品的语感和调式,与整体取向也不尽统一,都有待在新的修订与新的创作中做一调整。

不过,在这点小小的遗憾之外,笔者还是十分看重《屋宇》的"诗心"所在和"诗体"取向。

这是一次不无怀旧与对话意味的"回家",更是一次沟通现实与记忆的"逆水而上"。我是说古往今来,与我们血脉与基因有关的"文化记忆"——没有"遗产"的人只能"在路上",而我们已经漂泊太久。走进李森《屋宇》之"诗意的栖居",少了些现代"租屋"的纠结与浮荡,多了些传统"祖屋"的安适与眷顾。这样的"栖居",或许难以抵挡现实的风雨,却总是能多少减少

---

[1] 龙晓滢:《一部作品是一部法则——说李森组诗〈屋宇〉》,见李森:《屋宇》,新星出版社2012年版,第258页。

一点"疲于奔命"的"未老先衰"。

内化现代,外师古典,融会中西,重构传统。

——这是笔者近年"布道"般反复强调的一个诗学理念,在李森的《屋宇》中,我欣然于这理念有了一个知己的"个案"。

由此,我特别认同青年学者王新所指认的:"李森在当代诗坛确实形成了李森式的诗艺与诗境。"①

犹记二十世纪八十年代中期,笔者初涉新诗理论与批评时很快发现,由于中国特色的诗歌史及文学史的存在,许多重要的诗人并不怎么优秀,而许多优秀的诗人又常常难以"重要"("史"的重要)。由此我一开始便重新构建了我自己的"价值坐标",将其重新梳理为重要的诗人、优秀的诗人、重要而不优秀的诗人、优秀而不重要的诗人、既重要又优秀的诗人。现在看来,连这样的划分也过于功利,依然跳脱不了时代语境的局限。尤其对于像李森这样以艺术为生活方式、以诗歌为生命礼遇的诗人而言,重要不重要乃至优秀不优秀,怎样认定都未免隔靴挠痒而浅近不及。只要有足够的才情可以"挥霍",只要季节的号角里,总是"盛满了酒浆",且与闲愁"相约红透",又何愁"天下何人不识君"?

"云雨旧,心已酸,松已老。我在远山之间安慰雷霆"(《春光篇·松树》)。

只是,若能在"秋云"与"春水"之间,再有一道夺目的闪电照耀夏夜,让冬的回忆越发丰厚,李森和他的"缪斯妹妹"或可更感欣慰?

2013年冬

---

① 王新:《背负苍茫歌未央——评李森的诗》,见李森:《屋宇》,新星出版社2012年版,第249页。

天籁之外

——一首好诗的原型与变体

一

一首好诗的得来,有"天成",有"人工",也有二者合力所得。

所谓"天成",即一首诗从"起兴"到成稿,中间过程完全自然而就,如婴儿之降生,花蕾之绽放,且一旦"生""放",则无从修改,乃至你想增减改动一个字也几无可能,只欣然认领为是。

记得三十年前我写《上游的孩子》一诗,就有这样的体会。想来许多诗人也都有过这样的体验——那是生就完好的一首佳作,经由上帝之手送到我们笔下的"神迹"——仅就近年所读而言,印象深刻且立刻就能完整"回放"的诗友的诗,如黄礼孩的《窗下》、古马的《青海的草》、娜夜的《起风了》等,就属于这种"神来之笔"。尽管我并不知道它们是否确然出自"天成",但老到的读诗人都知道,这是仅从气息所在,就可以推断出来的。

不过,大多数情况下,好诗还是"改"出来的。即或是得之天籁、一气呵成之作,也需放冷后反复斟酌修订,才能至臻完美。这点经验之谈,名诗人韩东早就反复强调过。西方现代诗中,艾略特的《荒原》,经由庞德的大幅度删改而成为经典之作,是大家熟知的佳话。中国古人为诗,更是要下功夫"推敲"

到"语不惊人死不休"的地步。

故,汉语中常拿"考究"一词,衡量文学艺术作品以及日常物事,其实就是在说"活"做得细,依"典律"细考穷究,得以"靠谱"至臻。只是当代为文为诗者,皆踊跃于当下"露脸"即是,难得静下心来做"细活",以致常有诗多好的少的遗憾。

二

上述小思考,源自新近读黄礼孩和卢卫平主编的《中西诗歌》2014年第3期。承蒙礼孩敬重,多年一期不落寄赠他主持下的《诗歌与人》和《中西诗歌》,渐渐喜欢上了这两份诗刊的风格,尤其喜欢礼孩写的一些卷首语和评诗、推介诗的小文章,出幽入朗,清通雅致,既"言之有物",又不乏"物外之言"。(顾随语)

——对我这读了一辈子诗文,早就读"乏"读"独"了的老读者而言,这样的喜欢已是越来越难得了。

更难得的是,本期《中西诗歌》封底,礼孩以《"所有的瞬间都有了出路"》,特别推介去世一周年的女诗人、琵琶演奏家王已宴的《那拉提草原》一诗,更是让老读者眼为之一亮:清旷而又深沉,委婉而又透脱,体物自然,用心真率,觉锐思深,骨重神寒——吟读再三,复领会礼孩的文章何以指认王已宴:"是自我的冥想者","一个在悬崖边舞蹈的诗人",虽为主流诗坛所疏远,却依然"保持着自己边缘的身份,保持着内心的高贵"。

由此,怅然中想到八字判语:心既如木,必生绝响!

"木心"即"自然心","木然"于人世,"通灵"于万物,"脱去尘浊,丘壑内营"(饶宗颐语),与物为春,岁月静好——已作仙逝的琵琶女神,该有这样的绝响遗世而传的。

三

先"回放"一下《那拉提草原》原诗：

树
奔流的河水
岩石
清晰的云

越弱的神经
越远的呼吸
燃烧
倾斜
平息

是草原诱惑我坦荡
我躺在流过阳光的深草中
仿佛什么也没有得到过
时间，爱情
故乡，现实

我坍塌过的眼睛
青紫的山峦重了又轻了

我刺穿过的书
我从黑夜离去，又走入黑夜
我快活过的血

> 只有终年不化的积雪才可能留下戳记
>
> 我花上千年的时间来到草原
> 草原将我展平
> 所有的瞬间都有了出路

凡爱之过切,必生苛求。"惊艳"过后再细读已宴此作,一时便痴在其中的两个核心意象上:中间部分的"草原诱惑我坦荡","青紫的山峦重了又轻了",和结尾部分的"草原将我展平／所有的瞬间都有了出路"——读过无数也写过几首关于草原的诗,如已宴这样天心独悟而生发的天籁之音,实属绝响!

但,若将这样的核心意象再回置于原诗,便略略觉着有些被"稀释"的小小遗憾。细心体察,至少依我近年关于汉语诗性的理念而言,原诗的形式结构还是稍稍散漫了一点,以致影响了"效果的集中性"(丹纳《艺术哲学》)。当然,若考虑到原诗的语境与心境,以及偏于叙述性语调而和谐统一这一关键点,还是无可厚非的。

是故,便试着改改,以便引申一些话题,来探讨有关改诗想法的正误:

> 树　奔流的河水
> 岩石
> 清晰的云
>
> 弱的神经
> 远的呼吸
> 燃烧　倾斜　平息

草原诱惑我坦荡
躺在阳光流过的深草中
仿佛什么也没有得到过

青紫的山峦重了又轻
草原将我展平
所有的瞬间都有了出路

原诗二十三行,改后十二行,其中,直接删掉的八行,经重新建行而缩减三行。保留的诗行中,除删掉一个人称代词"我"、一个"是"动词、一个助词"了"、两个副词"越",并将"流过阳光的深草"改为"阳光流过的深草"之外,其他都是原诗的文字。下面分述如此修改的想法。

四

先说直接删掉的八行诗。

《那拉提草原》原诗得之天籁,发自心性,随即时即刻意绪流荡,做散点式衍生,以叙述性勾连,自成一体。改后的《那拉提草原》,变"散点"为"聚焦",改叙述性结构为意象性结构,以集中核心意象的突出效果,则必然要忍痛割爱,以收摄视点。由是,原诗中得其所然的"我坍塌过的眼睛""我刺穿过的书""我快活过的血"三个分延性的意象,以及"时间,爱情/故乡,现实"这样概念性的语词和"我从黑夜离去,又走入黑夜""只有终年不化的积雪才可能留下戳记""我花上千年的时间来到草原"这样的关联句,就不免显得有些多余乃至显得累赘，只有删去。

再说留下来的诗句的改动。

一是结构上的改动：首先应突出核心意象所需，将原诗过渡性的前两节九行，通过新的建行改为六行，然后应整体意象性结构所需，将删去八行后的余诗重新组合。如此改过后，语境和意境显得更加鲜明深切，而节奏和韵律也紧凑了许多，从而将原诗因分延较多而互为消解弥散的张力聚集了起来，读来更洗练凝重些，读后印象也更深刻，或许还便于记忆与"回放"。

二是字词上的改动：保留的诗行中所删掉的字，都是在原诗中起一定勾连作用而在改后完全不必要的几个"虚字"，这类"虚字""虚词"，是套用西方文法、语法、句法改造后的现代汉语的一大通病，放在政治、经济、科学报告和商务文书中，或有严谨逻辑和支应学理的作用，放在诗文中则常生赘疣。尤其是，因了这些"虚字""虚词"的习惯性使用，常常会将本来活泛的意绪、意象和意境之动态性展开，一时拘押或锁定于理念性之静止状态，少了许多生动。试比较"是草原诱惑我坦荡"和没了"是"字的"草原诱惑我坦荡"，或可立见分晓。再比如"青紫的山峦重了又轻了"，去掉"了"字，一时"重"和"轻"都变成了进行时中的动词，只在展现（所谓"能指"），不着判定（所谓"所指"）。再就是稍作语序改动的那句"躺在阳光流过的深草中"，原诗"流过阳光的"阳光是过去时的固化了的阳光，仅做定语存在的观念化阳光，改后的"阳光流过"则是动态的进行时的阳光，更生动活泛些。现代汉语中常常存在这样的小问题，一般诗文者都习而不察，求"句"不求"字"，难得至臻完美。

回头再细读改就的《那拉提草原》，自会发现，其实都是依从原诗的内在意绪和顺着原诗的创作理念改过来的，所以其基本语感和基本语境都没变，就整体境界而言，应该说，还稍稍有所提升和扩展。

需要特别指出的是，如此改来，不过是将一首诗变身成了另一首诗，或者打个不恰当的比喻：将原本自成一格的"汉赋"改成了不失原意而别具一格的"宋词"，只是形式风格上的取向不同而已，不存在孰对孰错的问题。

同时可以推想到的是，对于读惯了当代诗歌的一些当下读者来说，或许还会更喜欢原诗的节奏和语境。而这样改的目的，只是想做做比较，看看这首天籁之作是否可以换一种样式写法也同样成立，同样地好，由此引发一些相关的话题拿来讨论。

从发生学角度而言，汉语诗学向来就有"情生文"与"文生文"两说，亦即两个维度"起兴"，相生相济，不一而足。或"起兴"之际有一时偏重，而考量定稿时总不失两"维"斟酌才是。

现代汉语语境下的诗文作者，多重视"情生文"，强调"言之有物"，疏于"物外之言"的考究，已成积习。尤其是作品初成之后，如何于沉潜中修改完善，就更不能仅仅依赖"情生文"之自得自态，而要转而以读者乃至批评家的审视角度，做客观冷静的精益求精。此时对作者，有无"文生文"的经验，以及经验的丰富程度，就显得十分重要——所谓好诗多以是改出来的，大体是就这方面的经验而言。

这里的另一个关键问题在于：当代诗人过于信任和一味依赖现代汉语，拿来就用，完全置古典汉语之"字思维"和"词思维"于不顾，从而造成从语言形式到内容取舍，皆局限于当下，局限于所谓"时代精神"和"时代语境"中，以致"与时俱进"而每每随时过境迁而衰之废之。

五

顾随先生在他的《中国古典文心》一书中曾指认说："'五四'而后，有些白话文缺少物外之言，而言中之物又日渐浅薄。"[1]

拿这一指认作新诗观，可以见得是愈演愈烈的了。

回头还得自己给自己"圆个场"：对于一首几近绝响的好诗，一时妄作改动，又说了一大堆不着边际的闲话，实在有些冒昧。好在明者自明，知道我这只是"借题发挥"而已，或可借此给同道诗友们提个醒，或多点有关的思考，那就冒昧有值了。

2015年1月

---

[1] 顾随讲，叶嘉莹笔记，顾之京、高献江整理：《中国古典文心》，北京大学出版社2014年版，第150页。

"在自己身上克服这个时代"

——读陈陟云诗集《月光下海浪的火焰》

为一位当代诗人的新结集诗集写评,硬拿来尼采的名言做题目,不免有些矫情,尤其是当这一名句正成为当下"时尚"之说时。

然而,一则我自己近年来,确实每每想起一百多年前尼采的这句话,而耿耿于心,深感提了个大醒,总想与同道说说;二则面对这部诗集的文本与人本,读进读出,读前读后,待到要找一个心得体会的聚焦点时,也是油然而生地想到了这句话。两厢自然生发,也就无所谓矫情不矫情了。

关键是,一个时代总得有人在它的背面发光才是,尤其是诗人。海德格尔说"还乡是诗人的天职",或许也含有这个意思。

于是在我自己,便有了一年前的夏天,出席在南开大学召开的两岸四地当代诗学研讨会时发言顺口说出"退出研究,重新思考;退出批评,重新感受"的四句感言。

这是一次自甘认领的"撤退"——退出潮流,退出角色,退出与时俱进的狂欢,退出造势争锋的烦嚣,重返初恋的真诚,重返诺言的郑重,重返清晨出发时的清纯气息,以及那一种未有名目而只存爱意与诗意的志气满满、兴致勃勃,并重新了悟:诗以及一切艺术的存在,都并非用于如何才能更好地"擢拔"自我,而在于如何才能更好地"礼遇"自我,由此或许方能"脱势"而"就道","在自己身上克服这个时代"。

如此的心境中,一年后的盛夏,有幸读到来自南国的诗人陈陟云这首题为《撤退》的清凉之作:

  从所有的道路上撤退,退回内心
  一棵沉默的树等待着
  清辉四溢。每片叶子都透着光的纯然
  吐出疼的芬芳

  语词的景观,是一片原生的开阔地
  有如忘川之畔的留白
  在蝴蝶纷飞中敞开
  风吹澄明,桃瓣褪色
  只有气息的轻盈,轻如飘絮
  自在,忘然,无已

  从所有的道路上撤退,退回内心
  蜕下的肉身
  在流光逝去的尽头耸立
  坚实,优雅,而清辉四溢

诗后的落款日期为2012年3月,可谓陟云诗歌生涯中一个别有意义的春天。这个春天前后,诗人总在反思,本属于自由而超迈的诗性生命,何以一再重蹈"角色的天空","沦陷于太多无法辨析的信号/在频道的变换中/以镜状的异形/装卸生命的异质"(《角色的天空》)?诗人由此决意"撤退",重新"入定",听"水纹的走向/与心纹的异同"《午后入定》,在"一扇门已被关上,另一扇还未打开"(《岁末》)的间歇时空,瞻望"雪域","把纯净的蔚蓝作为唯一的背景"(《雪域》),于中年午后的诗性生命之旅中,认领一份坚实、优雅而清辉四溢的独守,也便有了这部同样坚实、优雅而清辉四溢的新的结集。

为遥远甚至有些陌生的信任所感动,更为同样的"撤退"后那一份心领神会的共鸣所感染,当我收到陟云这部题为《月光下海浪的火焰》的诗稿,并潜心细读后,我想,我该为这位"隐者诗人"说点什么了。

指认陟云为"隐者诗人",似乎有点"离谱"。

至少在新世纪以来的当代诗坛"谱系"中,作为诗人的陈陟云并不寂寞。不足十年间,已出版诗集《燕园三叶集》(合集,2005年)、《在河流消逝的地方》(2007年)、《陈陟云诗三十三首及两种解读》(合著,2011年)、《梦呓:难以言达之岸》(2011年)。作品散见于《花城》《大家》《诗歌月刊》《上海文学》《人民文学》《十月》《星星》《诗刊》等刊,入选《中国诗歌年选》《中国诗歌精选》《中国新诗年鉴》《中国最佳诗歌》《21世纪中国文学大系 2010年诗歌》等。同时,诗评界的关注也不失热切,按照诗评家向卫国的说法,评论陈陟云诗歌的文章至少在数量上已相当可观,并召开过两次高规格的作品研讨会。

然而有意味的是,如此的"靠谱"而"显豁"之后,陟云之诗之诗人的存在,客观上,好像并没有成为聚光灯下的时代之星,而体现在新的文本中的主体精神与心境,依然是"独守一份孤独"的冲谦自牧:

> 今夜,躲进一个词里
> 在那里孤独,失眠,无端地想一些心事
> 在那里观照事物,获取过程
> 把鞋子穿在月亮上,让路途澄澈,透明

对应体内深切的黑暗

　　把发音变成鸟语,牙齿便长出翅膀

　　咬一溪流水,噬两畔花香

　　如若意犹未尽,把眼睛守望成露珠

　　映照草尖上的另一颗

　　这苦痛的附加之物,瞬间被纯净照亮

　　光晕拖曳生命的本质

　　抵达无人可及的混沌深处

　　或者,干脆把皮囊脱成一袭黑衣

　　脱去一生的长吁短叹

　　骨骼也是一个词,从语言遮蔽的背面

　　进入另一个词

　　在那里打坐,面壁,坚守

　　这是写于2013年3月的《躲进一个词》,是"撤退"之后的另一番"隐者"自况——看来,从文本到人本,陟云的存在,无论被动或主动的"显豁",置于当下语境,都难免不合时宜——"我一直拒绝参与公众题材写作和集体写作"!明确说出这一写作立场的陈陟云,无疑已将自己归属于另一类诗人:疏离于主潮的远岸,在时代背面发光的诗人。

　　这样的诗人在这样的时代,只能是出而入之或入而出之的"隐逸性"存在:非实验,非先锋,非前卫,非一切非本真的角色,而回归本质、本源、本色、本根,由平实中见出不凡,由限制中争得自由,由守望中获取飞跃——由此生成的写作,遂脱身于功利的追抑,化为常态,化为自若,化为从容,所谓不落凡近,潜沉修远,无论走在怎样的路向上,都可以走出一种风度、一种境界。

　　而"隐者"郁——时间之伤、生命之伤、爱情之伤,忧郁之质、勃郁之气、沉郁之韵,遂成为陟云诗歌之不可更改的主题取向与内在气质。这取向不免高蹈,却源自诗人生就的理想情怀与浪漫性格;这气质不免孤高,却发自诗人"前世今生"割舍不了的上下求索。如此成就的作品,或有品质的差异,确无涉艺术的真伪,在陟云这里,更多了些"哲思倾向"与"幻象书写的特点"(向卫国语),以及"高远的人生理想和独特的价值观"(张德明语),并总是"具有痛楚的、诚恳的力量"(唐晓渡语)。

试读诗人长篇组诗《前世今生》中的片段:

薇,今夜我体内音韵枯槁
白骨丛生之处荡出朵朵异香

—— 第一章之(1)

薇,再过千年,你我的剧情依然是
一个男人立在性情里,一个女人活在美丽中

—— 第一章之(2)

我们起身,脱去光影
把面容隐进壶中的图案
一生终究始于一滴泪,止于一杯酒

—— 第一章之(5)

古典情致,现代意识;植风月于虚无,索存在于幻象;传统抒情调式中,不失独在语感的别开生面,庄骚意象密林里,不乏思想坚果的真知灼见。尤其是意象的经营:繁复中见冷峭,馥郁里生清冽,加之惊鸿一瞥之格言警句的顺遂点化,读来颇为

"过瘾"——尤其在"口语"与"叙事"滥觞的当下,邂逅这样的"诗美乡愁",不免有些微醺的感念。尽管读多品久之后,也略有语境稍嫌黏滞、情志较为单一的遗憾,但其气格高迈、体会深切的基本品质,总是在在感人至深。

再试读《南橘北枳》中这样的"感知"与"表意":

> 当你吃完一只橘子,光线也会变得湿润
> 秋色开始丰满,如高贵的身段
> 在红与黄之间袅娜,起舞
> 一只橘子,是一方水土幽深的火焰
> 还是比火焰更为炽热的梦想?

一只来自俗世人间的"橘子",也被"幻化"到如此的意境,是否难免有"高蹈"之嫌?

实则过去的一个时期里,我们过于强调了当代诗歌的"求真""载道"与"社会价值"功能,与另一种"载道"与"济时"(时势、时代之"时")之官方主流诗歌形成二元对立而实际一体两面的逻辑结构,忽略了诗歌作为语言艺术和精神家园之"净化心灵"与"捡拾梦想"或"复生理想"的美学功能。

而诗人既是真实世界的客观叙述者,又是想象世界的主观抒情者。前者让我们在思之诗中见证现实、指认存在,后者如海德格尔所讲的那样:唤出与可见的喧嚷的现实相对立的非现实的梦境的世界,在这世界里我们确信自己到了家——现代人的精神之家、灵魂之家、神性生命意识之家。这个家曾是无数诗人的初恋,却又因一味的虚浮高蹈和伪贵族气而致"黄钟毁弃",只有少数当代诗人执意留在了"初恋"的诺言里,以真正纯正明净的夜莺之声和大吕之音,挽留那一抹世纪的余晖。

这便是"隐者诗人"的意义之所在了。

细读结集于《月光下海浪的火焰》中的所有作品,确然如作者自言,全然与"公众题材写作和集体写作"无涉,甚至很难勾连到一点当下现实的投影。这看起来是个大问题,说清楚得引进另一番学理。

当代诗人于坚给诗下过一个别有意味的定义,说诗是"为世界文身"。在汉语世界里,"文"同"纹","文,画也"(《说文解字》)。"会集众彩以成锦绣;会集众字以成辞义,如文绣然。"(《释名·释言语》)可见"为世界文身"的功能不在改造世界,而在美化、雅化世界。

单就精神层面来看,新诗以"启蒙"为己任,其整体视角长期以来,是以代言人之主体向外看的,可谓一个单向度的小传统。其实人(个人以及族群)不论在任何时代任何地缘,都存在不以外在为转移的本苦本乐、本忧本喜、本空本惑,这是诗歌及一切艺术的发生学之本根,一个向内看的大传统——所谓"与尔同销万古愁"。古诗中有千古,方能传千古。新诗百年,基本走的是舍大传统而热衷其小传统的路径,是以只活在所谓的"时代精神"之当下现实中,一旦"时过境迁"(包括"心境"和"语境"之迁),大多作品即黯然失色,不复存在。

诗,以直言取道求真理以作用于"疗伤"与"救治";

诗,以曲意洗心润人生以作用于"教养"与"修远"。

反观新世纪以来的当下中国大陆诗歌写作,其主潮性流向的关键问题,正在于与现实生活的关系实在是过于紧密了,是以"闹",是以"泛",是以"轻",乃至成为本该跳脱而生的现实语境的一部分,所谓"枉道而从势"(孟子语),唯势昌焉!

上述学理,设若还勉强成立(当下语境下谈这样的学理难得不勉强),回头再来看待并理解被我称之为"隐者诗人"陈陟云的诗歌立场和美学价值,以及指认其"在自己身上克服这个时代"的"矫情",我想,是不必再啰唆的了。

好在不管别人他人包括学人们怎么说,看陟云的架势,是个一条道走到黑而得大光明相的主。这时代,做人,要有点"古意",做诗人,要少点"顾盼"多点"自若"。诗里诗外,读陟云读懂后,知道他颇有古意也不失自若,其潜沉修远的未来,似乎也无须再另做揣摩。

最后的结语自然也就留给诗人的诗句为证而恰了——

> 活着,永远是一滴泪
> 死亡,无非是一摊血
> 这样的时代还有什么骨头
> 可以雕刻自己的塑像?
>
> ——《深度无眠》

2014 年 7 月

"天籁没有所指"
——之道长诗《咖啡园》简论

记得是去年秋日的一个黄昏,之道来家中小叙,谈到诗,忽而就蹦出一句"天籁没有所指"。我为之一震,盯着他看,却再没了下文。只是发现,一向认认真真的之道,脸上表情,却难得一见地散漫迷离着,好像揣着满腹成熟的软柿子,温润在自己的喜气里。当时就猜想,这爱诗爱到命里去的之道,一定是新近得了好作品,揣在怀里等着熟透了再示人呢。

果然,半年后的诗人之道,正式向诗界推出了他的《咖啡园》——一首"天籁没有所指"的长诗佳作。

1

认识之道近十年,在我的诗歌生涯中,算是浅近之新,却每每感念他虔敬、诚恳而低调的诗人气质。与之道交往,尽在善意诚心中,水流花开,自然风致,不操心哪一天他就变了个人。

仅就写诗而言,说老实话,之道的天赋"段位"不算太高,属于那种主要靠修为和历练,按季节生长成熟的诗人。但之道比之这一诗人族群的不同,还在于他既随"时节",又不随"时节",对诗坛季候,对身处季候中的他自己,常葆有客态的审视与自省。

是以这多年里,之道有点像诗歌界的"游牧民族",在风格的寻求和方向的定位之间,不断"转场",悠游自在。唯身边知己者时而操心着,资历匪浅的诗人之道,何时能拥有独属于自己的"界面"?

《咖啡园》的问世,至少,为这个期待中的"界面",开了一扇明亮而有景深的窗口。

2

近年读书问道中,于当代诗学,得出两点体会:其一,就语言层面和文体层面而言,新诗说到底,只能算是一种"弱诗歌";其二,因袭现代汉语语境下的当代诗歌写作,怎么创新,都脱不了创新性的模仿或模仿性的创新之大局限。

如果认同这一理论前提,而需求解于具体写作的话,我给出的临时答案是:其一,独得之秘的生存、生活与生命体验;其二,独得之秘的语言与形式探求。二者居其一,即可别开生面;二者兼而得之,或可别开一界而独领风骚。

按时下时尚说法,即:一则拼"走心""接地气",二则拼"语感""接底气"。"地气"者,当下时代脉动之在场;"底气"者,古今学养修为之在心。

再换一句口号式的说法——

一手伸向存在,存在之真;一手伸向语言,语言之魅。

3

回头说之道和他的《咖啡园》。

之道"转场"写诗,实在心底里揣着个诚恳,要求个切实的自我诗性之所在的。转来转去,一时得工作机缘,转到了千岛之岛的印度尼西亚,在一所咖啡园里做了半年多的临时"移民"。在这个只问天气而不知"场气"为何的海外"伊甸",诗人一时被彻底清空而后"发呆"——所有复制、粘贴之类的"编程",所有郁闷、纠结之类的"脉冲",渐次被消解到"爪哇国"里,重新洗过的心与眼,有了另一种通透与净澈,也便复生另一种脉动和视线:

> 园子里万物精准
> 唯独粗粝的时间码堆在一起
> ——第四季第6节

在这个时间粗粝而万物精准的"伊甸"般的咖啡园里,或者说,在这部无主题、无指向也无确切寓意,只是散漫摊开在四季一百八十节一千零八十行的"天籁之作"里,连我们曾经赋予无数热切理念和宏深隐喻的太阳和月亮,也只是"两只宠物"(第一季第29节),而"风,趴在罗尼的肩上酣睡",唯"记忆盘腿一坐,指指点点"(第四季第45节)。由此,这位也曾"与时俱进"过的中国诗人恍然大悟:"果园没有这类文明的进程"(第一季第21节),而"爱,从来就不限于人与人之间"(第四季第2节)——

> 木屋后的空地
> 白天用来晾晒鲜果
>
> 夜晚晾晒心情
> 月光下,不分好坏
> ——第三季第39节

4

天籁之作源自天籁之遇。

当然,这样的"天籁之遇",是为了然"天籁没有所指"而心有戚戚的诗人所准备的。

由文本推想人本,每每或被动或主动随季候"转场"的诗人之道,或许内心里,一直郁结着那份"天籁"般的"乡愁",等待可能的释解与开放。不然,我们就无法理解,也曾经"超现实""后现代""新古典"过的之道,何以能如此轻松自如地转呈天籁之音,写出这部无涉时风而人静怀永的长诗来。

心领方能神会——天籁无从刻意而求,只是原本就在那里的转身即就:

> 小木屋前
> 种着几株讲道理的菜蔬
>
> 浅显、直白
> 象日常用语
>
> 比如谢谢、不客气
> 比如白椒、芦荟
>
> ——第一季第 23 节

由所谓时代精神,回返久违了的自然时空,以一镜之象,呈现人世风情,吟咏田园风华,一向老成持重的诗人之道,随天籁之遇而净空生辉:由"天然去雕饰"的心境,导引"清水出芙蓉"的语境,入幽出朗,浑成不觉,而骨脉相适,本色自然,令人击节称奇——现代诗人写田园诗，原来也可以写得如此轻直透脱而又涵深思远。

细读全诗，章节形制看似整饬工稳，内里意绪情思却任由散漫，以纯净成其迂回，疏密杂沓，幽然有致，一种随缘就遇式的捡拾或采摘，机心尽弃，烂漫而就。如此语境里，人物、天物、植物、动物，皆风情自在，随意而出，而闲旷和怡。所谓"自然的人性化""人性的自然化"（李泽厚语），在此得其所然。

尤其是那份独得之秘的语感：

摘下可可
剪掉全部新枝

剃光头的树
忽然觉得日子原来如此轻松

就像可可豆卖掉之后
一沓钞票塞进老罗尼的手中
—— 第一季第45节

果园里没有传说，也没有典故
老罗尼望着空中的鹰
—— 第二季第3节

如此干净、清通、朴率又有意味的诗句，读起来真好，真喜欢！关键是，整部长诗的修辞技艺，其实大体不出二三：叙述语式、白描手法、夹叙（事）夹意（象），却能每每于素直间生俏色，素宁中得朗逸，素净里见底蕴……如此一路水流花开般地"素"下来，由不得让人叹赏——写诗原来也可以如此轻松而又如此可意！

却又未全然"世外桃源"，骨子里的现代感，现代汉语式的现代感，即或在"爪哇国"里，也会"偶尔露峥嵘"：

> 刚刚学会撒谎的螳螂
> 给身边的小螳螂炫耀
>
> "我的老师来自中国
> 他们说：前方有蝉，后方必有黄雀"
>
> 蝉与黄雀听到时
> 万分惊愕

——第一季第43节

其实此中关键，在于《咖啡园》的诗性叙事，通篇看似没有方向，只是散点扫描，实则却处处留意细节，得神于物，复由这些实实在在而有意味的景物事体之感人细节，内化出诗意的天籁来，令人感同身受而生色有余。

5

记得读木心时，感念其说：植物是上帝的语言。后来我曾将这句话改用为一句诗学理念：诗是植物的语言。

如今，至少在之道的长诗《咖啡园》里，我欣然于这一理念的合理与美妙。机械复制时代，读厌了各种"流水线"作业，产出的时潮诗人流行诗作后，一时与之道的《咖啡园》不期而遇，确然有一种"他乡逢知己"的惬意。

天籁之作!

而之道的"天籁"没有所指:既不是什么挽歌,也不是什么颂歌,更不属于什么代什么派,而只是一曲独得之遇进而独得之秘的"天籁"——遇到了,动心了,写了,如此而已。

当然一般而言,凡"天籁之作",似乎总会因"质有余而不受饰"以致多有失于精致之处,《咖啡园》也在所难免。质地与风采,率意与考究,如何两全其美,实在既是悖论所在,也是张力所在。其中得失,端赖个人忖度。

只是,有了这样一次"天籁没有所指"的淘洗,想来此后的诗人之道,无疑会更诚恳、更虔敬,也更自信、更淡定得了……

复想起长诗中那位可爱可亲的咖啡园主,那位念天地之悠悠、独孤然而会心的"老罗尼"——诗里诗外,似乎总能见得作者惺惺相惜的寄寓之所在:

安静的时候
老罗尼给我指指天,指指地

琢磨很久
方才明白:

天堂万般美丽
你必须独守一份孤寂

——第三季第35节

2015年初春

小于"一",或大于"十二"

——有关北岛评价的个案分析

引言

仅就文学艺术史而言,凡真正重要而优秀的人物,在被历史书写所书写的同时,也必然或多或少地影响到历史书写的书写理路。

换言之。一方面,凡真正重要而优秀的文学艺术家,在宿命般的创造之路,改变了他自身命运的同时,他也经由他的创造历程,改变了文学艺术的命运,从而为之开启或拓展了新的历史。另一方面,面对这样的历史人物之文本与人本,那些试图对之进行历史性书写或历史性阐释的书写者与阐释者,也不免会遭遇书写理路的纠结与阐释位格的挑战。

一个颇有意味的"张力"关系于此形成:历史书写者和阐释者,与被书写和阐释的历史文本(包括作品和作者)之间,或互为激活而增华加富(双方"文本化"的增华加富),或互为衰减而弱化位格(双方"文本化"的位格衰减)。更有意味的是,在这一"张力"关系中,被书写与阐释的历史文本(包括人本和文本),一般来说,大体上是被动的,乃至是全然"文本化"了的,所谓"作者已死"(罗兰·巴特语);反之,历史书写者和阐释者则大体是主动的,乃至是全然"人本化"了的,是以常常有"过度阐释"(苏珊·桑塔格语)之嫌。

悖论由此产生——仅就文学艺术史而言,所谓历史文本(包括人本和文本）的定位之论，或许难免，既是一个诱惑，又是一个很难达至的逻辑神话。

一

上述"引言"之论，源自有关北岛评价的一个典型个案之感想与思考。

2010年春天，以发表先锋小说和文史研究随笔为主、在当代文学期刊界享有盛誉的《钟山》文学杂志，继评选新时期文学三十年（1979—2009）十佳长篇小说后，又特别举办了一个评选三十年十大诗人的活动，在全国甄选十二位活跃在诗歌界的学者、评论家、编辑做推荐评委，各自推荐自己认定的十大诗人榜单，并撰写推荐语。随后，于2010年第五期（9月号）卷首位置，隆重推出此一推选结果的榜单细目和详尽推荐语。

这次活动，笔者有幸被"相中"，忝列十二位评委之一。至少在我而言，事先既不知道十二位推荐评委都是谁，也没有任何相关推荐活动的先期信息，只是纯粹凭个人三十余年的阅读与研究所得，在反复斟酌后，按照主办方评选规则，提交了自己认定的排行榜"榜单"和"推荐语"，完全是"背对背"式的个人负责，想来其他推荐评委也是如此。

记得当年六月，我应邀出席"新世纪江苏诗歌研讨会"，在南京首次见到梦玮主编（此时推荐评选已结束），聚叙中还冒昧问到推荐评委中何以没有陈仲义，回答说因仲义是舒婷的先生，为了避嫌。可见，这次评选活动的全过程，是十分纯粹和公正的。

评选结果，北岛以唯一全票获得者，位列"十大诗人

(1979—2009)十二个人的排行榜"榜首①。仅以笔者所见,这应该是北岛三十多年来,最具公共性的一次学术"礼遇",也是最具学术性的一次公共"定位"。

众所周知,多年来,在当代中国大陆文化语境下的文学评奖及排行榜之举,无论官方还是民间,公布结果时,大都很少同时明示其详细评选过程及诸般细节,也很少涉及授奖词、推荐语之作者姓名与身份。由贾梦玮主持的这次《钟山》"十大诗人(1979—2009)十二个人的排行榜",则完全透明公开,并真名实姓地一一公布了所有十二位评委的推荐榜单和推荐语,可谓难得一见的典型个案。由此,这一限定于1979—2009三十年当代中国诗歌历程的"十大诗人"排行榜,既是对诗人的考量,也成了对评委的考量——至少,在"北岛"这一排名榜首的名目下,于最具公共性的"定位之论"外,是否也最具学术性以及怎样位格的学术性,或许值得再做一点"后设"性质的分析讨论。

"张力"关系由此经典再现——众口一致的"礼遇"与众说纷纭的"延异",在北岛这里,再次聚焦为一个考量"节点":他轻松地获得了众口一致的"一",又很不轻松地考量了众说纷纭的"十二"。那么,在难免"小于一"的"十二"之后,能否收摄出大

---

① 其他九位进入排行榜的诗人,以得票多少,依次排列为:西川(10票)、于坚(10票)、翟永明(10票)、昌耀(9票)、海子(9票)、欧阳江河(6票)、杨炼(5票)、王小妮(5票)、多多(4票)。另外,同时获十二位评委推荐,但没有能进入前十的诗人,依序票数多少,分别为牛汉(4票)、王家新(4票)、柏桦(4票)、顾城(3票)、食指(2票)、舒婷(2票)、蓝蓝(2票)、周伦佑(2票)、艾青(1票)、洛夫(1票)、李亚伟(1票)、郑敏(1票)、张枣(1票)、彭燕郊(1票)、麦城(1票)、孙文波(1票)、小海(1票)、韩东(1票)、东荡子(1票)、臧棣(1票)、肖开愚(1票)、尹丽川(1票)、吉狄马甲(1票)、孙磊(1票)、伊沙(1票)。其中同为4票的诗人有四位,最终何以多多入选,不得而知。

于"十二"并接近"一"的"定位之论",或可作为一个特殊文本供诗学界参考呢?

这正是引发笔者时隔五年后,动念撰写本文的诱惑所在。

当然,也不免犯难纠结:身为十二位推荐评委之一,何以有资格和权利对"众说纷纭"说三道四以及修订另说?

好在文本生成发表后,此一典型个案,可以作为学术话题再做研讨。何况本文的出发点和最终目的,主要不在对"十二"家之言的讨论,而在那个可能大于"十二"的"一"的求证,有如一个虚拟的学术研讨会,不妨试着分析说说看。另外,除笔者之外的十一位评委,我全都认识,且多为或师或友的关系,即或说得不对或有偏差,也无妨进一步商榷订正。

二

《钟山》2010年第五期刊出的"十大诗人(1979—2009)十二个人的排行榜"推荐语,是按评委投票时间先后为序排列的。下面逐一引来,并冒昧点评,小做分析,看能否最终归纳出那个更具"定位之论"意义的"一"来——

> **敬文东**:北岛是中国当代诗歌的一个象征符号。在最需要诗歌英雄的年代,北岛横空出世,他的诗作启迪了整整一代中国人。北岛的诗坚定、忧郁、紧皱眉头,直扑人生中最晦暗的部分,因而不具备任何形式的幽默感。他用自己的写作深入反思了一段荒唐的、人妖颠倒的历史,因而他也成为了历史的一部分,注定将被后人反复打量。

按照现行代际说法,"六〇后"的敬文东,还属于青年学者之列。在大学做教授、主攻当代诗学研究的同时,间或写诗写小说。平日为文作论,兼有学院理性和个在感性,每有论出,不但眼光思路独到,其文字语感,也多别具风致,每每令业界刮目。

但此次敬文东提交的北岛推荐语,仅仅百字余,就这,还大都为感怀式的指认,很少论定下判语,其用心与行文,似乎稍稍匆促了些,属于较为简短空泛的十二分之一。"在最需要诗歌英雄的年代,北岛横空出世,他的诗启迪了整整一代中国人。"唯此一结语,骨重神凝,是近于"一"的"定位之论"。不过此句中"诗歌英雄"一词有点别扭。另有一句指认北岛诗歌"不具备任何形式的幽默感",是十二份推荐语中唯一涉及此论点的个见,是否得当,也只有存而不论。

耿占春:北岛无疑是新诗三十年最具象征性的人物。无论排几大诗人,想到北岛不需要犹豫,也几乎不需要评价。他启蒙了一代人的诗歌观念。在1970年代末,在官方诗歌的意识形态话语夺去表述内心语言的时候,他为没有个人抒情话语的几代人提供了愤怒的歌哭。我至今犹记得在校园路灯下在寒风中阅读北岛诗歌的那份激动。虽然那时已读过浪漫主义和某些西方现代诗,也读过了艾青、闻一多等,但北岛把诗歌的可能性置于我们自己的身边。他再次提供了一个开端。正是缘于对北岛和他所编辑的《今天》的解读,我从幻想做一个诗人开始走向诗歌批评。

素有"思想者诗学家"美誉的耿占春,在当代中国诗学界可谓格高言深,别具分量,但此次做评委撰写推荐语时,却有些失重之憾。十二位评委中,占春是将北岛列为排名第一的七位评委之一,可见北岛在他心中的实际分量之重。也或许正是因为这份

"重"之所在,一时之间,便将担负"定位之论"的推荐语,转而写成了个人感怀之小随笔,虽语重心长,到底还是多少有些偏离文体之要。

好在该下的关键性判语还是下了:"北岛无疑是新诗三十年最具象征性的人物";"他为没有个人抒情话语的几代人提供了愤怒的歌哭"以及"启蒙了一代人的诗歌观念"。有此骨架支撑,终不失大体。

张学昕:北岛主宰了一代人的诗歌记忆。他领衔的《今天》派诗人,开启了现代汉语诗歌新的历史。他早期的诗作,冷峻、庄严,带着强烈的怀疑和否定精神,成为当时主流意识形态话语的异质性回声,他也因此被诗歌史写作经典化,成为后来者膜拜或者"打倒"的对象。但实际上,北岛早已溢出了"朦胧诗"的边界。他到海外以后的写作,从音势到风格都发生了很大的变化。天涯孤旅、去国怀乡的经验,以及历史和人生的荒诞感,贯透在他的写作中,使他的诗歌呈现出一种平静内敛的忧郁。北岛曾说,在海外生活,母语成了他"唯一的现实"。而他的写作又何尝不是为母语增加了一种"现实"?总之,北岛为现代汉语诗歌提供的独异经验足以构成"影响的焦虑",成为诗歌写作者不断重临的起点。也许,在未来的一代人的文学憧憬中,他诗歌的时间的玫瑰,会继续绽放在一种深邃记忆的沟壑中。

张学昕的推荐语,如一篇小论文,且文质并胜,连起承转合及字词斟酌都顾到,可见用心之深、治学之严谨。张学昕做当代文学研究,主业在小说散文,艺术直觉和文章功底非同一般,是以偶尔旁涉诗歌,也毫不逊色。尽管在张学昕的推荐榜单上北岛位居第四(前三位依次是昌耀、杨炼、海子),但在他的推荐语中,对北岛的评价却颇具分量且甚是到位。

尤其,对北岛早期诗作,以"冷峻""庄严""强烈的怀疑和否定精神"及"主流意识形态话语的异质性回声"做指认,对海外以后的写作,以"平静内敛的忧郁"做判语,还特别指出其中"音势"的变化,见解独到之外,用语更别具精辟。若略加改写,弱化其"文"而强化其"质",算得最接近那个"一"的"十二分之一"的推荐语。

何平:准确地说,北岛的成名和他最具有公众认知度的诗歌《回答》《宣告》等都是在1979年之前。北岛和他的诗歌是沉沦时代普通公民自救的象征。历史成就了北岛以抵抗专制为核心的政治诗学,但这不是北岛的全部。进入1980年代,北岛对于他抗议和控诉的时代有了更深刻的反思,《履历》和《白日梦》就是这样的代表作。从一定意义上说,北岛在当代诗歌阅读史上,是一个被充分注意到,同时他的某些部分又是被不恰当漠视的诗人。不只是普通读者,就是专业读者对于北岛去国以后的诗歌写作状况并不很了解。"中文是唯一的行李。"1990年代之后,北岛很重要的母题是"漂泊"和"回归"。北岛2002年在接受《书城》杂志采访时说,"一切从头开始——作为一个普通人,学会自己生活,学会在异国他乡用自己的母语写作。那是重新修行的过程,通过写作来修行并重新认识生活,认识自己。"不只是在政治抗议的尺度上,北岛的诗歌如何获得诗学辨识是我们必须正视的一个问题。

常为学生点赞,有学术"风范"的青年学者何平教授,同张学昕一样,诗歌评论也非其主业,是以一时顺遂,也将"推荐语"写成了小论文,行文中还有两处来自北岛自己的引文为证,且着力并归旨于北岛诗歌如何获得纯粹意义上的"诗学辨析",来纠正惯以"政治诗学"尺度以偏概全的问题,如此行文,不免有些偏离"推荐语"这类文体的规范尺度。

其实用心甚切。这不仅表现在何平将北岛排在他的推荐榜单的榜首,而且不惜越出"论域",为北岛的历史定位"借此"一辩,其学术立场和人文情怀可见一斑。到了,其"北岛和他的诗歌是沉沦时代普遍公民自救的象征"一句判语,或可作为"一"的参考词条之一。

> **燎原**:作为"朦胧诗"的代表性诗人,北岛的诗歌艺术行程,直接呼应了"五四"新文化运动的启蒙精神。他以非凡的艺术诚勇,犀利的思想精神启蒙,开创了中国新时期现代主义诗歌的先河。亘贯在他诗歌中尖锐的现代质疑精神,点化精微的冷峻诗艺,形成了与既有主流诗歌传统的峻厉质对,由此而影响了一个时代的诗歌方向。从北岛秉持的艺术立场上溯,是先行者鲁迅的清晰的背影。

推荐语,以及诸如此类的授奖词、评语等,是所有现代文论中,最为微妙而难就的一种特殊文体。这种文体,既不同于一般文章或论文,又不同于相近的批注、提要、引言、按语、断想等;既要字斟句酌而简要精妙下"判语",以极为有限的文字"中的"而"立论",又要不失内在统一结构,有大体脉络作隐形关联,最终达至对所"荐"、所"奖"、所"评"者的高度概括和精确表述,成为经得起历史认证的独家"定论"。

设若笔者的这一认知,就学理考量还算成立的话,作为十二位评委之一的燎原所撰写的推荐语,应该是较为到位者之一,无愧资深诗歌评论家的身份与修为。尤其所下"点化精微的冷峻诗艺"一句判语,可谓精准细切。而仅以百余字文字概括言之,确然已大体接近可以想象中的"一"的"期待值"位格。

陈超:北岛的诗一直以其冷峻的怀疑主义和不妥协的批判精神,深刻的悲剧风格与荒诞感的扭结,揭示出生存和生命经验,更新了一代人的情感。三十年来,他一直是一个"有方向写作"的诗人。始终围绕着人的存在,人的自由,人的现实、历史和文化境遇,人的宿命,人对有限生命的超越,以及诗人与语言艺术的复杂关系等方面展开。他的诗中持续表现出的孤独感、焦虑感、荒诞感、悲剧感,他的怀疑和批判精神,都可以聚焦式地在对"人"和"语言"的关注这两个层面上得到纵深的解释。令人赞许的是,这些沉痛而丰富的情感经验,都是经由对严谨而奇妙结构中的细小而神奇的"语象"纹理的雕刻,从而显豁地呈现出来的,而非被动地依赖于"本事"细节。这样做的好处是,使北岛的诗既有写作发生学或动力源意义上的真实,又有"元诗"意义上的精密感和高度的专业精神;既能有效地表达个人心灵,又为读者提供了某种超验性引申的机会。

圣徒般纯粹、深切、专一、丰赡的陈超,在当代中国诗歌界有口皆碑。学养、学理、情怀、问题意识、艺术直觉、同呼吸共命运以及细读深研之功力修为,在在令人感佩而信任。此次陈超推荐的"排行榜"上,北岛位列第一,其推荐语之用心用力,近乎"超饱和",难免显得稍稍滞重了些。

"有方向写作",是陈超惯常拿来评判优秀诗人的第一标准,北岛当然是此一标准的典型代表。体现"北岛式"诗歌写作方向的聚焦点,陈超归纳为"在对'人'和'语言'的关注这两个层面上得到纵深的解释",并称许其"有'元诗'意义上的精密度和高度的专业精神",实为精辟之见、"定位之论"。

沈奇:简约而精美的形式,丰富而深刻的内涵,缜密而统一的风格;对精神现象之独到的省视,对词语历险之特殊的专注,对独立的非面具化非类型化之写者立场持久而孤傲的坚守——由代言到内省到深入语言的奇境,汉语诗歌的抒情传统之现代性转换,在北岛艰卓而富于艺术自律的创作中,得以历史性地过渡,从而成为有号召性与影响力的、勾勒出现代汉诗的现代性品质之轮廓与基质的第一人。前期作品,以其正义与自由的呼吸,推开被黑暗锁闭的门窗,传播人的尊严和美的信念,在纠正生活方向的同时也纠正了诗的方向,影响及整个时代的良知与美感;后期作品,于独白的抒写中,建构与世界相通的诗意与诗境,并将修辞行为提升到一个同人生经验和人类意识和谐共生而更趋完美的境界,为跨越世纪的当代汉语诗歌,贡献了更为精湛的技艺资源和超凡脱俗的精神源泉。

对成名诗人的定位,限于现当代语境,我向来持三种尺度看待之:重要的;优秀的;既重要又优秀的。从中国特色的文学史及诗歌史的角度去看,许多优秀的诗人似乎并不重要;从纯诗学的角度来说,其实许多重要的诗人又不尽优秀。真正既重要又优秀的诗人,是那些既以自己的诗学观念,对诗歌艺术的发展起过重要的开启与推动作用,又以自己的诗歌写作之质与量,足以自成一家而影响于后来的诗人——以此来看北岛,至少就二十世纪下半叶以来中国大陆诗人族群而言,当属第一人。问题是,这一带有"中国特色"的"双重标准"之"重要"一说,其实至今为止,依然脱不了"五四"新文学尤其是当代文学之历史书写的旧套路,偏重于诸如时代价值、社会价值、历史价值等方面的考量,而非纯粹诗学意义上的辨析与认定。

正是基于此种反思,我在提交的"排行榜"中,将北岛排在洛夫之后,位居第二。我是想就此表示,仅就诗歌艺术的原创性、丰富性以及汉语气质,还有诗学方面的建构等总体成就而言,北岛还是稍稍逊色一点,尽管其实际的影响力,要远远超过洛夫。① 我与北岛是同龄人,尽管从未见过面,但细读过他几乎所有的作品,一直敬仰在心,只是因多年着重力于"朦胧诗"之后的诗歌研究,一时没有付诸文字论说而已。是以此次撰写推荐语,谨重有加而字斟句酌、反复修订,以致有些用力过了之嫌。尤其后半部分文字,将北岛诗歌写作简单分为前期与后期,并予以不同的价值指

---

① 我从事当代诗歌研究,打一开始,便将所谓"两岸三地"及"海外"汉语新诗写作,纳入一个版图、一个历史谱系去看待,所谓"大中华诗歌"(洛夫)。故而,在应邀出任《钟山》"十大诗人(1979—2009)十二个人的排行榜"推荐评委时,也作如此观。待评选结果出来后,才发现其他推荐评委,实际上还是依循大陆当代文学史和当代诗歌史多年形成的研究思路与书写理路,将台港澳及海外诗人作"另册"看待了。或许还有时间维度问题,即认为洛夫成名与影响在早,与"三十年"无干。其实洛夫正是在这三十年里,以长诗巨作《漂木》(2001)、《诗魔之歌》(1990,花城出版社)、探索诗集《隐题诗》(1993)、现代禅诗集《洛夫禅诗》(2003)等作品深度影响及两岸诗界,仅在大陆出版的单本诗集及多卷本选集,就有十多种,并获大陆多项重要诗歌奖项,理应在入选范围的。由此推算,设若《钟山》主办者原本也是以这样的版图和谱系为限的话,去掉洛夫"候选资格",或仅就大陆诗人为限,那么北岛自然当属我的"榜首"之选。

认,有失学理之谨严。其实北岛的写作方向和作品风格,尤其是内在气质与韵致,基本上是一致贯穿始终的,不宜轻易做前后期比较。倒是"推荐语"的前半部分所下判语,自认还算在理在言,不负心仪,也不失论定位格。

黄礼孩:北岛的诗歌是一个特殊时代的符号,他的诗歌在这个时期的影响是普遍和深刻的。跟新诗开始的"五四"文化运动时期有着十分的相似,"文革"后的新诗几乎是从空白中爆发出来的,北岛在这个时候英雄地站出来了,以他为代表的被冠以"朦胧"之名的诗歌,震醒了新时期尚处于昏睡状态的人民。

黄礼孩是十二位评委中唯一的"七〇后"民间诗人、诗歌编辑家、诗歌活动家。以一人之力创办并主编民间诗刊《诗歌与人》近二十年,独自创办"诗歌与人·国际诗歌奖"十届,实在可算是当代中国诗歌历程中,别开一界的奇迹,我曾撰文称其为阳光"礼孩"、诗歌"圣婴"。《钟山》梦玮选择黄礼孩做本次评委,不失为切实周翔,"视野""在场感""代际"因素,仅此三点,足以增补全面。

作为新世纪前后"崛起"的青年诗人,或许在礼孩心里,早已将北岛划归疏离于当代诗歌现场的历史定论人物看待,是以他的"诗歌与人·国际诗歌奖"一直缺席北岛。此次评选,礼孩将北岛排名第一,并称之为"英雄",但仅仅百余字的推荐语,只是重新认定了一下历史地位,且限定在"过去时"时态,缺乏实质性的价值指认。开头一句指称"北岛的诗歌是一个特殊时代的符号",也不免有些含混不清。实际上,礼孩此种状况,或许代表着新一代诗人之价值理念的暗自转换,并提出了一个有关北岛诗歌是否在当下已然"失效",还是属于任何时代之经典这样的命题——这命题由来已久,却总是难以"定论",而一再成为新的话题。

唐晓渡:从最初的引领者到后来的精神象征,北岛一直是当代汉语诗歌伟大复兴最杰出的代表和最重要的灵魂人物之一。正是经由他和他的伙伴们所开启的变革潮流,当代诗歌得以于绝地重归自主自律的传统大道,重建汉语不可摧折的自由和尊严,并成为当代世界诗歌最富活力和潜能的部分。他的写作沉郁而机警,敏锐而精审,强硬而不失温润;他使冷峻的怀疑立场、不妥协的批判精神、深邃的人道主义关怀和诗意发现的洞幽察微,在历史、现实、自我的诸多层面,尤其是其无意识层面上相互烛照,彼此生发,进而在语言中开放或结晶。他的诗充满理性的力量而又超越了理性,用于正义的担当而又始终恪守诗自身的正义。他坚持叩问、探询被抛的个体生命和一个"正在趋于完美的夜"之间的种种幽昧关系及其话语的可能性,坚持以孤独、荒谬、焦虑、错位和悲剧为主题向度,使独特形式和风格的持续锻造同时成为对现代人生存和心灵境遇的持续揭示。据此他把变幻莫测的人生命运不断转化成"不可言说的言说"之诗的宿命,把这一宿命转化成一个"不断调音和定音的过程",并在这一过程中不断重申诗歌艺术的真义:某种注定要归于失败,但也因此注定要被反复尝试的、语言和沉默之间的"危险的平衡"。

因了风云际会之历史成因,作为北岛及其所代表的《今天》派诗人或者"朦胧诗派"的同路人、代言人、"护法使者",一直以来，唐晓渡在当代中国诗歌界的独有地位和独特声音及持续影响力无可替代。历史选择了晓渡，晓渡也始终对历史恪尽"职守"，任何时候，任何言说，为文本或为人本，皆一以贯之，葆有严谨、缜密、高迈的专业风度，令人感佩！

此次晓渡出任评委，荐北岛为榜首，其推荐语之得体而凝重，无出其右者，具有相当的权威性，也是最接近定论之"一"的十二分之一。起首句："从最初的引领者到后来的精神象征，北岛一直是当代汉语诗歌伟大复兴最杰出的代表和最重要的灵魂人物之一"，已是点睛之语。中间一句"他的诗充满了理性的力量而又超越了理性，用于正义的担当而又始终恪守诗自身的正义"之判语，及随后"坚持以孤独、荒谬、焦虑、错位和悲剧为主题向度，使独特形式和风格的持续锻造同时成为现代人生存和心灵境遇的持续揭示"之指认，既是知己之见，又有着教科书般的精辟而深湛。只是，设若真要以教科书之"普世性"价值认同，以及语义与语感的认同为考虑，晓渡推荐语中的不少用词用语，还是略微显得高蹈了些。当然话说回来，既是个人推荐，所作言说是否一定要考虑理解的难易度，或许也是个伪命题。另外，行文中将北岛的同路人称为"伙伴"，不仅语感上不统一，而且语气之分量也有失整体之凝重。

何言宏：对于北岛，我很同意一位海外学者所曾指出的，即他代表了中国的声音。他在中国当代诗歌史上的重要地位，目前还罕有其匹。他的诗歌，无论是其早期的高亢，还是在他去国之后的低回，都是中国的良知或者心灵的真实表达。北岛早期诗作中的人道精神、英雄情怀和他对世界勇于怀疑与挑战的精神姿态，与那个时代保持了应有的张力；而他去国以后的大量作品,即使有着难以掩抑的孤独、哀伤甚至落寞,但仍有着巨大的悲情,和他的祖国息息相关。在诗歌史的意义上,北岛开创了两个非常重要的传统,即以《今天》所开创的民刊传统和以其自身的诗歌实践所开创的反抗与介入的诗学传统。

身兼多职、言路多维的"六〇后"教授何言宏,近年对当代诗歌理论与批评的亲近与投入,显然更多更活跃一些。此次他给出的排行榜,特别关注到"非非主义"的代表人物周伦佑(另一票为笔者推荐),可见别有深入。有意味的是,何言宏所提交的推荐语,同何平教授有大致相近的语式和风致,委婉,中肯,商量培养中,见出确切与明达。

何言宏对北岛的评价,关键之处,在其指认北岛"开创了两个非常重要的传统,即以《今天》所开创的民刊传统,和以其自身的诗歌实践所开创的反抗与介入的诗学传统。"这一判语,将北岛的历史价值与现实意义,于诗学层面之考量外,更延伸及文化学层面的确认,别具分量。

吴思敬:北岛作为一个新时代的歌者,他直面现实的勇气、独立的人格力量和觉醒者的先驱意识,他的强烈的使命感和社会责任感,他诗中凝结的一代人的痛苦经历与思考,使他理所当然地成为朦胧诗派的代表人物,他的作品也构成了当代中国的一种重要的文化现象。进入新时期的年轻人,需要听到一种新的声音,一种发自真正意义上的人的声音。这种声音,他们在北岛的诗中听到了。北岛是个有强烈使命感的战士,同时也是一位有独立的审美品格的诗人。北岛的诗歌有丰富的象征意象,后又借鉴西方超现实主义等现代主义手法，构建了一个独特的诗歌艺术世界，为中国新诗的现代转型起了重要的推动作用。

作为本次评委中唯一的前辈学者，吴思敬先生的分量，多少要大于"十二分之一"一些的。我曾在《摆渡者的侧影——吴思敬诗学精神散论》一文中，称他为跨越三代诗歌历程的"摆渡者"，并认为先生的仁厚、热忱、纯正、睿智，既从善如流又不失历史维度的学术精神，以及集立言、立行、立德于一身的学人风范，为其胜任并出色发挥"摆渡者"职能奠定了坚实的基质。

吴思敬的当代诗歌评论，正是从对"朦胧诗"的激赏与鼓呼为开端，至今四十余年，依然走心、接地气、"摆渡"在现场。以此资历，出任本次评委，自是得心应手。北岛在吴思敬给出的榜单上也是位列第一，所下推荐语，依体谋句，循范成篇，中正严整，纯是史家语。其中指认北岛的作品"构成了当代中国的一种重要的文化现象"，更是独家判语，重要见解。

张清华：他是使当代中国的诗歌在黑暗的精神幕布上撕开缺口的诗人，是使当代诗歌的潜流浮出地表、使孕育中的先锋写作露出冰山一角的诗人，在这个意义上，他也是一位先驱。"卑鄙是卑鄙者的通行证，高尚是高尚者的墓志铭"，他使诗歌的箴言在社会变革的前夜生发为一种巨大的文明召唤、启蒙讯息与启示力量，并且因为对于压力的勇敢承担，而产生出强大的道义与人格力量，从这个意义上，他的地位也无可替代。同时，他在国际诗坛广泛的精神影响，也使得中国的当代诗歌真正得以走出国门。从文本上说，他的精准和简洁、犀利和持续的批判性，在早期的启蒙主义思想和之后的个体精神价值的转换衔接方面,在文本的单纯性与复合性的统一方面,都具有强烈的引领意义,而他对于写作的专业性的一以贯之的追求,对于中国当代诗人也具有重要的示范意义。

当代中国诗歌进入新世纪历程后,作为名校教授和名家学者的张清华,以其专业的视角、敏锐的言说、广泛的在场,成为诗坛"一线人物",其活跃度和影响度,都相当显要。此次清华给出的十大诗人"排行榜",前有食指为首,后有伊沙殿军,北岛排名第二,仅有两票的舒婷排名第三(另一票为笔者推荐),其十票构成,大体依循重要与优秀"双轨制"之现当代文学史治史理念考量所然,自是中规中矩。

不过,学院位格之外,作为写诗出身的清华,还保留不少诗人气质。其给出的北岛推荐语,从语感到语式,都带着些诗性的激昂,赋予理性言说的学院话语以别样的动态,如起首一段判语,即是典型。最后一段对北岛文本以两个方面之"引领意义"和"示范意义"作结,更是论家之见、史家之笔。

三

经由上述点评分析,现在似乎可以从十二家推荐语中,试着归纳出那个更具"定位之论"意义的"一"来了——

从最初的引领者到后来的精神象征,北岛一直是当代汉语诗歌伟大复兴最杰出的代表和最重要的灵魂人物之一。北岛开创了两个非常重要的传统,即以《今天》所开创的民刊传统和以其自身的诗歌实践所开创的反抗与介入的诗学传统。他直面现实的勇气、独立的人格力量和觉醒者的先驱意识,成为沉沦时代主流意识形态话语的异质性回声,及普遍公民自救的象征。在官方诗歌的意识形态话语夺去表述内心语言的时候,他为没有个人抒情话语的几代人提供了愤怒的歌哭,从而构成了当代中国一种重要的文化现象。

对精神现象之独到的省视,对词语历险之特殊的专注,对独立的非面具化非类型化之写者立场持久而孤傲的坚守——由代言到内省到深入语言的奇境,汉语诗歌的抒情传统之现代性转化,在北岛艰卓而富于艺术自律的创作中,得以历史性地过渡,从而成为有号召性与影响力的、勾勒出现代汉诗的现代性品质之轮廓与基质的第一人。他的怀疑和批判精神,都可以聚焦式地在对"人"和"语言"的关注这两个层面上得到纵深的解释。他的诗充满了理性的力量而又超越了理性,用于正义的担当而又始终恪守诗自身的正义。坚持以孤独、荒谬、焦虑、错位和悲剧为主题向度,使独特形式和风格的持续锻造,同时成为现代人生存和心灵境遇的持续揭示。他的精准、简洁、犀利,以及平静内敛的忧郁气质,在早期的启蒙主义思想和之后的个体精神价值的转换衔接方面,在文本的单纯性与复合性的统一方面,都具有强烈的引领意义。

北岛的诗既有写作发生学或动力源意义上的真实,又有"元诗"意义上的精密感和高度的专业精神;既能有效地表达个人心灵,又为读者提供了某种超越性引申的机会。亘贯在他诗歌中尖锐的现代质疑精神,点化精微的冷峻诗艺,形成了与既有诗歌传统的峻厉质对,由此而影响了一个时代的诗歌方向。

在对众家之长做了最大限度的精简之后，依然有近八百字的上述"归纳"，显然已远远超出"推荐语"的范例，成了一时难以归类的特殊"文献"。可以想见的是，设若有重写当代中国诗歌史的新一代学人关注到此一"文献"，倒不失为一个重要参考。当然，仅就"学术位格"而言，这段"归纳"文字的分量之重之全面，大于原初文本的"十二"是可以肯定的，但是否就是近于"一"之定论，肯定不能肯定。诗无达诂，何来定论？人皆行者，何以定位？何况北岛尚在盛年，始得安稳，后续创作与成就，尚未可知，又何以作"定位之论"呢？

如此绕了一大圈，又回到本文开头"引论"部分提出的那个悖论：所谓历史文本（包括人本和文本）的定位之论，终归既是一个诱惑，又是一个很难达至的逻辑神话。无论为谁做定论，无论谁来做定论，无论是一家之言还是众家之长，最后的结果，只会"小于一"——小于那个被定论的"一"，或那个可能存在的"唯一"的定论。故而，也便有了那个无限丰富的"阐释空间"和无限可能的历史书写之"书写理路"。而这，才是最重要的。

同时需要提醒的是，在当下时代语境，面对北岛这样重要而优秀的历史人物，面对以北岛这样的历史人物做历史书写的热点所在，是否还应该多少保持一点必要的清醒与冷静，以免于无意之间，陷入应转型后的主流意识形态所需，及商业社会与消费文化共谋，而虚构的"荣誉空间"与"交流平台"之陷阱，从而留下新的遗憾与尴尬。

2016年3月15日于西安大雁塔印若居

2016年4月2日校订

辑三·谈诗

新世纪大陆诗歌面面观
——答诗友二十问

1. 新世纪以来,市场经济下的商业文化影响日渐强大深远,很多诗人表现出与此不相容的精神姿态。这种姿态是正常的吗?物质的丰富是不是真的会挤压精神空间?

能自觉地表现出与商业文化不兼容的精神姿态,才是真正纯粹的诗人、正常的诗人。

商业文化和消费文化,对纯粹的诗歌精神肯定是一种挤压,但不一定就不能兼容。姿态是一回事,现实是另一回事。现实是,在所有的文学艺术种类中,诗大概是最不易被商业文化与消费文化所同化、所彻底"吃掉"的一种品类;诗既不能被改编,又不好利用,能借用一点的,反而可能正是纯粹的诗所想要抛弃的。

所以应该说,"挤压"其实是好事,是能让诗更是诗,也更可体现诗的价值与作用的好事。作为物质时代的精神植被,诗的存在只会随之挤压而更纯粹,随之丰富而更繁荣,对此我们该充满信心。

2. 计算机和网络的兴起,是否提升了人们(包括诗人)利用个人时间的能力?文化语境的广泛娱乐化和时尚化,是否已导致了个人习惯、态度、价值准则更趋一致,包括人们自以为不一致这一点?

关键要看提升了怎样的"能力",是"量"的提升还是"质"的提升。就后者而言,我们甚至还不如用毛笔写字的遥远的古人。在以"快"与"新"为关键词的当下文化语境下,诗人应持一份"慢"的优雅心态才是。

"快"生事,"慢"生诗,古人深得此中奥义。

当代中国的整个文化体系,确实都在加速地时尚化和娱乐化,结果必然是趋于一致化、平面化、平庸化。而诗原本是一种尖锐而突兀的存在,当下这种空前的传播速度与时尚化的交流方式,很容易将所有的创造个性抹平,将这种"尖锐"与"突兀"抹成"一马平川",诗人对此应保持最高的警惕心。

诗的存在,就是要使人从类的平均数中跳脱出来,重返本初自我的鲜活个性。因此,原创、原在、原生态,是诗人在这个时代时刻不能忘记的法则。也只有遵从这个法则,诗与诗人才会免于被时代所辖制,才能真正成为开放在时间深处的、生命的大花。

3. 你认为当下个人化的诗歌创作和媒体以及大众审美习惯之间的关系需要调整吗?如果需要,应该如何调整?

媒体以及大众审美习惯,应该都属于"体制性话语"系统,而诗的发声方式,天生是个人化的,是反体制的——一切的体制!

需要反复强调的是:诗的存在,一个最基本的功能,就是让人免于成为"体制性话语"的类的平均数,重返未被"体制性话语"所改写掉的生命的初稿。

仅就此而言,诗歌创作和媒体以及大众审美习惯之间的关系,不存在相适相应的调整关系,反而应该时时警惕其负面的影响。

4. 诗歌是否可以作为一个民族的精神符号?这个精神符

号是否总是表现为一种滞后的状态，也就是说更多地驻足于所谓的"前文化"领域，而来不及解答现时代的困惑？

法国诗人圣一琼·佩斯在获诺贝尔文学奖的受奖演说中有一个说法：无论人类将自己的精神疆域扩展到什么地步，诗歌永远是游走于那疆域之外的一只猎犬。（大意如此）我认同这样的说法。

相对于时代的发展而言，诗歌既是超前的，又是滞后的，且总是难以同步的。同步就成了传声筒，失去诗的意义。

诗的本质意义只在于提供一种非现实的精神参数。诗无力解决任何具体问题，只是在人们需要的时候，给人们提个醒，想一想诸如"我们从哪里来？我们向哪里去？我们是谁？"这样的问题。

或者让人们偶尔感受到：有些秘密的漏洞，存在于时间之外，是诗人的语言之灯，让它在一瞬间显形；有些神奇的感觉，存在于事物之外，是诗人的灵视之光，让它在一瞬间永存。

相对于正常社会而言，诗甚至是一种"疾病"，一种可增加免疫力的"疾病"——免于使人成为人类的平均数，免于使人成为世界的平均数，免于使人成为公共话语的平均数，免于使人成为正常人的平均数，如此而已。

我们过去所犯的最大的错误，就是常常过于看重或夸大诗及一切艺术的现实功用，渐渐成为一种情结，时不时要发作一下，其实早该消解了。

也正是因了这种相对于"与时俱进"式的所谓"滞后"，使当代诗歌反而产生了真正有意义的现实作用。可以说，百年中国新诗，从来没有像今天这样，对现代中国人的生存现实与生命现实，有着如此真实、如此真切、如此广泛深刻的表现。而这，正是由于当代诗歌卸掉了许多原本不该她背负的包袱,较为彻底地回到了诗本身所带来的。

5. 现在,常有很多诗人从偏远地区拥入城市,但城市并没有为诗人的才能和抱负提供什么出路,他们好像只有在极其边缘的地方和狭小的空间从事诗歌活动,才能在一定程度上保持其个性及独立性。那么,诗歌和社会之间到底应该保持何种关系?

诗是社会不变的那一部分,诗也是人心不变的那一部分。

社会可能会为诗的写作提供一些新的话题,但不会改变诗人原初的诗心。

在成熟的、优秀的诗人及艺术家那里,个性与独立性是天生的,是天性使然,走到哪里、在哪个时代都不会丧失的。

说到底,这是一个艺术根性的问题。根性浅或无根的诗人,本就没有个性及独立性,又谈何保持?

时代走到这一步,恐怕难以再埋没真正的天才、人才和他们的创造性了。一些诗人奔大都会去、奔话语中心去,大概主要不是为了诗的创造,而是为了获取对他的创造的及时认定,岂不知这可能反而会影响真正的创造,有个性和独立性的创造。

6. 二十世纪八十年代,你也参与过那次有名的"1986·中国诗坛现代诗群体大展"。你觉得1980年代的气氛在精神方面是否比现在更好?为什么?

二十世纪八十年代确实是百年来中国人尤其是中国知识分子之精神历程中最为特殊的一个年代。

不能说这个年代的气氛比哪个年代好,只能说这个年代太特殊了。

特殊在于，仅就"理想"与"激情"这两个词而言，可说是在二十世纪最后的一次集中释放与展现。单纯，质朴，十分真诚，且立足于对存在的真实、人的真实、历史的真实的探求，很少有以前的种种虚妄和不着边际。

由此划开了两个时代——此后的中国人，包括知识分子在内，似乎永远告别了这样的"理想"与"激情"，变得史无前例地现实、功利和个人化。也许，从社会学的角度而言，这可能是一种进步，从文化学的角度来看，又不免是一种遗憾——告别1980年代，无论是哪一代中国人，似乎都在活得更健康、更自在的同时，遭遇到"平庸"与"郁闷"这两个词的缠绕，从而复生对"理想"与"激情"的一缕"乡愁"。

7. 这么说，你是认为1980年代的诗歌状态比现在辉煌吗？为什么？你经历过那个年代，当时发表过多少作品？怎么发的？现在呢？

假如把激情、理想及单纯，视为诗的主要特质的话，1980年代的诗歌形态无疑是百年来最为辉煌的，甚至超过"五四"时期。

但跨越世纪的当下中国诗歌，也有它不同于1980年代的盛大局面：转换话语，落于日常，多元共生，空前活跃。这样的局面也是前所未有的，并可以想见，它必然会为新诗的下一个飞跃，尤其是质的飞跃，奠定不可估量的基础。

两个诗歌时代之间的差别在于：前者是仪式化的，后者是日常性的。需要提醒的是，在后者的"日常性"中，夹杂了一些游戏化、平面化、平庸化的负面因子，须时时警惕才是。

作为已然过时的诗人，我自认是永远的"1980年代人"。几乎所有为自己所看重的我的前期作品，都是在那个年代写下和发表的——自印诗集,自办诗刊,也在公开刊物上发表,只要能传播,怎么都行。现在更无所谓了。只是偶尔也羡慕现在的诗人有那样广泛而自由的发表管道,而不堪回首我们当年那种"地下工作者"式的艰难遭遇。

8. 在1980年代,一代人曾普遍地把兴趣集中在诗歌、文学、心理学、哲学、社会学上,尽管为时不长。那是形成今日中国诗人以及一般男女公民的世界观、期望和理想的具有关键意义的年代吗?

是的,对那一代人来说,那是一种难得的幸运,却又不免成为他们今天的人生中挥之不去的尴尬。

今天的现实,要求的是几乎完全不同于1980年代的世界观和人生观,期望和理想,只有极少数人能守住那出发时的瞩望,且必须要忍受得了边缘化的存在与寂寞的恪守。

我相信对于可称之为"1980年代精神"的重新认领,是不久的将来,在中国必然要出现的事情。那不仅是一代人的精神内核和生命初稿,也应该是现代中国人尤其是人文知识分子所不可或缺的精神质地。

9. 一种开放的精神态度在"文革"结束后开始缓慢地发芽,其精神营养来自各种各样的几乎是完全不同的价值观和抱负,但在1980年代却能彼此兼容,要很多年后才出现思想交锋。为什么那时候的诗人能够彼此欣赏其差异性呢?

关键是"单纯",不携带生存的考虑、名利的考虑,像一群刚入学的孩子、刚上路的伙伴,各自奔各自的理想之追求而去,除了诗,没有其他。

那时的诗歌界,不但能够彼此欣赏其诗歌与艺术追求的价值与抱负的差异性,连彼此诗之外的一切都能宽容乃至激赏。天下诗人皆友人。尤其在民间诗界,有多少佳话在今天看来都像是做梦。

今天的诗人以及所谓知识"精英"们,大概已经很少再做梦,或只能做"低梦",而很少做"高梦",基本是为空泛的话语狂欢、狗撵兔子似的物质狂欢、无所适从的肉体狂欢所主宰了。可是如果连诗人都只能做低梦甚至不再做梦,这世界就真是很乏味了。

10. 我们换个话题。你如何看待中国传统诗歌?你认为新诗九十年的历史足以形成一个新的传统吗?

这个话题太大。

现代汉语造就了现代中国人,我们只能用这样的语言言说我们的存在。现代汉语与古典汉语已是两个不同的语言谱系。从人是语言的存在物而言,可以说,今天的中国人与古典中国人,已经是完全不同的两种人,尤其是在二十世纪下半叶之后。

但不管怎样,只要我们还用伟大而神秘的汉字在写作,在组织思维,我们就与我们的中国传统诗歌以及传统文化脱不了干系,并最终会重新认领我们的血源和"初乳"。

新诗是一个伟大的发明。新诗的出现及其后的发展,使现代中国人尤其是年轻生命及知识分子,得以经由这样的语言艺术形式,在被迫承受的文化错位和意识形态混乱的双重羁押下,发出较为真实、自由而明锐的心声,来灵动便捷地表达我们自己的现代感。一部现代汉诗的历史书写,便是一部现代中国人心灵史的历史书写,这已成不争的事实。

新诗的灵魂(诗心、诗性)已渐趋成熟,新诗的肉身(诗形、诗体)还处于生长发育阶段,远未成熟。因此,就前者而言,可以说新诗已形成了自己的、足以和古典诗歌并肩而立的传统,自由、灵活、宽广、求真求新、在勇敢的探索中不断发展的诗歌精神的传统。就后者而言,新诗还无法证明自己有何可作为其标准与典律性的传统,而这,正是当下和未来的诗人们必须面对的历史使命。

11. 有诗人认为他找不到可以依赖的传统信念,诗人和他的环境以及周围的人没有密切关系。这种孤立是社会现象吗?有社会学原因吗?

传统是一条继往开来奔流不息的大河,成熟的诗人本来就在这河流中得其所然,怎么可能无所依赖呢?

能自由自在地徜徉于传统大河中的诗人,和现实的关系稍稍疏离一点倒也不妨。

诗,是生命孤独的言说;诗,是天地沉默的言说。所谓说不可说之说。

诗与世界的对话主要在三个向度:一是与人和社会的对话,二是与自然的对话,三是与"神"的对话。至少从后两种对话的角度来说,诗人与他人、与社会保持一定的距离可能是必要的乃至是宿命性的选择或叫作际遇。

12. 当代诗人是否缺少一个有关诗歌所处的历史地位以及诗人应有的责任的明确定义?是否因为这种缺失,才导致了诗人之间很难达成一致意见?

真正优秀的诗人以及一切文学艺术家,都是不合群的狮子、老虎或野狼,有各自的艺术立场和艺术志向,不可能就具体的什么达成一致明确的意见。

诗人的责任只是写好诗。今天的诗人甚至照样可以去写旧体诗,只要你写得好,写出了前人古人没写到的妙处、高处,也是尽了一份诗人的责任。

所谓的历史地位,总是一种线性的、时间性的安排,可诗人并不在历史的流水线上工作。诗人与诗的存在,无论是责任还是意义、价值以及地位等等,主要还是空间性的,如星空的存在,散乱而耀眼。

13. 你如何看待诗和当代艺术之间的关系?除诗歌外,你还比较关注哪种艺术形式?

这是个很有意思的话题。

当代诗歌,无论是从其发生还是接受两方面来看,都应该紧密联系当代艺术的发展才是,只有好处没有坏处。至言皆通,这是为文为艺术的大道。只"一根筋"式地埋头于诗,终成不了大气象。

看看于坚就知道了,他何以成为真正的大家——于坚的图片摄影艺术多棒!他对许多艺术门类的见解多棒!而这些方面的学养无疑滋养了他的诗与诗学的发展。

再想想古代的苏东坡,那是多么令人神往的诗性人生啊!

我原本就是先喜欢美术后再爱上诗歌的,现在还兼着陕西美术博物馆的学术委员,平时多以是和艺术界的朋友在一起。特别关注现当代中国水墨艺术、书法艺术与陶瓷艺术,从中获益匪浅。

14. 作为同是诗人与诗评家的你,怎样看待当代诗歌批评?你认为诗歌批评对诗歌创作的影响如何?

我做了二十多年的诗歌批评,同时断断续续写了三十多年的诗,现在居然到处讲一个来自我自己经验之谈的理念:有效的欣赏,无效的批评。

一方面,当代诗歌批评(也包括所有的文学艺术批评)已成为自在自足的另一种写作,与价值判断及历史仲裁无关。另一方面,老祖宗早就说过"诗无达诂",所谓的诗歌批评又何以去影响诗歌创作呢?倒不如回到欣赏的角度来言说更好些。

中国古代诗歌的理论与批评,大体都是欣赏性的文字,且是自足的美文,好看有味开心窍,真好!正是这样一些看似不着学理不成"样子"(按现在的所谓"论文"样子看)的小文章,相伴了伟大而辉煌的古典诗歌,并没丢面子,还一同流传于世,不值得我们今天那些操着"洋八股"腔调和惯于"尸体解剖"式的批评者们回头好好想想吗?

文章,感觉,学理,学养,问题意识,情怀与立场,能将这六个元素融会贯通来做诗歌批评的,当今真是少见。这其中最关键的是"文章"(若真的认同批评是另一种写作的话)。

"文章千古事,道理一时明",这是我与贾平凹和美术批评家张渝一次聚叙时,说给二位的一句感言,他们深以为是。既不成文章,又说不出点新东西,搞那批评做甚?

所以我多年喊叫:所谓"诗学",是离生命更近、离学术较远的一种学问。

与现行的学术产业保持一点距离,先学会读诗,然后学会写文章,再有一点自己的情怀加上一点问题意识,或许才是当代诗歌批评者该遵从的"学理",也才谈得上对诗歌创作产生一点影响。这也是为什么当代中国诗歌发展过程中,真正有影响的对诗的言说,常常反而来自诗人们自己的原因所在。

同时,仅就当代中国而言,诗歌创作版图的辽阔广大和诗歌批评资源的过于匮乏,也是诗歌批评难以胜任而时时处处捉襟见肘的尴尬原因之一,有时甚至是根本性的原因。对此,诗人们既不必存太大希望,也不必抱怨不休,有兴趣有本事自己站出来说话就是。

15. 你不觉得中国当代诗人说得太多了吗？太多不相干的言谈是否反而妨碍了诗歌创作？

多也无妨，只要不是废话、重复性的话。关键是当代诗人的话语场域似乎太狭小，故一说就重复。

这或许还与其知识背景和阅读趣味有关系。从诗人们的文本中可以觉察到，大量的诗人们出于急功近利的驱使，好像只是"一根筋"似的在读诗在想诗，以便多写出些诗来好早些成名成家，这实在是一种误会，忘了老祖宗"工夫在诗外"的遗训。

诗人本该是世界的大知者、大智者、大自在者，我们则更多的是一些小才子成就了一点小气候——这是我憋了多年想说的一句话，这次借此终于说了出来。

其实这也正是当代中国诗歌以及整个文学界，很难长出几棵像样的大树、很难成为一片像样的大森林的根本原因。

16. 再换个话题。诗在你的生活中占据什么地位？在物质时代中，诗歌的意义与前途何在？诗人自身的生存处境与价值冲突对诗歌创作有何影响？

对我而言，诗既是生命之仪式化的神圣托付，又是日常化的生活方式。以工作来养家养自己，养好了再拿来养诗，再拿诗来养心，好正常地活着。

诗是物质时代的精神植被。对一个长期缺乏宗教文化背景，且与传统断裂甚深甚久的国家来说，诗的存在，对当下中国人的精神世界无疑是至为重要的，其作用是任何其他文学艺术所无法替代的。

因此，我从不担心诗的前途。如果有一天发现再没有人读小说了，我不会奇怪，因为小说的功能可能已完全被影视所替代了，或被其他什么新的艺术亚艺术形式所替代了。而诗不会。诗是在物质时代与消费时代最少量依存于商业文化存在的艺术,因而也是最少可能被商业与时尚所吞噬掉的,有独立、独在、独活之生命力的艺术。何况她现在已自甘边缘,退身于民间广阔大地的丰厚滋养,自有广阔的未来,令国人期待,令历史重新认领。

在此,我想引用一段法国人让·贝罗尔的话,作为诗与物质时代、与当代人(包括诗人在内)的生存处境与价值冲突,最为恰切而深刻的说明:"在一切都欲置我们于罗网之中,一切都欲使我们失去活力、变得标准化的时代,诗歌以其特有的方式构成了一种解毒剂,促使我们变得清醒,变得有活力,变得美妙异常,变成完美的自我。"

顺着这句引言再多说一句:只要真正认诗为生命的初稿,并准备托付一生的诗人,就不会因任何时代风潮的变化而改变初衷,且乐于活在时代风潮之外而深入时间的更深处。

17. 在诗内和诗外,你如何理解"自由"?

在现代汉语语境下谈"自由",可说是过于奢侈,甚至是个伪命题。以我个人的经验和认识,且仅对我个人而言,"自由"仅止于对不自由的一点警惕感,实际的自由永远是个梦想。

或许是要讨论诗人内心的自由和写作的自由?那更是个遥远的神话!

当今的中国大陆诗人,成名不成名的,无一不在焦虑中,各种的焦虑,谈何自由?还是那个上面所说的"小才子"气在作怪!"飘飘何所似,天地一沙鸥",谁有这样的"心斋"?

因此近年我提出要倡导一种优雅的诗歌精神和现代版的传统文人风骨,不过就眼下来看,大概也只是一厢情愿,另一个遥远的神话而已。

18. 那你又如何评价新时期以来的民间诗歌运动及其精神呢？

经由朦胧诗的崛起，以及继之而来横跨1980年代、1990年代的现代主义新诗潮，历时三十年的合力奋进，当代中国诗歌终于形成了属于自己的精神传统，而不再左顾右盼、无地彷徨。这其中，尤其以民间诗歌运动所产生的"民间精神"的确立与发扬，显得特别突出。

在今天，只有诗歌，在先后遭遇了意识形态暴力、体制机制拘押、商业文化进逼和消费文化洗劫的多重近于严酷的考验后，率先彻底告别延续半个世纪的文学创作与文学传播之主流机制，全面地、毫无保留地返回民间，以体制外写作和体制外传播为新的运行方式，而获得了空前的自由，也同时恢复了诗的尊严。数以千计的民间诗社，数以百计的民间诗报和网络诗歌论坛，数以万计的民间自印作品，在"自由创作""民间传播"的理念支撑下，集结为新的阵营，并一步步由边缘而主流，进而成为真正代表当代中国诗歌发展的方向、坐标和重力场。

但同时也应该看到，当民间诗歌运动及其"民间精神"逐渐由边缘成为主流之后，一些浮躁、功利的东西也在随之伴生与蔓延，表面的热闹与繁荣下，也存在不少危机。对此不宜过早下什么结论。我只是在想：我们经历了那么艰难而漫长的过去，难道就是为了争得今天这样表面的话语的盛宴，而失去诗性生命之"初稿"之仪式化的存在吗？

19. 能否就新世纪以来的当代诗歌现状发表一点见解？

新世纪六年多了，当代诗歌可用"分流归位，水静流深"八个字来形容。比起潮头初起的1980年代,现在好像处于一个有意味的间歇期。名诗人少见有新的名作让人惊艳,在高水平上做低水平的重复。新诗人虽常常出手不凡,但大多写出几首佳作后便平庸起来,格局不大。整体去看,呈现一种平面化、平均化、平常化的状况,似乎已耗尽现有的精神资源和语言资源,期待一次新的注入与再生。

至于一些表面上的热闹乃至"事件"纷生,都与诗无关甚而有害,尽管也害不到哪去。

20. 有没有一句有意思的话来做结尾?

不是一句,是两句——

现代诗的自由,不仅是解放了的语言形式的自由,更是自由的人的自由形式。

诗贵有"心斋",方不为时风所动,亦不为功利所惑,而得大自在;有大自在之诗心,方通存在之深呼吸——诗的存在,生命的存在,历史的存在。

2007年7月

语言、心境、价值坐标及其他
——新世纪诗歌现状散议

1. 如何看待新世纪以来中国诗歌的语言表达方式？

当代诗歌之主流"语言表达方式"有无问题？问题何在？确实是考察新世纪以来中国诗歌现状，一个应该首要面对的命题，因为这一命题已成为新世纪以来诗歌现状中，乃至回顾整个新诗近百年的发展历程中，最为核心和关键的命题。

大家都知道诗歌是语言的艺术，但所有的文学都是语言的艺术，那么体现在诗歌写作中的语言艺术与体现在其他文学样式中的语言艺术，到底有何本质性的区别与差异，却一直缺乏明确的理论认知和典律性的写作依据，结果只有"无限可能的分行"和"移步换形"式的"唯新是问"，成为新诗与其他文学样式可辨识的文体边界。

到了新世纪这十余年，连这样的"边界"也更为模糊，以"叙事"和"口语"为主潮的诗歌语言表达方式，既极大地扩展了当代诗歌对现代社会与现代人生命体验、生活体验和生存体验的容纳性和可写性，也极大地稀释了诗歌文体的美学自性与语言特性。

追索此中根源，关键是当代诗人过于信任和一味依赖现代汉语，拿来就用，从语感到内容指向，皆只活在当下，局限于所谓"时代精神"和"时代语境"中。仅由语言层面而言，新诗其实是一个伟大而粗糙的发明。当代汉语诗歌在未来的路程中，到底还能走多远，拓展开多大的格局，很大程度上将取决于是否能自觉地把新诗"移洋开新"的写作机制与话语机制,置于汉语源远流长的历史传统的源头活水之中,并予以有机的融会与再造。

2. 新世纪以来中国诗歌的美学变化主要体现在哪些方面?

当代诗歌在创作数量上的极大繁荣,已造成诗歌版图的空前扩张,很难相信有哪些个人的阅读(从诗人到诗评人),能真正全面把握新世纪以来中国诗歌的美学变化。仅以我自己的有限阅读而言,"叙述性"语式的滥觞和"叙事性"结构的加强,几乎无所不在、无孔不入,大概可算是"主要体现"的方面。

"叙事"原本是小说与散文等非诗文体的主要话语方式,被现代诗写作借用来后,不但盘活了语感,有更多能力来表现现代人动态的、情节化的、复杂多变的思想、情感和心理,同时也有效扩展与丰富了现代诗的表现域度。

这样的"盘活"与"扩展",具体于文本"操作",则基本依赖两个关键性的美学元素:一是"戏剧性",二是"反讽"。前者又可视为"小说企图",后者按俗人的理解,近于"正话反说"。问题的关键在于,这两个"元素"都是"借来之物",一旦剔出还回,诗中还剩下什么?——而这个"剩下"的、不可被替代和剥离的部分,也许才可能是,也应该是诗歌美学的真正存在之所。

如此也才好理解,古典诗歌其实也大都在"叙事",但何以不失其诗美,因其依赖的是"叙事"之外的东西。同时也才可明白,何以曾经繁盛一时的"叙事诗"与"散文诗"近年多销声匿迹,原来都借分行之身而"与时共进"了!当代汉语新诗愈来愈"散文化"的根源,大概正由此而生。

对此,在很难回答"这样写有何不可?有什么不好?"这样的诘难外,如何直面当代诗歌"叙事美学"之滥觞后的正负双重价值在性,才是我们真正要认真思考的问题之关键。仅仅因为所叙之事的差异性及活跃性,而掩盖其"叙事性"语式与语感的同质化,实在是当下诗歌理论与批评及创作实践中,一再忽略了的一个大问题。

3. 网络作为新生事物,对新世纪诗歌有怎样正面和负面的影响?它是否可能改变中国诗歌发展的某些基本格局?

包括文学艺术在内的当代人类文化发展,整体上都难以逃脱"科学逻辑"和"资本逻辑"的"绑架",除非你转过身去彻底背离"现代化"而另寻他路。因此,网络媒体是我们迟早要直面而对的"逻辑存在"。新世纪中国诗歌生态的空前多元、空前自由、空前活跃的盛况之获得,与网络这条新的"生产线"和"传播体"的迅猛发展有直接的关系,其正面的作用不容低估。未来的诗歌乃至整个文学的发展格局,必然会以网络和纸媒二分天下的态势而行之,且最终可能会以网络独领天下而了之。

问题的关键在于,对于那些真正自由而个在的诗人和文学家来说,怎样与网络为伍而不失"自性"——包括诗人主体自性和诗歌文体自性,实在是个大考验。

网络在本质上是一种更加体制化的存在,且更具"改造"能力,稍失警惕便会主客翻转,为其所"役使",由"介质"性存在转化为"本质"性存在。而诗歌天生是非体制性话语的产物,其主要功用,也正在于将作为类的平均数的"社会人"(将来的"网络人""机器人")重新带回到本真自我的精神空间,而不至于完全体制化或物质化。因此,如何处理好二者之间的关系,是未来诗歌发展必须要面对的大问题。

此处需要提醒的是:网络的存在与挑战,依然是一种"势"的层面的存在与挑战,真正自由而个在的诗人,还是要坚守于

"道"的层面去思考去应对,或可葆有一己之艺术自性的"生命之树长青"。

西人王尔德有言:在艺术中一切都重要,除了题材。或许可以就此戏仿一句:在诗歌创作中一切都不重要,除了心境。

这"心境",说起来好像是"虚"的,但落实于具体的文学艺术创作,却是实实在在的一种存在。这里不妨举证"新科"诺贝尔文学奖得主、瑞典诗人特朗斯特罗姆为例,从阅读其文本到仰止其人本,那一种气定神闲的语境与心境,有如"深海的微笑"(这是我2009年8月在斯德哥尔摩老先生家中拜望时,为之震撼的直觉感受之意象化"命名"!)而感人至深——而这样的微笑,大概置于哪个时代哪种境遇中都不会改变。

当然,如果你非得视网络为"快车道",为一点我称之为"虚构的荣誉"或宣泄性、娱乐化的"自我抚摸",而"狗撵兔子"式地"赶场子",写得快,展示得也快,以写过再写来填补一次性消费式的看过就忘,那可就真的要考虑"如何应对"的了。而如此"应对"下去,也就难免"心境"而求"心劲",最终成为彻底被网络化了的"类的平均数",再也找不到自己,找不到真正意义上的诗的存在。

说到底,古今诗人或艺术家,本是最自由、最洒脱、最为纯正可爱的一群人,而今争先恐后地变身为"时人""潮人",离"道"就"势",舍本求末,将自在本真的创作变为"展示秀"或"网络秀",整个诗歌界也由此成了一个超级 bigshow,充满了功利的张望而妄念多多,难得返璞归真。这里的关键是"自性"的丧失——包括人本的主体自性和文本的艺术自性。不仅是网络时代,我们可能还要面临更多被新的"介质"所改变的新的时代,如何避免"介质本质化",才是未来的诗人和艺术家,需要时时提醒自己的问题的关键。

4. 当代诗人及其创作如何实现在社会发展中的价值？

诗人与社会的关系，有如诗歌与时代的关系，一直是个越理越乱的老话题。由此或可以说，什么时候我们不再提及、最好也不再想起这样的话题，什么时候才可能真正回归到诗歌本体和诗学本体之发展与研究的常态。

作为语言历险与思想历险的诗歌写作，就其发生学而言，在任何时代语境及任何社会结构中，都是一种个人化的"偶在性"发生机制。这种发生机制决定了既不可能预设其价值的实现，也不可能如物质生产一样，为其价值的质与量以及怎样的价值"下订单"。在此，社会扮演的只是"等待"而不是"协调"的角色，有如我们无法决定或调解自然风景的变化与降临一样。

反过来，从接受美学来说，当代诗歌在社会发展中的价值作用，倒真的还有些问题可讨论。当代中国社会转型，"集体的人"转为"个人的人"，文学之社会性的"启蒙"与"疗救"以及"宣传教育"的效用随之减弱，而如何作用于"个人教养"的问题，则上升为第一义的要旨。

具体到诗歌，所谓"诗教"，到底是重"言志"（所谓"直言取道""直击人心"），还是重"洗心"和"养心"，大概也是该重新考虑的时候了。

长期以来，我们过于看重诗歌的思想与精神作用，疏于其作为一种语言艺术之美而润化人心的作用。包括近三十多年来，作为"深度链条"而作用于当代诗歌发展的先锋诗歌，其原驱动力，也多以来自于对存在之真实的探寻与追索，并确实达成了这样的目的，由此彻底改变了当代汉语诗歌的精神立场和思想气质，但这本质上也大多只是社会学意义上的进步，而非完全意义上的美学的进步。且这样的"直言取道"，似乎也并没有对世道人心的根本改变有多少实际性的补益,反留出巨大的"曲意洗心"之审美空间于古典诗歌的润化。

因此,时至今日,我们应该郑重其事地对新诗的美学价值体系给出一个重新的认定:在一贯强调的社会价值、思想价值、精神价值等审美价值之外,再加上语言价值的要求——我想,如果一定要确认一个诗人(无论是哪个时代的诗人)和他的诗歌创作如何实现在社会发展中的价值的话,那么此一语言价值的要求大概应该是首要的。

5. 新世纪以来中国诗歌与国际诗歌交流越趋频繁,如何进一步借鉴国外诗艺,体现民族性与世界性,以更好地与国际接轨?

有如"弱国无外交"一样,新世纪以来中外诗歌交流渐趋繁盛,自当理解为当代中国汉语诗歌的整体成就,已足以与国际诗坛展开平等对话。

只是如此判断需要厘清两个逻辑前提:其一,被视为"国际"的那个诗歌水准,是否还是我们一直以来"高山仰止"而要去"接"的那个"轨"?其二,"徒弟"熬成"师傅"后,以怎样的心态去与"老师傅"对话,才是真正意义上的平等对话?

这是前提,接下来的问题是:这样的对话和交流,对本土汉语诗歌写作的提升是否有实质性的作用,还是仅仅拓展了一个走向世界的展示平台?

而最终的尴尬在于,绝大多数当代中国汉语诗人是不"通"外语的,且恐怕也"通"不了多少古典汉语。一方面,引进西方文法语法改造后的现代汉语,本身已造成一次"母语性"降解(尤其是汉语诗性的降解),再通过这样的语言去翻译、去取"外国师傅"的"经",复造成又一次衰减,如此"拿来"的"经"到底是怎样的,恐怕很难说清楚。另一方面,大多数外语、文言"两不通"的当代中国诗人,也大多都不加思考地将这种"二度衰减"后的现代汉语当作"看家本事",拿来就用,如此写下的作品,是否能真正说出我们自己的现代感,同时也足以释解我们内在的文化乡愁,实在是难以乐观评价的问题。

问题的关键在于:尽管从理论批评到创作实践,我们一直以来都在强调"两源潜沉",实际的情况却总是倾心于西方诗质一源,而疏略了古典汉语诗质一源,好像现代汉语下的中国新诗写作,就只能从翻译诗歌那里去查"坐标"、找"进步"。如此"衰减"了再"衰减",谈何"民族性"与"世界性"?以及怎样的、以什么为价值坐标的"民族性"与"世界性"?恐怕到了也顶多能争得个"世界文学"之诗歌的"平均值"——说到底,新诗一直是喝"翻译诗歌"的奶长大的,又一直在被西风东渐了的"现代汉语"家门里打转转,从根上就决定了难以"青出于蓝而胜于蓝"。因为说到底,你根本从来就没有搞清楚那个纯粹的"蓝",那个 pure blue 为何。

是以近年来,我总在诗歌界到处讲,反复强调:在全球一体化的今天,何为"汉语的"存在之家?我认为,必须是要包含并确认了"汉字和汉语诗性"这个"家神"的存在,才足以真正安妥我们的诗心、诗情及文化之魂。而这个"家神",自现代汉语以来,尤其在当代诗歌写作中,实在已经与我们疏远太久了。

6. 中国作为一个物质文明日趋发达的诗歌大国,应该怎样促进自己的诗歌建设?

这一考察命题实在有些大而无当,且逻辑关系不清,须得先把几个概念理顺了再说。

首先,"诗歌建设"一词就不成立:"诗歌"怎么建设?无论作为个体的诗歌写作,还是作为整体的诗歌生态,都只能是一个自然孕育和自由生成的过程,无法去规划建设的,有如我们无法规划与建设鸟的飞翔样式或花的开放姿态——连这样的比喻都显露出,把不相干的词扯到一块有多别扭!

其次,"诗歌大国"的自命依据何在?是指诗歌人口之大,还是指诗歌产出量之大?是指诗歌创作层面的提高之大,还是指诗歌阅读层面的普及之大?

实则至少近世以来,中国一直有一个以"量"为上的价值取向之"优良传统",影响到无论在哪个领域和哪个层面,都难以真正看清自己和世界。不可否认,当代中国诗歌的繁荣之盛,确实是前所未有的,其形成的因素也是多方面的,不易单向度论定。不过若稍稍调整一下价值坐标体系,以"质"代"量"观之,大概就不好轻易言"大"了。

其三,"诗歌大国"与"物质文明日趋发达"有何必然联系?记得马克思有一个说法:人类的物质财富增长与精神财富增长,并不是一个成正比的关系。实际上,在现代科学逻辑和现代资本逻辑的双重"绑架"下,整个现代人类文明都面临着这样一个"非正比"的挑战,何况中国?何况诗歌?

——置于这样的大视野中回看当代汉语诗歌,真的既不可虚妄,也不必彷徨,写诗爱诗的人,只管守着自己的那份热情和爱心就是。

理顺了以上三点,好像也就没必要再就题论题地说什么了。

2012 年 7 月

个人、时代与历史反思
——答诗友胡亮问

胡亮（以下简称"胡"）：作为二十世纪五十年代出生的诗人与诗评家，写诗、评诗、编诗三十余年，从个人经历到时代变迁，都不乏话题可谈。

我们先从二十世纪六十年代说起，那时可称之为你的"勉县时期"。你在家乡勉县读书、失学、经历"文革"而后插队务农，并大量阅读古典诗歌及文学作品。这样的早年经历，我想，可能已潜移默化为你日后从事现代诗写作与批评中不能轻易揭去的一层宿命般的文化皮肤。具体地讲，古典诗词的规定与支使，让你的写作与批评在哪些角度或方面，呈现为对于古典传统的呼应？是写作中禅味的闪现，还是批评中语感的铿锵？

沈奇（以下简称"沈"）：无论是作为生存体验的积累，还是诗歌美学体验的积累，这一可谓苦涩年少的"勉县时期"，都算是我整个近四十年诗性生命历程的"初稿"或"底色"。这一"初稿"与"底色"，既是之后从事诗歌写作和诗歌理论与批评之探索和追求的基点，也是可能的局限。从文化学角度而言，我和我们这一代大多数同辈们一样，经历了农业文明（乡村小镇）和工业文明（现代都市）两个阶段；从美学角度而言，又是由古典传统和现代潮流相互冲撞相互交融所构成。二者之间的矛盾所形成的内在张力，成为我创作与批评的原发点。

我写诗三十多年，一直没有固定的风格，原因是既非天才后天又营养不良，不具备原创性的语言意识，只是捡拾的记忆而非刻意的经营。但有一点我是一直坚守的，即力求做到不失真情实感和生命意识。

直到近两年，开始《天生丽质》实验组诗的刻意探求，我才算找到了一点真正属于自己独创的语言形式。对此诗人柏桦认为"非常有想法，也非常特别，它简直是再造了一个文本，其意义不仅是实验，而是预示着丰富的可能性之一种"。洛夫也认为这组诗"企图从古典诗歌美学中去找回那些失落已久的意象与意境的永恒之美，是一种极具挑战性的实验"。其实这正是我绕了一大圈，最后还是回到了"勉县时期"经由古典诗歌的滋养所启蒙的对汉语诗性的初悟之结果，当然也必须要有这个"绕"的过程。我甚至想和可能的同道一起，创立一个"现代禅诗诗学"流派，来弥补当下极言现代和唯西方诗学是问的缺陷，以探求葆有汉语诗性之本源性感受的现代汉语诗歌的本质特性，拓展现代汉诗的审美域度。

至于从事诗歌批评，打一开始，就是想写点随感性的"文章"，而不是做"学问"。我上大学学的是经济专业，搞诗歌批评以及间而涉足文艺评论，完全是爱好所致，性情使然，写作与阅读中，有话想说，便随缘就遇地一路说了过来。虽然，自大学毕业后就一直在高校工作，并硬是挤进教师队伍，混上教授职称，但毕竟不是科班出身、学院正宗，是以也一直未上"学术产业"的轨道，只是个"业余选手"而已。如此处境，不免尴尬，却也便由尴尬生了如履薄冰般的虔敬，且因"业余"而少了功利的促迫、学科的驯化、专业的拘押，得自由自在之言说的爽利与率意。不过有两个原则是我始终坚持的：一是有感而发，二是成文章，有可读性。

再引申开来说。古典文论包括古典诗学在内，在不乏学理探求的同时，大都自成好读有味的文章或诗话，恰好应合了现代西方"批评是另一种自在的写作"的说法。这一点对我影响很深。我承认由此也带来我的诗歌理论与批评缺乏体系性和学术严谨性的问题,并尽量在不失自己批评风格的前提下,做一些这方面的弥补,力求将现代学理架构和传统文论肌理有机地融会贯通,使之更坚实更有味一些。

问题是评论诗与写诗一样,"怎样说"是远比"说什么"更重要的事情,诗本无"达诂",只在仁者见仁智者见智,"见"得有味没味上分高下,而没有唯一正确的"见"。记得五年前在温哥华与痖弦先生就此问题专门聊过一次,他也是倾向于诗歌批评要在学理的基础上,多一点批评家个在的感觉和才情才好。顺便在这里提一下,痖弦的诗歌理论与批评文章就是这方面的典范,尤其是他的点评式小文,足可与古典诗话相媲美,可以说百年新诗批评史上无出其右者。而洛夫也曾经指出我的诗评中有古典诗话的影子,别有特点和味道,并表示激赏。可惜当代大陆诗歌理论与批评的主流走向,是向西学看齐的,一时很难有什么改变。这大概也是当代诗学一再为诗歌创作界所诟病,陷入理论空转和话语缠绕之痼疾的原因所在吧。

胡:七十年代可称之为你的"汉中时期"。你在成为一个"工人作者"和"民歌诗人"的同时,开始现代诗的写作。

我饶有兴趣但又深感迷惑的是:你如何在这两种界面的写作中求得平衡?主流的认可与关乎心灵的享乐如果是两码事,何者成为你当时写作上最大的内驱力?

沈:我们那一代开始写作时,正逢"文化大革命"。我的家庭出身本来就不太好,又因兄长沈卓1968年冬在西北大学不堪忍受批判屈辱而跳楼自杀,打成"现反"后,一直背着个"反革命家属"的"罪名",自此从下乡到进工厂,都要为此"挣表现"以求生存，再加上对发表的渴望（潜意识里当然不乏所谓"扬名正身"的念头），故写了不少符合当时要求的诗公开发表。但私下里的主要写作，还是一些抒发个人情感的诗作，包括旧体诗形式的和新诗形式的，写完后除同朋友交流外，主要是作为精神依托，安慰自己的苦难人生和苦涩灵魂。

同一主体，两种写作，前者可谓"动手不动心"，明知是哄人蒙世的东西，只是图它现实的功利，后者才是真正发自心灵而求修身养性的东西。我从不讳言这里面有人格缺陷的问题，因为实际上，并没有人逼着你去写那些迎合时代的作品，后来更知道我们这一代诗人中，有很多人并未因生存的险恶，去俯就时代的认可，很是惭愧！

好在心里揣着个明白，主要的精力还是放在后者的写作上，虽因地处偏远，难得得风气之先，未赶上第一波即朦胧诗诗潮的开启，但很快就主动地投入到了第三代诗歌的大潮。这其中，写于1975年秋天的《红叶》一诗，发表在1979年第12期《诗刊》上，后被选入由伊仲晞主编、广西人民出版社1982年出版的"文革"后第一部《爱情诗选》，以及后来在甘肃《飞天》月刊的"大学生诗苑"和"诗苑之友"专栏上发表的作品，也大多是在这一时期所留下来的"密藏作品"。

现在看来，正是有了对这一早期"双重写作"的忏悔与反思，才促使自己较早看透了体制性写作的危害，也较早义无反顾地彻底与体制性写作分道扬镳，确立民间写作的立场，并一直为之鼓与呼——从二十世纪八十年代初至今，我基本上没有再在官方刊物上发表作品，并早在1982年就创办民间诗刊《星路》，或算是一个证明。

胡：1981年，你大学毕业留校工作，此后可称之为你的"西安时期"。当年,你的组诗《写给朋友也写给自己》在甘肃《飞天》月刊的"大学生诗苑"上刊出,按照徐敬亚的观点,"大学生诗苑"可以视为后来所谓"大学生诗派"的雏形。你同意此一观点否?你认为"大学生诗派"的诗歌史意义何在?

沈:由张书绅先生主持的甘肃《飞天》月刊"大学生诗苑"和"诗苑之友"诗歌专栏,可以说,是当代中国大陆诗歌史中不可或缺的重要篇章,不仅形成了所谓"大学生诗派"的雏形,而且构筑了几乎整个第三代诗歌诗人们"试声"与"发声"的大平台,其广泛而切实的影响力与推动作用,不亚于朦胧诗。

这里不妨简要回顾一下当时的背景。

二十世纪七十年代末八十年代初,朦胧诗曙光初露,尚处于半公开传播状态,而刚刚全面恢复出刊的各省官办文学期刊的诗歌栏目,大都掌控在"文革"前出道,后中断了写作和发表而于"文革"后复出,并占据要津的一批中年诗人编辑手里。这些活跃在体制内的编辑诗人们,其诗歌意识基本上还停留在"十七年"诗歌的模式中,且又急于发表自己的新作以扬名正身,便很难顾及新生力量。尽管包括《诗刊》在内,偶尔也发表一点新锐作品,但大都基于当时思想解放运动的大背景,略表姿态做点点缀,不真当回事的。我对此曾在九十年代初做过一个粗略统计,将近十年间官方文学刊物的诗歌栏目,编辑间交换发表作品的比率竟高达百分之九十多,而当时民间诗刊诗报的存在,基本上还处于"地火运行"的状态,难得发为广大。

正是在这样的艰难过渡时间段,有《飞天》这样一个平台之造山运动般的崛起,可以想象,对当时绝大部分还如"孤魂野鬼"般在黑暗中摸索的先锋诗人们的感召有多大!那简直就是民间诗歌或地下诗歌的公开版,形成了和主流诗歌截然不同的第二诗坛。实际的结果是，后来成为第三代诗歌的代表诗人们以及其代表作品，大多都是在这个平台上首先亮相的，包括于坚在内的许多重要诗人，多年后还对此深表感慨和怀念，尤其是对张书绅先生表示极大的敬重！

当然也不可否认，由于时代所限，《飞天》的这两个诗歌栏目，当时也仅仅是一种新生力量的历史性集结与展示，尚缺乏明确的诗学主张，这大概也是后来渐渐被当代诗学界所忽略或看轻的原因所在吧。但仅从精神力量而言，那绝对是一次历史性的重要推动。我想，如果有有心人将这两个栏目的作品重新做一个整理编选出版，无疑是一份极为珍贵的诗歌文献。

胡：1986年10月，你以"后客观"为旗帜，独自一人参加了《诗歌报》和《深圳青年报》的"1986·中国诗坛现代诗群体大展"。请试描述"后客观"之具体内涵，并列出你自己践行此一诗学理念的代表性作品。

沈：参加那次大展，一是应徐敬亚的来信——我至今很吃惊他能向那么多诗人亲自写信邀约，二是看重他的先锋意识和民间立场。至少就我个人而言，绝非趋流赶潮凑热闹，而是郑重其事的三思而行。

"后客观"旗号的打出，基于当时已成雏形的一个对第三代诗歌尤其是以韩东为代表的"他们"诗派的认识，即后来成文为《过渡的诗坛》中的主要观点，认为这类诗歌的主要美学特征在于"真实世界的客观陈述"，以区别于此前主流诗歌之"想象世界的主观抒情"的美学特征。

韩东1982年大学毕业被分配到陕西财经学院任教，我们很快就认识了。当时我自己的诗歌观念，还徘徊于传统与现代之间，与韩东全新的探索不能完全对上号，倒是我大学同班一起写诗的丁当与他一拍即合,成为同道。我从理性上也深知韩东们的探索是一条划时代的新路,但在具体的写作中一时转不过弯来,便想出来这么个"后客观"的思路,企图在吸收"他们"诗歌理念的同时,再保留点自己的东西,以求区别。后来就有了这一时期的几首代表作,如《上游的孩子》《致海》《看山》《十二点》《碑林和它的现代舞蹈者》《过渡地带》,以及再后来的《惊旅》《淡季》等诗,实现了"后客观"的某些想法,即在口语加叙事之客观陈述的调式中,适当保留意象与抒情的成分,走了符合自己生命体验和语言体验的路子。

同时,这也是我多年来,一方面坚持为"他们"及第三代诗歌张目,一方面又较早提醒"口语"和"叙述"一路诗风,一旦滥觞后可能出现的问题之所在的起因。

胡:作为一次空前的飞行聚会,"现代诗群体大展"展出了一代诗人的自由与梦想、狂欢与谵妄、嚣叫与喑哑,其影响所及,不仅仅是在文学领域成为一个重要事件。你认为"现代诗群体大展"的诗歌史意义何在?

沈:一个文学事件或艺术事件的发生有无意义,有多大的意义,不在于它是怎样发生的,发生得像不像样子,以及规模的大小或形式的标准,而在于它"就这样发生了",并有效地产生了历史性的影响力和推动力——这是一个公认的常理。

1986年的那场"现代诗群体大展",过后看去,确实有点"鱼龙混杂""一哄而起"的样子,但在那个时代背景下,又确实起到了登高一呼、群雄并起,继而狂飙突进的作用。后人诟病,多在于嫌其泥沙俱下,乱立山头乱举旗,没个章法。其实这不重要,春潮初起时都是泥沙俱下的,但万物随之而勃发。

至于诗歌史意义,我真不知该做何归纳,想到的只有两点:

其一，提前开启了第三代诗歌大潮的闸门，并以"青年性""前卫性""民间性"和"后崛起"为标志，集约性地公开为民间先锋诗歌鸣锣开道；

其二，有效而全面地展现了一个过渡时代之诗歌现场的驳杂样貌，强调并确立了探索性诗歌写作的历史作用与历史地位，并深刻影响后来的先锋诗歌发展。

在此需要补充指出的是，这次"大展"也衍生出后来才逐渐显现出来的两个负面作用：一是无意间遮蔽或至少是延搁了朦胧诗诗学的深入影响，二是引发或暗结了沿以为习的"运动情结"。对此，我在多年多篇文章中都有论及，此处不再赘言。

胡：在参加大展的同时，你在《文学家》发表了《过渡的诗坛》一文，全面评价第三代诗人，从此转入理论与批评。

1991年后，你渐次分力于台湾现代诗研究，提出"三大板块说"，并专文论及洛夫、痖弦、罗门、郑愁予等诸多诗人，几欲自成一部台湾现代诗史。

台湾孤悬于大陆已有六十年，较之大陆，其对于西方文化之引进与中国文化之传承，均更为充分而完整。台湾现代诗固然在西化与归宗的两个极端，以及两个极端之间的若干过渡地段，都苞开七色之花，蒂结五味之果，提供了各异其趣的美学类型，但是，较之大陆现代诗，台湾现代诗似乎仍然具有一些共性特征。请试总结之。

沈：我在评论洛夫的文章中有这样一段话，似可拿来作为对台湾现代诗共性特征的一点指认："得西方现代诗质之神而扩展东方现代诗美之器宇，获古典诗质之魂而丰润现代诗美之风韵，为汉语新诗的成熟与发展，提供了更多有益于诗体建设的元素和特质，使之具有更明晰的指纹和更丰盈的肌理。"

这是就文本价值特征而言。就人本亦即主体精神特征来看，又不妨借用我整体评价"创世纪"诗人之诗歌精神的三点指认，即：其一，现代版的传统文人精神；其二，优雅自在的"纯诗"精神；其三，多元开放的探索精神。

就文本价值特征来看，大陆虽一直讲"两源潜沉"，其实光顾着赶补西方的课，进而赶与西方接轨的路了，古典一源，大多是在理论家那里说说而已，少有切实而突出的创作体现。像洛夫的现代禅诗，周梦蝶和郑愁予的新古典主义诗风，我们就很难找到堪可比肩而立的大陆诗人和作品。

具体到语言感觉更不一样。

大陆诗歌语言尽管很爽利，很明锐，表现力很强，但大多缺乏细微精致的肌理，多以思想、精神和生命意识与生存体验取胜（这一点台湾诗人尤其是中生代之后的台湾诗歌是没法比的）。尤其近二十年，不是过于翻译语感化，就是过于口语化、叙事化，一直缺乏对汉语诗歌本质特性的发掘与再造。这里的问题是缺乏对可谓"大陆形态"的现代汉语之意识形态化、资讯化及单一化的反思，或者说过于信任与依赖这种习以为常的语言形态，以致习为广大而难成精微。

若再展开来说，其实整个新诗发展历程，至今都存在着因语言形式的粗陋，而导致"道"有余而"味"不足的遗憾，是一个挥之不去而需要我们长期探究的根本问题。

就人本价值特征来看，差别更大，尤其是现代版的传统文人精神和优雅自在的"纯诗"精神这两点，我们实在差得太远。我一直认为，从发生学的角度而言，正是这两点才是保证诗歌写作之纯正与久远的根基。生存的挤迫，时代的鼓促，"运动"的推力，都可能产生重要的诗人和重要的作品，但真要成为能超越时代而深入时间广原的重要而又优秀的诗人，恐怕没有这两点精神的支撑,是很难成就其功的。很多大陆先锋诗人或成名诗人,一提起台湾诗歌就人云亦云地轻言"格局小""语言旧",其实并未潜心研读其文本和体味其精神的真正价值之所在,也由此一再忽略了此一近在身边的借鉴与反思,实在是一个一误再误的误区。

这个问题说到底,还是文化形态不一样所形成的人格差异、心理机制差异和精神气息差异。而借镜鉴照,我们自可发现,大陆半个多世纪来的诗歌历程中所出现的种种缺憾,大概总与或多或少地缺乏像上述台湾诗人之文本与人本的特征有关。

胡:二十世纪九十年代以来,你曾先后编选语录体的《西方诗论精华》《台湾诗论精华》和《诗是什么——二十世纪中国诗人如是说·当代大陆卷》在海峡两岸出版。请你简要概括西方与中国、台湾与大陆诗论之同异。

沈:这个问题大得有些吓人,真不知该如何回答。

若仅以《西方诗论精华》和《台湾诗论精华》相比较,我在编选中设立分辑栏目时就发现,像"诗""诗人""诗歌本质""为诗而诗"这四辑,在《西方诗论精华》中占相当比例的语录,在《台湾诗论精华》中就没办法单列成辑,说明在台湾诗歌理论中,对这类有关诗歌本体的讨论少有涉及,占主要成分的,是关于具体诗歌创作经验类的言说,以及对语言形式和技巧问题的关注,这也形成台湾现代诗论的一大特点。

例如台湾中生代著名诗人、诗评家白灵先生,先后在九歌出版社出版了《一首诗的诞生》《一首诗的诱惑》和《一首诗的玩法》三部书,就是专门讨论现代诗创作技巧的专著,活做得非常细,多年再版长销,影响很大。九十年代中期我曾经读到过一期《创世纪》，刊发集体讨论简政珍两首短诗的发言记录，长达两万多字，逐字逐句地细抠，连标点的使用都不放过，各抒己见，毫不客气，真正的细读啊！当时就很感动，慨叹大陆诗歌理论与批评界就缺乏这样的细活。这些年好一些，大家开始注意深入文本细读的讨论了，算是进了一大步。

由此再反思大陆诗歌理论的整体状态，还是有一个长期存在的问题，就是空话、大话和套话太多，有关思潮、运动、发展状况的言说太多，有的则成了诗歌政治时事报告（我自己也写过这方面的文章），而深入诗歌本体和诗学本体的研究成就不大。虽然也不乏这方面的提倡，问世的文本也不少，但不是隔靴搔痒，不切实际，就是套用西学，兀自空转，缺乏原创性、本土性，以及与当下创作紧密联系的见解。

这里要细究下去，可能还存在一个理论话语的言说方式问题：既没有西方学者说得那样精确而俏皮，以及富有逻辑美感，又没有古人说得那样微妙而感性，只是堆积学识，罗列资料，再加上缺乏才情和艺术感觉，不成文章而味如嚼蜡，你就是有所发现，也没人待见。这个问题由来已久，要彻底扭转，还有待时日。

胡：关于大陆现代诗，你对坚、伊沙、麦城用力最多。1992年，于坚完成长诗《0档案》，两年后，你就借助北京大学"批评家周末"的平台，发起召开"对《0档案》发言"专题座谈会，打破了批评界的失语状态。毫无疑问，你是最早意识到此诗重要性的批评家。对于伊沙与麦城，你也有同样的推举与彰显之功。我认为，你所做的这些工作，对于确保本阶段诗歌史的深刻度与公正性具有重要意义。

对此我想知道：是你的文化秉性和诗学观点与这三位诗人相接近——我在你的一些作品，比如《十二点》中发现了你和他们之间确乎存有一种奇妙的血缘呼应，还是纯粹出于对他们的重要性的尊重，引发了你的批评激情？

沈：自打小爱好文学艺术，到后来涂鸦入道，我都一直是一个"审美杂食动物"，学养杂，兴趣也杂，缺乏"崇一而重"的执着。但细回想起来，又并非随波逐流的被动反应，还是有隐在的立场与选择的。正如你所体察到的，至少在文化秉性上，还是有自我的取向与定位：一是反主流宰制，乐于为新生的和被遮蔽及被忽略的一些人和事摇旗呐喊，所谓"拾遗补阙"，打点边鼓；二是体制外思维，包括话语体制在内的所有被体制化了的，都不愿"入流"，想着有无另辟蹊径的可能。

这种心态说白了，就是不愿做大家都在做的事，不愿说大家都在说的话，不愿挤在一起找不到自己。所以无论是写作还是批评，我的出发点都不在重要不重要，而在有没有打动我的兴趣点。这显然不是一个有为的诗人和合格的诗评家应有的态度，但天性使然，好像总是专业不起来。

我与于坚结识二十多年，行迹往来不多，但自诩是他各种作品的最恳切而忠实的热爱者。这种热爱既非友情所感，也非其声名大小所感，就是喜欢读，读来有兴趣，总有新的震撼，没有审美疲劳。于坚通过各种文体所体现出来的那种独一无二的视角与说法，在当代中国文学界（不仅是诗歌界）是最具有原创性的。尤其他的诗歌，不但有效地担负了他对存在独到的观察与体验，而且开辟了新的道路，将我们长久以来不知如何表达的种种，那些与我们真实的存在真正有关的部分，显现出真切的肌理和异样的诗性光芒，从而使现代汉诗对现实与历史的承载方式和承载力，发生了质的变化，并提升到一个更加开放和自由的境地。其《0档案》与《飞行》两部长诗，历史性地完成了两个超级命名：对二十世纪中国文化专制之典型代表"档案话语"的命名和对进入现代化之"飞行时代"下中国文化心态的命名——这不是什么"客观评价"，而是作为一个一直在潜心读文学思考文学的文学人的切实感受。

当年在北京大学做访问学者，读到《大家》文学期刊发表的于坚的《0档案》时，我真的是非常震撼，可周围的人大都无动于衷，不谈及，也无评论，让我大为惊讶！一者看不下去这样的失语状态，二者想为谢冕老师主持的"批评家周末"补个漏，以免有负历史，我才多次冒昧建议，使得"计划外"的"对《0档案》发言"专题研讨会召开。过后我整理了近万字的发言纪要，却始终发表不了，最后拿到海外刊出，影响面不大，至今遗憾。

我与伊沙认识二十年，且同在一个城市，可以说是看着他怎样一步步走过来的。伊沙最早的评论文章是我写的，后来又跟踪研究，断续写了几篇。伊沙在诗坛上一直是个备受争议的人物，我为此也承受了不少误解与压力，但他的存在，在这二十年的当代中国诗歌发展中，绝对是个绕不开去的重要话题。我甚至在和别人辩论时极端化地发问：你就说伊沙的诗是一堆垃圾，这堆垃圾又何以能带动起那么大的簇拥，甚而拱起一座山系？仅从文化学的意义来说，这样的问题你就不得不正视。这也正是当初我刮目相看而为之鼓呼的动因所在：一个真正的异数和另类。

与麦城的结识，完全是遭遇性的。朋友介绍认识时，我并不知道他的写作情况，后来看了他早期的作品，吓我一跳：在八十年代中期就写出那么优秀的作品而一直被埋没，实在难以置信，于是又激起我"打抱不平"和"填空白"的激情。后来就熟悉了，并且是打心底里喜欢他的诗，与"历史责任"无关。尤其是他的语言，在当代诗歌中可谓一绝，真正专业的阅读，大概没有不喜欢的：叙事与意象的有机整合，寓言化叙事的有效创化，对精练的守护，对意象的原创性营造，以及玄思意味与悲悯情怀，都是让人心仪的。

其实所谓"推举"与"彰显"这样的活，我干得多了，还有李汉荣、杨于军、中岛、孙谦、赵野、古马、娜夜、南方狼、吕刚、高璨等等，并不一定都具有你所说的"重要性"，但确乎是从各个方面打动了我的诗学趣味，觉得有话可说而说的，并相信他们在当代诗歌发展中，都是有独特贡献而最终会重新为历史所认领的。不过话又说回来，当代中国诗歌的版图实在是过于辽阔和庞杂，对于像我这样边缘而业余的所谓诗评家，也只能是挂一漏万地做一点力所能及的事而已，最终能起多大的作用，也只有留待将来的历史去认证了。

至于你提到的"奇妙的血缘呼应"，也可能存在，因为我的诗歌写作和诗歌阅读本来"血缘"就很杂，"呼应"的可能性也就很大。且认为搞诗歌批评，如果没有这样的"呼应"，而仅仅只是盯着诗歌史、文学史来择其重要而为之，大概也是有问题的。

胡：你所做的另外一项工作则同样重要，有可能更加重要：1996年，与李震等编选的《胡宽诗集》出版，次年在北京文采阁策划并与吴思敬先生共同主持召开"胡宽诗歌作品研讨会"，有效地完成了对一位杰出诗人的追认。

另外，今年（2009年）初，你在《你见过大海——当代陕西先锋诗选（1979—2008）》序言中指出：胡宽"开启了陕西先锋诗歌的先声，并潜在性地影响到后来的先锋诗人写作，成为出自陕西本土的先锋诗歌精神的源头，同时也使得他个人的创作成就，获得和早期北京'今天'派诗人的探求不差上下的历史意义而为历史所记取"。你同时指出，胡宽"有'陕西的食指'之称"。但是我认为,胡宽和食指不可类比。食指是一位前现代主义诗人,胡宽是一位后现代主义诗人;食指,正如多多所说,是"我们一个小小的传统",但是胡宽,似乎从没有成为任何陕西诗人的美学上游;食指是源头,而胡宽,仿佛是来自外星与未来的大海。如果真有诗人受到胡宽影响,那么他肯定还在去胡宽的半途。不知你同意我的观点否?

沈:我在胡宽去世前,与他几乎没有来往,仅在诗歌聚会中见过两次。胡宽去世后,在他兄嫂和挚友、著名电影编剧芦苇的主持下,搜集整理其遗作,大体归拢后,找到我负责具体编选工作,李震和芦苇写前言。从1996年年初编选,到7月诗集出版,整整半年为此劳心劳力。那时我刚由北京大学做谢冕尊师的访问学者一年后回到西安,遂和胡宽的家人友人商议,由我联系请人,在北京开个高端的学术研讨会。仅仅一个月的联系商榷,就很快成行,于当年9月在北京文采阁,与吴思敬先生共同主持了"胡宽诗歌作品研讨会"。

这个会的学术规格确实很高,牛汉、谢冕、邵燕祥、洪子诚、杨匡汉、蔡其矫、吴思敬、唐晓渡、陈超、程光炜、林莽、崔卫平、刘福春等四十多位在京诗人、学者出席,发言十分热烈,评价也很高。记得最后谢冕老师做完总结后,我以主持人身份致答谢词时,竟至感动泪下,话都没说规整。实则内心深处,一是感慨我为本属陌生的胡宽做的这些事,有如此重要结果,二是感激同道师友们真是给足了"面子",难得啊!会后回西安后整理了《除了诗,一无所有——胡宽诗歌作品研讨会综述》的会议纪要,以"西汉"为笔名,在1997年第四辑《诗探索》发表。

拿胡宽和食指比,从学理上讲是有些问题。问题的关键在于食指通过后来的不断被经典化而影响广大,成为公认的"传统"

部分。胡宽却一再隐匿于时代的背面,不被人了解。即或是后来被我们发掘出来,彰显于世,也好像因时过境迁而不为重视,除在理论界还时而有新的研究者光顾外,很少再影响及广泛的阅读层面和当下的诗歌写作。而且,胡宽在活着的时候也很少影响到别人,既不发表作品,也基本不和写诗的人交流,没有进入任何的诗歌团体和圈子,独往独来。所以我特别斟酌地说他"潜在性地影响到后来的先锋诗人写作,成为出自陕西本土的先锋诗歌精神的源头",强调的是"潜在性"和"精神性",实际的影响确实如你所说,"没有成为任何陕西诗人的美学上游"。

但我们在总结历史的时候,对这种孤立而卓越的个案性存在,是绝对不能疏忘的。正如牛汉先生在会后写给胡宽父亲、"七月派"老诗人胡征信中所说的:"宽儿的诗,时间将会证明,具有不可替代的历史价值"(全信与研讨会纪要一起刊发于《诗探索》)。

为此,我也十分欣慰于能在《你见过大海——当代陕西先锋诗选(1979—2008)》这部新的诗选中,再次追认这位诗人的存在价值和诗歌史意义,为将来更为全面而公正的诗歌史书写,留下一己之见。

胡:1999年2月,你在《出版广角》发表《秋后算账——1998:中国诗坛备忘录》,后来成为二十世纪末诗学大论争的导火索之一。十年过去了,你认为这场大论争的诗歌史意义何在?

沈:首先感谢你澄清了一个事实,即我的那篇"惹祸"的《秋后算账》,是先发表在由刘硕良先生主编的非诗歌刊物《出版广角》,而后才出现在《诗探索》上的。但诗歌界很少有人看到前者的发表,误以为就是为"挑起论战"而直奔《诗探索》去的。再次澄清此事的原因，在于说明当时代表"民间写作"一方的"反叛"，确实不是一场有预谋的所谓"阴谋"，而是一种散点式的不谋而合。我当时到会后一时也懵了，因为两边都是同道或朋友，突然间争执到水火不容的地步，并硬是将我的文章归入"阴谋"之作，高调批判，我也只能是被动应战了。

如今十年过去，我还是坚持认为这是一场发生在纯正诗歌阵营内部的、有着十分重要的诗学意义和历史价值的论争，而不是后来被一再曲解的什么"内讧"或"无聊的话语权力之争"。还是前面谈到"现代诗群体大展"时所说的，一个文学艺术事件，不在于它是怎样发生的，发生得像不像样子，而在于它"就这样发生了"。"盘峰论争"爆发的时间和形式不无偶然性，但还二十世纪九十年代中国大陆诗歌一个公正全面的历史真实的呼求与辩白，是迟早要发生的事。

至于这场大论争的诗歌史意义何在，只能从这十年的诗歌现实来反观其影响。现实的结果是：在经过对官方诗歌批评空间的长期宰制之反抗，再经由对唯北京中心／学院中心为是的诗歌批评空间的精英化、单一化而致狭隘化之反拨后，"民间立场"试图重建诗歌批评空间的意向，得到了历史性的呼应，并逐渐回到真正多元互补的健康状态，回到丰富深广的大地和共同呼吸共同拥有的天空，已成不争的事实。

这个结果，这个认识，其实在"盘峰论争"一年后，我在《中国诗歌：世纪末论争与反思》的长文中已有所思考和论及。此文后来被连续转载十几次，其中一些主要观点，现在看来还依然有效。

胡：你和当代中国先锋诗歌一起走过了三十多年，并一直在场守望至今。可否在此以你的经验与观察，就新世纪十年诗歌及回溯先锋诗歌三十年的历程,谈一点新的认识或总结?

沈:对这个话题最近刚好有一点新的想法,这里不妨先点个题,以供参考。

步入二十一世纪的中国新诗,已走过整整十年的路程,并以其十分突出的文化学特征与美学特征,将这十年与其他阶段区分了开来,同时也越来越明显地暴露出它的负面问题,提醒我们适时予以总结。

自朦胧诗"新的美学原则"的崛起算来,当代中国大陆新诗发展历程,大体经历了四个阶段的革命性跨越。这四个阶段,概括而言,可分别表述如下:

第一阶段,朦胧诗时期,可谓意识形态与审美形态双重意义上的革命。

这次革命,以反意识形态暴力和反文化专制主义为旗帜,一边纵向回归"五四"文学传统,一边横向接纳西方文艺思潮,重在"写什么"上开启新的道路,以求获取人性、诗性的复归,重建现代诗歌精神和现代诗歌品质。

第二阶段,滥觞于整个二十世纪八十年代的"第三代"诗歌运动时期,可谓文化形态与生命形态意义上的革命。

这次革命,以"生命写作"和"反文化"为主旨,消解二元对立的、意识形态化的写作立场,从"写什么"为主的单一维度,过渡到以"怎么写"为要的多向度展开,促使当代大陆诗歌全面进入真正意义上的"现代汉诗"发展阶段。

第三阶段,"九十年代诗歌"运动时期,可谓语言形态意义上的革命。

这次革命,以"民间写作"和"知识分子写作"为主力,共时性地将现代主义、后现代主义、新古典、后浪漫等诗歌思潮并置分进，而又对诗歌语言与诗歌表现形式的探求，赋以共同的关注，并引入以"口语"与"叙事"为主的新的修辞策略，有效地扩展了诗的表现能力与表现域度。

第四阶段，"新世纪诗歌"时期，可谓诗歌生态意义上的革命。

这次革命，以"民间诗歌"立场的全面确立和"网络诗歌"的迅猛发展为标志，彻底告别延续半个多世纪的文学创作与文学传播之主流机制，全面地、毫无保留地返回民间，以体制外写作和体制外传播为新的运行方式，在"自由创作""民间传播"的理念支撑下，集结为新的阵营，并一步步由边缘而主流，进而成为真正代表当代中国诗歌发展的方向、坐标和重力场。

经由上述四个阶段的合力奋进，作为"现代汉诗"意义上的当代中国大陆诗歌，终于形成了属于自己的精神传统，而不再左顾右盼、无地彷徨。可以说，这是新诗百年发展最好的时期，似乎已没有什么外来的力量，可以阻遏或妨碍她的正常生长。

胡：你以前提出现代汉诗的"三大板块说"，影响广泛，现在又提出"四个阶段说"，很有分量，我们期待它的反响。

最后我想提一个有关诗歌批评的具体问题：多年来，你以诗歌批评名重海内外，请问一篇批评文章必须具备哪些条件才能臻于上乘之境？

沈："名重"一说，我实在承受不起。

要说一篇批评文章必须具备哪些条件才能臻于上乘之境，我也只能依我个人多年的摸索和经验简要言之：一是要有学养，这是基本的储备；二是要讲学理，这是现代文论的基本要求；三是要有综合性的艺术感觉，不能只一门心思钻在诗里面，同时最好有一点自己的诗歌创作经验；四是要有问题意识；五是要讲情怀,讲立场,有担当;六是要成其文章。

　　这其中,文字功底即"成其文章",既是最终的体现,又是最基本的体现。从发生学而言,"学养""学理""直觉""问题意识"以及"情怀"等,都是理论与批评写作的内动力,原驱力,但最后都得通过具体的文字语言和体例结构,来做文本化体现,即从接受与传播角度而言,成文章是文论之存在第一义的东西。

　　另外,有"二十世纪西方音乐评论教父"之称的哈罗德·勋伯格在谈到乐评时,曾提出影响评论家评论水准的几大要素,即背景(文化背景、生存背景)、品位(艺术品位、人格品位)、直觉(艺术直觉、生命直觉)、理想(艺术理想、人生理想)和文字能力,大概也可借用过来,提示我们的诗歌批评该如何更能臻于上乘之境。

2009年11月

诗性生命历程的"初稿"与"原粹"
——1980年代大学生诗歌运动访谈录

1. 二十世纪的 1980 年代是中国大学生诗歌运动的黄金时代——作为从那个时代走过来的你,是否认同这个观点?

当然认同。同时还需重新定义何谓"黄金时代"。

这里首先得设置一个逻辑前提,即所谓"中国大学生诗歌"在二十世纪一直存在,方有"黄金"不"黄金"的对比性。问题是是否"一直存在着"这样的"中国大学生诗歌"运动?此前与此后的"存在"与这里特指的"八十年代中国大学生诗歌"是否是一回事?我个人认为,这样的对比性很难成立。

"八十年代中国大学生诗歌"这一具有诗歌史、文学史乃至思想史和文化史意义的"诗歌运动",实际上是伟大的 1980 年代之"精神气质",经由"诗歌媒介",在大学生族群中的历史性体现。除了其文本意义——作为第三代诗歌的开启与奠基,以及其人本意义——涌现了一批影响后来诗歌历程的重要而优秀的代表诗人,还有其他显性的外在"黄金"价值之外,我更看重的正是这种内在的"精神气质"之所在:那是我们后来一切诗性生命历程的"初稿"和"基点"——初恋的真诚,诺言的郑重,纯粹、清澈、磊落、独立、自由、虔敬……还有健康,尤其是心理的健康。

换句话说,那是整个当代中国大陆现代主义新诗潮之精神层面的"原粹"。

我刚刚发表的《诗意·自若·原粹——关于"上游美学"的几点思考》中,在谈到"自若"这个概念时有这样一段话:"说到底，所谓'自若'，一言而蔽之：无论做人、做学问还是从事文学艺术，有个'原粹'灿烂的自己！……自若是精神层面的'原粹'——保持清晨出发时的清纯气息，那一种未有名目而只存爱意与诗意的志气满满、兴致勃勃"，其实就是拿1980年代之"精神气质"做参照而言的。而这样的"原粹"，已是进入新世纪以后，无论什么路向的诗歌发展，再也找不回来了的"稀有元素"了。

所以在我看来，不仅"黄金时代"，而且"孤迥独存"！

2. 请您简要介绍一下您投身八十年代大学生诗歌运动的"革命生涯"（大学期间创作、发表、获奖及其他情况）以及您是如何参加并狂热表现的？

谈不上狂热，更无从表现。

"文革"后，1977年冬天恢复高考，我以六六届"老初三"底子与工人身份进考场，当年差1分（数学只会做第一道"简化题"得8分）没被录取，第二年1978年夏天二次报考，分数够了，却又因体检搞错，查证后，被补录到当时陕西新办的一所大学——西安基础大学（后改名为陕西工商学院，继而再改名为西安财经学院），文科只有工业企业管理大专班，被迫改学经济。因学校新办，暂时一无师资二无校舍，只有将我们这个98个人的特殊大班，交由当年的陕西财经学院托管，所以没有可"狂热"去"表现"的舞台，也很难以这样的"条件"去和外校交流，只是影响到本班几位爱好诗歌的同学，包括比我小十二岁、后来成为"他们"诗派代表诗人的丁当（本名丁新民）。

从1978年冬入校，到1981年夏天毕业，在校两年半时间里，基本上是埋头自己写自己的，包括后来个人较为满意的《海魂》《和声》《飞鱼》等诗。1979年12月，首次在《诗刊》第12

期发表旧藏小诗《红叶》(写于1975年秋,一直珍藏到上大学后才试着投给《诗刊》)。记得当时还是丁当在学校阅览室翻该期《诗刊》先看到,然后到班上来告诉我的,他显得比我还兴奋,让我感动好久。

那年毕业前,又得《飞天》文学月刊诗歌编辑张书绅先生激赏,组诗《写给朋友也写给自己》(三首)在其主持的第7期"大学生诗苑"栏目刊出(后来入选由潘洗尘参与主编、北方文艺出版社1985年出版的《中国当代大学生诗选》)。同时在丁当与另两位诗歌爱好者同学李宝荣和张勇的帮助下,找学校打字员帮忙打印了个人第一部诗集《和声》,分送同学和朋友留念,随之便毕业留校工作了。

接下来到1983年9月,组诗《写给自己也写给朋友》(五首)在《飞天》第9期由张书绅先生主编的"诗苑之友"栏目刊出。11月,经由我的诗歌启蒙老师沙陵介绍,在西安拜识著名诗人牛汉,并得以在他不久后主编的《中国》文学杂志发表诗作。由此逐渐在陕西先锋诗歌领域和大学校园诗歌中形成一定的影响力,为我的"后大学诗歌"时期"有所表现"奠定了基础。

3. 在您早期写诗的过程中,甘肃的《飞天》文学月刊给予您很大扶植,能具体谈谈您和《飞天》的渊源吗?

身处话语狂欢、空心喧哗、"介质"本质化而"娱乐至死"的时代,连诗人也由不得"与时俱进"为"时人""潮人"的时代,我不知道还有多少未失情怀的同辈诗友,尚能在正午的迷困里,想到那些个出发于黎明时分的步程和伴随那些艰难步程所留存的记忆——至少,在我个人的诗歌年表中,伟大的"1980年代",是和一个叫《飞天》的文学月刊和一位叫张书绅的诗歌编辑、与他主编的"大学生诗苑"紧紧联系在一起的——那是第一抹曙光照耀的惊喜,那是第一口乳汁润育的承恩,那是自青丝到白发都难以忘怀的扶助与激励,念念在心,耿耿在怀,而在在提醒着活在俗世中的我自己:在"上游"的记忆中,还有一份诗的清白。

1981年夏天,我刚大学毕业留校工作。此前在读期间慕名投给《飞天》文学月刊的组诗《写给朋友也写给自己》(三首),经张书绅老师编发,在第7期"大学生诗苑"栏目刊出。同栏目刊出的还有程光炜的《抒情诗四首》,叶延滨的《大学生活剪影》(三首)。虽说这次发表的三首诗,都是早期习作,但就自己的诗路历程而言,却是一个转折点—— 一个建立信心和确立信念的转折点。

当时的"大学生诗苑",已成为继朦胧诗之后在全国最具影响力的一个平台,许多后来成名的诗人,都是在这个栏目上"亮相"启程的。尤其是主编张书绅老师,已成为当时的青年诗人特别是校园诗人,最可信赖的诗歌编辑,作品经由他编发,便是一种资格的认证和荣誉的认取。

其实,那时《诗刊》早已复刊,各省的文学期刊也大多已经正常运作,但总体上还是十分保守,而且大多篇幅都给了刚刚恢复创作的中老年诗人,再就是诗歌编辑们之间的交换稿。乍暖还寒时期,民间自办诗报诗刊尚处于个别的"地火运行"阶段,大量的青年诗人及其写作,虽蓬勃欲出而不知何处安顿。此时,张书绅主持的"大学生诗苑",无异于"指路的明灯",一下子收摄了那个时代诗歌新生力量的聚焦点,成为一代诗歌青年的精神家园和艺术高地,能得到这一"家园"和"高地"的认可,自是信心大增而信念有加。

自此后,我便和张书绅老师断续保持着书信联系,其间也想到过去兰州看望他,但那年月正是我们这一代人艰难爬坡之时,上下左右地艰难着,一时分身不得。后来,张老师在"大学生诗苑"之外,又特别创办了一个"诗苑之友"栏目,意在对那些在"大学生诗苑"上发表过作品,走出校园后又一直坚持诗歌创作的青年诗人,做跟踪培养与激励。可见当时连张书绅先生自己,也已经认识到了他所创立的"大学生诗苑"的时代意义,方才想到以后续的"诗苑之友"来形成一个完整的谱系以做历史认证。

1984年,应先生约稿,我一组五首《写给自己也写给朋友》的新作,又得以在《飞天》第9期"诗苑之友"栏目刊出,整整三栏两个页码。记得作品发稿后,张老师还特别来信说这期发稿分量较重,值得留作纪念。为此我特地跑到当时西安一家专卖学术和文学书刊的个体书店"天籁书屋",请老板代我预购了十本该期《飞天》,收到后分送朋友并自己珍藏。

从"大学生诗苑"到"诗苑之友",经由张书绅先生前后两次关键性的"给力",对于一个既不在"体制内写作",又难得"先锋写作"风气之先的边缘诗人而言,实在是"筑基"性的"再造"之德。

得此"筑基",此后三年,成为我早期诗歌创作的重要收获季,包括《上游的孩子》及千行长诗《仲夏夜,一个成熟的梦》等大部分代表作品,都是在此间完成并得以发表和选录的——1985年,除《写给朋友也写给自己》入选《中国当代大学生诗选》外,还有代表作《和声》《海魂》入选贵州人民出版社出版的《当代青年哲理诗选》,另有《上游的孩子》《过渡地带》《巫山神女峰》在《延河》文学月刊第12期刊出;1986年,代表作《看山》《十二点》《碑林和它的现代舞蹈者》分别在《诗刊》第4期、《星星》诗刊第4期、《中国》(牛汉执行主编)第9期发表,同年秋以《碑林和它的现代舞蹈者》一诗和"后客观"旗号,参加由《深圳青年报》和《诗歌报》联合举办的"1986·中国诗坛现代诗群体大展"。同时分力于现代诗歌理论与批评，开始了此后诗写与诗评双向并进的诗路历程。

现在回头看，至少就我个人后来从事当代诗歌研究的思考来说，整个1980年代，真正实际影响并改变了这一时期"新诗潮"进程的重要节点主要在四点：一是《今天》的出刊与朦胧诗的传播与影响；二是张书绅主编《飞天》"大学生诗苑"及"诗苑之友"的广泛激励与推动；三是老诗人牛汉在实际主持《中国》文学月刊期间，对"新生代"即第三代诗歌的特别扶植；四是由徐敬亚主持的"1986·中国诗坛现代诗群体大展"造山运动般的聚焦与展示。

遗憾的是，至今三十多年过去了，我一直没能登门拜望张书绅先生。开始是分身不得，后来则成了习惯性地搁在心里惦念着，而不再付之行动。这其中的缘由一时我自己也无从清晰，只是觉得先生在我心里，已是一座纪念碑式的雕像，早晚敬着就是。再加上我也是几经磨难死死生生过来的人，虽不知先生人生详情，却也从其为人做事中，隐约可想其风骨所由来，怕或许真的面对面了，反而生出些俗世的伤感和不适来。

实则身处这样一个"翻天覆地"而不断"新颜"换"旧貌"的时代，能持久地热爱一个人实在不容易，不是热爱者变了人，便是被热爱者变了味。

便常常想着从未谋面的张书绅先生，曾经那样"指点"过半壁诗歌"江山"的人，却自始至终，如红尘道人般在西部兰州城里，守着繁华后的落寞和浮沉后的淡定，甚至不知或许也不想，有谁还因早年的"承恩"而深永地热爱着他——这样想过后，我便再次原谅了自己，并继续以自己的方式热爱这位值得永远热爱的师长、知音和真正的诗人。

4. 当年，您创作的那首《上游的孩子》曾经很受读者喜欢，能否谈谈这首诗的创作、发表过程？

只有十四行八十五个字的《上游的孩子》一诗，成稿于1984年春节期间，至今整整三十年了。这里不妨抄录如下：

> 上游的孩子
> 还不会走路
> 就开始做梦了
> 梦那些山外边的事
> 想出去看看
> 真的走出去了
> 又很快回来
> 说一声没意思
> 从此不再抬头望山
> 眼睛很温柔
> 上游的孩子是聪明的
> 不会走路就做梦了
> 做同样的梦
> 然后老去

此诗的写作，从语言形式上说，受到当时已成为诗友的韩东影响而成，记得最早看到此诗的丁当很是赞赏，说这首诗肯定会成为名作。后来也确实传播很广，有研究者将之与韩东早期名作《山民》做比较，也听到传闻说，南方有些中学的语文教辅材料，将此诗和《山民》一块拿来讲解，但我并没有见到实在的文本。

这首诗的实际起兴，则源自我个人经历的真情实感。

那年我由西安回汉江上游的陕西勉县小城老家过年，见到许多当年一起上小学、上初中的伙伴们,却再也难以找回青春年少时那种风发的意气、理想的情怀,大家都活得很现实,很平和,且对诸如外面的世界、早年的理想一类的话题,总抱着怯怯的回避态度,一派乐天知命的样子。

也许是受了这种"语境"的感染,连我自己也觉着一种疲倦和空茫,一种被"存在"掠空而又似乎重新认识了"存在"的悬疑状态。我预感到,该有一点什么诗性的灵光要填补这幽茫的虚空了,却未料到诗念竟来得那样突然又那样顺溜、自然和不容思考——在一个昏暗的冬日薄暮中,当我在随手拈来的纸片上急急草就这首小诗后,整个的人竟软瘫在那里——没有哪一首诗,包括上千行的自传体长诗,也未能使我有这样被一掠而空的感觉。

一年后,《上游的孩子》经丁当转寄当时尚未认识的另一位青年诗人黄灿然,介绍给香港《新穗诗刊》1985年第5期"中国新一代青年诗人专辑"发表,引起反响。随后在国内《延河》月刊1985年12期刊出,并先后入选人民文学出版社1989年出版的《情绪与感觉——新生代诗选》(邹进、霍用灵编)、四川文艺出版社1990年出版的《中国当代诗人传略》第一集、北京师范大学出版社1999年出版的《主潮诗歌》(吴思敬编选)、太白文艺出版社2005年出版的《被遗忘的经典诗歌》(伊沙主编),以及日本学者、诗人前川幸雄编著的《西安诗人作品选注》(日本福井新闻社1995年版)等海内外多种选本,成为大家所熟悉的一首代表作。

5. 在大学期间,您参加或者创办过诗歌社团或文学社团吗?担任什么角色?参加或举办过哪些诗歌活动?参与创办过诗歌刊物或诗歌报纸吗?编印或出版过诗集吗?

要回答这一类问题，就该说到我所谓的"后大学诗歌"时期。

上面说到过，由于客观因素所限，我在1978年至1981年上大学期间，其实并没有什么好"表现"的，真正对1980年代大学生诗歌运动有切身体会并间接参与其中，反而是大学毕业之后。

这里面有几个原因：其一是毕业后我留在大学工作，自是主动或被动地参与其中；其二是那时在陕西诗歌界，我已经算是为大家认可的"新诗潮"代表人物之一，有一些影响力，无论是本校还是外校的诗歌活动，总要找我参加。另外一个关键性的原因是，1982年秋天，韩东从山东大学毕业分配来陕西财经学院任教后，其不同凡响的诗歌观念和作品风格，在大学校园诗人和社会上的年轻诗人中，形成大面积影响，期间我也与韩东和他的诗友们熟悉起来，时常聚会，直到三年后韩东调回南京，这期间可以说是西安大学校园诗歌活动最为"经典"性的时期。

下面具体来说。

1981年夏天大学毕业留校工作后，与丁当分配工作的单位离得很近，经常来往，交流新写的诗作。一年后韩东山东大学毕业，分配来西安，在陕西财经学院马列主义教研室教哲学，与他同在一个教研室且同住一间宿舍的另一位青年教师刘文，刚好是我和丁当大学同班班长刘安的弟弟。刘安毕业留在陕财任教，是当年西安城里有名的经济学家和社会活动家，还有另一位爱好诗歌的同班同学张勇，也留陕财教书，俩人与韩东很快熟悉结好，知道韩东写诗，便介绍他认识了丁当和我。丁当与韩东可谓一见如故，很是投缘，尤其在诗歌观念上一拍即合。当时我的诗歌写作还在浪漫主义和现代主义之间徘徊，对韩东所提出的诗学观念及其作品风格，既感到新奇又一时无法投合，按后来有些诗友调侃的说法，错失了一次"搭车"入史的良机。

记得1982年初冬的一个下午，我单独去陕西财经学院拜访韩东。这一次我们聊得比较久也比较深入，韩东系统地阐述了他的想法，并背诵了不少他和小海的诗作，还说到小海是位天才诗人。这回我似乎稍稍有些"开悟"，意识到这个学哲学的青年诗人，是个了不起的开宗立派的人物，如果按他的诗学理念发展起来，可能会拓展开一个不得了的诗歌潮流。但同时我也说到，假如有一天大家都照你这么写，恐怕也是一个不得了的大问题。那天聊到半夜，门房睡了，韩东帮我翻越陕财的铁栅栏大门，才回到我远在东郊的家中。

此后的三年中，韩东的影响力很快在西安的大学校园诗人中，以及社会上的新潮诗人中蔓延开来，成了陕西大学生诗歌和先锋诗歌运动真正的灵魂人物。

二十多年后，我在主编《你见过大海——当代陕西先锋诗选（1978—2008）》（西北大学出版社2009年版）的长序中这样写道："拉韩东作当代陕西先锋诗歌的代表，似有'拉大旗作虎皮'的嫌疑，但韩东这杆大旗又确实是在陕西这块诗歌版图上最早树起来的，且由此直接开启了陕西先锋诗歌之真正意义上的发生与发展，并内化为灵魂与血液性的存在。""韩东在西安写出了他最具代表性的早期力作，如《有关大雁塔》《我们的朋友》等，同时创办民间诗刊《老家》和进行他的诗歌观念的'布道'活动，一时风生水起，为陕西诗歌的发展开辟了一条新的道路，并延为传统，一直影响到八十年代末回陕的伊沙等人。"

这三年里，我和丁当与韩东往来比较多，经常一起聚会，或上秦岭山里去游玩，或去大学校园朗诵作品等。记得有一次在丁当工作的单位宿舍聚会，有刘安、韩东和同学张勇、刘科健等。饭后闲聊中，大家请韩东朗诵他的新作，几首念下来，刘安故意恶作剧起哄，说韩东你这种大白话诗我也会作，不信你念一首我给你对一首,结果真的在现场就对了几首,还对得像模像样的,搞得韩东又好气又好笑。这是一个颇有意味的细节,当时就让我想到韩东他们这种以口语为要的写法,真的是差之毫厘失之千里,拿捏不准,很容易鱼目混珠,泛滥成灾。许多年后的当下诗坛,所谓"口语"与"叙事"的滥觞,也确实出现了我早年所隐隐预感到的许多问题。

在当年而言,毕竟因年龄和代际的差异(我是二十世纪五十年代初出生的,韩东、丁当都是六十年代生人),再加上我已是拖家带口的人,在学校又做的是行政工作,到底不能如丁当那样成为韩东的密友。不过在诗歌写作上,我已开始受韩东的影响,一方面继续我原来的写作路向,一方面试着写一些靠近韩东他们风格的,如《上游的孩子》等一类作品。

这就要说到创办民刊和自印诗集的事。

1982年深秋,丁当来我家聊天中,提议由我做主编,办个同学诗友的交流诗刊,以弥补上大学时没有自己园地的遗憾,再说当时复刊的各种文学杂志的诗歌栏目,大多都是诗歌编辑们之间的交换稿,年轻诗人很难发表作品。我同意后组稿中便起名为"星路",封面、内文及插图,都是我自己一人用蜡纸钢板刻写好后,私下找学校打印室打印装订,分送诗友和校园里的诗歌爱好者的。创刊号主要刊发丁当的两组诗,一组是1982年春夏新写的五首抒情小诗,一组是1981年冬天写的五首散文诗,统稿刻印时,我临时给这两组诗分别起名《星路集》和《晨露》,用的笔名也是我起的,叫"星鸣",与他本名"新民"谐音,也与刊名相关。还有我自己的三首诗和我约来的一些校内校外诗友的诗。

半年后,1983年的初夏编第2期。封面还是我设计刻印的,内文找工作单位的同学帮忙打印后连封面一起装订,在当时这已算是较为像样的民间诗刊了。此时丁当已成韩东密友,送我一本

405

韩东的打印诗稿，里面有《我不认识的女人》《老渔夫》《有关大雁塔》《我们的朋友》《一个孩子的消息》《水手》《给病中的哥哥》《半坡的雨季》《你见过大海》九首早期代表作，我选了《一个孩子的消息》和《我不认识的女人》两首，发在《星路》第2期。卷首是依然以"星鸣"做笔名的丁当的一组五首总题为《致——》的新作，写于1982年冬，其中《给Y》一首，已明显受韩东的影响，由书面语的主观抒情向口语的客观叙述过渡；或者说，由与沈奇同路的《星路》之"星鸣"，向与韩东同道的《他们》之"丁当"过渡。同期还发表笔名"贝斯"的女诗人高铭的力作《皂角树，你看到了什么？》，此诗后来又被韩东拿去在《他们》发表，并选入小海和杨克编选的《他们〈他们〉十年诗歌选》(漓江出版社1998年版)。

《星路》创刊后不久，韩东开始筹办《老家》，记得第1期刊名叫《我们》，第2期才改成《老家》，由当时在陕财上大四的校园诗人杜爱民找人打印的。当年受韩东影响的西安青年诗人中，很快成熟并卓有成就者，除了丁当就是杜爱民。1983年秋，正当《老家》集稿打印第3期时，我这边的《星路》被有关方面按非法出版物立案审查，搞得大家都很紧张。那时我们完全不知道这样办刊是对还是不对，只是凭着爱好诗歌的热情，像当年在校园办板报墙报那样去想去做的，既然"非法"，停了就是。多少年后民办诗报诗刊如雨后春笋满天下都是，成为一个几乎主导当代诗歌发展的主要"媒体"，让人不胜感慨！后来韩东回到南京，也重新将《老家》改弦易张为《他们》，终于还是以民刊的形式，创立了一个影响到当代诗歌史和文学史的重要诗歌流派。

仅就我个人经历的1980年代大学生诗歌运动来说，真正风生水起且形成大气候并具有历史意义的，是八十年代中期，韩东"布道""播火种"离去之后,终于"星火燎原"起来。此前的校园诗歌,大体而言,基本上都是同仁伙伴式和半"地下"式的,不显山不显水,还要冒无辜的政治风险。到了八十年代中期,整体精神气候所致,加上意识形态管制的宽松,更年轻一代的学子们,几乎集体性地患上了"诗歌理想"症,形成热潮。不久诗人岛子也随其前妻、女诗人赵琼到西安工作,为陕西的校园诗歌和先锋诗歌,带来了新的"激素"和活力,一时更加风起云涌,如火如荼。

那时的西安高校之多,排全国第三,如西安交通大学、西北大学、陕西师范大学、西北政法学院、西北工业大学等名校,都有自己的文学社团,西北大学后来还创办了作家班,投身其中的大多以诗歌创作为重。此时,韩东已回南京,丁当不久也去了深圳,杨争光埋头改写小说,先锋诗歌运动的承前启后,就全靠新一波的校园诗人的推波助澜了。

这其中,尤其以西安交大和当时的西安纺织学院先后两批校园诗人为重心,而这两所学校恰好与我所在的基础大学同在西安东郊,相距不远,我这个"老校园诗人",便自然而然地成了大家亦师亦友的常客,或邀请去举办诗歌讲座,或小范围聚谈,很快形成了一个颇具影响力的诗歌气场。

记得1986年10月6日晚,我应西安交大文学社邀请做诗歌讲座,居然有上千人来听,三分之一的同学都因没座位,硬是站在过道或靠墙边听了两个多小时,那种狂热的场面至今令人感念不已!那次讲座的内容,正是我由创作转向理论与批评后写的第一篇诗论文章《过渡的诗坛》,也是国内最早全面评价与鼓吹韩东及其追随者之诗学价值的重要论文,演讲后同学反响颇为热烈,并波及其他院校,算是"后播种时代"的"经典"一幕。

一年后,大学生诗歌运动的代表人物潘洗尘由东北来西安,也是由我陪同一起到交大做的诗歌讲座。

正是在这一波风云际会的大学生诗歌运动中,我有幸结识了交大的杨于军、仝晓锋及已毕业的马永波等校园诗人,进而绵延到九十年代又结识了夜林、方兴东、陶醉等校园诗人,构成了我的"后大学诗歌"的重要"运动谱系"。也正是这前后两波校园诗人,成为继韩东、丁当、杜爱民之后,陕西先锋诗歌发展历程中另一种里程碑式的存在。对此,在我主编的《你见过大海——当代陕西先锋诗选(1978—2008)》一书的长序中,都——有所阐述。

顺便说一下,这部诗选中的近一半作品,都是出自陕西校园诗人之作,可算是对当代陕西大学生诗歌运动的一个侧影式的总结,也是至今为止唯一的文本化的总结。

6. 当年的大学生诗人们多喜欢书信往来,您和哪些诗人书信往来比较频繁?有何浪漫的故事和难忘的记忆?

不是喜欢书信往来,而是只能书信往来——纸媒时代,书信是唯一的交流方式,这种传统方式现在已经成为"遗迹",但它在当年确实给了我们极大的精神支撑和生命意义。我至今保留着几百封海内外文朋诗友的来信,或许将来写回忆录时会成为珍贵的资料。同时我至今也还保留着纸质写信的习惯,遇到重要的事或给朋友回信,依然手书一封,且是繁体竖排,郑重其事。

我一向认为,文本介质的转换,常常会潜移默化为本质性的变异,纸笔书信,哪怕三言两语短短几行,也是有人情味的,电子媒介再怎么热闹,到底是隔了一点说不清道不明的什么,让人(至少是我们这样的人)总觉着不靠谱。

具体回忆当年,书信往来较多的是丁当和杨于军。

早年的丁当与我亲如兄弟。那些年，我西安的家就是他的家，有一年暑假我们全家外出旅游，刚好他由外地回来，干脆留下钥匙任他脏乱差了半个月，等我们回到家，整整收拾了多半天才安顿下来。

至今我仍保存着丁当写给我的所有书信，及零星的诗稿手稿，其中《星期天》一首，与后来正式发表的差别很大，但也能看出语感上的一致。还有他一本黑色硬封皮的笔记本，钢笔字手抄的他早期诗作，共分"致太阳""母亲""路"和"夏朦集"四辑，大部分是散文诗，清纯的，抒情的，想象世界的，浪漫主义的，开头扉页上写着"为了瞩望着我的同学和一切"，落款是"1981年冬于西安东郊"，显然是毕业工作后，对大学期间和我在一起写诗时期的一个回顾性的结集。《星路》创刊号上刊载的那组散文诗，便是从"路"一辑中摘选的。我只是想不起来的是，何以这个笔记本一直在我这里保存着，他也一直没有再要回去。

认识于军正是在1986年10月6日晚那场交大的诗歌讲座上。

于军那时上大三，英美文学专业，是交大文学社副社长，散场后代表交大文学社致谢送行。一周后于军找到我学校的办公室，送来她写在两个笔记本上的诗作，我正上着班没细聊，让她留下笔记本看后再约谈。下班后我仔细翻读，所有的诗全部没分行，就那么一顺溜地写下来，但实际上还是大体按分行的断句和节奏写的，而且写得非常好，天才式的语感和独在的生命体悟。激动之下，我连夜用稿纸改抄成分行的正式诗稿，约来于军细谈并征得她的同意，遂先后推荐出去发表。

最先是在《陕西青年报》的副刊试着发了几首，接着我写信向当时的《星星》副主编叶延滨推荐，很快得其辟专栏推出组诗"白色的栅栏"，并附评论惊呼"很难相信这是她的处女作"。近水楼台的《当代青年》杂志在西安交通大学找到这位身边的"新星",一下子发了她整整两大版。之后我给了于军一些刊物的通讯地址,动员她自己随便投稿就是,遂得到《飞天》《诗刊》《人民文学》《作家》《诗歌报》等一系列无一例外的惊异而热情的"接待"——仅仅一年,年仅22岁的校园女诗人杨于军(部分作品发表时用的"黑子"的笔名,后来再没用)竟连续发表近百首作品,入选数种诗集,一时成为二十世纪八十年代校园诗歌一颗耀眼的新星。

我也由此和于军成了亦师亦友的亲密诗友。

1988年秋天,于军毕业回东北工作,后来去了广东台山一所中学教书,并在那成了家。之后十几年间我们再没有见过面,只是断续保持着书信往来。特别让我感念的是,出于最初的信赖,以及后来她迫于生活的压力渐次离开文学界,十多年间里,于军几乎将所有她发表或不愿再发表的写作手稿都寄给了我,并就此一直在我的书房里静静地待着。曾经的偶遇变为久远的托付,让我为之感动而又不安。我知道这托付的重量,却惭愧总没能力将之与诗界分享。而这些珍贵手稿的主人,也似乎一直以"得一知己而足矣"的态度,对她这批手稿(包括大量后来创作而从未发表的诗歌、随笔和小说断章手稿)的出路无置可否,以致于连渐老渐忙乱的我自己也渐渐疏淡了。

幸好到了2006年,渐次重新恢复创作并开始同诗歌界往来的于军,终于从遥远的台山来信,说想整理她的诗集准备出版,让我寄去她的旧作手稿,这些手稿才重新回到了诗人自己那里。我在欣喜中为她的这部名为《冬天的花园》的诗集(后以中、英文两种形式由香港高格出版社出版)写了长序,并在结尾处写道:上帝是存在的。上帝为每一个生命所安排的宿命都别有深意,只是我们常常不能完全领会而已。

由此，阔别二十年后的杨于军又重返诗歌界，依然是那种香客般的笃诚与自若。同时还逐渐成了文学翻译的新秀。2013年诺贝尔文学奖获得者、加拿大女小说家门罗的两部中文小说集，便是她和马永波合译的，文笔相当漂亮！

如此绵延近三十年单纯而深厚的友情，在当下社会语境下简直就像是童话一般，而在我和于军这里却如植物生长般自然而然，实在是那个年代之精神气质一个浪漫而又真实的投影。以致于多少年后，当我的中文专业的学生吴心韬，读到我在1986年冬天为于军写的《静水流深——评杨于军和她的诗》的文章后，十分感慨地在一篇《一个诗人与一个诗评人》文章中写道："我分不清是沈奇的诗评吸引了我，还是于军的诗勾住了我的魂，总之，我在这篇诗评中读到了单纯真挚的交流与依偎信赖的温暖……这样诗歌世界的偶遇，这样如上帝joking般的巧合，和谐而美丽，仿佛散落人间两端的真诚、纯洁、高尚的拼图，完美地凑合在了一块。"

读着八〇后校园文学青年如此真切感性的文章，我深深地庆幸在我近四十年的诗歌生涯中，有过"这样诗歌世界的偶遇"，且绵延至今，成为我生命中最为深刻的记忆与念想。

7. 在您印象中，您认为当年影响比较大、成就比较突出的大学生诗人有哪些？哪些诗人的诗歌给您留下了比较深刻的印象？

由于当年我既没有机会去外地大学"串联"联谊，也很少读到其他院校的校园诗歌报刊或油印诗集，只是"运动"在西安的高校范畴，是以回答这个问题，也只能就近而言，就个我的所知而言。

整个二十世纪八十年代的中国大陆大学生诗歌运动中，就我所知范畴及学理认知而言，最为突出并最终历史性地深度推进当代中国先锋诗歌进程的，当属韩东所开启的陕西及西部早期校园诗歌板块，以及由李亚伟、赵野等诗人，与虽不在校园但一直奔走于大学生诗歌运动中的周伦佑等诗人，所开启的四川校园诗歌板块，还有北京、上海两大板块（这两大板块我不熟悉也便不敢随便置喙）。

在上述板块中，印象最深刻同时也确实影响巨大成就非凡的大学生诗人，我记忆中还是韩东一人最为突出。

这里的关键在于韩东不仅在诗歌写作上另辟一道，开宗立派，还在诗学上有他一套言之有理行之有效的理念，加上天生的"领袖派"，在那个时代，几乎成了大家公认的先锋诗歌"导师"，走哪影响到哪。遗憾的是因为各种原因我没能和韩东成为至交，且后来也疏于往来，但在心底里是一直敬重着他的。2002年我应邀去南京的东南大学做讲座，打电话约他见面，他正在埋头写长篇小说，犹豫了一下后，还是抽晚饭时间在一起聚了聚，让我感念至今。

韩东诗歌的影响，不仅在语言形式方面，更在于他那种解构性的看待世界的立场与方式，这在当年绝对是"领风气之先"。我是在汉江上游出生长大的，直到三十多岁才在天津至大连的邮轮上见到真正的大海，此前满脑子里尽是精神乌托邦和浪漫主义式的大海想象，虚妄化，符号化，真的面对实实在在的海洋了，一时竟愣怔到那里，随即涌现而出的，竟然全是韩东《你见过大海》一诗的语句与意绪，早年普希金式的大海意象，以及各种意识形态化、文化符号化了的大海意象，被瞬间颠覆，乃至有些不知所措。虽然后来对此也慢慢有所反思，但仅此一点，也足以证明韩东诗歌的深刻影响力。

另一位印象深刻的是于坚。

我与于坚是1986年夏天在昆明认识的。此前丁当去昆明出差长住，又是《他们》同仁，与于坚很快深交，一回西安就说及。那时我也知道于坚获过1983年《飞天》"大学生诗歌奖"，读过他不少作品，心仪已久。因此，在昆明第一次见面就像熟识许久的朋友，后来君子之交近三十年，并成为我诗歌理论与批评中，一直跟踪研究的重点诗人。现在不但保存着于坚写给我的一些短信，还珍藏有一本1990年10月寄于我看后又送丁当的自印诗集，封面上的于坚照片，还是一幅长发披肩的"先锋"酷派样。

于坚的成就完全来自他特立独行的个人创作，无涉什么运动或流派，其总体格局宏大而丰赡，在诗歌、诗学、散文随笔、现代戏剧四个方面，都独备一格且高海拔崛起，形成一列山系，具有无可替代的原创性和丰富性。

我一直认为，当代中国文学界，这半个世纪以来，真正代表现代汉语写作之综合成就，而有资格获诺贝尔文学奖的，应该是于坚更具有代表性些——尽管至今这个奖已两次颁发给了另外的汉语作家，但我的这一观点从未改变过。

回顾整个我所经历的1980年代中国大陆现代主义新诗潮，包括大学生诗歌运动，可以说，至少在我的视野和立场范畴里，韩东是这个时代的灵魂，而于坚是绝对高度的骄傲！

再就是丁当。

我曾经借用过一个经济学方面的术语评价丁当，说假如用"投入产出"指标来看当代诗人，丁当算是"产出"价值比最高的一个。大学和刚毕业那两三年"试声期"不算，从结识韩东找到"组织"算起，三五年时间里，丁当就写出了他所有可以传世的好作品，实可谓天赋异禀。就在我此刻答写这些访谈文字之际，随便就能大体记起诸如《房子》《星期天》《时间》《抚摸墙壁》《背时的爱情》《落魄的时候》等丁当代表作的大体意境与佳句，而其实大多已时隔三十年了。丁当的诗歌写作,可谓韩东诗学理念布道播种之最为经典的"标本",而且他只为《他们》写作,《他们》办了九期后停刊,至少在公共场域中,丁当就基本终止了他的文学生涯,实在是一个特别的个案和感人的佳话。

当然,一个诗人的成就,其实并不在于量的多少,以及是否终生为之奋斗,关键还得看,是否留下了真正经得起时间汰选的好作品。

按我的记忆约略计算,丁当短促的诗写历程所得,总共不足百首,但其堪可进入任何时代任何选本的经典之作,至少有五六首之多,且至今读来仍不失效。这比起无数如过江之鲫般与时俱进、争强斗勇,同时海量"产出"且即生即灭的当代诗人们来说,实在是一个堪作"醍醐灌顶"般的冷冽提示。

8. 回顾二十世纪八十年代大学生诗歌运动,您最大的收获是什么?最美好的回忆是什么?您如何看待上世纪八十年代大学生诗歌运动的意义和价值?

大概所有经历过二十世纪八十年代大学生诗歌运动的当代诗人,都会有一个基本的体认,即我们这一两代诗人最大的幸运,便是在人生上路的清晨时分,拥有过一个充满理想情怀、诗性友情和诗性生命意识的单纯年代,并因此留下了堪可珍惜与眷恋一生的美好记忆,进而成为我们无论后来遭遇怎样的命运,都不能丢弃的生命底线和赖以支撑我们继续前行的精神力量。

换句如前矫情的话说:拥有一个"原粹"灿烂的自己!

在我个人而言,正是有了这样的"清晨"这样的"原粹",且一直没能舍得丢弃,方能历经坎坷磨折而守志不移,静心不变,及至近年更加定于内而淡于外,于朝市之烦嚣中立定脚跟,

"在自己身上克服这个时代"(尼采语)。

记得诗人洛夫在其《杜甫草堂》一诗中,有这样一句:"储备整生的热量／只为了写一首让人寂寞的诗"。

诗的存在是家园的存在——对于迷失的现代人,诗已成为我们唯一来反抗生命中的无意义,以及现代文明下的焦虑与迫抑感,从而获得充实与慰藉的最后栖息地——我想,凡真正有过1980年代大学生诗歌运动之深刻体验,并一直还珍惜那样的"清晨"气息和"原粹"感觉者,对此都会有所了悟的。

当然,时至今日,或许许多当年的"运动员"都已不再写诗,或许许多当年的大学生诗人如今都已立身入史而视往事如烟,但总是不要忘了:我们所共同拥有过的那样一个诗的时代,诗的"清晨"与"原粹"!

9. 您如何看待二十世纪八十年代大学生诗歌运动与朦胧诗运动和第三代诗歌运动之间的关系?

这个问题很有意义,但其实说起来又很简单明了。

发轫于二十世纪七十年代中期的朦胧诗和发轫于八十年代中期的第三代诗歌,是贯穿整个中国大陆现代主义新诗潮历史的两个重要"节点",八十年代大学生诗歌运动则是实际沟通这两个"节点"的重要"桥段"。

也就是说,从朦胧诗的"先声",到第三代诗歌的"滥觞",无论是美学层面还是思想层面以及精神层面,无论是"发生"还是"接受",从文本到人本,都主要是通过1980年代大学生诗歌运动的风云际会,而得以真正意义上的推进与发展的。尤其是第三代诗歌的"滥觞",可以说,基本上就是大学生诗歌运动所造就的,其在诗歌美学方面的多元探索和在诗歌精神方面的先锋意识,都具有无可替代的历史性价值与意义。

我在大学教书,主要讲授中国现代文学和中国当代文学,"思潮""运动""社团",是贯穿这些课程的三个核心"关键词"。整个"五四"新文学以降的近百年现、当代文学史,从发生学层面而言,是围绕这三个基本点所展开的。当代文学的前半段(1949年至"文革"结束)的发展轨迹,大部分都偏离了这个轨道,是朦胧诗的"地火运行"和大学生诗歌的"星火燎原"及第三代诗歌的"如火如荼",在被称之为"新时期文学"(这个命名既别扭又缺乏学理性却一再被约定俗成地广泛使用)的发展中,率先恢复了"五四"传统而回返这个轨道,拓展开盛大的格局,造就了一个伟大的诗歌时代。

不过现在看来,这次"回返"更像是一个"绝响"——之后的所谓"90年代诗歌"尤其是"新世纪诗歌",其"思潮""运动""社团"三个"基本点",尽管都依然充满活力,但其内在的品质和气息,怎么看,都还是与那个伟大的1980年代不大一样,其学理性的阐释,还是留待后人去关心吧。

10. 涛声远去,星转斗移,作为1980年代大学生诗歌运动的参与者和留下一定影响的代表诗人,在上述回顾后,能否请您再谈谈你自己当下的情况,或可为新的历史书写留下一些新的参考?

谈不上什么影响,更无从代表什么,只是实际参与者的一些感念而已。而正是这份感念,让我能一直坚持到现在,依然以诗歌写作和诗学思考为生活方式和生命归所,好像除此之外都没有什么太大兴趣了。说句笑话,经历了那次清晨出发时的"初恋"后,再无他顾,有点"曾经沧海难为水"的意思。

尤其是近些年,说老实话,诗坛实在太"闹"了,和这个时代的娱乐化与功利化语境过于贴近。天性使然,加之已是年过六十的"老运动员"了,开始看明白一些历史的吊诡性,遂自己给自己提个醒:退出研究,重新思考;退出批评,重新写作。除了上好课,以及偶尔的会议论文撰写外,大部分时间是宅在家里读书与写作。

至于值得"情况汇报"的,或有以下几点可充数:

2010年,《钟山》文学双月刊第6期,以卷首头条位置一次性发表五十首《天生丽质》实验诗;年底结集出版了个人写诗三十五年的总结性诗集《沈奇诗选》(陕西师范大学出版总社出版)。

2012年,历时五年潜心探索的实验诗集《天生丽质》,由文化艺术出版社出版。随之得《文艺争鸣》第11期垂顾,辟"当代学者话语系列·沈奇"专辑,发表赵毅衡、陈思和、杨匡汉三位前辈有关《天生丽质》的评论文章,同时刊出个人万字长文《我写〈天生丽质〉——兼谈新诗语言问题》。同年11月在西安举办有关《天生丽质》的学术研讨会(也是个人第一次所开的研讨会)。

2013年,历时半年多修订校勘近一百万字的三卷本《沈奇诗学论集》增订版,这也是本书的第三版,由中国社会科学出版社出版发行;在《文艺争鸣》第7期卷首"视点"栏目,发表我近年重要诗论《诗心、诗体与汉语诗性——对新诗与当代诗歌的几点反思》一文。

2014年,二十万字的散文随笔集《秋日之书》由西安出版社出版;正在主编一套"当代新诗话丛书",这套丛书,以内化现代、外师古典、融会中西、重构传统为理念,精选当代中国新诗界、新诗诗学界著名学者、诗人、诗学家、诗歌批评家"独得之秘"的"诗话"专著,予以集约性经典展现,以填补海内外当代新诗话出版空白,包括赵毅衡的《断无不可解之理》,于坚的《为世界文身》,陈超的《诗野游牧》,耿占春的《退藏于密》和我自己的《无核之云》,可望于2015年上半年出版发行。

其他没有什么可汇报的了。最后随文附一首题为《木心》的近作小诗,从中或可略见一点"老运动员"的新心境。

杜鹃枝上,蝴蝶梦中
要执着多久方能悟空?

植物的格言按季节生成
木质的纹理酝酿青铜之韵

最终,只有你自己的肉身
温暖了你自己的灵魂

也只有你自己的灵魂
最终,温暖了你自己的人生

……一冬未下的雪
昨夜落下,寂寂无声

2014年11月于西安大雁塔印若居

(附记:本访谈录系应姜红伟先生书面采访成稿,在此深致谢意!)